LA LUCE FREDDA DEL GIORNO

LA LUCE FREDDA DEL GIORNO

GIUSTIZIA FREDDA

TONI ANDERSON

Traduzione di
DANIELA ROSSETTI

ALTRI LIBRI DI TONI ANDERSON IN ITALIANO

Giustizia Fredda (Cold Justice)

Un Luogo Freddo e Oscuro (Libro 1)

Caccia Fredda (Libro 2)

La Luce Fredda Del Giorno (Libro 3)

Per CJMA,
La Luce di tutti i miei Giorni

1

———

«Mi viene da vomitare» bisbigliò Scarlett Stone in tono asciutto ad Angelina LeMay, sua migliore amica da una vita.

Angel le sfiorò il braccio. «Non sanno chi sei. Rilassati e divertiti, per una volta. Non riesco ancora a credere che tu sia venuta davvero con me, ma ti adoro per questo.»

La sua amica non sarebbe stata così comprensiva se avesse saputo che cosa nascondeva Scarlett negli slip. Tracannò il suo champagne. Era un'idea stupida. Chi pensava di essere? James Bond?

Il pensiero le iniettò una stilettata di paura. La toccava troppo nel vivo. Era troppo reale.

Ma non era come spiare segreti di Stato. Stava indagando su un vecchio crimine, in cerca della verità prima che fosse troppo tardi. Nessuno l'avrebbe aiutata. Dio solo sapeva quanto li avesse implorati uno per uno nel corso degli anni, e tutti si erano rifiutati. Ora era compito suo.

La sala del ricevimento, in cui l'Ambasciatore russo teneva la sua annuale festa di Natale, pareva l'interno di un palazzo reale, con soffitti altissimi, muri bianco ghiaccio intarsiati con dettagli d'oro, e due enormi lampadari che brillavano come una galassia di piccole stelle. Un pianoforte a coda, da un lato della sala, suonava in sottofondo. L'odore tenue di pino, misto al profumo speziato del vin brûlé, creava un effetto stucchevole eppure stranamente nostalgico. Il luogo era affollato e l'impressione di opulenza e storia dava le vertigini.

Fino al 1994 la residenza dell'ambasciatore era stata l'Ambasciata russa e ancora puzzava di storie occulte di lotte segrete di potere, che si adattavano bene alle circostanze. Suo padre le aveva detto che il KGB operava dall'interno di due caravan nel cortile sul retro, all'ombra dell'enorme palazzo del Washington Post. Scarlett non sapeva dove fosse nascosta adesso l'SVR, la moderna versione del KGB, e sperava di non scoprirlo mai.

I genitori di Angel – suo padre era il deputato Adam LeMay – avevano ricevuto un invito alla festa di Natale di quella sera, ma non avevano voluto parteciparvi. Angel aveva supplicato Scarlett di prendere il posto di sua sorella, che era andata a fare un'escursione nel deserto Mojave. Considerato il fatto che il nuovo ambasciatore era Andrei Anatoly Dorokhov, Scarlett non aveva potuto rifiutare, per quanto pericoloso e disperato fosse il suo piano. Non aveva scelta.

Prese un altro drink. Aveva bisogno che l'alcol le desse un po' di coraggio e magari anche di un calmante.

«Scar, non guardare adesso» la voce di Angel si abbassò a un sussurro «ma credo che il mio futuro marito sia appena entrato da quella porta.»

Angel LeMay si innamorava con regolarità.

«Vi auguro tutta la felicità del mondo» rispose Scarlett senza neanche voltarsi.

«Uniforme di gala della marina blu scuro e una fascia di seta dorata.» La sua amica si sventolò con la mano. «Sono innamorata.»

«Credevo che ti volessi sposare solo per i soldi» la prese in giro Scarlett.

Angel mostrò le fossette ai lati della bocca. «Farò un'eccezione per un eroe di guerra e, comunque, potrebbe essere ricco sfondato.»

Angel era la sua migliore amica, ma ciò non significava che Scarlett non si accorgesse dei suoi difetti. I suoi genitori la viziavano all'inverosimile. Lavorava a Capitol Hill nell'ufficio del padre, facendo Dio solo sa cosa – probabilmente rispondere alle email, se quella serata doveva essere un indizio. Scarlett pensava che l'atrofia cerebrale fosse l'unica spiegazione plausibile alle scelte scadenti di Angel in fatto di uomini. Non che le sue fossero migliori. Topi da laboratorio e accademici erano gli unici uomini che frequentava, e già frequentare era un parolone. "Prendere un caffè tra un esperimento e l'altro" sarebbe stato più accurato.

Dietro le spalle di Angel, Scarlett vide un altro tizio con indosso uno smoking nero farsi strada verso di loro. Il suo sguardo intenso, nero come il carbone, non abbandonò mai il sedere della sua amica. Angel indossava un vestitino nero stretto e cortissimo, con l'accento su "cortissimo". Erano pochi gli uomini che riuscivano a resisterle, meno ancora erano quelli che ci provavano. Lui alzò gli occhi e si accorse che Scarlett lo guardava. Una fossetta si sollevò sulla guancia dell'uomo e gli occhi neri brillarono. Non mostrava rimorso per essere stato pizzicato a guardare con lussuria il culo di Angel, ma solo la convinzione di averne tutto il diritto perché nessuno glielo avrebbe mai impedito. Sicuro di sé e potente. Doveva avere una trentina d'anni e glielo si leggeva su quel bel viso che era un seduttore.

Si diresse verso di loro e si presentò. «Benvenute nella dimora dell'Ambasciatore russo in America. Posso dire che è un piacere dare il benvenuto a delle belle e giovani donne come voi. Mi chiamo Sergio Raminski e sono l'assistente personale dell'Ambasciatore.» A parte qualche lievissima imperfezione, il suo accento era impeccabile.

Sembrava più una guardia del corpo che un segretario personale, almeno rispetto agli altri che Scarlett aveva visto, ma forse era solo paranoica. Ma non c'era nessun forse. Un brivido d'inquietudine le formicolò sotto la pelle. Se c'era un candidato a essere un agente dei Servizi Segreti, quello era Raminski.

Secondo suo padre, alcuni membri dello staff dell'ambasciata russa erano agenti del Cremlino, come del resto alcuni degli americani a Mosca non mettevano solo timbri ai passaporti. Angel si presentò, poi indicò Scarlett come sua sorella, Sarah. L'aspetto da nerd di Scarlett aveva subìto una ristrutturazione completa, rituale che Angel ripeteva in ogni occasione sin dai tempi dell'asilo. Lei e Sarah si assomigliavano vagamente, dopo che Angel le aveva impiastricciato il viso di trucco e le aveva tirato indietro i capelli. Scarlett aveva preso in prestito un abito argentato senza spalline che brillava alla luce delle candele. La gonna aveva una sottoveste a rete e un doppio strato di seta arricciata, ornata con balze al ginocchio.

Dieci centimetri di tacco volevano dire che arrivava al mento della maggior parte degli uomini presenti in sala.

Sergio si inchinò prima sulla mano di Angel e poi su quella di Scarlett. Quando lei provò a ritirarsi, lui la sorprese trattenendola per un istante e facendola trasalire, non in senso buono. Il rossore le imporporò le guance e subito richiamò la mano con fermezza.

«Suo padre non ha potuto partecipare?» le domandò Sergio.

Scarlett rimase a bocca aperta.

Angel intervenne. «Dopo il funerale del vicepresidente, si è sentito poco bene. Porge le sue più sentite scuse.»

Scarlett deglutì il nodo che le si era formato in gola. Il suo di padre era il vero motivo per cui si trovava lì.

«Spero nulla di grave.» Gli occhi neri erano accesi di interesse.

Le informazioni privilegiate sono sempre di grande interesse per gli ufficiali russi, per quanto possano sembrare banali. Le tornarono in mente gli ammonimenti di suo padre.

«Solo qualcosa che ha mangiato a pranzo.» Angel sorrise. Era un asso nel mentire e manipolare gli altri per ottenere ciò che voleva. Dalla luce dura in quegli occhi scuri, Scarlett scommise che Raminski era ancora più bravo a farlo.

«È stata una fortuna che siate sfuggite al malanno.» Raminski intensificò il calore del suo sorriso. «Mi sarei perso la parte migliore della festa, cioè incontrare due bellissime giovani donne come voi.»

Vomito.

Non erano solo i modi viscidi di Raminski a provocarle la nausea. Era in procinto di fare qualcosa per cui poteva essere arrestata. L'idea le fece venire i crampi allo stomaco. *L'opportunità di una vita*, ricordò a se stessa. E poteva sembrare un'esagerazione, detta così. Fato. Fortuna. Cogli l'attimo. *Qual è la cosa peggiore che potrebbe accadere?*

Avrebbero potuto rinchiuderla e buttare via la chiave.

Merda.

Ingollò ancora champagne.

Angel, che era una civetta nata, sfoderò un sorriso elettrico e si lisciò il ventre piatto, come se avesse bisogno di attirare più attenzione verso il suo corpo da dea. «Volevo entrare alla perfezione nel mio abito, stasera, perciò sono stata una brava bambina a pranzo.» L'espressione nei suoi occhi suggeriva che normalmente non lo era.

«Apprezzo molto i suoi sacrifici, signorina LeMay.» Raminski s'inchinò cortesemente verso Angel e poi verso Scarlett.

Non era affatto il suo tipo. A lei piacevano gli uomini che apprezzavano il cervello di una donna tanto quanto il corpo. Non gli idioti bellocci e muscolosi che cercavano solo sesso bollente e sfrenato.

Fattene una ragione, protestò una vocina interna.

E poi capì. *Quella* era la sua opportunità. Angel e Sergio Raminski erano distratti, intenti ad amoreggiare. Aveva bisogno di dieci minuti da sola. «A dire il vero» si toccò il ventre «non mi sento poi così bene. Se volete scusarmi un attimo, devo andare alla toilette.»

Fece un passo indietro e urtò con il gomito qualcuno dietro di lei.

«Ca...cchio» disse una profonda voce maschile.

Scarlett piroettò su se stessa e si trovò faccia a faccia col futuro marito di Angel. Era sicura fosse lui perché gli aveva appena fatto rovesciare lo champagne sul davanti dell'uniforme blu.

«Mi dispiace.» Afferrò un tovagliolo di stoffa da un cameriere lì vicino per tamponare la camicia bianca dell'uomo e la fascia dorata che aveva in vita. «Sono una tale imbranata.»

«Non è stato questo il mio primo pensiero.» La sua espressione la prese alla sprovvista. Aveva uno sguardo di ammirazione molto mascolino. Scarlett sbatté le palpebre per lo stupore. Lui le prese il tovagliolo dalle mani e lei sentì un brivido di qualcosa che non era di certo repulsione.

Quel tizio sembrava… be', era favoloso. E sexy. Era alto, al punto che Scarlett dovette inclinare indietro la testa per guardarlo, pur indossando quei ridicoli tacchi. I capelli tagliati corti in stile militare, di un biondo scuro, brillavano sotto i lampadari. Aveva un viso asciutto, la mascella ben delineata, pallidi occhi color nocciola che scintillavano pieni di divertimento, e una bocca che cercava di non darlo a vedere. Dovette forzarsi a non sventolarsi come aveva fatto prima Angel. Fece scivolare gli occhi verso il basso, ammirando le spalle larghe e il petto pieno di medaglie, particolare che la distolse dal suo attento esame. Era un eroe americano, ma non per quelle come lei.

Sergio Raminski provò a intromettersi. «Mi permetta di aiutarla.»

«No, grazie.» L'uomo alzò la mano in modo fermo, come per respingere il russo. *Capitan America incontra il Principe delle Tenebre.* «Non sono comunque un gran amante dello champagne.»

«Ma sarà tutto umido e appiccicoso.» Scarlett fece una smorfia dispiaciuta.

«Sarah LeMay!» La risata di Angel si fece indecente e rumorosa e Scarlett arrossì per l'imbarazzo.

Aprì la bocca per spiegare che non l'aveva detto con malizia, ma la richiuse subito. La luce negli occhi del militare si intensificò e il ghigno di Raminski si trasformò in un largo sorriso. Lei alzò gli occhi al cielo. *Grandioso.* Proprio grandioso.

«Se vuole pulirsi in modo adeguato la posso accompagnare in

una delle camere per gli ospiti, oppure...» Raminski chinò il capo da un lato ed entrò in modalità accoglienza melliflua. «La signorina LeMay stava giusto andando alla toilette. Magari potreste andarci insieme.»

L'americano sostenne lo sguardo dell'altro uomo abbastanza a lungo da procurarle disagio. Poi si voltò verso di lei e le porse il braccio, in un gesto cortese. «Certo. Lasci che la scorti. Potremmo sparire insieme.»

«So io chi vorrei che sparisse» farfugliò sottovoce Scarlett, lanciando uno sguardo a Raminski mentre si allontanavano.

Il militare le sorrise. L'ultima cosa che Scarlett voleva era una scorta, soprattutto di quelle attraenti e con medaglie luccicanti, ma doveva andarsene da lì, e mettersi a discutere avrebbe solo attirato di più l'attenzione. Scarlett Stone avrebbe potuto semplicemente fuggire via da quella situazione e nascondersi, ma le figlie del deputato erano state allevate tra ricchezze e privilegi. Si aspettavano di venir trattate come delle principesse in società. Fuori, nell'atrio, un cameriere li indirizzò verso un lungo corridoio poco illuminato. In base alle planimetrie che aveva studiato, era proprio dove doveva andare lei.

I tacchi picchiettavano sul pavimento di parquet, provocando un'eco rumorosa nella relativa quiete dell'atrio vuoto. Lui si muoveva in silenzio, ma Scarlett era ben consapevole di averlo al suo fianco – era consapevole della sua stazza, dell'aspetto e del corpo caldo vicino al suo. Si fermarono quando raggiunsero la toilette degli uomini, e lei liberò in fretta il braccio. «Mi dispiace davvero per lo champagne.»

«Sono cose che succedono» rispose lui con una scrollata di spalle, porgendole la mano. «Matt Lazlo.»

Lei gliela strinse. La pelle era calda e asciutta, la presa solida ma non spaccaossa. D'istinto, le labbra formarono il suo vero nome per un solo secondo, prima di ricordarsi chi doveva impersonare. «Sarah LeMay. Sono con mia... sorella Angel.» Non riuscì a sostenere il suo sguardo, ma non poteva dirgli la verità solo perché era bello e stava da dio in uniforme. Si sarebbe comportata come un perfetto agente segreto. Si trattenne dall'alzare esasperata gli occhi al cielo nei confronti di se stessa.

Le labbra dell'uomo s'indurirono e la sua espressione si fece seria. «Mi spiace che l'abbiano fatta sentire a disagio poco fa.»

Lo sguardo di Scarlett guizzò sorpreso su di lui. Aveva passato una vita a sentirsi a disagio e poche persone lo notavano. Si strofinò le braccia nude dove si era formata la pelle d'oca. «Non c'è problema. È stata colpa mia per averle versato lo champagne. Tendo a essere maldestra, a meno che non stia lavorando.» In quel caso le sue mani erano precise come il laser, e dovevano esserlo.

«Ah, e cosa fa nella vita?»

Merda. «Oh, niente di che» disse in tono vago. Sarah lavorava per un'agenzia pubblicitaria ma Scarlett non voleva aggiungere bugie a quelle già dette e, date le circostanze, non poteva dirgli che era un'esperta di fisica dello stato solido.

«Che orecchini carini.» Lui diede un colpetto a uno dei pendenti che le aveva prestato Angel. Scarlett se lo toccò d'istinto, non essendo abituata a indossare nulla di vistoso.

Lei indicò le sue medaglie. «La sua strabiliante argenteria non è da meno. Grazie per avermi accompagnata.» Quelle parole la misero a disagio, e non perché non fosse sincera, ma perché se lui avesse saputo chi era veramente, non avrebbe mai accettato i suoi ringraziamenti. Incurvò le spalle al pensiero, ripiegandosi appena su se stessa. L'America credeva che i membri della sua famiglia fossero i più infimi e pericolosi fra i traditori. E, a meno che Scarlett non fosse riuscita a smentirlo, lo avrebbe creduto per sempre.

Notò due minuscoli fori sull'uniforme dell'uomo, dove doveva esserci stata una spilla. Allungò una mano e sfiorò con le dita la stoffa ruvida. «Che cosa c'era lì?» Sollevò lo sguardo verso di lui e vide lo stupore nei suoi occhi.

«Niente.»

Lei ritirò la mano. «Allora perché l'ha tolta?»

Un lato della sua bocca si sollevò. Dio quant'era bello. «Tolto cosa?» Un'acuta sagacia si accese in quegli occhi profondi color nocciola, rendendoli un milione di volte più attraenti e provocando a Scarlett un brivido per tutto il corpo. Il tempismo aveva già posto fine a ogni possibile relazione tra loro. Fece un passo indietro: quella era la storia della sua vita.

Il pensiero di quello che stava per compiere offuscò completamente il piacere di aver incontrato quel tizio dagli occhi splendidi e un arguto senso dell'umorismo. «Forse è meglio che mi affretti a tornare da Angel.»

Lui sembrò dispiaciuto; l'espressione sul suo viso rivelava quanto non scalpitasse per tornare alla festa, proprio come lei.

«Perché è venuto stasera?» gli domandò Scarlett, d'improvviso curiosa.

«Un ordine diretto del mio capo. E lei?» Se ne stava in piedi con le gambe divaricate, guardandola come se avesse tutto il tempo del mondo.

Ma lei non aveva tutto il tempo del mondo. Aveva solo quel breve istante per provare e sistemare qualcosa di terribilmente sbagliato. E forse non sarebbe bastato. «Mi ci hanno costretta i miei genitori» gli rispose.

Non era una bugia.

Rimasero lì a guardarsi e a Scarlett mancò il fiato. Era uno di quei rari momenti in cui incontravi qualcuno e volevi passare il resto della serata a conoscerlo meglio. Alla fine, riuscì a interrompere quella connessione. Non sarebbe mai potuto succedere niente tra loro. Si voltò ed entrò nel bagno delle signore, e quando guardò dietro di sé, Matt Lazlo era sparito.

Matt Lazlo non era l'uomo per lei, per quanto potesse desiderare che lo fosse. La sua uniforme avrebbe già dovuto essere un bel monito.

La frase preferita di suo padre era sempre stata "Il prezzo della libertà è l'eterna vigilanza", ma lui era finito comunque in un carcere di massima sicurezza a scontare svariati ergastoli per alto tradimento. In quel momento, Scarlett stava per portare il concetto di eterna vigilanza a un livello completamente diverso e, se fosse stata catturata, avrebbe potuto solo sperare nell'aiuto di Dio.

Nel bagno tenne la porta aperta a una donna che stava

uscendo. Dalla sua posizione semi nascosta dietro una grande porta di quercia, intravide l'Ambasciatore russo uscire da una stanza dall'altra parte dell'atrio. Secondo le ricerche fatte, quello doveva essere il suo ufficio. Riconobbe il volto dalle foto ufficiali che aveva visto. Capelli biondi e ispidi e una fronte dai tratti marcati. Basso, tarchiato, ma attraente in modo schietto e potente. Quattordici anni prima era stato l'attaché diplomatico, lì a Washington. Era tornato a Mosca poco prima che suo padre venisse arrestato.

Coincidenza? Scarlett non lo credeva.

Suo padre aveva sempre sospettato di Andrei Dorokhov, ma non aveva mai trovato alcuna prova concreta del fatto che fosse una spia. Doveva esserci andato troppo vicino, però, e in qualche modo i russi erano riusciti a incastrarlo. Scarlett sperava di scoprire con precisione come ci fossero riusciti e scagionare suo padre.

L'Ambasciatore si lisciò l'elegante giacca bianca e camminò lungo l'atrio a grandi passi. Un altro uomo uscì dopo di lui, dirigendosi poi nella direzione opposta. Scarlett adocchiò la porta dell'ufficio che si chiudeva lentamente. Il suo piano era di mettere una cimice dentro a un ripostiglio per le scope, dietro l'angolo, che condivideva un muro interno con l'ufficio di Dorokhov. La tecnologia era abbastanza buona da intercettare le conversazioni, ma di certo non era la soluzione ottimale. Tentando la sorte, attraversò come un lampo l'atrio, bloccò la porta proprio prima che la serratura scattasse e s'infilò dentro l'ufficio, accostandola piano dietro di sé.

Era buio e accese l'interruttore della luce sopra di lei per accertarsi che non ci fosse nessun altro nella stanza. Sarebbe stato più facile accampare subito la scusa dell'inconsapevolezza, invece che ficcanasare in giro e trovare qualcuno seduto nell'oscurità che la guardava commettere un crimine. La stanza era molto bella nella sua opulenza vecchio stile. Un camino di marmo con sopra un enorme specchio dalla cornice d'oro attirava l'attenzione, e pesanti tende di velluto rosso chiudevano fuori il mondo. Una gigantesca scrivania di legno scuro con finitura satinata era situata alla sua destra.

Non sapeva bene cosa le avrebbero fatto se l'avessero scoperta lì dentro, ma di certo nulla di buono.

Si soffermò su una lampada di ottone riccamente decorata, posata sulla scrivania, che sembrava perfetta per ciò che doveva fare. Si sollevò la gonna e si mise le mani negli slip, da cui estrasse una bustina di plastica. Rovesciò adagio la lampada sulla scrivania e prese il minuscolo cacciavite estendibile dalla busta. Era complicato da maneggiare, ma dopo pochi secondi rimosse la base della lampada e guardò dentro.

Un'ondata di terrore puro le attraversò le spalle nude e scese lungo la spina dorsale. Dentro alla lampada c'era un'altra cimice. Di tipo sofisticato. Non un rimasuglio della Guerra Fredda. *Cazzarola*. Le venne da urlare ma serrò la bocca. Un velo di sudore le ricoprì la pelle e i palmi delle mani si inumidirono. Qualcuno stava già spiando Andrei Dorokhov, o il suo predecessore. E quel qualcuno stava magari spiando lei, proprio in quel momento.

Dimmi che non sta succedendo davvero.

Strinse forte gli occhi. Poi si riprese. Stava succedendo e lei doveva uscire di lì. Subito.

Velocemente, rimontò la lampada e la ripulì dalle impronte. C'erano alte probabilità che chiunque stesse spiando i russi avesse appena assistito al suo tentativo di fare la stessa cosa. O forse avevano solo l'audio… *Ti prego, fa che abbiano solo l'audio.*

S'infilò la bustina di plastica nel corpetto e spense la luce prima di aprire la porta di qualche millimetro. Non c'era nessuno nel corridoio, perciò scivolò attraverso l'atrio fino al bagno. Buttò la cimice nel water, tirando l'acqua, e il cacciavite nel bidone.

Le sue chance si erano volatilizzate. Forse non ne aveva mai avute – solo un'altra fragile speranza di tenere viva l'illusione. Appoggiò la fronte sullo stipite di legno della porta, mentre il cuore le batteva impazzito nel petto. L'adrenalina la frastornava. La pelle era umida. Il corpo alternava la sensazione di freddo e caldo mentre lei passava dal panico alla disperazione. Doveva uscire di lì. Non poteva credere di essere stata così stupida e ingenua da pensare di potercela fare, ma forse era così che suo padre era stato beccato. Gli stupidi e gli ingenui abbondavano nella sua famiglia, insieme ai creduloni e agli sfortunati.

———

L'agente speciale dell'FBI Matt Lazlo osservò Sarah LeMay filarsela alla svelta sul tappeto felpato per tornare da sua sorella. Quella donna lo intrigava. Meno sicura di sé della sorella, non così sfacciatamente bella, ma di certo più attraente, almeno per lui. Pensieri profondi si celavano sotto la superficie, pensieri che avrebbe voluto esplorare e, a pensarci bene, non gli sarebbe dispiaciuto nemmeno perlustrare la superficie. Odorava anche di buono: limone pungente al tempo stesso dolce e fresco.

Non era il suo tipo in realtà, grandi occhi scuri e un'aria da monella. A lui piacevano le curve morbide, i capelli lunghi e un sorriso ottimista.

La sorella aveva le curve, ma per qualche motivo Sarah attirava di più la sua attenzione. C'era stata una connessione prima tra di loro. Solo un morto non l'avrebbe notata, e sebbene lui ci fosse andato vicino diverse volte, era ancora vivo e vegeto. Era tentato di chiederle il numero, anche se l'idea di portare fuori per una serata in città la figlia di un politico non si abbinava bene al suo budget ristretto.

Ma tutti dovevano godersela un po', giusto?

«Una vostra amica?» domandò la moglie dell'ambasciatore russo.

Accidenti. Non avrebbe dovuto distrarsi. L'ambasciatrice l'aveva braccato appena tornato al ricevimento e l'istinto di sopravvivenza di Matt era entrato in azione. Gli agenti dell'FBI non dovrebbero andare in giro con belle donne all'ambasciata russa. Se fosse stato qualcun altro, e non l'Agente Speciale vice in comando Lincoln Frazer, a chiedergli di partecipare alla festa al posto suo, si sarebbe fatto qualche domanda sulla salute mentale dell'interlocutore. Ma Frazer era la rockstar dell'FBI e avrebbe potuto crearsi una sua personale divisione nell'agenzia, se avesse voluto. Aveva ricevuto un invito inaspettato alla cena del Presidente degli Stati Uniti e aveva chiesto a lui di prendere il suo posto all'ultimo minuto. Matt avrebbe preferito rimanere sulla sua barca a bere birra, ma era dura dire di no a Frazer, soprattutto il giorno in cui era stato sepolto il vicepresidente. Il politico era morto per un attacco di cuore nella sua casa in Kentucky. Ed era solo l'ultimo di una serie di eventi che prima avevano portato al ferimento del suo migliore amico, Jed, e poi all'attentato alla vita del Presidente. Partecipare a un ricevimento natalizio al posto di Frazer gli sembrava il minimo, date le circostanze.

Matt si era unito all'FBI per stare più tranquillo e avere un orario di lavoro più regolare, ma le ultime sei settimane non erano state per niente tranquille. Non vedeva l'ora di un po' di meritato riposo durante le feste.

La moglie dell'ambasciatore lo guardava, in attesa.

«No, signora. L'ho conosciuta solo poco fa quando ha rovesciato per sbaglio dello champagne sulla mia camicia.»

Natalie Dorokhov aveva capelli neri come l'inchiostro e labbra rosse rubino, ma sembrava più la strega cattiva che Biancaneve. La donna sorseggiò il suo champagne e lo fissò attentamente. «Sembra che abbia quindici anni.» Gli occhi dell'ambasciatrice erano blu pallido e la facevano apparire molto più vecchia di una quindicenne.

Matt sorrise con gentilezza. Sarah LeMay non era una ragazzina. Aveva solo quel vigore giovanile che sfidava gli anni. Ma farlo notare a quella donna sarebbe stato come parlarle di malattie veneree, perciò cambiò argomento. «Vi state godendo Washington, signora?»

Natalie sorrise compiaciuta. «Mi piace conoscere gente nuova. Mio marito era già stato assegnato qui anni fa, prima che ci incontrassimo, perciò conosce la città e ha degli amici qui.» Le sue spalle nude si alzarono e ricaddero. «Anche se non mi piace essere trattata come un'agente del Cremlino ogni volta che partecipo a un ricevimento.»

«Credo sia normale.» Non avrebbe mai discusso con lei della sicurezza russa, mai.

Sarah stava parlando ansiosa all'orecchio di sua sorella, poi iniziò a trascinarla fisicamente verso la porta. Sergio Raminski parve scocciato. Matt non si fidava di quel tipo ed era contento che le sorelle LeMay si stessero allontanando da lui. Avrebbe voluto parlare di nuovo con Sarah, ma lei non lo degnò nemmeno di uno sguardo. E per fortuna che si era immaginato una connessione tra loro.

Peccato. Riportò l'attenzione su Natalie. «Il vostro inglese è eccellente, signora.»

«Grazie.» Il suo sorriso si fece più largo, come se stesse celando un segreto. «Ho avuto degli insegnanti strepitosi.» La sua espressione cambiò. «Ah, mio marito mi sta cercando.» Gli mise una mano sul bicipite e glielo strinse. Quel gesto gli scatenò un fottuto istinto di filarsela da quel posto. «È stato un piacere conoscervi, Matthew.» Siccome si presentava come Matt, la gente faceva supposizioni che lui non si sforzava nemmeno di correggere. «Spero di incontrarvi di nuovo presto.»

Lui sperò di no.

«Natalie.» Inclinò il capo. Chiamare la moglie dell'ambasciatore russo per nome? I suoi vecchi amici di squadra si sarebbero sbellicati dalle risate, per non parlare dei suoi colleghi dell'FBI. Che Dio lo scampasse.

Matt controllò l'orologio, decise che aveva fatto il suo dovere, e porse il bicchiere al cameriere più vicino. Era stanco morto dopo una serie di interminabili giornate da quindici ore passate a tenere i mostri lontani dalle strade.

Sarah LeMay e sua sorella erano sparite. Scrollò le spalle tre sé e sé. Non era comunque il tipo di donna a cui avrebbe dovuto stare appresso. Non sembrava una da flirt disimpegnato, e lui era troppo occupato a lavorare e a cercare di raccapezzarsi col regime assistenziale di sua madre per potersi permettere una relazione seria. Mandò un messaggio all'autista di Frazer e scese al piano di sotto. La limousine accostò proprio nel momento in cui lui uscì dal palazzo sulla Sedicesima Strada.

Scorse Angel e Sarah LeMay che litigavano sul marciapiede. Angel era visibilmente contrariata con la sorella, non poteva sentire esattamente cosa le stesse dicendo, ma agitava il dito in faccia a Sarah e imprecava come uno scaricatore di porto.

L'impulso di intervenire e prendere le difese di quella donna esile lo travolse.

Frazer *ormai* aveva fatto cambiare rotta alla sua serata e gli aveva detto di divertirsi. «Posso offrirvi un passaggio, signorine?» L'espressione furiosa di Angel svanì subito, anche se Sarah le afferrò il braccio e provò a trattenerla.

«Certo che puoi, bellezza.» Angel si liberò dalla presa della sorella e si mosse sinuosa verso di lui. Matt quasi s'ingoiò la lingua quando il cappotto le si aprì leggermente e rivelò l'orlo dell'abito nel punto in cui incontrava le cosce. *Santo cielo.* Era incredibile che non le avesse notate prima, perché quella donna aveva un gran bel paio di gambe. Quella cosa lo fece incazzare. Era un osservatore addestrato e si era distratto. Cos'altro si era perso?

Angel si sedette nella limousine e cercò immediatamente il frigo bar. Sarah rimase in piedi sul marciapiede, fissandolo con occhi spauriti. Il mento si sollevò appena e la gola ondulò. Angel era una civetta nata, ma sua sorella era una creatura completamente diversa.

«Tu vieni?» le domandò.

Le emozioni le si accavallarono dietro lo sguardo e sembrò essere sul punto di scappare via.

«Va tutto bene?» Lui fece un passo in avanti.

Sarah strinse le labbra e annuì in fretta. «Sì, grazie.» Ma la sua voce era flebile e ogni tono divertito era sparito. Non era la stessa donna con cui aveva flirtato poco prima. C'era qualcosa di fragile in lei. Data la natura cinica del suo lavoro, era sorpreso che quell'aspetto l'attirasse così tanto. Non gli piacevano le donne fragili, ma quelle toste e grintose. Donne che gli davano filo da torcere e sapevano come andava il mondo. Donne che non si disperavano se lui non le chiamava il giorno dopo, o anche mai più. Sarah LeMay pareva essere l'opposto del suo tipo ideale e non capiva perché lo attraesse così tanto.

«Vuoi salire in auto?»

Le palpebre di Sarah si chiusero per un istante per poi spalancarsi di nuovo, come se avesse paura di abbassare la guardia. Si mosse verso di lui, raccogliendo la gonna per sedersi accanto alla sorella.

«Dove vi porto?» domandò accomodandosi vicino a loro.

«In qualche discoteca.» Angel pareva contrariata dalla mancanza di alcol nel veicolo. Benvenute nel Bureau.

«A casa.» La voce di Sarah tremò. «Non mi sento bene.»

Ecco spiegato il repentino cambio di umore.

Angel la guardò inviperita. «Scar, giuro su Dio...»

«Scar?» domandò Matt.

«È un soprannome» rispose in fretta Sarah. «Ci puoi lasciare al 145 sulla Diciannovesima Strada, per piacere?»

Matt diede l'indirizzo all'autista, osservando lo scambio tra le due sorelle.

C'era qualcosa di bizzarro. Le labbra di Angel erano serrate in una linea stretta e l'indice tamburellava impaziente sul ginocchio nudo. Sarah aveva lo sguardo fisso fuori dal finestrino. Gli si drizzarono i peli sulla nuca.

Non erano affari suoi.

Angel si voltò verso di lui e ruppe il silenzio. «Be', dove vai adesso, bel marinaio?»

Sarah le lanciò un'occhiata d'odio.

«A casa.»

«E dov'è casa?» Si gettò i ricci biondi dietro la spalla sinistra.

«Virginia.»

Quando non proseguì oltre, Angel tornò a tamburellare il dito, infastidita.

Se glielo avesse chiesto Sarah, avrebbe dato la stessa risposta?

Forse. L'avrebbe invitata a casa sua? Decisamente forse. Più la guardava, più si rendeva conto di quanto fosse carina. Sopracciglia e ciglia scure, labbra perfette. Venature d'oro le striavano i capelli castano chiaro, appuntati alla nuca in modo disordinato. Angel era molto bella – come la moglie dell'ambasciatore – ma nessuna delle due aveva quel... cosa diavolo era? Dolcezza? Vulnerabilità? Acume?

Quella donna stava praticamente vibrando sulla sedia. Resistette alla tentazione di allungarsi e stringerle la mano per rassicurarla.

Arrivarono all'indirizzo dato dalle due donne, calati in un silenzio imbarazzante. Lui scese e tenne aperta la portiera. Angel si diresse rapida verso la scalinata in pietra della casa dei suoi genitori, con i tacchi che potevano essere usati come armi letali. Tacchi micidiali, un abito micidiale e un viso micidiale. Tutto ciò lo lasciò indifferente.

Sarah scese dalla limousine più adagio. «G-grazie per il passaggio.»

«È stato un piacere. Ti auguro di riprenderti presto.» Matt la fissò con intensità, sperando che lei incontrasse il suo sguardo, per chiederle di uscire. Sarah si voltò e seguì la sorella su per le scale.

Frustrato, perché la codardia non era qualcosa che di solito Matt tollerava in se stesso, risalì sulla limousine e l'autista ripartì. Si voltò per guardare dal vetro posteriore. Sarah LeMay era in piedi in cima alle scale che lo osservava, come se anche lei avesse dei rimpianti.

Accidenti.

2

Scarlett seguì Angel nella villetta a schiera della famiglia LeMay. Le pareti bianche e il legno chiaro erano eleganti e adatti sia a intrattenere i pezzi grossi sia a creare un ambiente familiare caldo e invitante. Scarlett si era sempre sentita la benvenuta lì. In quel momento, si sentiva un'imbrogliona.

«Siete tornate presto.» La madre di Angel, Valerie, uscì dalla sala verso l'ingresso per salutarle e dar loro un bacio sulle guance. «Credevo andaste in discoteca.»

«Scar non si sente bene, perciò siamo tornate prima.» La voce di Angel aveva un suono stridulo che sua madre non colse, per fortuna. La sua migliore amica era davvero furiosa e Scarlett non poteva biasimarla.

Valerie mise una mano fredda sulla fronte di Scarlett. La donna sembrava ancora più bassa del solito. Due occhi castani preoccupati la scrutarono con affetto. «Non sei calda, ma sei pallida. Vuoi rimanere qui, stanotte?»

«Grazie, signora LeMay.» Scarlett la chiamava sempre signora LeMay anche se erano anni che la donna le chiedeva di chiamarla Valerie. «Forse farei meglio a tornare a casa. Devo lavorare domani.»

«La vigilia di Natale?» Gli occhi castani della donna si allargarono.

Scarlett annuì. «È un ottimo momento per starmene in laboratorio. È tranquillo. Mia mamma è andata via una settimana per andare a trovare papà...» Il silenzio si schiantò come un albero abbattuto. *Merda.*

«Allora verrai qui per la cena di Natale, okay?» domandò Valerie.

Scarlett scosse il capo. «Sto facendo un esperimento...»

«Sciocchezze. Tu verrai qui. E non voglio sentire ragioni.» Valerie annuì in modo deciso e il discorso si chiuse lì.

«Okay, grazie» acconsentì Scarlett, debolmente. Tenendo conto che non era stata arrestata e rinchiusa in galera...

«Oh, cielo.» Valerie si allungò verso l'orecchio destro di Scarlett. «Hai perso un orecchino.»

Scarlett rimase di ghiaccio, mentre la mano schizzava per verificare. Pregò che non le fosse caduto mentre era nell'ufficio di Dorokhov. Le probabilità erano minime. Poteva averlo perso ovunque, nella sala del ricevimento, in bagno o nella limousine. Era rimasta in quell'ufficio un paio di minuti al massimo.

Era facile dire a se stessa di non preoccuparsi, ma durissimo da mettere in pratica.

«Vi lascio, ragazze. Io e tuo padre stiamo guardando *La vita è meravigliosa*» disse Valerie. «C'è la nostra parte preferita, quando cadono nella piscina.»

Angel scosse il capo. «Non so davvero come fai a contenere l'eccitazione, mamma.»

«Ecco perché dovete divertirvi adesso che siete giovani, perché quando avrete la mia età desidererete solo stare in casa a guardare vecchi film in tv con il vostro marito decrepito.» Baciò sua figlia sulla fronte ed entrò in sala, chiudendosi la porta alle spalle.

«Sei entusiasmante proprio come mia madre, lo sai, sì?» bofonchiò Angel. «Con la differenza che quando lei aveva la tua età sapeva bene come divertirsi. Quando compirai cinquant'anni, potremo benissimo seppellirti.»

Scarlett scattò e incrociò le braccia. Angel aveva una laurea in stronzaggine, che metteva a frutto ogni volta che s'infuriava. Era più facile uscire dalla tempesta che combattere. Scarlett seguì la sua amica su per le scale, per potersi cambiare e andarsene. Aveva bisogno di stare sola.

«Non so cosa cazzo ti prenda» continuò Angel. «Ci sono due degli uomini più sexy che io abbia mai visto, e tu mi trascini via come se fossimo in pericolo di morte. Ma ti piacciono gli uomini?»

Scarlett sospirò. «Certo che mi piacciono gli uomini.»

«Intendo quelli belli, non gli imbranati che frequenti tu.» Angel pestò i piedi sulle scale fino ad arrivare al piano superiore e spalancò la porta della sua stanza.

La maturità non era il suo forte, ma la lealtà sì.

Viste le circostanze, Scarlett non aveva avuto altra scelta che lasciare il ricevimento, anche se non poteva dire ad Angel il vero motivo. Non voleva correre il rischio d'invischiarla in un potenziale scandalo che sarebbe potuto diventare molto serio, considerando chi era suo padre. Angel sarebbe andata fuori di testa se avesse saputo la verità e Scarlett non voleva affrontare una sfuriata in quel momento. Le faceva male la mandibola per aver tenuto i denti serrati. Non aveva pianificato per niente bene quella faccenda, troppo esaltata dall'opportunità di piazzare una cimice per pensare alle ripercussioni se la cosa non fosse andata in porto.

Depose l'orecchino spaiato sul comò di Angel. «Mi dispiace di aver perso il tuo orecchino.»

Angel grugnì e lanciò via le scarpe col tacco.

Scarlett avrebbe rimpiazzato il gioiello mancante non appena fosse riuscita a ricomprarlo.

Angel non aveva finito. «Quante volte negli anni sono stata dalla tua parte? Ti ho mai chiesto qualcosa in cambio?»

Sempre.

«Ho venticinque anni e mi sento già intrappolata in una vita noiosa. Dovevamo andare a divertirci, ricordi? E quel marinaio, poi. *Oddio, Scarlett.* Hai almeno notato come ti guardava?»

«Sì, gli ho versato dello champagne sulla camicia. Mi ha guardata come se fossi un'idiota.»

«No, invece.» Angel scosse il capo. «Era un figo da paura ed era presissimo da te. Non gli hai nemmeno chiesto il numero. Sei una gran rottura di palle.»

Scarlett si sfilò il cappotto e s'incamminò nella stanza di fianco, quella di Sarah, per appenderlo sul retro della porta. Sì, aveva notato come l'aveva guardata Matt Lazlo. Era solo un altro particolare di merda di un'altra giornata di merda, perché lei aveva voluto disperatamente che un uomo la guardasse in quel modo, e ora era successo… *Hasta la vista, baby.*

Si era risparmiata un grave mal di cuore nel futuro. Quello non era fatalismo, erano quattordici anni passati ad assistere a quello che accadeva quando la gente scopriva l'identità di suo padre.

Trovò la cerniera sul retro dell'abito e lo lasciò cadere, poi se lo tolse scendendo dai tacchi. Sarah era l'opposto di sua sorella per molte cose, ma anche lei amava i bei vestiti. Era una patita degli sport outdoor: escursionismo, arrampicata, sci. L'unico interesse che Angel aveva nelle attività all'aperto, invece, era se il make-up e i capelli avrebbero retto in caso di pioggia.

Scarlett si tolse il pesante trucco nel bagno, poi si rimise in fretta i jeans, la felpa nera e le scarpe da ginnastica. Lasciò i capelli fissati sulla nuca e li coprì con un berretto di tweed. Afferrò la sua giacca verde di lana dal letto insieme alla lunga sciarpa, avvolgendola intorno al collo due volte per combattere il freddo dell'inverno.

Angel giaceva sul letto in biancheria intima. Quella donna non aveva il minimo pudore. Guardava il suo telefono e sorrideva.

«Devo andare.» Scarlett era in piedi, a disagio, sulla porta.

Gli occhi blu di Angel si piantarono su di lei. «Devi fartene una ragione, Scar, ormai è passato. Tuo padre è in prigione. La maggior parte della gente non ricorda nemmeno cos'abbia fatto…»

«Non l'ha fatto» scattò Scarlett.

Angel balzò in piedi e afferrò il braccio di Scarlett. Le dita si strinsero in una presa dolorosa. «L'ha fatto. Ha fatto uccidere sei agenti dell'Intelligence americana e ha venduto gli Stati Uniti ai russi. Devi accettarlo e andare avanti. Tu non sei tuo padre.»

Scarlett fissò il volto della sua migliore amica e pronunciò le parole che aveva tenuto chiuse a chiave dentro di sé da quando sua madre gliel'aveva detto la settimana precedente. «Sta morendo. Papà ha un tumore e sta morendo.»

Gli occhi di Angel si spalancarono e si richiusero prima di stringere con forza a sé Scarlett, che si accasciò. Entrambe si buttarono sul letto e, tra le braccia della sua migliore amica, Scarlett provò a trattenere i singhiozzi che pretendevano di uscire.

«Perché non me l'hai detto?» Angel le accarezzò la schiena su e giù con un tocco caldo e calmante. «Perché non mi dici mai le cose finché io non te le tiro fuori a forza con i miei modi da assoluta stronza?»

Scarlett si asciugò le guance bagnate. «Sembrava che ti stessi divertendo, quindi...»

«Ah.» Angel la lasciò andare e Scarlett si mise a sedere.

Studiò il pesante tappeto di lana ai suoi piedi. «Non riuscivo a parlarne, la ferita era ancora troppo viva.» Alzò lo sguardo. «Mi dispiace di non averti dato la possibilità di prendere il numero di Raminski.»

Angel sollevò un sopracciglio. «Cosa ti fa pensare che non l'abbia fatto?» Il ghigno della sua amica era furbo e malizioso.

Scarlett aprì la bocca. «Be', ti sei comportata come Cenerentola trascinata via dal ballo, solo che tu hai dimenticato di lasciare la scarpetta.»

«Non lascerei mai in giro una scarpa.» Le calzature di Angel costavano più dell'auto di Scarlett. «Ma soprattutto, ho preso anche il numero del marinaio.» I suoi occhi celesti la stavano valutando. «Lo vuoi?»

Stava bluffando? Di sicuro stava fingendo.

Scarlett ripensò a come lui l'aveva guardata prima che lei entrasse nella limousine. Come se gli importasse di lei, che era assurdo visto che non la conosceva nemmeno e, se avesse saputo la sua identità, sarebbe corso via a gambe levate. Nessuno voleva frequentarla una volta che capivano chi era, e quello valeva doppio per un eroe di guerra americano.

Deglutì per bagnare la gola arida. «No, non lo voglio.» Ma la menzogna le scorticò la lingua.

———

Matt si stirò sul sedile posteriore della limousine, con gli occhi chiusi. Aveva fatto una deviazione veloce alla Casa Bianca per salutare il suo amico Jed Brennan, che non vedeva da quando gli avevano sparato. Poi Jed era andato a dormire in qualche hotel di lusso di Washington con una deliziosa rossa. Quell'uomo era così innamorato di lei e di suo figlio, che Matt quasi si era quasi sentito soffocare. Jed sarebbe stato un padre fantastico, quello che ogni figlio dovrebbe avere, quello che a Matt era mancato. Tuttavia, la mancanza del padre l'aveva reso un uomo migliore, a lungo andare. Quel coglione che l'aveva concepito non era certo un modello da seguire.

Adesso Matt stava tornando a casa. Ancora un giorno a Natale, e sebbene i fuori di testa non smettessero mai di dedicarsi ai loro omicidi merdosi, anche gli agenti dell'Unità Comportamentale dell'FBI avevano diritto di rilassarsi per qualche ora in coma da tacchino ripieno. Matt non vedeva l'ora di farsi delle colossali dormite e passare del tempo con sua madre; non che lei fosse in grado di apprezzarlo, ma quel particolare non gli avrebbe impedito di essere lì per lei.

Gli squillò il cellulare e lo tirò fuori dalla tasca. Quando guardò lo schermo, si accigliò.

Cosa diavolo voleva l'Agente Speciale vice in comando Jon Regan, il capo dell'unità della TacOps, per chiamarlo a quell'ora?

«Lazlo» rispose Matt.

«Sei solo?»

Matt guardò l'autista, ma i vetri divisori erano alzati. «Sono su una limousine governativa.»

«Eri alla residenza dell'ambasciatore russo?»

Matt tolse i piedi dal sedile e si mise a sedere dritto, d'improvviso sveglissimo. «Mi stai seguendo?»

«No.» Regan rise, ma sembrava teso. «Puoi dirmi perché eri lì?»

Matt fece scorrere le dita tra i capelli corti. La TacOps era specializzata in infiltrazioni segrete per installare sofisticati dispositivi di sorveglianza e di ascolto in luoghi mirati. In pratica, erano degli scassinatori sovvenzionati dal governo, con un armamentario di strumenti per lo spionaggio che avrebbero fatto sbavare James Bond.

«L'Agente Speciale vice in comando Frazer mi ha chiesto di prendere il suo posto al ricevimento di Natale. Una rottura di palle.» Pensò a Sarah LeMay e serrò le labbra. Non amava avere rimpianti – cosa che aveva ereditato da suo padre – ma in quel momento preciso ne aveva qualcuno nei confronti di quella donna dai grandi occhi castani per non averle chiesto il numero di telefono. «Perché?»

«Ti invio una foto. Voglio sapere se conosci questa ragazza.»

Matt attese che l'immagine arrivasse. La foto mostrava una schiena deliziosa, avvolta in un abito mozzafiato con una sottoveste pazzesca, piegata su una scrivania. Per quanto quella visione potesse distrarlo, lui si concentrò su ciò che la donna stava facendo. Sembrava che stesse… smontando una lampada. *Cazzo.*

«Quindi?» Domandò Regan.

«Si chiama Sarah LeMay…»

«La figlia del deputato LeMay?»

«Già. Era lì con sua sorella, Angel. Mi ha versato addosso dello champagne e l'ho accompagnata alla toilette, per potermi pulire.»

«Credi sia stato un incidente?»

Matt ripensò all'intera scena. «Lo credevo. Cosa sta succedendo?»

«La foto è uno scatto di lei che smonta la base di una lampada nell'ufficio di Dorokhov.»

La bocca di Matt divenne arida come il deserto. Quella donna era una spia? Se fosse stato così, era oltre il professionismo. L'aveva infinocchiato con la sua parvenza di innocente vulnerabilità. Era stato *lui* il bersaglio? Figlia di puttana.

Regan si schiarì la gola. «Stava cercando di installare una microspia nell'ufficio dell'ambasciatore, ma ha scoperto che qualcuno l'ha battuta sul tempo.»

«Qualcuno?» Domandò Matt secco.

«Esatto.» L'ironia permeava la voce di Regan.

«E perché mai avrebbe dovuto infilare una microspia nell'ufficio dell'ambasciatore russo?»

«E che ne so, ti ho chiamato per questo. Ve ne siete andati nello stesso momento.»

Matt annuì, non sorpreso che ci fosse la sorveglianza nella zona. Controllare i movimenti alle ambasciate straniere doveva essere un lavoro di routine per le agenzie di controspionaggio. «Ho dato a entrambe un passaggio a casa.»

«Hai dato loro nient'altro?» La voce era ora più cauta.

Cosa sta succedendo?

«Se dico che mi sarebbe piaciuto, mi spedirai a fare un seminario di addestramento alle relazioni interpersonali?»

«Nessun uomo single etero sulla terra avrebbe bisogno di partecipare a un gruppo destrutturato per dire la pura e semplice verità. Quelle due donne erano mozzafiato. Dovresti vedere dove ha nascosto il cacciavite.»

Ricordando le linee dell'abito della donna, Matt ne ebbe una chiara immagine. *Merda.* Si sfregò la fronte. L'idea di essere stato raggirato non gli andava giù. «Le ho lasciate a casa del deputato e l'autista mi ha poi portato alla Casa Bianca…»

«Sei andato alla Casa Bianca?» Regan sembrava si stesse strozzando nelle sue stesse parole.

«Non dentro. Sul retro, per salutare un amico per qualche minuto. Non era pianificato e non ho detto a quella donna che ci sarei andato.»

Cadde un silenzio lungo e teso. «Ci possiamo incontrare al Centro?»

«Adesso?» Matt ci passava quasi davanti per andare a casa. «Ho altra scelta?»

«No.»

«Immaginavo l'avresti detto.»

«Questa è la stagione in cui si regalano gioie.»

«Fidati, se qualcuno dovesse darmi delle gioie non vorrei che fossi tu.» La mente gli tornò al viso elfico di Sarah LeMay. Una spia che l'aveva inchiodato con un paio di grandi occhi castani. Evidentemente aveva perso il suo tocco. «Arrivo tra dieci minuti. Fai in modo che ci sia caffè in abbondanza.»

———

Andrei Dorokhov aprì la porta del suo ufficio ed entrò a grandi passi. Sua moglie e Sergio lo seguivano a braccetto. Natalie era ubriaca, ma a lui non importava. Lei flirtava con chiunque incontrasse, uomo o donna che fosse, ma non l'aveva mai tradito. Non avrebbe osato.

Sergio però avrebbe potuto.

Il suo "assistente" era spietato e ambizioso, ma non era stupido. Sergio Raminski non avrebbe fatto il furbo con lui a meno che non avesse qualcosa da guadagnarci. Andrei capiva Sergio meglio di chiunque altro. Un tempo era stato esattamente come lui.

Andrei si diresse verso il camino e aprì una scatola di sigari cubani. Ne offrì uno a Sergio prima di spuntarne un altro e accenderlo. L'aroma calmante del tabacco dolciastro si fece strada nei suoi polmoni. Natalie versò a ciascuno un'altra vodka.

«A una serata di successo.» Gli passò il bicchiere e gli sorrise in quel modo tutto suo, come se lui fosse l'unico uomo nella stanza.

Era fortunato ad averla. Lui sollevò il bicchiere. «*Vashe Zdoroviye, lyubov moya.*»

Sorseggiò la sua vodka. Non era stanco. Nella sua vita lavorativa aveva passato la maggior parte delle notti in giro per le strade di varie città, nascondendosi in vicoli bui e scambiando denaro e istruzioni attraverso l'uso di nascondigli segreti. Gestiva agenti. Reperiva informazioni e le passava. Era un mondo in cui si sentiva a suo agio e sicuro di sé. Invece, era lì all'ambasciata che temeva di non essere come i suoi superiori si aspettavano. Aveva fatto pressione per avere quell'incarico: era un modo per tornare negli Stati Uniti, ma rimanendo intoccabile.

Un senso di nostalgia gli si srotolò nell'animo. Doveva essere lo spirito natalizio o qualche brindisi di troppo alle signore. Per circa vent'anni aveva gestito gli anelli dello spionaggio intorno al globo. Gli mancava l'eccitazione di quei tempi, ma era a Washington per assicurarsi che il passato rimanesse sepolto e che certe menzogne morissero insieme alla verità. La rete di agenti russi era sempre stata molto più terribile della controparte americana. Andrei aveva lavorato sodo e sacrificato tanto perché tutto rimanesse così. Solo un uomo aveva davvero sospettato di lui, ma Andrei se n'era occupato come era solito fare, con spietata efficienza.

Sergio si mosse verso le tende. Quel ragazzo era attraente e affascinante, ed era evidente che avrebbe preferito andarsi a scopare qualche donna piuttosto che occuparsi delle necessità del suo capo. Sergio aveva l'aspetto e le capacità per fare carriera nel mondo dei diplomatici, ma più di tutto, aveva legami molto potenti che si stavano arricchendo sempre di più mentre la Russia espandeva il suo impero energetico.

Accusò le prime avvisaglie di sbornia proprio dietro gli occhi, un chiaro segno di invecchiamento e debolezza che non avrebbe mai rivelato a nessuno.

«Cosa c'è in programma per domani?» domandò Raminski.

«Pranzo con l'ambasciatore canadese, poi un ricevimento pomeridiano all'ambasciata per tutti i diplomatici e il personale. Dopo di che sei libero fino al ventisette, quando ci sarà un cocktail-party allo Smithsonian.»

I russi non celebravano il Natale fino al 7 di gennaio, e i festeggiamenti erano appena un'ombra rispetto a quelli a cui si lasciavano andare gli americani. L'unica religione che era prosperata in

Russia nell'ultimo secolo era stato il comunismo. Ad Andrei piacevano le festività, anche se non riusciva a capire bene la relazione tra la nascita di Cristo e lo shopping. Nonostante ciò, sua moglie l'avrebbe conciato per le feste se lui non le avesse fatto un regalo generoso. Aveva pianificato di portarli a sciare qualche giorno in montagna, in un posto con l'idromassaggio caldo in cui immergere le ossa rotte alla fine di una lunga giornata sulle piste.

Sergio continuava a camminare su e giù, poi a un tratto si fermò, tornò indietro, si piegò e raccolse qualcosa di piccolo dal pavimento. Qualcosa che brillò alla luce.

Andrei si accigliò, poi si avvicinò a grandi passi al suo assistente e gli prese l'oggetto dalle mani. Un orecchino. Sollevò un sopracciglio verso sua moglie. «Lo riconosci?»

Gli occhi di lei si spalancarono quando udì il suo tono di voce e scosse il capo. «No.»

Sergio guardò meglio il gioiello sul palmo di Andrei e serrò le labbra. «Potrebbe essere l'orecchino di uno degli ospiti di questa sera.»

«L'hai portata qui?» domandò Andrei con voce calma.

Sergio strinse gli occhi. «No, Sua Eccellenza.»

«Setaccia tutta la stanza.»

«È stato fatto ieri, Sua Eccellenza.» C'era impazienza negli occhi neri dell'assistente.

Andrei afferrò la gola di Sergio e la strinse. «Setaccia. La stanza. Di nuovo. E questa volta ben bene. Smonta ogni punto luce. Ogni telefono. Esamina ogni cavo. Nessuno andrà a dormire finché l'intero edificio non sarà al sicuro!» La furia sgorgava da lui a fiotti. Spinse via il ragazzo con violenza e scaraventò nel camino il bicchiere, che si sfracellò in mille pezzi. Del liquido chiaro gocciolò giù dal marmo bianco.

Si diresse verso la porta.

«Andrei» lo chiamò Natalie. «È solo un orecchino.»

«È la prova che qualcuno è stato qui quando non avrebbe dovuto.» Lui schioccò le dita e, anche se con gli occhi serrati, lei chiuse la bocca e lo seguì fuori dalla stanza senza dire un'altra parola. Bene. Non era dell'umore adatto per gestire sua moglie. Non se la sentiva proprio di essere carino, educato e diplomatico. Quella gente non capiva la posta in gioco. Potevano credere di saperlo, ma non era così. Non avrebbe lasciato che gli americani avessero la meglio su di lui. Scesero di corsa le scale, con Sergio che li seguiva da vicino, superarono le stanze usate per le varie funzioni sociali e amministrative, attraversarono le cucine fino ad arrivare all'ascensore che li avrebbe portati nel seminterrato.

Mishka, il capo della sicurezza, uscì dalla porta per andargli incontro. «Ha bisogno di qualcosa, Sua Eccellenza?»

Andrei sollevò l'orecchino, che brillò alla luce debole. «Questo era sul pavimento del mio ufficio. Come ci è finito?» Spinse da parte l'uomo ed entrò nella stanza della sicurezza, diretto verso i monitor che mostravano tutte le telecamere presenti nella proprietà. Solo nelle sue stanze private non ce n'erano. Lui capiva più di tutti il valore della privacy. Ma tutte le aree pubbliche e i corridoi erano monitorati.

La guardia in uniforme che controllava gli schermi guardò il capo con aria nervosa.

«Mostrami la sequenza di stasera dal corridoio fuori dal mio ufficio. Dalle diciannove e venti.» Era stato nel suo ufficio fino a quel momento.

La guardia fece scorrere indietro il video e lo mandò avanti a doppia velocità.

«Ferma qui.» Sergio indicò una donna con un abito color grigio fumo, che parlava con un uomo in uniforme della Marina Militare. La guardia rallentò il video a velocità normale.

Andrei osservò attentamente e notò che la donna indossava degli orecchini molto simili a quello che aveva lui in mano.

Lei e il militare erano in piedi vicini, come incantati l'uno dall'altra. *Che carini.* Poi lei si era scostata e se n'era andata. Lui era entrato nel bagno degli uomini e lei in quello delle donne. Un'altra signora era uscita, poi Andrei vide se stesso uscire dall'ufficio e aggiustarsi le maniche, impaziente di tornare alla festa.

Lui era sparito dalla vista e pochi istanti dopo la donna con il grazioso abito argentato era scattata fuori dal bagno delle signore, aveva attraversato il corridoio e si era infilata nel suo ufficio prima che la porta si chiudesse.

«Manda avanti veloce» ordinò Andrei.

Il sudore colava dalla fronte della guardia di sicurezza. Non ci volle molto perché la donna uscisse dall'ufficio e tornasse di corsa in bagno. Pareva spaventata e turbata e uno dei suoi orecchini mancava.

«Non so come ho fatto a non accorgermene» disse la guardia. «Giuro che non mi sono mai mosso di qui.»

Il capo della sicurezza gli diede un ceffone sulla nuca. «*Mudak.*»

«Chi è quella donna?» domandò Andrei.

«Sarah LeMay» rispose in fretta Sergio. «Era qui con sua sorella, Angel.»

Tutto dentro Andrei si pietrificò. «LeMay?»

Sergio annuì.

«La figlia del deputato?»

«Erano state invitate come lei aveva richiesto.» La fronte di Sergio si corrugò.

Andrei aveva mandato l'invito per scherno, come un monito. Non avrebbe mai immaginato che qualcuno di loro avrebbe partecipato davvero. «Chi è l'uomo in uniforme?» domandò. Quella faccenda non andava affatto bene. Proprio per niente.

Natalie rispose. «È un ragazzo di nome Matthew Lazlo.»

«È venuto in rappresentanza dell'Agente Speciale dell'FBI Lincoln Frazer» rispose Sergio. «Un cambio dell'ultimo minuto.»

Andrei avrebbe voluto incontrare l'altro incaricato federale. «Quindi Matthew Lazlo è un agente dell'FBI?»

Natalie scrollò le spalle. Sergio annuì.

La furia si propagò nelle vene di Andrei, fredda, precisa e affilata come un rasoio. Raggiunse la giacca di Sergio, guardando le pupille del suo assistente infiammarsi mentre gli prendeva la pistola. Con una piroetta, Andrei colpì la guardia sul lato del capo col calcio dell'arma. L'uomo s'accasciò privo di coscienza sulla console.

«Ed è fortunato che non l'ho ammazzato.» Gli sputò addosso. «Mandalo a casa. Non tolleriamo i novellini.» Restituì l'arma a Sergio che la prese con cautela.

«Vuoi inviare un reclamo ufficiale agli americani?» chiese Sergio con voce calma.

«*Nyet.*» L'FBI lo stava sorvegliando all'interno dell'ambasciata? Era impossibile. La posta in gioco era troppo alta e lo scotto da pagare sarebbe stato troppo compromettente. Aveva bisogno di scoprire cosa stava succedendo. «Trovami la ragazza in modo discreto» ordinò Andrei. «Le voglio parlare.» La conversazione non sarebbe stata carina. «E scopri tutto quello che puoi su quell'uomo.» Si voltò verso il capo della sicurezza. «Niente più errori, Mishka. La prossima volta non sarò così comprensivo.»

3

Il Centro top secret delle Operazioni Tattiche, o il Centro come lo chiamavano di solito gli agenti informati, pareva a tutti gli effetti uno stabilimento industriale. Era situato fuori dalla proprietà della base dei Marine a Quantico, per motivi di sicurezza e segretezza.

Jon Regan teneva in mano una specie di bacchetta, ma non magica.

Matt sollevò le braccia e tenne la bocca chiusa finché l'uomo finì di passargli quel coso sul corpo. *Grandioso.* Un altro uomo esaminò la limousine. Cosa diavolo stava succedendo?

«Okay, vieni con me.» Jon s'incamminò ad ampie falcate.

Matt lo seguì attraverso una serie di porte, fino a una stanza chiusa dentro un'altra e senza finestre. In uno dei grandi schermi, Sarah LeMay stava accendendo un interruttore. In un altro monitor c'era la stessa stanza in tempo reale.

«Manda il video» ordinò Regan, in piedi con le mani sui fianchi, rivolto verso gli schermi. «Il team che controlla le sequenze di sorveglianza ci ha avvisati subito appena l'hanno vista lì dentro. Dopo di che ci siamo connessi al feed.»

Il tecnico spinse un pulsante e Sarah prese vita. Entrò nell'ufficio elegante, si guardò intorno per un po' e andò alla scrivania.

Si tirò su la gonna, rivelando un paio di gambe ben fatte sopra i tacchi a spillo. Lui intravide appena il bordo di un pizzo nero. L'atmosfera in quello spazio angusto si fece calda e tesa quando lei si infilò due dita negli slip. Vedeva solo la lingerie, ma ciò non impedì alla sua immaginazione di correre sfrenata. Il sudore cominciò a imperlargli la pelle.

Non aveva sospettato nulla.

Nel momento in cui lui stava pensando di chiederle di uscire, lei stava smontato una lampada con notevole destrezza. Era stato abbindolato. L'espressione sul volto di lei quando vide l'altra microspia fu impareggiabile, seguita dalla lenta consapevolezza, mentre si guardava intorno nervosa, che poteva esserci una telecamera nascosta da qualche parte. Quel particolare lo fece sentire un po' meglio.

«Merda. Ecco, ci siamo.» Il tecnico indicò lo schermo con le riprese dal vivo. Quattro uomini entrarono nella stanza e iniziarono a raccogliere oggetti esaminandoli nel dettaglio.

«Era solo questione di tempo» disse Regan con le braccia incrociate. Sembrava incazzato.

Nel video, Sarah aveva rimontato tutto, ma Matt notò qualcosa di piccolo catturare la luce mentre cadeva a terra. «Ha perso un orecchino?»

«È il motivo per cui non s'indossano gioielli durante un'operazione» annuì Regan. «Devono averlo già trovato.»

Ecco spiegati gli scagnozzi che stavano perlustrando l'intero ufficio.

Matt guardò la donna rimettere la piccola bustina di plastica nel corpetto, solo con più discrezione. Non aveva notato che le mancava un orecchino quando l'aveva rivista dopo. Era stato troppo occupato a perdersi negli occhi di lei. *Coglione.*

Qualcuno bussò. Jon Regan aprì. L'Agente Speciale vice in comando Lincoln Frazer entrò con indosso uno smoking di sartoria. Doveva aver lasciato la Casa Bianca subito dopo Matt.

«Inizio a sentirmi non abbastanza elegante» disse secco Regan. Poi, rivolto al tecnico, ordinò: «Manda di nuovo il video.»

Stavolta, mentre guardava il video, Matt fece caso alle espressioni facciali di lei e al linguaggio del corpo. «Non si comporta come una professionista.»

Frazer si appoggiò all'indietro sui talloni, scrutandola. «Sembra più che sia stata forzata a fare qualcosa che non voleva fare. Perché stavate spiando Dorokhov?» domandò al tizio della TacOps.

«Sono informazioni riservate» rispose Regan in tono di scuse.

«Ho bisogno di esserne informato» contestò Frazer.

«Certo.» Le labbra di Regan s'incurvarono in un ghigno. «Ti farò sapere.»

«I russi hanno una telecamera sul corridoio.» Indicò Matt. Nonostante fosse accecato dal fascino apparentemente innocente di Sarah LeMay, l'aveva intravista nell'angolo oscuro. «È attiva?»

Regan annuì. «Quando siamo entrati di notte, mentre tutti i pezzi grossi erano altrove, abbiamo hackerato la sicurezza e fatto una ricognizione del luogo al buio. È stato un gioco da ragazzi.»

Sarah LeMay aveva un'incredibile capacità d'osservazione. Quella donna aveva notato dove lui di solito indossava la Budweiser, la decorazione SEAL Trident che si era meritato per aver passato l'addestramento di demolizione subacquea BUD/SEAL dei Corpi Speciali della Marina. L'aveva rimossa perché, entrando in territorio nemico, non se l'era sentita di mostrare il suo background di soldato dei corpi speciali. Peccato però che lei non si fosse accorta delle telecamere di sorveglianza che controllavano il corridoio. Una vera spia l'avrebbe fatto. Perciò che cos'era quella donna, se non era un'agente segreto?

«Lei invece non ha fatto nulla di tutto questo» disse con calma Frazer. «Perciò, non ci vorrà molto prima che si accorgano che è stata lì. Perché quella donna dovrebbe voler spiare Dorokhov?»

«Ricatto? O magari lavora per un'altra agenzia o un altro paese?» suggerì Regan con un'alzata di spalle.

«Forse è una questione personale» disse Matt.

«Che impressione ti ha fatto?» gli chiese Regan. «Al di là dell'ovvio.»

Matt si lasciò cadere su una sedia vuota. «Sembrava vulnerabile. Timida e a disagio.»

«Prova tu a camminare sui tacchi con un cacciavite nelle mutande, vediamo se ti senti a disagio» ironizzò il tecnico.

Matt rise, ma dentro di sé si sentì male. Preso in giro. «No, non era questo.» Cazzo non voleva sembrare una donnetta. «Sembrava… fragile» disse alzando le spalle. «Adesso che ci penso, pareva essere in forma prima di provare a installare la microspia, ma nel tragitto verso casa ha detto solo che non si sentiva bene.»

«Non mi sorprende. Ha fatto un'enorme cazzata e se n'è resa conto.» Il tono di Regan non ammetteva alcuna pietà.

«Lei e la sorella si sono messe a discutere di qualcosa.» Forse della missione fallita. Ecco perché erano fuggite così di corsa, però Angel non aveva avuto alcuna fretta di andarsene…

«Pensi che la sorella fosse una distrazione?» domandò Frazer.

«Hai visto che gambe?» fischiò Regan.

Matt scosse la testa. «Non lo so. La sorella l'ho vista parlare solo con un coglione di nome Raminski.»

«L'abbiamo controllato. È un ex militare, probabilmente dei servizi segreti militari sovietici GRU e SVU. Si comporta come l'assistente personale dell'ambasciatore e come guardia del corpo, all'occorrenza. È molto bravo nel suo lavoro. Ha una serie infinita di donne che conquista e lascia con regolarità. È puro e immacolato come qualsiasi russo a Washington.» La supposizione implicita era che tutti lavoravano per i servizi segreti russi. Era più semplice così.

«Che collegamenti ci sono tra il deputato LeMay e Dorokhov?» domandò Matt.

«Non abbiamo nulla.» Regan alzò in aria le mani.

«Era stato invitato, perciò qualcosa deve esserci» insistette Matt.

«Ehi, anche Frazer era stato invitato.» Regan guardò l'uomo con aria interrogativa. «Qual è la tua connessione?»

«Sono una persona popolare?» L'espressione di Frazer passò da scherzosa a seria. «Dorokhov ha mandato dozzine di inviti quest'anno. Ho l'impressione che stesse sondando il terreno, cercando di fare buona impressione e creare connessioni. Ho chiesto al nostro consulente Alex Parker di provare a cercare qualche collegamento tra l'ambasciatore e il deputato.» Alex Parker era un ex agente della CIA e co-proprietario di una società di sicurezza informatica a Washington. L'uomo era anche fresco di fidanzamento con il nuovissimo membro della squadra dell'Unità Comportamentale 4, Mallory Rooney. Da quello che Matt poteva vedere, Frazer stava sfruttando al massimo la propria esperienza e le proprie conoscenze.

Qualsiasi cosa andava bene.

«Ho sentito che Parker è in gamba.» Sembrava quasi che Regan volesse rubarglielo per usarlo nella TacOps, ma era troppo intelligente per dire qualcosa di fronte a Frazer. Aveva già provato a reclutare Matt per le sue abilità di ex militare delle forze speciali. A Matt piaceva l'unità di Analisi Comportamentale e avevano orari migliori che alla TacOps. Era un altro tipo di lavoro e gli andava bene, per il momento.

«No, merda.» Il tecnico gettò le cuffie mentre la telecamera e la cimice si spegnevano all'improvviso.

Jon Regan imprecò e si tolse gli auricolari. «Qualsiasi cosa la LeMay stesse facendo, ha appena rovinato sei mesi di accuratissima sorveglianza e ha compromesso le nostre probabilità di rimettere in piedi qualcosa di funzionante per almeno i prossimi sei.»

Visto il casino che stava succedendo nel mondo in quel momento, non era una buona notizia.

«Neanche Babbo Natale riuscirebbe a entrare in quel posto senza un'ispezione corporale» rimarcò il tecnico.

«Possono rintracciare noi?» domandò Matt, indicando le videocamere.

«No. Ma i cinesi si ritroveranno un sacco di chiamate diplomatiche incazzate.»

Matt guardò l'immagine in pausa di Sarah LeMay, con la gonna tirata su fino alle cosce. Aveva la sensazione che entro la mattina di Natale ogni membro della TacOps avrebbe dato un'occhiata a quel video. Il pensiero gli inviò nelle vene una scarica di qualcosa di oscuro e disgustoso. Follia. Poi venne colpito da un altro pensiero, uno ancora peggiore. «Non i cinesi.» *Cazzo*. «Se hanno trovato l'orecchino, la prima cosa che i russi faranno sarà controllare le telecamere di sorveglianza del corridoio e poi andare a caccia della ragazza. E sanno dove abita...» La stanchezza scomparve e un senso di urgenza lo fece alzare e dirigersi verso la porta. «Dobbiamo tornare a Washington il prima possibile.»

Con la pistola in mano, Raminski entrò nella casa attraverso le porte del giardino che davano sul patio, nel retro della proprietà. Si sentiva la TV in lontananza. Controllò l'area prima di attraversare in silenzio il ripostiglio e la cucina immacolata fino alla porta d'ingresso ad arco. Sulla destra del corridoio, c'era una porta a vetri che dava sulla sala. Il rumore di un film proveniva dall'interno. Il deputato e sua moglie erano accoccolati sul divano e davano le spalle alla porta. Bene. Lui prese la scalinata buia, muovendosi furtivamente, e udì un'altra televisione di sopra.

Al piano superiore c'erano due porte. Una era aperta, con la luce spenta. Lui entrò e notò che era vuota. L'abito che la donna aveva indossato al ballo era appeso sul retro della porta. Controllò il bagno. Nessuno.

Si avvicinò alla porta che collegava le due stanze e la socchiuse appena. La bionda sexy, Angel, giaceva sul letto a pancia in giù con le ginocchia piegate e i piedi per aria. Indossava una corta camicia da notte di seta con slip abbinati e guardava un film. Lui ignorò l'effetto che gli faceva quella donna e scrutò la stanza. Era sola.

Dov'era l'altra? Era lei che cercava.

Non c'era tempo per fare giochetti. Mise la pistola nella fondina, estrasse la siringa dalla tasca e caricò l'ago. Con due passi entrò nella stanza. Inchiodò la ragazza mettendole un ginocchio sulle scapole, mentre le affondava la faccia sul cuscino per soffocare le grida. Con l'altra mano le infilò l'ago nel culo e iniettò il liquido. Non poteva rischiare che lei lo vedesse in viso. La donna si dimenò selvaggiamente, ma non ci volle molto perché il tranquillante facesse effetto. Trenta secondi ed era andata. Chiuse la siringa col cappuccio e la rimise in tasca. Controllò di nuovo la stanza ma la donna era sola. Frugò nei cassetti e prese dei pantaloni della tuta e una felpa col cappuccio, calzetti e un paio di scarpe da ginnastica. La vestì, muovendole gli arti come se fosse una bambola di pezza. Trovò il suo cellulare e se lo fece scivolare in tasca. Poi la sollevò poggiandola su una spalla e ritirò fuori la pistola dalla fondina, mentre scendeva le scale. Si fermò nel ballatoio del secondo piano e si nascose alla vista quando qualcuno tirò l'acqua in bagno al piano di sotto. Rimase immobile finché il deputato non tornò in sala. L'uomo non aveva chiuso del tutto la porta.

La ragazza penzolava dalla sua spalla. Lui si mosse piano giù per le scale. Teneva le orecchie tese e gli occhi puntati sulla sala. I genitori non distolsero mai lo sguardo dallo schermo. Raminski fece una smorfia disgustato quando notò il film che stavano guardando. L'unico angelo che avrebbe messo le ali quella notte sarebbe stata la figlia, che lui stava portando via di nascosto.

Uscì dalla porta sul retro, lungo il viottolo del giardino, e attraversò il cancello sul muro che fiancheggiava la strada. La piccola berlina che aveva rubato era ancora parcheggiata lì. Aprì il baule e vi ripose con delicatezza la ragazza. Richiusa la portiera, salì sul sedile del guidatore e se ne andò.

Non era quella che voleva, ma sarebbe stata un'ottima merce di scambio. Non gli ci sarebbe voluto molto prima di trovare l'altra.

———

Scarlett decise di camminare invece di prendere un taxi. Quella zona di Washington in genere era sicura e lei aveva bisogno di un po' di spazio e tempo per raccogliere le idee. Una parte di sé sapeva che era una cosa folle. Un'altra parte se ne fregava. Quella sera, aveva provato a mettere una cimice nell'ambasciata russa. Qualsiasi altra cosa le sembrava irrilevante a confronto. Le strade erano tranquille. Quiete. Nessuno faceva caso a lei, tutti si stavano preparando al Natale. Sprofondò le mani nelle tasche della giacca e toccò uno dei ricevitori che aveva ideato e costruito. Le scarpe da ginnastica sfregavano il marciapiede di cemento e il respiro creava una nuvola ghiacciata che combaciava col suo umore. La neve di qualche settimana prima si era sciolta, trasformandosi in freddo umido che penetrava nella pelle e nelle ossa. Batteva i denti. In quel momento pensò che non avrebbe mai più provato la sensazione di avere caldo.

Lei e sua madre avevano deciso di dividersi i viaggi in prigione, per massimizzare il numero di visite a suo padre durante la cura. In più, i suoi genitori si meritavano del tempo da soli, sempre che essere sotto costante osservazione contasse come tale. Scarlett poteva solo immaginare il dolore di vedersi portare via l'uomo che amavi dalle stesse persone che avrebbero dovuto proteggerlo. Era già brutto perdere un padre, ma perdere l'amore della vita?

Insopportabile.

Un albero di Natale brillava dalla finestra della sala di qualcuno, con luci multicolori e una stella dorata in cima. Una tristezza profonda e dolorosa la sommerse.

In un freddo giorno d'inverno di quattordici anni prima, suo padre era andato al lavoro come al solito e non era più tornato. Quel pomeriggio i federali avevano bussato alla loro porta e perquisito la piccola casa di mattoni, da cima a fondo. Avevano divelto tutto, inclusa la sua fiducia e la sua innocenza.

Aveva solo dodici anni.

La stampa aveva reso un periodo già orrendo una tortura. Si

erano accampati sul loro prato, con le telecamere puntate a ogni finestra e i giornalisti che frugavano nella spazzatura.

Andare a scuola era impensabile, perciò sua madre le aveva fatto fare un programma di istruzione parentale. Era stato il periodo più solitario della sua vita e si era buttata a capofitto nello studio. La maggior parte dei 'cosiddetti' amici le avevano abbandonate. L'unica persona che era rimasta al suo fianco era stata Angel. Le due famiglie erano molto legate da anni, ma naturalmente il deputato aveva preso le distanze dopo l'arresto di suo padre. Chi poteva biasimarlo? Ma Angel le era sempre stata accanto. Scarlett non sapeva come avrebbe fatto senza di lei.

L'FBI non aveva mai avuto il minimo dubbio di aver preso la persona giusta. Le uniche che lo avevano sempre ritenuto innocente erano lei e sua madre. L'avvocato aveva persuaso suo padre a dichiararsi colpevole per evitare la pena di morte, e da una parte Scarlett era grata che suo padre non fosse stato giustiziato, ma la confessione avrebbe reso ancora più arduo provare la sua innocenza.

Sua madre si sarebbe spenta da tempo se non fosse stato per Scarlett che l'aveva spinta ad andare avanti e a non mollare. Non era facile e, se suo padre fosse morto, Scarlett non pensava che sua madre sarebbe durata tanto di più. In certi giorni si sentiva davvero un'orfana.

Un tizio incappucciato camminava nella direzione opposta alla sua e un brivido di paura le salì su per la spina dorsale. Passeggiare da sola di notte era l'unico momento in cui avrebbe desiderato essere un uomo. Osservò il tipo con la coda dell'occhio, ma lui continuò per la sua strada ignorandola.

Due minuti dopo, arrivò a casa del suo boss, dove abitava temporaneamente per custodirla in sua assenza, ed entrò. Il capo si era preso un anno sabbatico e sarebbe rimasto in Scozia fino alla fine di giugno. Lavoravano con le più sofisticate tecnologie per studiare come i dispositivi comunicassero tra di loro – per esempio, il frigo che diceva a Internet che aveva finito le uova. Scarlett doveva individuare le vulnerabilità che avrebbero permesso a un altro dispositivo di hackerare un sistema e abilitarlo a scrivere codici dannosi. Le connessioni USB erano particolarmente vulnerabili. Da un lato, erano ordinarie ricerche di routine, ma dall'altro erano la chiave per il futuro di tutte le comunicazioni sicure.

Per quanto riguardava le sue mansioni di *house-sitter*, doveva solo dar l'acqua alle piante e controllare la posta in caso di comunicazioni importanti. Anche al laboratorio si era fatta carico dei suoi studenti e di sedare qualsiasi incendio metaforico in sua assenza. Lei adorava essere la collega ricercatrice del suo capo, soprattutto quando lui non c'era. Massima libertà. Minima interferenza. Era molto più semplice costruire e testare i suoi microchip di spionaggio elettronico.

Si guardò intorno. Era una bellissima casa in un quartiere molto carino, ma, a un tratto, il silenzio che incombeva le fece notare quanto fosse vuota. Sola. Fredda. Desolata.

Come la sua vita.

Per la maggior parte del tempo stava bene da sola, anzi lo preferiva, ma a volte, solo a volte, bramava la semplice compagnia umana. Il viso di Matt Lazlo emerse nei suoi pensieri. C'era qualcosa in quegli occhi... Forse non qualcosa di reale e duraturo, ma di certo un interesse, che avrebbe tenuto a bada la sua solitudine per almeno una notte.

Era stata un'illusione, però. Lui guardava l'affascinante Sarah LeMay, non la noiosa e piatta Scarlett Wilson Stone, la figlia della più nota spia dal tempo della guerra fredda.

Il suo cellulare squillò. Non voleva rispondere, ma era Angel. «Cosa c'è?»

«Se vuoi vedere la tua amica viva, incontrami al parcheggio del Rock Creek Park Trails tra trenta minuti. Sul lato nord di Virginia Avenue. Vieni sola.» L'accento era spiccatamente russo. «Non contattare la polizia.»

La chiamata terminò. *No.* Scarlett rimase lì impalata, a ondeggiare, mentre l'asse terrestre si spostava sotto i suoi piedi. *Avevano Angel.* I russi avevano capito cosa aveva tentato di fare quella sera e la sua amica ne stava pagando il prezzo.

———

Raminski sedeva nel parcheggio di New Hampshire Avenue. Chiamò Dorokhov su una linea criptata.

«L'hai presa?»

«Non era in casa, così ho preso la ragazza che era con lei al ricevimento. Ho scoperto qualcosa di interessante.» Fissò la lista contatti dello smartphone di Angel LeMay, comprese le foto dei profili. «La ragazza che è entrata nel tuo ufficio non è chi dice di essere. Non è la figlia di LeMay.»

«Chi è?» chiese Dorokhov.

Raminski esitò un istante. «È la figlia di Richard Stone.»

L'odio, denso e penetrante, trasudò nell'aria notturna.

«Cosa devo farci con lei?» Silenzio. Raminski attendeva ordini.

«Ammazzala.» Calmo. Tranquillo.

Interessante. «E della figlia del deputato?»

Ci fu un'altra esitazione, colma però di calcolo. «Tienila al sicuro da qualche parte. Voglio parlarle.»

«Potrebbe essere rischioso.» In troppi modi.

«Fallo.» Dorokhov riagganciò.

L'uomo avviò il motore. Chiamò un secondo numero e disse all'altro uomo le stesse cose che aveva detto all'ambasciatore. Strano a dirsi, gli ordini furono identici. La figlia di Richard Stone doveva morire quella notte.

4

Matt salì i gradini della villetta a schiera dove aveva lasciato le ragazze poche ore prima, mise il dito sul campanello e lo tenne lì finché non udì dei passi. Avrebbe preferito calarsi da un elicottero sul tetto con una corda e fare irruzione da una finestra dei piani superiori, piuttosto che interpretare la parte del cretino innamorato.

Il membro del congresso Adam LeMay aprì la porta, per fortuna non era ancora a letto. La fronte si corrugò, poi lo sguardo gli cadde sulla maglietta nera, i pantaloni della tuta e gli anfibi che Matt aveva preso in prestito.

«Deputato LeMay. Mi chiamo Matt Lazlo. Ho bisogno di parlare con le sue figlie, signore.»

Le sopracciglia dell'uomo si sollevarono. Aprì la bocca per rispondere, ma qualcuno lo interruppe.

«Chi è, Adam?» La porta si aprì di più e mostrò una signora sulla cinquantina con capelli scuri e una figura rotonda. Aveva la bocca rivolta verso il basso, chiaramente in attesa di cattive notizie a quell'ora di notte.

Un suv nero con vetri oscurati accostò al marciapiede. Era passato a prendere Alex Parker e Mallory Rooney dall'appartamento di Parker a Washington. In quel momento erano dentro l'auto, configurando intercettazioni elettroniche sui telefoni di casa e i cellulari dei LeMay, per cercare di reperire informazioni su quello che le donne stavano facendo o per chi stessero lavorando. Frazer aveva sfruttato un vecchio favore personale e aveva ottenuto un mandato firmato da un giudice federale, che guarda caso era il padre dell'agente Rooney.

Non erano nemmeno agenti dell'Intelligence, ma Matt non avrebbe mai lasciato Sarah LeMay in mano al rancore dei russi. Frazer era preoccupato che fosse una sorta di vendetta personale tra i LeMay e Andrei Dorokhov e voleva agire prima che il tutto sfociasse in un vero e proprio incidente diplomatico nel peggior momento possibile, visti i recenti inasprimenti dei rapporti tra oriente e occidente. La velocità era essenziale, così come la segretezza. E sì, una piccola rivincita non avrebbe fatto male all'ego di Matt, considerando che Sarah l'aveva fatto passare per un idiota.

«Ho incontrato le sue figlie questa sera. Una di loro ha dimenticato qualcosa nella mia auto.»

«Era un orecchino?» domandò la donna.

Ha perso molto più di un orecchino.

«Non pensa che sia un po' tardi per presentarsi?» Gli occhi della donna si accesero divertiti mentre controllava l'orologio. Mezzanotte.

Quello era il motivo per cui i figli non dovrebbero vivere coi loro genitori dopo i ventun anni.

«Mi scuso per il disturbo» insistette, ma non si mosse.

Il deputato era esterrefatto. La madre sembrò capire che Matt era seriamente intenzionato a vederle in quel momento. «Okay. Aspetti qui. Vado di sopra a vedere se le vuole parlare.»

Matt aprì la bocca per insistere che voleva parlare con entrambe, ma il padre si fece da parte rassegnato. «Farà meglio a entrare.»

«Angel? Angel?» La voce della madre si stava alzando sempre di più dai piani di sopra.

«In realtà era con Sarah che volevo parlare» disse Matt.

«Sarah?» ripeté l'onorevole come se si ricordasse in quel

momento di avere un'altra figlia.

«Adam» la signora LeMay gridò dalle scale. «Controlla in cucina, tesoro, non è nella sua stanza.»

Obbedendo, l'uomo andò nell'ala posteriore e iniziò a chiamare Angel. Non ci fu risposta. Matt percepì un senso di disagio insinuarsi sotto pelle. La legge di Murphy: "Se qualcosa può andare male, lo farà."

«È in camera di Sarah, Valerie?» Adam LeMay si avviò su per le scale e Matt lo seguì, lasciando la porta spalancata dietro di sé, perché aveva la sensazione che stesse per scoppiare un casino.

Entrò in quella che era chiaramente la stanza di una donna. C'erano vestiti buttati sul pavimento, compreso l'abito che Angel indossava al ricevimento. Camminò fino alla stanza adiacente. Intravide il vestito di Sarah appeso sulla porta. Nessun segno delle due donne. Aveva una bruttissima sensazione al riguardo. «Fate attenzione a quello che toccate.»

Entrambi rimasero a bocca aperta, fissandolo con un'espressione scioccata.

«Cosa significa "fate attenzione a quello che toccate"?» strepitò Adam, poi si voltò verso sua moglie. «Non pensa che sia successo qualcosa di brutto, vero?»

«Forse è andata da Scarlett?» Valerie si mordicchiò le labbra, poi alzò la cornetta del telefono di casa sul comodino e compose un numero.

Chi diavolo era Scarlett? Matt ebbe l'orrenda sensazione di aver capito chi fosse. Angel aveva chiamato Sarah *Scar* nella limousine.

«Scarlett non risponde. Provo il cellulare di Angel.» La donna fece un altro numero. Impallidì. «Non risponde neanche lei.» Alzò lo sguardo. «Porta sempre il telefono con sé.»

«È Sarah la persona con cui voglio parlare» disse Matt cauto.

«Sarah?» Il volto del deputato LeMay divenne una maschera di confusione.

«Mi scusi quand'è che ha visto Sarah?» domandò la madre.

Matt sapeva che gli mancavano un bel po' di pezzi del puzzle, ma non avrebbe rivelato la sua ignoranza finché non avesse carpito da loro tutto quello che poteva.

«Ho bisogno che scendiate di sotto, così potremo discutere la cosa» disse con fermezza.

«Cosa succede?» Gli occhi della donna si piantarono su di lui e si strinsero.

«Di sotto. Adesso.» Matt si calò nel ruolo di istruttore di reclute e i LeMay finalmente fecero come era stato loro chiesto.

Frazer era in piedi sulla soglia.

«Nessuna delle due donne è in casa» comunicò Matt al suo capo.

Frazer annuì e si presentò ai LeMay. «Dove potrebbero essere andate le vostre figlie a quest'ora della notte, signore?»

«Ma cosa significa tutto questo?» domandò la madre. «Angel ci dice sempre se esce. Sa che non dormo se non so che è al sicuro.»

«E Sarah?» chiese Matt a bassa voce.

«*Sarah* è fuori città» Adam lo guardò con aria spazientita.

«Mi è stata presentata stasera alla residenza dell'ambasciatore russo negli Stati Uniti.»

Gli occhi di Valerie uscirono dalle orbite e le si prosciugò tutto il colore dal volto. Iniziò ad accasciarsi e il marito la sorresse. «Ci deve essere un errore.»

«Ero lì e non ero ubriaco.»

«Lazlo,» lo ammonì Frazer.

«Angel ha portato Scarlett all'ambasciata russa?» domandò Adam LeMay a sua moglie col terrore nella voce. «Non oserebbe mai farlo.»

«A quanto pare l'ha fatto.» Le labbra della donna erano senza vita. Le strinse e inspirò come per inalare forza.

«Chi è Scarlett?» domandò Matt. Era ovvio che la donna che aveva incontrato quella sera aveva mentito sulla sua identità.

Le dita di Valerie si attorcigliarono come nodi. «Scarlett Stone. Ancora non capisco cosa c'entri questo con la scomparsa di Angel...»

«Scarlett è una cara amica di Angel» disse il padre secco. «Non posso credere che siano andate a quella festa quando le avevo espressamente detto di declinare l'invito. Cavolo, ho bisogno di bere.» Sembrava stesse per svenire.

Scarlett Stone…

«Perché riconosco questo nome?» domandò Matt.

Alex Parker apparve sulla soglia. «Perché è la figlia di Richard Stone.»

«Richard Stone *la spia*?» gracidò Frazer.

Porca puttana. Quello era rumore di merda contro un ventilatore.

Alex fece segno a Matt e Frazer di avvicinarsi alla porta e mormorò: «Il cellulare di Angel è stato appena usato per chiamare Scarlett Stone. Qualcuno con accento russo ha detto a Scarlett Stone che se vuole rivedere viva la sua amica deve incontrarsi con loro fra trenta minuti. Da sola.»

Matt sentì le labbra arricciarsi in una smorfia di disprezzo. Qualche bastardo stava usando una delle ragazze per minacciare l'altra, il che significava che Scarlett e la sua amica erano entrambe in enorme pericolo. Controllò il suo orologio. Dovevano sbrigarsi se volevano capirci qualcosa di quella situazione.

«Pensi che abbiano Angel?» domandò Frazer.

«Hanno il suo telefono e la donna è scomparsa. Direi proprio di sì» rispose Parker.

Lo sguardo di Frazer si fece compassionevole quando lo rivolse verso i LeMay, ma mantenne la voce bassa, così da non farsi sentire. «Non possono essere messi al corrente di questo, non ancora. Coinvolgerebbero il mondo intero ed entrambe le ragazze morirebbero prima dell'alba.»

«Allora, tu ti occupi di loro mentre io vado a recuperare la signorina Scarlett e a tendere una trappola a chiunque abbia la figlia dei LeMay» Matt esortò il suo capo. «Rooney può venire con me.»

Frazer riflettè per una manciata di secondi che parvero interminabili minuti. «Ho bisogno di Rooney qui. Le sue conoscenze politiche potrebbero giocare a nostro favore.»

«Benissimo. Andrò da solo. Non c'è tempo per aspettare i rinforzi.» Matt era impaziente di muoversi. Il tempo scorreva.

«Vengo io con te. Ho un po' di esperienza.» La voce di Alex Parker conteneva una traccia di ironia.

Frazer annuì e guardò l'orologio. «Devo tenere sotto controllo i danni. Ho bisogno di fare delle chiamate ed estinguere quanti più incendi possibile prima che questa gente inizi un'altra guerra.» Si pizzicò il naso. «Come se non avessimo già abbastanza a cui pensare, in questo momento.»

Il paese era già sull'orlo di un conflitto con mezzo Medioriente, dopo l'attacco terroristico a un centro commerciale americano di qualche settimana prima. Con la morte del vicepresidente, che stava accrescendo la tensione e il malcontento nell'intero territorio americano, non era un buon momento per accusare l'ambasciatore russo di aver rapito la figlia di un membro del congresso. Non senza prove solide, e anche in quel caso, la situazione sarebbe stata politicamente un campo minato.

Matt si diresse fuori dalla porta verso il SUV. La sua priorità era trovare Angel LeMay e Scarlett Stone vive, poi avrebbe fatto in modo che le due donne si pentissero amaramente di aver mentito a un agente federale.

Mallory Rooney era in piedi sul marciapiede. Gli fece un sorriso misurato, che mostrava quanto fosse ancora incerta sul suo conto. Mallory era la figlia di una senatrice americana, e alcuni dei colleghi all'unità dell'UAC-4 erano stati decisamente poco accoglienti quando era entrata nella squadra a fine novembre, bypassando i soliti protocolli. Quando l'allora capo aveva dato le dimissioni all'improvviso e Frazer era stato promosso, gli altri agenti dell'unità si erano aspettati che Rooney venisse trasferita. Invece, Frazer le aveva dato il suo pieno appoggio. Per Matt era abbastanza. Lei era un ottimo agente, anche se con poca esperienza.

E *lui*? Era stato accogliente con lei?

Matt indugiò. Non ne era sicuro. In quel periodo era stato molto concentrato sui suoi casi e sui suoi problemi. E lo era ancora. Rallentò il passo. «Il capo ti vuole dentro. Probabilmente si tratta di rapimento, ma non dire nulla ai genitori.»

«Grazie, agente Lazlo» rispose lei con freddezza.

Lui rallentò ancora. Pochissimo tempo prima, quella donna si era trovata faccia a faccia con il serial killer che aveva rapito la sua gemella identica diciotto anni prima. Probabilmente era più esperta nel lavoro di quello che Matt credesse. «Chiamami Matt.»

Il sorriso di Rooney le raggiunse lo sguardo e lui si rese conto che forse non era stato poi così amichevole con lei. Avrebbe provato a esserlo in futuro, ma in quel momento non aveva tempo.

La mente di Matt tornò alla missione che lo attendeva. Si diresse verso il bagagliaio e indossò uno dei giubbotti antiproiettile che i TacOps tenevano lì. Oltre ai vestiti più appropriati, avevano preso in prestito anche il veicolo da Jon Regan, per evitare di perdere tempo tornando al Bureau o a casa. I TacOps avevano appena terminato un lavoro in zona, quando erano stati chiamati per Sarah/Scarlett e non avevano avuto tempo di scaricare il SUV. Il baule era pieno di tante cose carine che sarebbero potute tornare utili per un raid tattico, insieme a gilet fluorescenti, coni per il traffico, ogni tipo di strumento da scasso conosciuto all'uomo, un mucchietto di esplosivi C4, una grossa busta di crocchette per cani e del tranquillante in caso le crocchette non bastassero.

Con ogni probabilità, il veicolo era rintracciabile elettronicamente, il che era una cosa buona visto che non avevano tempo per pianificare l'operazione. Almeno, se fossero rimasti uccisi, i TacOps avrebbero ritrovato i loro giocattoli.

Parker lo raggiunse e si equipaggiò in modo rapido ed efficiente. Quello, e il fatto che Frazer lo avesse mandato con lui in una situazione pericolosa, confermavano le voci che aveva sentito. Quel tizio non era il tipico nerd informatico.

«Dove stiamo andando?» domandò Matt.

«Lato nord di Virginia Avenue. Vicino al fiume. Il parco vicino al club nautico.»

Matt controllò la sua arma e guardò il tizio di fianco a lui fare la stessa cosa. Si riempì le tasche di munizioni. «Sai nulla a proposito di questa situazione?»

Parker scosse il capo. «Stone è stato prima che io arrivassi.»

Quattordici anni prima, Matt stava cercando di sopravvivere al BUD/S. Il giorno in cui era passato lo ricordava come il più grandioso della sua vita. Dopodiché, era stato troppo occupato con l'addestramento per degnare d'attenzione un uomo che vendeva segreti alla Russia, se non per detestarlo per principio.

Matt salì sul sedile del guidatore e Alex si sedette di fianco a lui.

Guidava veloce, con i lampeggianti accesi e le sirene spente. «Ci vuole un bel coraggio a rapire la figlia di un politico.»

«I russi non sono esattamente delle mammolette. Questa gente non la manda a dire quando è incazzata. Dorokhov ha la reputazione di essere collerico e cattivo quando gli girano le palle. Di certo non sono le qualità migliori per un diplomatico, ma ha degli agganci. Tu eri nei corpi speciali?»

Matt sollevò un sopracciglio. Non parlava molto del suo passato. Anzi mai. «Ficchi il naso nei profili di chiunque o io sono speciale?»

«Chiunque.» Parker non sollevò mai lo sguardo dal portatile aperto sulle ginocchia. «Mi piace sapere con chi lavoro.»

«Intendi dire, con chi lavora la tua fidanzata.» Matt lo guardò con la coda dell'occhio.

Parker era indaffarato a digitare sul computer, ma Matt sapeva di avere la sua piena e completa attenzione. «Proteggo le persone che amo» disse Parker semplicemente.

Matt avrebbe voluto indignarsi per Rooney, ma capiva la mentalità. Anche lui si era sentito così coi suoi fratelli delle squadre speciali: pronto a uccidere e morire per ognuno di loro. Aveva degli amici nell'FBI, ma niente a che vedere con quei legami d'acciaio. Gli mancavano molto. «Tu eri nell'esercito?»

Parker sollevò un sopracciglio. Non era l'unico a cui piaceva sapere con chi stesse lavorando. Alex Parker aveva la Croce al Valore Militare e aveva partecipato a molte operazioni in Iraq e Kuwait.

«Ho notato la cicatrice della lobotomia.» Matt fece un sorrisetto. «Quanti allievi ufficiali ci vogliono per smontare una lampadina?»

«Uno solo. Tiene la lampadina e si aspetta che il mondo giri intorno a lui.» Parker sogghignò. «Perché sei uscito dalla squadra?» E gli piacevano anche le domande dirette, a quanto pareva.

«Non è qualcosa che puoi fare per sempre.» Matt scrollò le spalle, come se non gli importasse né gli mancasse. Ma la sua performance non avrebbe superato la macchina della verità e dubitava anche di aver abbindolato Parker.

«L'fbi dovrà sembrarti noiosa dopo esserti lanciato dagli aerei e aver buttato giù porte.»

«Dimmelo tu.» Matt si appoggiò allo schienale, cercando di rilassarsi anche se l'adrenalina gli pompava nelle vene. «Voci dicono che eri della cia.»

«Non è come essere un soldato. Non mi manca.» L'espressione di Parker era imperscrutabile, ma un'ombra nel suo sguardo suggeriva che era stato all'inferno ed era tornato. L'Agenzia era brava con gli agenti clandestini, ma non rendeva loro la vita facile.

L'occhiata che gli lanciò Parker gli fece anche capire che sapeva esattamente che cosa avesse significato per Matt la sua precedente carriera. La famiglia militare poteva litigare e bisticciare, ma rimaneva comunque una famiglia. L'Agenzia funzionava diversamente. Matt si chiese nello specifico cos'avesse fatto quell'uomo, ma ebbe abbastanza buon senso da non fare domande.

Matt indicò il computer su cui stava lavorando Parker. «Novità?»

«No» rispose lui a bassa voce. «Ma sono preoccupato per quelle due donne.»

«Quella piccola strega mi ha imbrogliato» sbuffò Matt.

«Scarlett Stone è fottuta, qualsiasi cosa accada. Se i russi la prendono, le faranno del male o la uccideranno, ma se la prende il governo americano... l'FBI potrà alzare le mani e affermare di non aver nulla a che fare con nessun tipo di spionaggio nei confronti dei russi. Una donna così, beccata in un video? Sarà il capro espiatorio perfetto.»

«Una donna così, come?» domandò Matt con tono risentito. L'idea che chiunque potesse vedere quel video lo faceva uscire di testa, il che era stupido.

«Sveglia, attraente, con indosso un abito fantasia e tacchi a spillo, che entra volteggiando nella residenza dell'ambasciatore russo sotto falso nome e con il padre che si ritrova? La rinchiuderanno e butteranno via la chiave. È l'ultima che può parlare di negazione plausibile.»

Matt strinse i denti. «Non l'ha nemmeno installato il dispositivo.»

«Non importa.»

Porca puttana.

Non avrebbe dovuto fregargliene un cazzo. Scarlett non era nulla per lui. Anzi, gli aveva mentito spudoratamente e addirittura aveva causato un grave incidente diplomatico che avrebbe potuto offuscare la sua brillante carriera. Al contrario di qualche principessa dell'alta società, lui aveva bisogno del suo maledetto lavoro. Angel LeMay era scomparsa e Dio solo sapeva cosa le avrebbero potuto fare i russi, se non avessero ottenuto quello che volevano. Per non parlare del deputato che sarebbe andato su tutte le furie se non avessero riportato sua figlia a casa sana e salva. L'intera situazione era un gran cazzo di casino. Ma lui aveva visto lo sguardo negli occhi di Scarlett, quella sera. Il barlume di un qualcosa di primordiale era scintillato tra loro... Gli si attorcigliarono le budella.

Premette il piede sull'acceleratore e controllò l'urgenza di passare ogni semaforo rosso della città. La mancanza di informazioni dall'interno sulla situazione lo infastidiva, ma Scarlett – sempre che si fosse presentata per cercare di salvare l'amica – era in vero pericolo, e per qualche strana ragione, lui non ne sopportava l'idea.

Il portatile emise un suono e Parker scaricò un file. Fischiò. «Sarà anche una frana con le tecniche di spionaggio, ma quando non ho riconosciuto il dispositivo che ha provato a installare – e credimi, se fosse brevettato lo avrei già identificato – ho fatto ricerche più approfondite sul suo conto.»

«Cos'hai scoperto?» Il suo interesse suonò un po' indispettito, sebbene non ne avesse intenzione. Tirò fuori l'arma dalla fondina e l'appoggiò sulle gambe. Erano quasi arrivati. Spense i lampeggianti.

«Scarlett Stone non è solo un bel viso. È una delle migliori ricercatrici alla Georgetown. Ha una laurea in microelettronica e un diploma di specializzazione in fisica dello stato solido, con tesi sui circuiti integrati in applicazioni specifiche. Ha preso il dottorato di ricerca a ventidue anni.»

«Mi stai dicendo che ha costruito lei il microchip? Cristo.»

Avvistarono il fiume. Parker chiuse il portatile. Spense l'interruttore della calotta luci sopra la sua testa e Matt abbassò i fari. Parcheggiarono sul lato della strada a circa una ventina di metri dalla curva prima del parcheggio di Rock Creek Park Trails. Parker gli lanciò qualcosa che aveva preso dal vano portaoggetti: un dispositivo per la visione notturna. Poteva tornare utile.

«Io andrò a nord lungo il fiume, tu vai a est dalla parte del parco?»

Parker annuì.

«Ci sai fare con la sig-Sauer?» domandò Matt.

La voce di Parker nascose una traccia vagamente divertita. «Me la cavicchio.»

Bene. Matt scivolò fuori dall'auto. Si sarebbe sentito meglio con più rinforzi, ma non c'era tempo e un diluvio di sbirri avrebbe fatto allontanare i rapitori. Dovevano trovare le due donne prima che qualcuno rimanesse ferito. Il tempo dei giochi e del divertimento era terminato.

———

Scarlett si strinse ancora di più nel suo cappotto mentre tremava senza riuscire a controllarsi. Era nascosta tra gli alberi, non lontano dalla piccola baia che dava il nome al parco. Un cespuglio si mosse dietro di lei e il cuore le esplose in una tachicardia violenta che le sparò il dolore sino alle costole. Si strinse il petto. Sospirò di sollievo quando qualcosa di piccolo sgattaiolò via. Uno scoiattolo.

Quella sera era stata una lezione esemplare e le aveva insegnato che doveva dedicarsi solo a quello in cui era brava, cioè la fisica. Come credeva di riuscire a farla franca? Era in grado di costruire una cimice, ma pensare d'installarla senza che nessuno se ne accorgesse era stata una follia. Un sogno.

Le ci erano voluti quasi tutti i trenta minuti per arrivare lì a piedi, correndo la maggior parte del tempo. I polmoni le bruciavano per lo sforzo. I rami spogli si agitavano sopra la sua testa, privati delle foglie dal vento impetuoso dell'inverno. Non aveva una pistola né qualcuno da chiamare. L'uomo al telefono aveva detto niente sbirri e i LeMay avrebbero di certo coinvolto la polizia se l'avessero saputo. Quel tipo al telefono non era sembrato una persona con cui scherzare, ma un cazzutissimo sicario russo.

Lei non sapeva come gestire un sicario.

Le dita sfiorarono il 911 sulla tastiera. Suo padre le aveva insegnato a fidarsi degli uomini e delle donne in uniforme, ma erano gli stessi che lo avevano tradito e la sua esperienza personale non era stata delle migliori. Quando le forze dell'ordine avevano capito che Scarlett e sua madre credevano che Richard Stone fosse innocente, nonostante l'ammissione di colpevolezza, non erano più stati così compassionevoli. Ad ogni modo, la figlia di un membro del congresso era stata rapita, perciò salvare lei era una priorità... Sempre che fosse riuscita ad arrivare entro i successivi cinque minuti e che i rapitori credessero alla sua storia.

Fanculo.

C'era anche la questione secondaria che se la polizia avesse scoperto cosa aveva cercato di fare quella sera, probabilmente sarebbe andata in prigione. Con il tumore del padre che progrediva rapidamente, avrebbe rischiato di non uscire in tempo per salutarlo. Avrebbe rischiato di non vederlo mai più.

Che idiota.

Non pensava che i russi l'avrebbero uccisa solo per aver provato a installare una cimice, soprattutto dopo aver fallito così miseramente. La guerra fredda era finita e lei non aveva scovato nessun segreto, piccolo o grande che fosse. Magari l'avrebbero spaventata un po'. L'avrebbero maltrattata, o magari provato a farla lavorare per loro per ottenere dritte tecnologiche che non si trovavano nei periodici specializzati.

Di sicuro l'avrebbero punita, ma lo avrebbe sopportato. Tremò più forte.

Se Angel non fosse stata in pericolo, sarebbe potuta scappare via per qualche giorno sperando che si dimenticassero di lei, ma la sua amica le era sempre rimasta accanto nei periodi peggiori della sua vita. Angel non aveva idea di cosa Scarlett avesse provato a fare quella sera, il che rendeva il tradimento ancora più infimo.

Angel era innocente e Scarlett una stupida. Un umiliante scambio di ruoli.

Forse avevano ragione quelli che le consigliavano di lasciar perdere. Suo padre era in carcere da quattordici anni e ci sarebbe morto là dentro. Ci sarebbe voluto un miracolo per provare la sua innocenza e, nonostante fosse Natale, la vita era un po' a corto di miracoli.

Implorare il perdono. Mettere in salvo Angel. Subire la sua punizione. Concentrarsi sul suo lavoro.

Rabbrividì quando il vento freddo s'insinuò tra la sciarpa e la pelle. Un'eco di voci proveniva dal vicino terminal dei traghetti. Cercò nel buio, ma non vide nulla.

Il parcheggio era vuoto e i vari sentieri deserti. Forse era andata nel posto sbagliato. Si morse il labbro. Aveva controllato il cartello e quello era il luogo che le aveva specificato l'uomo. Scrutando in lontananza, vide un gruppo di ragazzini entrare nel parco dall'ingresso a sud, vicino alla strada. Merda. Scivolò ancora di più nell'ombra e sperò che non le cedesse il cuore per lo stress. Quella roba da spie non le faceva bene alla salute. Ma chi, sano di mente, avrebbe mai voluto essere una spia?

Non pensò che l'avessero vista. Con le mani tremanti, si accasciò ai piedi di un albero e si abbracciò, rimpiangendo di non aver dato retta al suo istinto e di essersi avvicinata ai russi.

Adesso toccava al rapitore fare la prossima mossa.

———

Il flusso calmo del Potomac che scorreva nelle vicinanze soffocava ogni possibile rumore rivelatore. Il club nautico era lì vicino, il terminal dei traghetti Georgetown era a ovest, ma a quell'ora della notte l'area era buia e tranquilla. Un gruppo di teppistelli camminava lungo i sentieri. Se erano in cerca di guai li avrebbero trovati, ma non da lui. Matt indossò il visore notturno e rimase in piedi a scrutare la zona che brillava di verde monotono. Il vento soffiava tra i rami sopra la sua testa mentre lui avanzava con cautela schivando robusti tronchi d'albero. Tutti i sensi erano allertati per Scarlett Stone, Angel LeMay o il rapitore. Alex Parker probabilmente era arrivato dall'altra parte del parcheggio. Matt non vedeva segni dell'uomo, ma sapeva che era lì.

Poi intravide qualcosa. Una figura rannicchiata ai piedi di un albero con le braccia avvolte intorno a sé in modo protettivo. Controllò il resto dell'area ma non vide nulla. C'erano due macchine nel parcheggio ma erano vuote. Con estrema cautela si mosse più vicino alla figura raggomitolata. Era qualcuno coinvolto nel casino di Scarlett o era solo un senzatetto che cercava riparo dal vento gelido? Non capiva cosa tenesse in mano. Era armato? La sua mano si posò sulla SIG *Sauer*, pronta a tirarla fuori se chiunque fosse sotto l'albero l'avesse visto.

La luce di un telefono cellulare rivelò le fattezze delicate di una ragazza, Scarlett Stone. Ma con il visore notturno la luce fu così abbagliante che dovette distogliere lo sguardo. Un secondo dopo, il rumore dello sparo di un fucile di precisione squarciò la notte.

Cristo santo.

Scarlett sobbalzò e rotolò da un lato, poi si mosse goffa in una corsa accovacciata, quando un altro sparo colpì l'albero sotto il quale era seduta solo pochi attimi prima. Matt si lanciò verso di lei e riuscì ad agganciarle un braccio e trascinarla dietro un albero largo abbastanza da coprirli entrambi. Lei gridò e lui le mise una mano sulla bocca, stringendola contro di sé. Lei si dimenò furiosa e lui riuscì appena a trattenerla.

«Stai ferma, perdio. Non ti farò del male» le mormorò all'orecchio.

Lei rimase immobile come un cadavere.

Per caso aveva riconosciuto la sua voce? L'idea gli diede uno strano senso di selvaggia soddisfazione. Non sapeva perché fosse importante. Lei era lavoro, ormai, niente di più. La testa di Scarlett si torse contro la sua mano, cercando di vedere il suo volto, ma era troppo buio per scorgere altro che un visore notturno.

Lui si mosse, per osservare cosa stesse succedendo laggiù. Parker doveva essere da qualche parte lì vicino. Matt rimase immobile per dare all'altro uomo la possibilità di mettersi in posizione, ma sapeva anche che così avrebbe permesso al tiratore di trovare un angolo migliore. L'idea di essere nel mirino di qualcuno non gli andava a genio, ma non era la prima volta che si trovava nel mezzo di un fuoco incrociato.

Era il momento di andare. «Correremo verso destra e ci addentreremo tra gli alberi.»

«Ma loro…»

Lui le chiuse di nuovo la bocca con la mano e la portò via di peso. Era più semplice che discutere. Cinque metri dopo raggiunsero una quercia larga, ma Matt preferì allontanarsi ancora di più fuori dalla portata del cecchino e proseguì. Il rumore di un altro sparo e il raschio tagliente di un proiettile sulla spalla lo avvisarono che quel tizio era bravo e si stava avvicinando. Si appiattì contro il tronco di un'enorme betulla bianca e rimise Scarlett in piedi tenendola stretta a sé. Poi cambiò posizione e lei si trovò attaccata all'albero, mentre lui la riparava da davanti. Lei raggiungeva appena le sue spalle, ma ogni singolo centimetro di contatto era dolorosamente femminile.

Il profumo di Scarlett lo investì, una dolce fragranza di limone che gli riportò alla mente la sera precedente, quando si era interessato al contenuto della sua biancheria intima per motivi del tutto diversi.

Peccato.

Non sapeva dove fosse il cecchino, ma supponeva vicino alla baia, forse in uno dei condomini.

«Matt? Sei tu?» mormorò lei.

«Agente speciale dell'FBI Matt Lazlo.»

Lo stupore di lei gli sembrò abbastanza sincero. Poteva vedere il suo viso chiaramente con il visore. Forse non l'aveva preso in giro fin dall'inizio.

«Come facevi a sapere che ero qui? N-non capisco.» L'incertezza nella sua voce suggeriva che lei pensasse che l'attenzione di Matt nei suoi confronti, alla festa, fosse stata parte di una trappola.

Lui avrebbe tanto voluto che fosse vero, che fosse lei quella rimasta abbindolata in tutta quella faccenda.

«La tua piccola acrobazia all'ambasciata russa è stata filmata.» Lei fece un profondo respiro scioccato che le schiacciò i seni contro di lui, facendo risvegliare certe parti del suo corpo. «Sei riuscita a fare incazzare più gente di quello che immagini, con le tue buffonate.»

«Ma come hai fatto a trovarmi, *qui*?» domandò lei ansiosa, ignorando la sua predica. «Qualcuno è entrato nel GPS del mio telefono?»

Lui alzò le spalle, non avrebbe mai ammesso qualcosa di tecnicamente illegale senza un mandato in mano.

«Sapevi che avevano Angelina?» chiese lei in tono stridulo cercando di riprendere fiato, ma riuscì solo a strofinarsi ancor di più contro quelle parti del suo corpo che non capivano la differenza tra una sparatoria e il sesso. Lei s'immobilizzò per un istante, poi ignorò la cosa. «Devi lasciarmi andare da lui» insistette lei. «Deve averti visto e avrà pensato che ho chiamato la polizia. Se solo mi lasciasse spiegare…»

Un proiettile perforò il tronco proprio a pochi centimetri dalla testa di Matt. Lui la fece rannicchiare più vicino all'albero, col corpo che premeva forte contro quello di lei, determinato a proteggerla nonostante fosse colpa sua se si trovavano in quella situazione. «Non credo che quel tizio sia qui per negoziare, *Scarlett.*»

La notte si fece silenziosissima ed entrambi si sforzarono di tenere le orecchie bene aperte per sentire se qualcuno si stesse muovendo vicino a loro.

Dopo trenta secondi di tensione paralizzante, lei si allungò sulle punte e gli sussurrò all'orecchio: «Mi dispiace di averti mentito.»

Il suo alito caldo sul collo inviò a Matt brividi per tutto il corpo. Quella donna lo turbava, ma non era così stupido da mostrarglielo. «Non m'importa del tuo nome.» Un'altra bugia, perché lui odiava essere imbrogliato, anche se ormai ci era abituato. «Perché hai provato a spiare i russi? Perché Dorokhov?»

Quegli occhi scuri erano enormi, in quel momento. La bocca di Scarlett si aprì e si richiuse subito.

Qualcuno stava sparando loro addosso e lei si tratteneva? «Sputa il rospo.»

«Mio padre è…»

«Richard Stone, la spia.»

Lei gli si spinse addosso, ma Matt non si mosse. Non amava intimidire fisicamente le donne, ma in quel caso stava facendo un'eccezione. Scarlett era rimasta quasi uccisa quella notte e non era affatto fuori pericolo. Voleva che lei si spaventasse. Che fosse remissiva. Voleva che fosse al sicuro.

«Mio padre è innocente.»

Matt rise e un'espressione ferita le attraversò il volto. Lui ammorbidì lo scetticismo nella voce. «Ha confessato.»

«Non fare domande, se non vuoi sentire risposte.» Lei strinse gli occhi e serrò la mascella.

«Continua» le disse lui in tono divertito.

«Mio padre sospettava che Dorokhov fosse implicato in attività di spionaggio, negli anni precedenti al suo arresto.»

«Immagino conoscesse i personaggi chiave.»

Lei gli diede un calcio nello stinco.

Cazzo. «Assalto a un agente federale, oltre alle accuse di spionaggio? Pare proprio che il tuo Natale non sarà così sereno, tesoro.»

Lei lo calciò di nuovo, più forte. «Ho fatto trenta, facciamo trentuno.»

Ahia. Maledetta.

«Il cecchino è scomparso» disse una voce dal nulla. Alex Parker. «Ma non volevo interrompervi.»

Matt si guardò alle spalle e vide l'uomo che stava a una decina di metri da loro. «Sei sicuro?»

«È andato via con una berlina Ford. Ho preso la targa.»

«Ben fatto.» Matt si allontanò da Scarlett e non gli piacque affatto il modo in cui il suo corpo protestò per il distacco. Lei era calda e la notte gelida.

Lei mise la mano in tasca e lui le afferrò il polso.

«Ehi!» gridò lei.

Le prese il cellulare e controllò l'altra tasca. Non c'erano armi.

«Devo provare a contattare di nuovo il rapitore.» La voce di Scarlett si alzò per l'agitazione. «Devo portare Angel al sicuro.»

Matt lanciò il cellulare a Parker, che lo prese con una mano. «Avresti dovuto pensarci prima di combinare questo casino.» Si sforzò di portare a termine il suo lavoro, tirò fuori un paio di manette e le piegò un braccio dietro la schiena. I polsi di lei erano piccoli e delicati. Quella, di solito, era la parte che gli piaceva di più e che invece gli toccava di meno.

Stavolta, però, gli lasciò un gusto dolceamaro in bocca.

«Scarlett Stone, ha il diritto di rimanere in silenzio…»

5

———

L'agente speciale dell'FBI Lazlo le stringeva il gomito come se lei fosse sul punto di scappare. E pensare che quella sera era stata attratta da lui e aveva pure rimpianto l'idea di non rivederlo più. In quel momento, invece, sperava di non vederlo mai più. Essere scortata in manette nel quartier generale dell'FBI nel centro di Washington le ricordò l'umiliazione che lei e la sua famiglia avevano dovuto sopportare. Era così che si era sentito suo padre? Anche peggio, visto che era stato portato dentro dai colleghi e accusato di averli venduti per soldi, di essere stato responsabile della morte di agenti in missione all'estero.

Ci si poteva abituare al morso del duro metallo sulla carne morbida? Alle espressioni di condanna e derisione sui volti della gente? Oppure erano ferite che rimanevano sempre aperte? Il pensiero era insopportabile. L'idea di suo padre che marciva in quelle condizioni, senza una terapia adeguata, imprigionato per qualcosa che non aveva fatto…

Lo aveva implorato di spiegarle perché avesse confessato, ma lui aveva chiuso gli occhi e si era rifiutato di parlare. Aveva evitato la pena di morte, ma a quale prezzo? Qualcuno doveva aver minacciato sua madre, se non avesse ceduto. Oppure lei.

Non era più una bambina. Provando a cercare la verità, aveva creduto di non avere nulla da perdere se non la propria libertà, ma Angel era stata rapita ed era tutta colpa sua. Alzò il mento e ricacciò indietro le emozioni. Doveva trovare un modo per sistemare quel casino.

Usarono l'ingresso secondario del palazzo J. Edgar Hoover. Passarono attraverso corridoi, metal detector e controlli di sicurezza, uno più umiliante dell'altro. Scarlett colse lo sguardo di Alex Parker, che le fece un piccolo sorriso. Più solidale e comprensivo, che rassicurante. Non prometteva nulla di buono.

Raggiunsero l'area degli uffici e un tizio dai capelli biondi perfettamente pettinati e gli occhi più azzurri che avesse mai visto alzò lo sguardo mentre stava parlando con un'agente donna carina coi capelli neri e corti. L'uomo indossava uno smoking nero e non sembrava gli importasse molto di essere troppo elegante per quel luogo. Di sicuro lei gli aveva rovinato i piani per la serata. A quanto pareva, quella sera era il suo ruolo. L'uomo posò lo sguardo sulle sue braccia ammanettate e sollevò un sopracciglio. Con la coda dell'occhio, Scarlett vide Parker ridacchiare, ma il suo carceriere, Matt Lazlo, non fece una piega. Le venne una gran voglia di dargli un altro calcio.

Era circondata da talmente tanti maschi alfa intrisi di testosterone che si sentì piccola e insignificante. Non ricordava che i colleghi di suo padre fossero così, ma allora era una bambina. Persino l'agente donna aveva l'aria di una che le avrebbe fatto un culo così, mantenendo la sua imperturbabilità. Se Angel fosse stata qui avrebbe flirtato con chiunque, persino in manette. Ma se Angel fosse stata qui, Scarlett non si sarebbe sentita come se qualcuno le stesse scavando un buco nel petto con una sega a mano.

Inghiottì il senso di colpa e il rimorso. Se fosse accaduto qualcosa ad Angel, Scarlett non se lo sarebbe mai perdonato. *Dovevano* lasciare che lei sistemasse quella faccenda. Anche se per esperienza sapeva bene che non erano tenuti a fare proprio un bel niente, né a indagare sulle sue dichiarazioni riguardo all'innocenza del padre nonostante la confessione, né a essere indulgenti con lei per aver provato a intercettare una superpotenza straniera.

E non erano neanche costretti a considerare importante il fatto che lei cercasse solo la verità.

Scarlett guardò l'orologio a muro e si rese conto solo in quel momento che era l'ufficio in cui aveva lavorato suo padre. L'avevano ridecorato e arredato con degli armadietti e un tappeto grigio, ma quell'orologio era esattamente lo stesso di quando era stata lì da dodicenne con gli occhioni spalancati.

«Dove vuole che la portiamo per l'interrogatorio, capo?» domandò Lazlo.

Un groppo di emozioni le si conficcò in gola. Era stupido sentirsi tradita da quell'uomo. In fondo non le doveva nulla. Lei gli aveva mentito. Lui le aveva salvato la vita. Cos'altro poteva aspettarsi?

Ma quelle sensazioni erano lì. Alla faccia di aver finalmente incontrato qualcuno con cui *stabilire un rapporto*. Infatti, era proprio quello che voleva. Stabilire un rapporto tra il suo stivale e lo stinco di Lazlo un'ultima volta.

L'uomo in smoking si avvicinò con in mano un fascicolo. «Sono l'Agente Speciale vice in comando Lincoln Frazer. Andiamo in una delle stanze per gli interrogatori a parlare, okay?»

Era giovane per essere di grado così elevato. Di certo era un tipo politicamente ambizioso, il che non giocava affatto a suo favore. Scarlett si avviò verso la stanza, sapendo che era inutile lamentarsi. A quella gente non importava di lei e nemmeno di suo padre. Stava iniziando a domandarsi se tenessero almeno alla giustizia stessa.

«Agente Speciale Lazlo» disse Frazer mentre l'uomo si era voltato per allontanarsi. Uno dei suoi sopraccigli perfetti si sollevò in un'espressione dubbiosa. «Le manette, per piacere?»

Con riluttanza, Lazlo si mise alle spalle di Scarlett e infilò la chiave. La sua pelle era calda contro quella di lei. Un odore di colonia speziata le assalì le narici, ricordandole l'illusione che l'aveva completamente abbindolata solo poche ore prima. Il suo tocco era gentile, nonostante Scarlett sapesse che era furioso con lei per avergli mentito. Forse, dopotutto, erano pari.

«Grazie.» Scarlett si massaggiò i polsi doloranti.

Lui esitò un attimo, ma non rispose. Lei capì: era diventata il nemico. Gli agenti dell'FBI non facevano comunella col nemico. Che facesse quello che voleva. Anche suo padre era stato un uomo sincero e onesto, che aveva sempre seguito le regole. Era ironico che Matt Lazlo le ricordasse un po' suo padre. Si domandò quanto l'avrebbe disprezzata se gliel'avesse detto.

Scarlett entrò nella stanza prima di Frazer. Con sua sorpresa, anche Lazlo entrò. Era fuori luogo con indosso la t-shirt scura, i pantaloni neri e il giubbotto antiproiettile. Sembrava più un soldato che un agente dell'FBI, ma d'altronde era stato in marina, vista l'uniforme che indossava al ricevimento – sempre che non fosse sotto copertura. Era stato mandato a quella festa per seguirla? Lo credeva impossibile, visto che non aveva rivelato a nessuno il suo piano di spiare l'ambasciatore.

Scarlett si sedette su una scomoda sedia di plastica dall'altra parte di un tavolo, di fronte a Frazer. Lazlo si posizionò accanto alla porta, appoggiato al muro con le braccia incrociate. Gli occhi nocciola avevano perso il guizzo di ironia. Dubitò che le avrebbe mai più sorriso in quel modo. Non aveva importanza. Si voltò.

«Dottoressa Stone» iniziò l'Agente Speciale vice in comando Frazer.

Okay, conosceva la sua storia. Lei si tolse il berretto e lo mise in tasca. Si aggiustò i capelli dietro le orecchie. Dio, sperò che il suo capo non venisse mai a sapere dell'enorme cazzata che aveva fatto. Voltò lo sguardo verso l'uomo alla porta e indurì le labbra. «Devo fare una chiamata.»

«Prima devo porle qualche domanda a proposito di quello che è accaduto stanotte...»

«Okay, ho capito. Sì, l'ho fatto.» Lei si sporse in avanti, coi pugni sul tavolo. «Ma la mia amica è stata rapita. Dovete andare a cercarla. Lei non ha niente a che fare con questa storia.»

«Non le aveva riferito le sue intenzioni?»

Lei scosse il capo.

«Ed è stato per puro caso che le ha chiesto di accompagnarla al party, mentendo ai suoi genitori?»

«Lei voleva andare e ha accettato l'invito a nome suo e di sua sorella. Pensava sarebbe stato divertente e sapeva che non mi avrebbero neanche fatta avvicinare a quel posto, in circostanze normali…»

«Per ovvie ragioni» intervenne Lazlo. *Saputello del cazzo.*

Scarlett tamburellò nervosa le unghie sul piano del tavolo. «Angel prova sempre a farmi socializzare, ma di solito rifiuto.»

«Questa volta, non l'ha fatto.»

Scarlett scosse il capo. «Vorrei tanto averlo fatto, ma sapevo che poteva essere la mia unica possibilità di scoprire la verità.» Fissò il tavolo, incapace d'incontrare i loro sguardi e riconoscervi il giudizio cinico dipinto in profondità. Forse non credevano nel sistema giudiziario, ma quello era un problema loro, non suo. Tutte le sue certezze erano state smontate tanto tempo prima. «Angel era felicissima quando le ho detto che l'avrei accompagnata.» E poi l'aveva delusa. «E si è infuriata quando l'ho trascinata via presto.» Non riusciva a guardare l'uomo con cui aveva flirtato al ricevimento. Lo stesso che l'aveva accompagnata a casa. Perciò, guardò i freddi occhi blu di Frazer. «Lei mi deve permettere di aiutare Angel. La prego.» Grosse lacrime le si formarono, ma le ricacciò indietro. Le lacrime l'avrebbero fatta sembrare debole, ed era una cazzata. Lei non era affatto debole e nemmeno sua madre. Chiunque avesse passato quello che avevano passato loro avrebbe imparato tutto sulle corazze d'acciaio e la sopportazione emotiva.

Lo sguardo di Frazer le disegnò i lineamenti come se fosse un rilevatore umano di bugie, ma l'espressione dell'uomo non mutò. «Ci sono persone che stanno lavorando al caso. I negoziatori sono con i LeMay, in questo momento.»

«Ha preso il suo telefono. A meno che non abbia spento il GPS, dovreste essere in grado di rintracciarlo con un'approssimazione di pochi metri.» S'infilò le unghie nei palmi delle mani. Ma non avrebbero dovuto *fare* qualcosa?

«Il suo telefono è stato ritrovato vicino all'area in cui qualcuno ha provato a spararle.»

Merda. «Devono aver visto i suoi agenti e hanno pensato che li avessi chiamati io. Mi faccia parlare con il rapitore. Gli dirò che Angel non ha niente a che fare con questa faccenda.»

«Chi pensa possa averla presa?»

«E lei chi pensa sia stato?» Scarlett lo guardò di traverso. Di certo, lui non era stupido.

«Sono interessato alla sua opinione, dottoressa Stone.»

«Mi faccia parlare coi rapitori e le dirò tutto quello che penso dal giorno in cui *voi* avete arrestato mio padre quattordici anni fa.»

«Crede che questo abbia qualcosa a che fare con il caso di suo padre?»

Scarlett si cucì la bocca. L'unica merce di scambio che aveva nei loro confronti era che non conoscevano le sue motivazioni.

«Preferirebbe parlare con un avvocato?»

Lei sbuffò ironica. «Ho visto quanto gli avvocati siano serviti a mio padre.» Tornò subito seria. «Voglio solo salvare la mia amica. Se le accadesse qualcosa per colpa di quello che ho fatto...»

«Ci sono dei professionisti che si occupano di questo genere di cose.»

«Ma io sono la persona che vogliono e le prime ore sono cruciali, nei rapimenti» replicò. «Mi dia un telefono e chiamerò la persona responsabile.»

Frazer si rilassò all'indietro sulla sedia, con un sorrisetto sulle labbra che però non gli addolcì lo sguardo. «Quindi, lei intende fare cosa? Chiamare l'ambasciata russa? Magari fare due chiacchiere con l'ambasciatore Dorokhov stesso? Crede davvero che ammetterà di aver rapito la figlia di un membro del congresso americano?»

Il cuore di Scarlett palpitò agitato dietro il costato. Frazer aveva ragione. Dorokhov non avrebbe mai parlato con lei. Si portò le mani sul volto. Dio, cos'aveva fatto. Era così turbata da non riuscire nemmeno a pensare, eppure doveva esserci una soluzione. Risolvere i problemi era il suo forte. «Senta. Ho sentito Alex Parker dire all'agente Lazlo che hanno preso la targa dell'auto della persona che ci ha sparato.»

«*Ti* ha sparato.» Lazlo la interruppe. «Il tizio mirava a *te*.»

Per la prima volta Scarlett notò uno strappo nella t-shirt che indossava. «Ti ha *colpito*?» la sua voce si alzò per la preoccupazione.

Lazlo scambiò un breve sguardo col suo capo. «È solo un graffio.» Alzò le spalle per enfatizzare che non gli faceva male.

L'espressione di Frazer s'indurì, ma non fece altre domande. *Bene, perfetto.* Se a loro stava bene fingere che venire colpiti da un'arma fosse normale, cavoli loro.

«Potete rintracciare l'auto, no?» Se no, come avrebbero potuto salvare Angel? «Vogliono fare uno scambio. Tutto quello che dovete fare è consegnarmi a loro e Angel sarà al sicuro. Credo che questo renderà tutti felici.» Rivolse a Lazlo un sorriso teso.

«Ti uccideranno. Non t'interessa la tua sopravvivenza?» disse Lazlo con veemenza.

«Certo che m'interessa» scattò lei. «Ma non mi uccideranno.»

L'uomo sollevò le sopracciglia come se si stesse chiedendo se fosse seria.

Lei si raddrizzò sulla schiena. «Perché dovrebbero volermi morta? Io non ho fatto nulla» Lazlo aprì la bocca per controbattere, ma lei alzò un dito. «E il motivo per cui tu mi hai seguita nel parco è perché questo già lo sai. Tu sai che cosa ho trovato quando ho provato a mettere la mia cimice nell'ufficio, perché l'FBI aveva già Dorokhov sotto sorveglianza. Per quale motivo?»

Nessuno rispose. Ovviamente, nessuno rispose. Ma poi lei capì quello che loro già sapevano. *Merda.* «Dorokhov non sa che la cimice nella lampada non era la mia, giusto?» Evitò di guardare Lazlo, concentrandosi su Frazer. «L'FBI non ammetterà mai il suo coinvolgimento, nemmeno per salvarmi la pelle...» borbottò. «Soprattutto non per salvarmi la pelle.»

Scarlett rivolse di nuovo lo sguardo verso Lazlo. «Credo di volere quell'avvocato, adesso.»

La durezza della mascella e la tensione delle spalle dell'uomo non promettevano bene. Si raddrizzò dal muro e aprì la bocca.

Frazer lo batté sul tempo. «È libera di andarsene.»

Scarlett scosse il capo, convinta di aver capito male. «Mi scusi?»

«Se ne può andare» ripeté Frazer chiudendo il fascicolo con aria conclusiva, da agente federale freddo e controllato.

«Ma...» Scarlett indicò Lazlo. «Lui mi ha arrestata.»

«C'è stato un malinteso.» Frazer sorrise e il gesto lo fece apparire inquietante.

E con ciò? Non aveva alcuna importanza. La stavano lasciando andare via e il sollievo le diede le palpitazioni. Spinse indietro la sedia. Poteva andare a casa e aspettare che il rapitore la contattasse di nuovo. Così, forse, i poliziotti l'avrebbero preso e salvato Angel.

«Ha aggredito un pubblico ufficiale.» Lazlo gracidò tra i denti, che parevano fusi insieme.

Frazer passò lo sguardo sul corpo di Scarlett e poi guardò di nuovo l'agente. «Sei più alto almeno di trenta centimetri e pesi come minimo cinquanta chili più di lei. In che senso sei stato aggredito?»

«Non è questo il punto, lo sa.» Lazlo borbottò a voce ancora più bassa. Lei poteva sentire la sua disapprovazione fin dentro il midollo.

«Lasciala andare» insistette Frazer.

Gli occhi di Lazlo s'indurirono. «Signore, ho bisogno di parlarle. Adesso.» Non sembrava una richiesta. Lei si allontanò dalla sedia pronta a fuggire finché era in tempo. Lui le puntò un dito. «Tu. Rimani lì.»

Fanculo. «Non sono un cane.» Però non voleva farlo incazzare e si sedette ansiosa sul bordo della sedia, mentre i due uomini uscivano per parlare. Doveva svignarsela di lì prima che cambiassero idea. Doveva capire come mettere in salvo la sua amica, perché era certa che l'FBI non avesse un'idea di quello che stava succedendo. L'unico agente federale onesto che avesse mai conosciuto era stato rinchiuso in una cella, mentre il resto di loro buttava via la chiave. Non voleva che Angel diventasse un'altra vittima innocente dell'incompetenza dei federali.

———

Matt non capiva cosa diavolo stesse accadendo, ma non gli piaceva affatto. Lì non c'era in ballo il suo ego o la legge. In circostanze normali, venire preso a calci negli stinchi era al secondo posto nella sua classifica delle cose che lo facevano incazzare. Si era ferito in modo ben più grave durante il corso. Il problema era tenere Scarlett Stone al sicuro dalla sua stessa follia. Avrebbe preferito vederla arrestata e in prigione, piuttosto che a correre per Washington come la versione cresciuta di *Veronica Mars*.

Si raggrupparono intorno al tavolo in cui Mallory Rooney era al telefono con il dipartimento di Polizia Metropolitana, cercando di rintracciare l'auto del cecchino tramite le videocamere per il traffico. Anche Alex Parker era al telefono. Matt sospettava che stesse chiedendo ai suoi informatici di guadagnarsi un po' di straordinario, con lo stesso compito.

Rooney mise giù il telefono. «Ancora nessun segno del veicolo. Stanno cercando.»

Un paio di agenti dell'ufficio si sedettero alle loro scrivanie e li guardarono incuriositi. Il vice direttore aveva dato loro il permesso di usare la stanza degli interrogatori, ma si aspettava un aggiornamento completo, in cambio.

Parker attivò una sorta di segnale jammer sul suo anello portachiavi, una lucina rossa si accese, e lo appoggiò sul tavolo tra loro. Mantenne la voce bassa. «Questo impedisce a qualsiasi dispositivo di ascolto di catturare le nostre conversazioni nel raggio di sei metri, ma non evita che qualcuno possa fisicamente origliare, perciò parliamo pure in tranquillità ma sottovoce.»

L'espressione di Matt s'inasprì. Quello di cui avrebbero parlato era molto delicato, ma Parker chi cazzo pensava stesse spiando il quartier generale dell'FBI? O quel tizio era paranoico per via del suo mestiere, o forse sapeva cose di cui Matt era all'oscuro.

Non aveva importanza. «Non puoi davvero pensare di lasciarla andare» disse Matt a Frazer.

«Ordini diretti dal capo della Divisione di Controspionaggio, Ridley Branson.» Frazer incrociò le braccia. Non sembrava molto contento. «Ragiona. I russi non accuseranno nessuno perché questo li renderebbe lo zimbello agli occhi di tutte le agenzie di spionaggio, e se c'è una cosa che i russi odiano è essere presi in giro dagli occidentali. Il fatto che la figlia di Richard Stone sia riuscita a danzargli intorno senza che la riconoscessero? Non ha prezzo.»

«Non mi interessano le accuse dei russi.» Matt provò a contenere la sua impazienza. «Non voglio che venga spedita in qualche gulag dell'era sovietica per aver cercato di buttare un occhio su Dorokhov. Son certo che possiamo trattenerla per qualche reato minore.»

«Se *noi* l'arrestassimo, sarebbe come alzare la mano e confessare che eravamo noi a spiarli e non i cinesi, perché se no come faremmo a sapere che è nei guai?»

«Non l'abbiamo già ammesso intercettandola al parco stasera?»

Frazer sollevò l'indice. «Guardala dal punto di vista dei russi. Cosa sanno? Un attraente agente dell'FBI viene colto da una telecamera a fare la corte alla figlia di una spia in galera, nella residenza dell'ambasciatore.»

Matt mantenne la sua espressione neutrale.

«Scarlett Stone entra poi nell'ufficio dell'ambasciatore, non invitata, e quando perquisiscono la stanza trovano una microspia nella lampada. Le sparano in un parcheggio e noi la portiamo dentro per interrogarla.»

«Penseranno che la stavamo già sorvegliando attivamente» suggerì Rooney. «Penseranno che era il bersaglio di Matt fin dall'inizio e che noi avevamo dei sospetti circa le sue intenzioni.»

«Non credi che crederanno che lavori per noi?» chiese Matt.

«Certo che no.» L'espressione di Frazer diceva chiaramente che non sarebbe mai successo. «Suo padre ha umiliato quest'agenzia e ancora molti di quelli che gestiscono il Bureau provano un forte risentimento nei suoi confronti.»

Matt scambiò un'occhiata con Parker. L'uomo rimase impassibile, ma lui l'aveva detto che Scarlett Stone avrebbe rappresentato il perfetto capro espiatorio per le attività dell'FBI. Aveva ragione.

«E questo metterebbe Scarlett Stone in pericolo, se la lasciassimo andare senza protezione» Matt sostenne di nuovo le sue convinzioni. «Lo hai detto tu stesso che i russi odiano essere presi in giro. Aspetteranno qualche ora e la troveranno. È totalmente vulnerabile.» Matt digrignò i denti. «Lei non dovrebbe pagare per le attività di spionaggio del nostro paese.»

Frazer chinò il capo da un lato. «È lei che è entrata di soppiatto nell'ufficio di Dorokhov, intenzionalmente.»

«È lei quella che hanno beccato» lo corresse Matt.

«Perché stavamo spiando Dorokhov?» Rooney fece la domanda che loro avevano rivolto ai TacOps prima.

Frazer alzò le spalle, ma da come indurì le labbra si vedeva che anche a lui, come a Matt, non andava giù la mancanza di informazioni.

«Nessuno sa molto su quel tizio, ma le persone che lui fa innervosire rendono nervoso me. C'è stata questa cosa a Istanbul qualche anno fa, che nessuno può attribuire a lui con certezza, ma...» la voce di Parker si affievolì.

«Cosa?» domandò Matt.

«Ha scoperto che uno dei suoi tirapiedi si scopava la sua amante. Questo prima che si sposasse. L'uomo è stato trovato morto in un vicolo. La donna è finita in ospedale.»

«Picchiata?»

«Qualcuno le aveva gettato dell'acido sul volto.»

Cristo santo.

Parker lo guardò attentamente. «Questa è la storia.»

Lo sguardo di Frazer si raggelò. «Voci, pettegolezzi. È l'ambasciatore della Russia, non un capo mafia.» Ma la gente che aveva potere spesso ne abusava. Si sapeva.

Calò il silenzio per un attimo, mentre tutti riflettevano. «La cosa positiva di lasciare andare Scarlett Stone è che il rapitore potrebbe provare a ricontattarla. Nel qual caso, Parker dovrebbe essere in grado di rintracciare la chiamata e consentirci di localizzare Angel LeMay prima che decidano che è più un peso che un valore.»

«Mi stai prendendo per il culo?» Matt perdeva le staffe di rado, e non era mai successo con il suo capo. «La cosa *positiva*? Le hanno sparato.» Cristo benedetto. La situazione stava degenerando e a lui non piaceva quello che vedeva. Quelle erano cazzate politiche. Si fidava del suo capo, ma quell'uomo sembrava essere cieco del pericolo che circondava la donna chiusa nella stanza accanto, o forse semplicemente non gli importava. «E la detenzione a scopo di protezione?»

«Per la figlia della più nota spia sul territorio americano?» Le labbra di Frazer s'incurvarono di rabbia. «Per essere entrata di nascosto nella residenza dell'ambasciatore e aver cercato di spiarlo illegalmente? Pensi che la richiesta verrà approvata?»

«Se la lasciamo andare è morta» affermò con schiettezza Matt. Digrignò i denti. Ambasciatore russo o no, quella donna era un'ingenua se pensava che Dorokhov non l'avrebbe punita severamente per la sua bravata.

«Potremmo pedinarla per qualche giorno. Far passare più auto della polizia sotto casa sua. I superiori non agiranno, a meno che non credano che sia in pericolo di morte...»

«Ma lo è.» Cazzo. «È ovvio che lo è.»

«Anche in quel caso...»

Matt si portò entrambe le mani alla testa e desiderò poter tornare indietro nel tempo di sei ore per mandare Frazer a cagare alla sua richiesta di sostituirlo alla festa di Natale. O magari anche otto, così avrebbe avuto due ore buone per ubriacarsi e ridursi in condizioni tali da potersene sbattere le palle. Solo che Scarlett avrebbe comunque provato a spiare i russi, sarebbe comunque stata beccata e probabilmente sarebbe già morta.

«Fanculo.»

«Ha combinato lei tutto questo casino.» L'espressione di Frazer non rivelava nulla.

«E tu la molli da sola nel mezzo del cazzo di casino?» Matt cercò di tenere a freno l'ira. «Lascerai davvero che l'ammazzino?»

«E se avesse ragione riguardo a suo padre?» domandò piano Rooney.

«Ha confessato.» Matt scartò l'idea.

«I russi hanno sempre negato che fosse un loro agente» replicò Rooney.

«Lo fanno sempre a meno che non ci sia uno scambio in vista» disse Frazer.

Che non accadrebbe mai per Stone.

«Per quale motivo, se no, lei darebbe la caccia a Dorokhov?» insistette Rooney. Si scostò un ciuffo di capelli dalla fronte. C'erano ombre scure sotto i suoi occhi ed era pallida. Matt aveva sentito dire che era incinta. Lei non si lamentava. Poteva sembrare una novellina, ma era un agente molto scrupoloso. Era sveglia. «Non avrebbe senso, a meno che lei non creda di sapere la verità.»

«I ragazzini sono sempre delusi dai loro genitori.» Dio solo sapeva quanto lui fosse rimasto deluso da suo padre.

«Magari sta lavorando per qualcun altro. Spionaggio industriale o governativo» suggerì Parker. «O magari è stata ricattata per spiarli per altri motivi. Il suo lavoro riguarda la tecnologia di altissimo livello. Forse era una sorta di test.»

A Matt non sembrava plausibile. Scarlett era un'altra ragazza lasciata a piedi dai genitori prima, e dal sistema poi. Ciò non significava che avesse fatto bene a prendere in mano la situazione, ma una pallottola sembrava un provvedimento un po' drastico.

«Vedi quello che riesci a trovare» disse Frazer a Parker. «Non voglio altre sorprese.»

Due uomini che Matt non riconobbe entrarono nella camera di

sicurezza e Frazer si raddrizzò un po'. «Signore, non c'era bisogno di raggiungerci»

Parker mise una mano sul jammer.

Ridley Branson aveva una figura imponente. Capelli grigi, aria macilenta e pelle scura. «Non ha molto senso essere il capo del controspionaggio, se non mi interesso di quello che accade nella comunità dell'Intelligence.» Il suo tono faceto lasciò Matt senza parole. Non c'era nulla di divertente in quella nottata. Lui rimase in piedi con le braccia incrociate, cercando di non fissare quel bastardo.

«Questo è l'Agente Speciale vice in comando Guy Clarkson del distaccamento di Washington.» Branson presentò un altro uomo, di media statura e con i capelli biondi corti. «Abbiamo lavorato insieme sul caso Stone quattordici anni fa.» Branson si diresse verso la porta a vetri dove si vedeva Scarlett tamburellare nervosamente le unghie sulla plastica lucida del tavolo. Lui sbuffò un sospiro burrascoso. «Non è cambiata molto da quando era una ragazzina.»

«La conosce?» domandò Matt.

Il capo lo fulminò con uno sguardo glaciale. Matt non si era rivolto a lui in modo molto educato e non si era nemmeno presentato.

«Ho lavorato con suo padre, proprio qui in questo ufficio. Lui l'ha fatta venire un paio di volte per prendere dei documenti.» Branson ghignò, come se dentro di sé si stesse domandando cosa ci fosse in quei documenti.

Già. Un po' troppo tardi per i sei agenti americani morti. Qualcuno aveva fatto una cazzata e non era stato Matt.

«La squadra di salvataggio ostaggi sta lavorando con i LeMay, in questo momento. Li ho convinti che è nel migliore interesse della figlia che questa storia stia lontano dalla stampa. Mi aspetto che venga rilasciata illesa nell'immediato futuro. I russi non sono in cerca di un incidente diplomatico.»

«Vorrei avere il permesso di interrogare Richard Stone a

proposito delle attività di sua figlia, signore» domandò Frazer. «Per vedere se l'ha istigata lui.»

Rughe profonde solcarono la fronte di Branson, dandogli un'aria sfinita. «Manda la documentazione, ma non sperarci troppo.» Il suo sguardo si addolcì. «Richard sta morendo di cancro. Non gli restano che pochi mesi, e il dipartimento carcerario non è noto per la sua velocità né per la sua clemenza, neanche in questi casi.»

Merda. Matt si voltò per guardare Scarlett che stava camminando su e giù nella piccola stanza. La pena scacciò la rabbia. Ecco perché l'aveva fatto. Un ultimo disperato tentativo di salvare l'uomo che amava nonostante la sua confessione. Folle lealtà malriposta. Una piccola parte di lui invidiava il fatto che amasse così tanto suo padre. Se fosse stato il suo, avrebbe buttato via la chiave.

«Lasciala andare. I russi sanno che la stiamo tenendo d'occhio. Questo è tutto quello che possiamo fare per quella ragazzina, adesso.»

Matt annuì come se pensasse che quell'uomo fosse un emerito coglione. Non avrebbe mai lasciato Scarlett da sola girare con un bersaglio sulla schiena. Non aveva dedicato la sua vita a servire l'esercito per finire a sacrificare una donna indifesa incolpandola dello stesso reato che avevano commesso i suoi colleghi. Che importanza aveva che avessero la legge dalla loro parte? Le regole erano una cosa, ma un uomo doveva potersi guardare allo specchio senza odiare la propria immagine riflessa. Scarlett Stone non sarebbe morta sotto la sua responsabilità. Non quella notte.

L'FBI non gli copriva le spalle, perciò aveva due strade… seduzione o sedazione?

6

Lincoln Frazer sapeva che c'era qualcosa che non andava in quella situazione, ma non mostrò tracce di dubbio nelle sue espressioni o nelle sue azioni. Lo spionaggio e il controspionaggio erano una complessa danza di mosse e contromosse, e non poteva pretendere di venire informato su tutti i personaggi o le ramificazioni coinvolte.

Matt Lazlo si diresse verso la stanza degli interrogatori e fece un brusco cenno col capo per indicare a Scarlett Stone di seguirlo. L'agente vibrava di tensione. A Matt la situazione non andava a genio e Frazer non poteva biasimarlo. Poteva non accorgersene, ma Matt guardava quella donna con un misto di desiderio e riluttante compassione, e ciò avrebbe complicato ulteriormente quel casino già ingarbugliato. Lazlo era un bravissimo agente, sveglio, dedicato e intuitivo, che lavorava sodo. Era un ex Navy SEAL, il che lo rendeva perfettamente in grado di operare molto bene sia in squadra sia in modo creativo e indipendente.

Era anche un uomo, però. E gli uomini commettevano errori.

Una cosa che Frazer aveva imparato negli anni era che, se da una parte aveva l'autorità di ordinare a qualcuno quello che doveva fare, dall'altra non poteva imporre il modo di pensare. Il suo compito era di ricordare le regole, gli obblighi, i codici della

76

legge, e riprendere gli agenti per aver scazzato. Ma le persone intelligenti prendevano le decisioni in base alle singole situazioni. Le circostanze facevano la differenza. Le azioni passate di una persona riuscivano solo in parte a predire quelle future. E le situazioni disperate richiedevano misure estreme. Lui era la prova vivente di quell'infelice verità comportamentale.

Quando Scarlett Stone giunse alla porta, il suo sguardo trafisse Branson. Vacillò leggermente, sembrando così fragile che una folata di vento più forte l'avrebbe potuta abbattere. Frazer capiva perché quella donna era riuscita a tirare fuori gli istinti protettivi di Lazlo, ma lui non voleva esserne risucchiato. Scarlett allungò una mano per appoggiarsi allo stipite della porta. «Agente Branson. Quasi non la riconoscevo. È passato così tanto tempo.»

«Sono il Capo della Sezione di Controspionaggio, ora, Scarlett» rispose Branson duramente. Sedeva sul bordo di una scrivania con le gambe a penzoloni, come se fosse rilassato e sereno. Frazer non ci cascò neanche per un attimo.

«Ah, certo, *Capo* Branson.» Il rancore nella voce di lei era palpabilissimo. «Sono anni che non ci viene a trovare. Sa, mi sono un po' persa le varie promozioni al Bureau. Se l'è cavata bene, vedo. Sua moglie e i suoi figli devono essere davvero fieri di lei.» Lo sguardo di Scarlett era immobile, il mento alto e fiero.

Calò un silenzio imbarazzante. Clarkson tenne gli occhi fissi sul pavimento. Le labbra di Branson s'indurirono in una linea stretta.

«Vedi di tenerti fuori dai guai, Scarlett. Fa' la brava ragazza.»

Gli occhi di lei si strinsero quando udì il tono accondiscendente dell'uomo, ma frenò qualsiasi pensiero che le attraversasse la mente. *Ottima scelta.* Branson era un uomo potente, e gli uomini potenti non amavano essere messi in cattiva luce da giovani donne, nemmeno da quelle con il QI di un genio.

Lazlo la prese per un braccio e la scortò fuori dalla camera di sicurezza. Frazer sentì un moto di pena per quella ragazza, perché era davvero in serio pericolo. Non c'era dubbio che si portasse addosso un grosso peso a causa di quello che aveva fatto suo padre, ma non era una buona scusa per spiare potenze straniere. Capiva parte di quello che Scarlett Stone stava affrontando – farsi giustizia da sé era molto allettante quando si riteneva di essere nel giusto, però era comunque sbagliato.

Il suo superiore infilò i pollici nei pantaloni, con atteggiamento molto virile e sicuro di sé. «Tenetemi aggiornato su qualsiasi sviluppo. Ho dato disposizioni che il ritrovamento di Angel LeMay sia la priorità assoluta del Bureau. Speriamo di riportarla a casa per Natale.»

«Sì, signore.»

«Facciamo in modo di tenere questa conversazione per noi, okay?» Branson guardò negli occhi ciascuno di loro, poi lui e Clarkson si voltarono e se ne andarono.

Lo sguardo di Rooney era colmo di riflessioni. «Cosa facciamo adesso, capo?»

Frazer trasaliva ogni volta che lei lo chiamava in quel modo. Gli ricordava quanto avesse scazzato e quanto dovesse lavorare duro per rimediare ai propri errori. Si fidava quasi più di Rooney e Parker che di tutte le persone con cui lavorava da anni. La loro relazione era stata forgiata dal sangue, dalla morte e dalla necessità, ma anche da un atto di amore e pietà. Il fatto che lei lo chiamasse capo era la prova della sua dedizione al lavoro. Lui doveva guadagnarselo quel titolo.

La cosa giusta da fare in quella situazione sarebbe stato girare i tacchi e supporre che il resto dell'FBI avrebbe potuto fare il proprio lavoro senza la sua interferenza. Il suo ruolo era di gestire l'Unità di Analisi Comportamentale 4 e aiutare le altre agenzie delle forze dell'ordine a stanare assassini, trafficanti, stupratori e altri degenerati. Avevano tanti di quei casi aperti da tenerli impegnati fino al prossimo millennio. Loro analizzavano i rapporti della polizia, le scene del crimine e le prove, e non si occupavano di operazioni di controspionaggio o investigazioni.

Ma lui aveva perso fiducia nel sistema.

Non si sarebbe mai più fidato di qualcosa alla cieca.

E se Scarlett Stone avesse avuto ragione riguardo a suo padre?

Se fosse stato davvero incastrato? Chi, in quell'edificio, avrebbe preso in considerazione quella possibilità? A chi sarebbe importato dell'ingenua ricerca di giustizia di una ragazza vulnerabile? E chi avrebbe potuto avere ancora le mani sporche?

Frazer guardò l'orologio.

Non era compito suo mettere in dubbio la veridicità dei vecchi casi. Il Presidente degli Stati Uniti aveva chiesto il suo aiuto per una questione di importanza nazionale e c'era una certa assassina che doveva essere stanata e catturata prima che uccidesse di nuovo. C'erano documenti urgenti sulla sua scrivania che richiedevano attenzione. Era la Vigilia di Natale. La squadra di recupero ostaggi era al comando delle indagini sul rapimento, perciò lui doveva solo andare a casa a farsi qualche ora di sonno. Ecco cosa avrebbe dovuto fare.

Frazer tirò fuori il cellulare e compose un numero. Lazlo rispose. «Ora sei una guardia del corpo, finché non scoprirò cosa sta succedendo esattamente. Tienila lontana dai notiziari e dai giornali, e dille che Angel è stata trovata sana e salva. Questo dovrebbe tenerla buona per un po'. Se non dovesse funzionare, usa la tua inventiva. Nel frattempo, cercheremo il modo di neutralizzare la minaccia sulla sua vita.» Sperò di non star facendo promesse che non avrebbe potuto mantenere, e di non farsi dei nemici tra i colleghi dell'FBI. Ma non si era unito al Bureau per fare amicizia. Lo aveva fatto per proteggere coloro che non potevano proteggersi da soli. «Tieni un profilo basso e guardati le spalle.»

―――――

Scarlett percepì lo sguardo di disapprovazione di Matt scorrerle lungo la schiena per tutto il tragitto. Arrivarono a una porta, lui si allungò e l'aprì, indicandole di passare. Il gentleman si alternava all'agente FBI forte e grintoso.

Le faceva venire i nervi. Il personaggio dell'eroe americano, che lui vestiva come un mantello invisibile, era l'antitesi del mondo da cui lei proveniva, in cui il sospetto e il dubbio strisciante contaminavano tutto quello che lei o la sua famiglia toccavano. L'essere attratta da lui a livello fisico non aiutava. Sospettava che molte donne fossero attratte da Matt Lazlo, anche quelle che non l'avevano visto in uniforme.

«Quindi, adesso cosa farai?» Stava cercando di essere indifferente, ma lei non ci cascò. Era ancora incazzato.

Per quel che riguardava i russi, le sue opzioni erano limitate. Una era quella di bussare alla residenza dell'ambasciatore e implorare il perdono, l'altra era di andare a casa e aspettare che il rapitore la contattasse. Una terza era fuggire via, ma Angel era in pericolo. In più, Scarlett aveva una vita lì, una carriera. Certo, sempre che il suo capo non venisse a sapere quello che faceva nel tempo libero e la licenziasse, il che avrebbe reso impossibile trovare lavoro da qualunque altra parte. Maledizione.

Era stata così stupida a pensare di poter spiare Andrei Dorokhov. Scoprire qualcosa di utile sarebbe stata un'impresa difficile. Aveva pianificato di suscitare una reazione chiamandolo, per poi ascoltare quello che avrebbe detto una volta terminata la conversazione telefonica. Idea grandiosa, in teoria, a meno di non venire beccati sia dall' FBI sia dalla Federazione Russa.

Lazlo le posò una mano calda sulla schiena, proprio sopra la vita. Un brivido le percorse la pelle e barcollò.

«Ehi, piano.»

Il suo tocco le faceva più effetto di quello che voleva ammettere. Sfortunatamente, una delle volte in cui l'aveva toccata era stato per metterle le manette. Non era il suo ragazzo. Non era un flirt. Era un agente dell'FBI e lei sapeva quello che erano disposti a fare pur di frenare i comportamenti inadeguati della gente.

«Scarlett?»

«Che c'è?»

«Stai bene?» le chiese, come se stesse ripetendo la domanda. La sua voce era dolce, persino gentile, ma Scarlett non si fidava né di lui né dell'effetto che aveva su di lei.

Troppo tardi, si accorse di essersi fermata. «Sì.»

«Hai un piano?»

Lei si scostò in malo modo da lui. La sua vicinanza la distraeva, l'estrema consapevolezza della sua presenza le occludeva la mente. Era una *problem solver* di natura. Aggiustare le cose era ciò che sapeva fare meglio, ma quella faccenda non era in grado di ripararla, come non poteva sistemare la situazione di suo padre. L'umiliazione e la rabbia si fecero spazio tra le sue guance. «Devo trovare un modo per salvare Angel.»

«L'FBI ha assegnato una squadra.» Lui tenne aperta un'altra porta. «Se interferisci potresti venire uccisa.»

«Ma è me che vogliono.» Quello era limpido come l'acqua.

«Quindi? Hai intenzione di offrire te stessa su un piatto d'argento?»

«Altre idee?» Era aperta ad alternative.

Qualcosa vibrò nella tasca di Matt. Lui alzò un dito per chiederle di attendere un istante. Tirò fuori il cellulare e ascoltò con attenzione. Lei si fermò, nonostante la libertà fosse solo a pochi passi. Fuggire via avrebbe potuto attivare l'istinto predatore dell'uomo e lei era riluttante a mostrare segni di debolezza. L'aveva già salvata due volte, quella sera. Una volta con il passaggio a casa e l'altra da un proiettile.

L'espressione negli occhi di Matt mutò, ma lei non riuscì a decifrarla. «Ricevuto!» Ci fu una lunga pausa e poi: «Questa è una buona notizia. Grandioso. Grazie per avermelo detto.» Lui riagganciò e incontrò gli occhi di Scarlett. «Non occorre che ti sacrifichi. Hanno trovato Angel LeMay che vagava vicino al DuPont Circle. È un po' intontita, ma tutta intera.»

Le sue ginocchia volevano cedere, ma le tenne strette. «La posso vedere?»

«L'hanno portata in ospedale.» Lui piegò il capo, stringendo le labbra. La compassione gli riempì lo sguardo. «Dubito che i LeMay ti vorranno intorno per un po'.»

Oh, merda. Scarlett dubitava che avrebbero voluto avere a che fare con lei d'ora in avanti. Aveva tradito la loro fiducia e aveva fatto rapire Angel. Si afferrò la gola con la mano e la voce uscì come un sussurro appena udibile. «Comunque sta bene, no?»

Lui le fece un cenno secco col capo.

Doveva parlare con Angel, scusarsi, ma lasciarle un po' di tempo per riprendersi e far calmare le acque forse sarebbe stata una buona idea. Sperava che quei bastardi non le avessero fatto del male. Doveva porre fine a tutto quel casino. Subito. Prima che qualcun altro venisse ferito o terrorizzato. «Credo che il mio piano sia di andare a casa dell'ambasciatore russo, implorare perdono e sperare che decidano di lasciarmi in pace.»

«Sei seria? Questo è il tuo piano?» La guardò come se lei fosse un'idiota. «Presentarti lì e supplicare il perdono?»

«Se vado a casa, mi troveranno. Anche se sparissi per qualche settimana o mese, loro possono permettersi di aspettarmi. Perciò sarei a punto e a capo, però senza lavoro e senza gran parte dei miei risparmi. Non posso abbandonare mia madre e mio padre in questo momento.» Non sarebbe stato difficile trovarla in Colorado. «L'unica idea che mi viene in mente per fermare questa cosa è scusarmi e promettere di non farlo mai più. Papà ha sempre detto che ai russi piace umiliare le persone, perciò striscerò ai loro piedi.» L'idea che suo padre stesse morendo era peggio del pensiero di doversi scusare con l'uomo che era certa avesse dato una grossa mano a metterlo in prigione. Molto peggio.

«Sei assurda, cazzo.»

Scarlett s'irrigidì. «Be', grazie tante, Agente Speciale Lazlo. Anche tu sei parecchio assurdo.»

Lei si voltò sui tacchi e marciò via, spingendo le porte principali. Probabilmente, moltissime donne erano cadute ai suoi piedi, accecate dal fisico da supereroe e dal petto pieno di medaglie. Ma non erano state arrestate e insultate da lui.

Fuori, l'aria gelida le rubò il respiro, ma l'odore della libertà compensava il freddo. La libertà sarebbe potuta non durare a lungo.

Si strinse nelle spalle, mentre la sconfitta le pesava addosso come un macigno. Era ora di pagarne lo scotto. «Devo chiamare un taxi.» Rovistò nelle tasche, in cerca del telefono, poi si ricordò che non ce l'aveva. Nella foga di fuggire l'aveva lasciato a quell'altro tizio, Alex Parker. Non sarebbe mai tornata indietro, in caso cambiassero idea sul fatto di rilasciarla. Avrebbe camminato e cercato un taxi in strada.

«Ti do un passaggio» si offrì Lazlo.

Lei indietreggiò. «Non sei obbligato a farlo. Ti ho già causato abbastanza guai per una sola notte.»

«Signorina, lei mi ha causato guai per un'intera vita.» Un sorriso sardonico gli attraversò il viso, ma c'era qualcosa nei suoi occhi... una calma pazienza che le diceva che era abituato a ottenere quello che voleva.

Lei sbatté le ciglia in modo melodrammatico. «Ma lei è un tale ammaliatore, Agente Speciale Lazlo. Non so come le signore riescano a resisterle.»

«Eppure continuano a farlo.»

«Forse è per questo che sei stato così veloce con le manette?» suggerì lei con uno sguardo accigliato. «Per impedire alle signore di fuggire gridando alla prima opportunità?»

Gli occhi di lui s'illuminarono divertiti. «Non ci avevo mai pensato, ma grazie per la dritta.» Prima che lei potesse rifiutarsi, lui le mise un braccio intorno alle spalle e la spinse verso il SUV fermo nel parcheggio di sicurezza. *Bene.* La sollevò di peso, collocandola sul sedile anteriore. Stringendo i denti mentre veniva bistrattata, fece un profondo sospiro per calmarsi. Un passaggio era il modo più semplice di arrivare alla Sedicesima Strada, perciò doveva solo ringraziare.

Certo, come no.

I loro sguardi si incrociarono. I volti erano così vicini che lei poteva notare le ciglia folte intorno ai suoi occhi incantevoli. Provò a controllare i brividi che le scuotevano il corpo. Non capiva se fossero per la paura, il freddo o per la vicinanza di quell'uomo. Probabilmente una combinazione di tutti e tre i fattori. «Grazie.»

Il sorriso di Matt si fece lupesco. «Prego.» Sbatté la portiera e lei sobbalzò. Poi lo sentì spalancare il baule e aprire una cerniera. Parlò brevemente al telefono. Quando rientrò sul sedile del guidatore, si era tolto il giubbotto antiproiettile e si era tirato su le maniche. Sull'avambraccio si allungava uno spesso cordone di muscoli, che si flessero quando strinse il volante. Gli occhi di Scarlett scivolarono su di lui. Non era solo bello, era perfetto.

L'odore di sudore pulito si mischiava a quello della colonia... calda, maschile, virile. *Accidenti.* Lei si mosse a disagio. Perché non poteva avere una pancia grossa e flaccida? O magari un naso rotto, o, che ne so, un mono ciglio o un grave caso di cattivo odore corporeo?

Sono solo feromoni, rammentò a se stessa. Biologia di base. Ma i recettori dei suoi feromoni stavano danzando felici, il respiro le mancava e il cuore accelerava il battito.

Grazie a Dio era vestita abbastanza da mascherare il resto dell'eccitazione indesiderata sparsa per il corpo, ma dal luccichio nel suo sguardo lui sapeva esattamente che effetto le stesse facendo. Lei guardò fuori dal finestrino, ma il riflesso di lui la fissò dal vetro e le si bloccò il respiro. Tempo sbagliato, posto sbagliato, uomo sbagliato.

Di sicuro la donna sbagliata.

«Ho bisogno di un caffè. Tu lo vuoi? Potrebbe essere la tua ultima possibilità.» Le sue parole erano distaccate, quasi prive di sentimenti.

Scarlett spalancò la bocca e si voltò di scatto verso di lui. *Ma che cazz...?*

«Ehi.» La sua scrollata di spalle fu quasi briosa. «Ho bisogno di un caffè. Tu sei determinata a portare avanti i tuoi piani. A me è stato ordinato di smontare la guardia. Non posso fermarti, ma almeno posso offrirti un caffè, prima.»

Lei incrociò le braccia al petto. Probabilmente lui stava pensando che lei si meritasse tutto quello che le stava accadendo, e forse aveva ragione. Ma lei non voleva andare dai russi, porca puttana. Non voleva prostrarsi ai piedi di Dorokhov. «Non ho alternative.»

«Potresti fuggire? Sparire dalla vista?»

«Mi troverebbero. Al contrario dell'FBI, io non ho risorse illimitate. In più, amo il mio lavoro e sono molto brava.»

«Peccato non averci pensato prima.»

«Mio padre sta morendo. So che non ha fatto quello di cui è accusato.» Le si spezzò la voce e distolse lo sguardo, imbarazzata.

Matt avviò il motore, regolò la temperatura e partì, immettendosi nella Nona Strada senza altri commenti sarcastici. A Scarlett ci volle qualche minuto per controllare le emozioni. Si sentiva stanca, spaventata e sconfitta. Non aveva bisogno che lui le ricordasse di continuo i suoi fallimenti.

Dopo qualche minuto, Matt trovò una caffetteria ancora aperta e parcheggiò lasciando il motore acceso e il riscaldamento a palla. «Cosa ti prendo?»

Era notte fonda e lei era stanca. La caffeina avrebbe aiutato.

«Un caffè bollente con cioccolato, grazie.» Rovistò nel portafogli per prendere dei soldi, ma lui era già andato. Lasciò una banconota da cinque dollari sul cruscotto. Si voltò per controllare che non ci fossero macchine dietro di loro, ma non c'era nessuno per strada, eccetto i pochi veicoli già lì quando erano arrivati.

Dubitava che i russi li avessero seguiti dal quartier generale dell'FBI. Loro potevano permettersi di essere pazienti. Lei no.

Lazlo tornò poco dopo e le porse un grosso bicchiere di cartone. «Il barista ti ha aggiunto della panna montata. Spero che ti piaccia.»

Avrebbe bevuto anche della benzina, se fosse stata calda. «Va benissimo, grazie.»

Matt si accasciò sul sedile in pelle, soffiando sul caffè per raffreddarlo. «Sono così esausto che potrei svenire.»

«Mi spiace averti tenuto sveglio.» *Cavolo*! Quell'uomo mancava totalmente di tatto.

«Certo che hai fatto una bella acrobazia, stasera. Bastava sedurre Raminski e mettere una cimice in camera sua.»

L'idea le inviò brividi di disgusto nelle ossa. «Non sono un tipo seducente. Quella è la specialità di Angel.»

«Oh, non ne sono così sicuro.» Lui tenne lo sguardo fisso di fronte a sé per un istante, poi la guardò negli occhi. «Avresti potuto sedurre me con pochissimo sforzo.» La piattezza del suo tono le indicava che ormai era troppo tardi.

Il pensiero di aver avuto una possibilità con un tipo come lui le provocò un colpo secco e doloroso al petto. Gli uomini sexy come Lazlo non frequentavano ragazze nerd come lei. Ma qualcosa nella sua espressione, il ricordo di come l'aveva guardata quando lei era in piedi sul marciapiede fuori dall'ambasciata, le diceva che forse l'aveva avuta davvero, una possibilità. E lei aveva mandato tutto a puttane, insieme a tutto il resto.

Sarebbe accaduto comunque, una volta scoperta la sua vera identità, quindi la questione era irrilevante. Ma il ricordo di quella connessione tra loro era destabilizzante. I *se* e i *forse* si accavallavano dentro di lei come onde che si infrangevano sulla spiaggia. Per coprire il disagio, diede una lunga sorsata alla sua bevanda bollente. Si asciugò la bocca col dorso della mano. «Avresti subito uno shock se fossi arrivato ai preliminari.»

Lui si soffocò col caffè.

Era bello ridere. Sembrava la cosa giusta.

Lei fece un sorriso morbido. «Non era mia intenzione coinvolgerti nei miei problemi, Agente Speciale Lazlo. Mi dispiace veramente.»

«L'ho capito questo. Chiamami Matt e fidati di me.»

«Matt è il diminutivo di Matthew?»

Qualcosa nella sua domanda lo divertì. I suoi occhi s'incresparono agli angoli. «Matthias. Mio padre diceva di essere un Rom bulgaro e mi ha chiamato così.»

«Quindi tu discendi dagli zingari?» Gli occhi di Scarlett cercarono il suo volto per trovare tracce delle sue origini, ma non ne trovarono.

Lui alzò le spalle. «Mio padre era un coglione di dubbio retaggio. Mia madre invece è un'aristocratica inglese, il che mi rende più o meno un meticcio. Lui la sposò sperando di mettere le mani sulla sua fortuna e la mollò quando i genitori di lei la esclusero dall'eredità.» La sua espressione cambiò. Si fece tesa.

«Questo fa di te un *Lord*?» Scarlett provò ad alleggerire l'atmosfera prendendolo un po' in giro.

«No, ma puoi chiamarmi *Sir*, se vuoi.» Il sorriso di Matt si allargò prima di ricordare, giustamente, con chi stesse flirtando. Tornò serio. «Il titolo probabilmente è andato a qualche lontano cugino.»

«Non lo sai?» Il calore del suv le dava sonnolenza e il calo dell'adrenalina la fece sbadigliare. «Ma come, non guardi *Downtown Abbey*?»

Matt sollevò un sopracciglio confuso, come se non sapesse di cosa lei stesse parlando. «La famiglia di mia madre la diseredò quando sposò mio padre. E lui la mollò quando lei arrivò negli Stati Uniti. Loro, però, non si sono mai riavvicinati a mia mamma per aiutarla. Non ho mai sentito l'urgenza di cercare i miei nonni.»

«Dev'essere stata dura.»

«Non proprio. Mamma è una guerriera» Sorseggiò il suo caffè, evidentemente non aveva fretta di andarsene, non ancora. «Se la cavò alla grande. Trovò lavoro in una scuola e mi allevò da sola. Odiava a morte le insinuazioni sul bisogno di avere un uomo che la sostenesse.»

«Dove vive adesso?» Aveva studiato quella domanda per prendere tempo, ma si rese conto che voleva davvero saperne di più su di lui. Bevve dell'altro caffè al cioccolato, grata per il modo in cui le scioglieva il ghiaccio nelle ossa.

«Vicino a me.» Lui si schiarì la gola per eliminare la sensazione sabbiosa che gliela seccava. «Ha avuto un aneurisma due anni fa e non si è mai più ripresa.» *Oh, no.* «È in una casa di riposo. Non si è più svegliata dopo il secondo ictus.» Lo disse in modo così controllato che lei capì che quella situazione lo faceva soffrire molto.

Lei sapeva quanto fosse difficile avere genitori malati e non poterli aiutare, pur desiderandolo con tutto il cuore. Avrebbe voluto appoggiare la mano su quella di lui, ma non ne ebbe il coraggio. «Ti prendi cura di lei. È tutto ciò che puoi fare.»

«Che altro, se no? Sono suo figlio, non un coglione di marito» borbottò, poi le fece un sorriso mesto. «Scusa.»

«Perché sento una leggera rabbia repressa? Conosco un bravo terapista, se hai bisogno.»

«Ah be', perché tu saresti equilibrata? Dammi il numero così controllo se ha vinto la licenza nei pacchi delle patatine.»

«Divertente.» Scarlett si lasciò andare a un enorme sbadiglio e si coprì la bocca con la mano libera. «Scusami. Tutto d'un tratto mi sento stanchissima.»

Matt le prese la tazza dalle dita, che parevano goffe e intorpidite, e l'appoggiò sul porta bicchieri. «Chiudi gli occhi cinque minuti. Ti sveglio quando siamo arrivati.»

«Okay.» Lei provò a tenerli aperti, ma più ci provava e più pesanti diventavano le palpebre. «Mi dispiace per tua mamma» farfugliò. Voleva che lui sapesse che aveva ascoltato le sue confidenze e che le dispiaceva molto, nonostante tutto quello che era successo.

«Riposati e basta.» La voce di lui era ruvida.

Una pennichella di cinque minuti era quello che le serviva. Strinse forte le dita sul grembo e pregò che Dorokhov non le lasciasse nessun macabro ricordino. Lei non era una persona coraggiosa, tendeva a ritirarsi di fronte al pericolo. Tutto quello che era accaduto quella sera non era da lei ed ecco cosa ci aveva guadagnato: guai. Un'enorme montagna di guai. Non avrebbe mai provato a rifare una cosa del genere, mai più. Forse Dorokhov avrebbe dimostrato un po' di spirito natalizio e magari le avrebbe fatto pulire i pavimenti dell'ambasciata per un'intera settimana. Qualsiasi cosa pur di tornare alla sua noiosa vita normale.

———

Erano le due del mattino e Andrei Dorokhov era seduto a fissare il fuoco, mentre sorseggiava del brandy costosissimo. Natalie era andata a letto un'ora prima, irritata dal suo umore nero. Lei non capiva e lui sperò che non capisse mai. Il cellulare che aveva in tasca suonò. Lui cambiò posizione e lo prese. Non sapeva chi fosse, ma rispose comunque.

La voce di un uomo. Facilmente riconoscibile anche dopo quattordici anni di irritante silenzio. «L'ultima volta che abbiamo parlato ti tenevo un coltello puntato alla gola e ti ho fatto promettere di non tornare mai più negli Stati Uniti. Ti sei dimenticato in fretta, Andrei?»

«Non dimentico nulla, *blyat*.»

«Hai causato un bel casino. Non potevi lasciar perdere, vero? Il tuo cazzo di ego russo non poteva sopportare un affronto alla virilità. È solo una ragazzina che cerca delle risposte e tu provi a eliminarla? Cosa pensi che avrebbe scoperto se ti avesse spiato?»

«Perché non me lo dici tu?» suggerì Andrei in modo allusivo.

Ci fu una lunga pausa. «Avevamo chiuso la faccenda. Perché sei dovuto tornare?»

«Stai perdendo le staffe, amico mio?» lo schernì Andrei.

«Non sono amico tuo, coglione del cazzo.»

Andrei non era sicuro su chi di loro avesse più da perdere se la verità fosse venuta a galla, ma di certo nessuno dei due voleva che accadesse. «Ti sei dimenticato quanto ci siamo divertiti a far girare tutte quelle frottole?»

«Non è mai stato *divertente*» sputò rabbioso l'uomo.

«Le foto dicono un'altra cosa.» Andrei fece scivolare il ricordo come una lama affilata, ma se ne pentì immediatamente.

«Non sei l'unico ad avere delle foto, Andrei, ricordalo.»

Sentì il sudore bagnargli la schiena. «Quelle erano finte, lo sai.» Era stato drogato e gli erano state fatte cose orribili e disgustose. Si sentiva male solo a pensarci. Un giorno avrebbe ammazzato l'uomo dietro a tutto quello, e avrebbe goduto.

«Non sembrava finto, da quello che vedevo io. Devono esserci degli attori da Oscar in giro, perché anche da addormentato sembrava che te la stessi spassando.»

Andrei sentì un moto di violenza salirgli dentro.

«Ad ogni modo» la voce all'altro capo si era fatta allegra «sappiamo tutti quanto fosse omofobo il *politburo*. Non credo che i russi siano progrediti tanto in quel campo, ma forse mi sbaglio. Ehi, potresti farti un sacco di amici in...»

«*Ya nei goluboy!*»

«Seriamente, Andrei, è roba per te.»

Andrei avrebbe voluto spaccare il telefono per la rabbia, ma sarebbe stato un errore. Si calmò e capì che l'uomo si stava prendendo la sua rivincita. Se l'era meritata. In ogni caso, c'erano in ballo cose più importanti. L'orgoglio avrebbe dovuto aspettare. «Basta con le storie antiche. Entrambi abbiamo cose che non vogliamo diventino di pubblico dominio. È arrivato il momento di dare una ripulita alle scorie residue prima che ci strangolino.»

«Nulla deve condurre a nessuno di noi due» lo ammonì.

«Niente errori» convenne Andrei. «Tu occupati dei problemi vecchi, io penserò a quelli nuovi.»

«Se fai cazzate, stavolta sarà una pallottola e non un coltello.»

«Credo tu abbia perso il senso dell'umorismo, Marlon.»

«Non chiamarmi così...»

Andrei riattaccò. Non gli piaceva essere minacciato, ma l'idea che quelle foto potessero diventare pubbliche gli piaceva ancora meno. Era tornato negli Stati Uniti per trovare un modo di recuperarle dai suoi ex informatori. Scarlett Stone aveva rallentato la sua missione e si era messa in mezzo. Ancora peggio, l'aveva preso in giro. Avrebbe imparato presto cosa succedeva a coloro che ostacolavano le autorità all'interno della Federazione Russa.

Le ragazzine che giocavano col fuoco si scottavano.

7

Un barlume di luna argentata sfiorava l'orizzonte. Il mare pareva di cattivo umore, come se non avesse ancora deciso se essere calmo o tempestoso. Era un po' ciò che sentiva lui nei riguardi della donna che stava portando in braccio. Intelligente o stupida? Sincera o delirante? Il suo istinto gli diceva che le prime due di ogni coppia erano vere, ma l'attrazione gli stava annebbiando i pensieri. Aveva bisogno del suo lavoro. Non poteva permettersi nessuno stupido errore.

Matt aggiustò la presa, grato che non fosse un'amazzone di due metri, e sperando che non lo denunciasse una volta sveglia. Il rapimento non faceva parte del suo repertorio, di solito, ma Matt aveva eccellenti capacità di adattamento. Era decisamente illegale, per non dire immorale, peccato che a lui non fregasse proprio un bel niente, date le circostanze.

Sul piccolo porticciolo turistico di Quantico, la marea faceva ondeggiare le imbarcazioni contro il molo e il vento fischiava tra il cordame. Il gelo affilato gli sferzava la pelle nuda. Lo yacht di otto metri che lui chiamava casa aveva diversi vantaggi rispetto ai classici alloggi. Primo, l'affitto dell'ancoraggio era molto economico e lui aveva bisogno di risparmiare ogni singolo centesimo per pagare le cure di sua madre. Secondo, era vicino al lavoro. Gli svantaggi invece erano lo spazio limitato... ed era vicino al lavoro.

Camminò intorno al molo esterno, all'attracco numero diciassette, e salì goffamente a bordo, facendo attenzione a non far rotolare Scarlett giù dal parapetto. Lei si sarebbe incazzata da morire con lui, una volta sveglia, ma meglio quello che finire morta o brutalizzata. Se qualcuno l'avesse visto, avrebbe pensato che fosse un serial killer, uno di quei bastardi che lui combatteva quotidianamente.

Aprì la porta chiusa a chiave della cabina, accese le luci e mise il riscaldamento al massimo. Poi portò Scarlett nella cabina privata e la mise sul letto. Le tolse le scarpe e la coprì fino al mento con una coperta. I suoi lineamenti erano più dolci mentre dormiva, e senza trucco pareva ancora più giovane di quando l'aveva vista al ricevimento. Ventisei. Lui era più vecchio di dieci anni, che gli sembravano cento. Era l'effetto della guerra sui soldati. La guerra e vedere vittime di crimini ogni giorno. Non che rimpiangesse le sue scelte lavorative, entrambe gli avevano permesso di dare un contributo positivo alla società, cosa a cui teneva tantissimo dopo aver avuto un padre fannullone e parassita. Aveva reso sua madre orgogliosa e per lui bastava.

Scarlett si lamentò nel sonno e quel suono gli smosse qualcosa dentro. Si sarebbe spaventata a morte quando si sarebbe svegliata. Avrebbe dato di matto, soprattutto se avesse scoperto che le aveva mentito riguardo ad Angel. Ma Frazer gli aveva ordinato di tenerla sotto controllo, e onestamente non aveva trovato altre alternative se non sedarla, finché non fosse stato in grado di convincerla a non immolarsi come vittima sacrificale sull'altare dell'ambasciatore russo.

Le lisciò un ciuffo di capelli che le era ricaduto sulla fronte, poi si tirò indietro. Troppo inquietante. Gli ricordava troppo il comportamento di molti criminali quando avevano qualcuno sotto il loro completo controllo. Si infilò nella cambusa e accese il gas per bollire dell'acqua per il tè. Aveva bisogno di dormire, ma prima doveva riscaldarsi e rilassarsi.

Si tolse la t-shirt e passò un asciugamano sotto il getto di acqua calda, per pulirsi il sangue che si era seccato nel punto in cui la pallottola lo aveva baciato poco prima. Gli bruciava un po', ma non era nulla di che. Tirò fuori il disinfettante e si pulì la ferita. Aveva passato anni a schivare le pallottole quando era nelle forze speciali e l'idea rischiare la vita non gli faceva né caldo né freddo. Quando il momento arrivava, arrivava. Non c'era motivo di preoccuparsene prima. Sua madre sarebbe comunque stata accudita per tutto il tempo necessario e la cosa positiva della sua condizione era che non avrebbe mai saputo di aver perso il figlio.

Già, forse non era proprio il massimo, ma era tutto ciò che aveva, perciò gli andava bene.

Le condizioni di sua madre gli stringevano il cuore. Era sopravvissuta al primo aneurisma e pochi giorni dopo le era venuto un ictus. Almeno quella volta era con lei, a tenerle la mano durante la sofferenza. I medici avevano dubitato che sarebbe sopravvissuta. Poche settimane dopo, non avendo dato segni di miglioramento, volevano staccare la spina. Matt sapeva che lei non avrebbe voluto essere tenuta in vita da un respiratore, perciò aveva accettato la loro decisione. Quando però le avevano tolto il supporto respiratorio, sua madre aveva iniziato a respirare da sola. Non c'era morte cerebrale. Era in un coma profondissimo dal quale dubitava si sarebbe mai svegliata, ma era lì dentro in qualche modo. I medici non seppero valutare la gravità dei danni al cervello, solo che le probabilità di recupero erano minime. Perciò lui faceva tutto quello che poteva per lei. Sperava che in fondo, da qualche parte, lei sentisse che era amata a protetta.

Risiedeva in un ottimo istituto. Il migliore. Facevano fronte a ogni sua esigenza e lì era al sicuro. Lui l'andava a trovare ogni giorno, quando non era in viaggio. E ogni giorno le sue condizioni gli ricordavano che nessuno viveva per sempre.

Nessuno.

Perciò era meglio che quello che si faceva nella vita avesse un valore.

Cercò del latte nel frigo, versò l'acqua bollente sopra una

bustina di tè e la fece riposare per qualche minuto prima di rimuovere il sacchettino e gettarlo nel bidone. Scolarsi un paio di birre era un'idea allettante, ma prima aveva bisogno di scaldarsi. L'inverno rendeva la vita su una barca un po' più difficile, ma l'estate compensava.

Il suo cellulare squillò. Guardò lo schermo. Il capo. Soppesò le opzioni: o fingersi occupato o sbrigare la faccenda. Vinse il dovere.

«È con te» disse Frazer senza preamboli.

«Sì.»

«Si è lamentata?»

«Non ancora, ma lo farà.»

Frazer fece una pausa. «Mi sa che non voglio sapere il perché.»

Bravo.

«La polizia metropolitana ha avuto una dritta sull'auto usata dal cecchino. L'hanno ritrovata abbandonata vicino all'osservatorio.»

«Nessun segno della LeMay?» Tenne la voce bassa per la remota possibilità che lei lo sentisse. Era improbabile, vista la quantità di sonnifero che le aveva dato per farla dormire, ma a lui piaceva essere cauto.

«Nulla. Parker sta monitorando le comunicazioni telefoniche e io sono in contatto con il capo della squadra di recupero ostaggi, che è un mio vecchio amico. Finché i rapitori non si metteranno in contatto, non hanno nulla su cui lavorare. Ci sono agenti assegnati al ritrovamento di Angel, ma... diciamo che penso che Parker abbia più probabilità di trovarla. Spero che essere la figlia di un deputato conti e non le facciano del male. Vogliono Scarlett, non Angel. Rooney e Parker stanno ancora cercando dei collegamenti tra LeMay e Dorokhov, ma potrebbe non esserci altro, oltre al fatto che LeMay è un membro del congresso che è stato invitato al ricevimento e Scarlett ha usato quel legame per entrare all'ambasciata. Dorokhov ha spedito centinaia d'inviti questo Natale.»

Il che significava che Matt era inchiodato lì a fare da baby sitter a una donna contro la sua volontà, mentre gli altri facevano tutto il lavoro. «Cosa ne faccio di lei, domani?» Si sfregò gli occhi. «È il giorno in cui si portano i bambini al lavoro?»

«Non sembrava una bambina quando l'ho incontrata. Hai bisogno di farti controllare la vista.»

Frazer aveva capito che lui provava un'attrazione per quella donna? «La mia vista è dieci decimi, lo sai.»

«Terremo sott'occhio la situazione e ci risentiamo domattina. Dormi un po'.»

«Lavorerete tutti h/24?» *Grandioso.*

«Il tuo lavoro è di tenerla al sicuro finché qualcuno scopre dove sia Angel LeMay, e mentre io cerco di capire cosa poter usare per far fare marcia indietro a Dorokhov. La missione che ti è stata assegnata dovrebbe essere un gioco da ragazzi per un uomo della tua esperienza.»

Matt brontolò. «Speri di trovare una carota o un bastone da usare con Dorokhov?»

«A questo punto, mi va bene qualsiasi cosa. Un bastone potrebbe essere più soddisfacente ma più difficile da maneggiare. Anche se trovassimo prove di lui che commette dei crimini, la sua immunità diplomatica renderebbe quasi impossibile toccarlo, a meno che la Russia non rinunci ai suoi diritti. Però, possiamo rendergli le cose difficili, se decidesse di minacciare la società americana e i suoi ricercatori scientifici.»

«Scarlett ha detto che suo padre sospettava che Dorokhov fosse una spia russa. È possibile che lavorasse con lui?»

«Non lo so. Salirò su un volo per il Colorado tra poche ore. Mi assicurerò di domandarglielo. Sono riuscito ad avere una copia del file sul caso Stone. Te ne mando una prima di partire. Tu tieni Scarlett occupata finché non troviamo la LeMay.»

Sembrava semplice. Poteva lavorare da casa.

«Solo una cosa.» La voce del suo capo si fece bassa e morbida. «Non farti fregare da quegli occhioni castani. Scarlett Stone ha preso una laurea e un dottorato di ricerca in fisica dello stato solido a ventidue anni. Non è una stupida, perciò non abbassare la guardia.»

Matt fece una smorfia al telefono. «È mai successo che un bel visino influenzasse il mio lavoro?»

«No» rispose Frazer con voce pacata. «Ma alcune donne imparano sin da prima di nascere a tracciare un profilo degli uomini come noi. Siamo tutti vulnerabili nelle giuste circostanze con la donna giusta. Abbiamo tutti un tallone d'Achille.»

«Anche tu?»

Frazer rimase in silenzio.

«Non preoccuparti, capo. Sono immune al fascino della bellezza. Solo onestà e integrità morale.»

«Quindi, vorresti dirmi che la bionda che hai incontrato al party di Natale con quelle gambe lunghe e quelle enormi...»

«Ehi.»

«... labbra, era piena di integrità e onestà?»

«Be', almeno non aveva costruito un dispositivo elettronico di sorveglianza con le sue mani, né si era intrufolata all'ambasciata russa sotto falso nome» contestò Matt.

«Sì, ma tu ti ricordi il suo nome?»

Merda. «Certo che sì.»

«Bugiardo.» Frazer lo sfidò a negare. «Ma le donne come Scarlett Stone... ci ricordiamo eccome dei loro nomi. Non farti coinvolgere troppo. Lei è in una posizione terribile e non ha amici. Le donne così... ti possono mettere in ginocchio.»

Quell'uomo era fuori. Matt aveva passato anni della sua vita a sanguinare per la sua patria, e quello prima di unirsi all'FBI. Non stava per vendersi o innamorarsi di qualcuno così compromesso come Scarlett Stone, nonostante il suo bel viso e le labbra morbide. Frazer aveva la reputazione di essere molto bravo a leggere le persone... a quanto pareva anche i super agenti avevano i giorni no.

«Tu pensa solo a come possiamo rispedirla a casa senza un bersaglio sulla fronte. Rivoglio indietro la mia vita.» Ma stava parlando all'aria.

———

Raminski aveva dovuto chiamare i rinforzi, perché l'idea di picchiare quella donna gli faceva rivoltare lo stomaco.

«Dov'è?» domandò Mikhail Churnokov, il capo della sicurezza personale dell'ambasciatore russo. Ex KGB, l'uomo usava le tattiche della vecchia scuola con la delicatezza di un carrarmato T-72 che si trascina in un centro commerciale.

«Qui.» Raminski indicò una porta con un cenno del capo. Erano le tre del mattino e lui non aveva idea di dove fosse andata Scarlett Stone dopo aver lasciato il quartier generale dell'FBI. I federali al parco avevano rovinato tutti i suoi piani, e lui aveva dovuto cambiare strategia all'ultimo momento. Non si era aspettato di certo che la Stone chiamasse i federali ad aiutarla.

Ma nessuno sapeva dove fosse andata. Non era andata a casa. Non era andata in ufficio.

Loro si trovavano in un magazzino in una zona squallida e pericolosa. Quell'edifico era sicuro. Poche persone erano state abbastanza stupide da introdursi lì abusivamente. Nessuno aveva mai ripetuto quell'errore.

Mikhail spalancò la porta, che sbatté contro il muro interno. Angel LeMay giaceva su un materasso lurido con le mani legate dietro la schiena, bendata e imbavagliata. Sembrava che dormisse, ma Sergio non era stupido.

Mikhail marciò nella sua direzione e la sollevò prendendola per i capelli. Lei gridò. Di certo ora non dormiva più. L'uomo la fece alzare in piedi e lei rimase lì a singhiozzare in preda alla paura e al dolore. Era uno scricciolo. Raminski dubitava che arrivasse a pesare più di una cinquantina di chili coi vestiti addosso.

Ricacciò indietro la sensazione di rimorso. Lei e sua *sorella* li avevano presi per il culo e avevano messo in pericolo la sua esistenza. Lui doveva scoprire cosa sapesse Angel, doveva trovare l'altra donna prima che lo facesse chiunque altro.

«Dov'è la tua amichetta, *sooka*?»

Angel emise un gridolino stridulo quando l'uomo le torse il gomito. Raminski non riusciva a capire quello che diceva con il bavaglio in bocca.

«Dalle l'opportunità di rispondere alla domanda» ordinò lui in russo. Parlare la sua lingua nativa era il modo migliore di tenere la sua identità celata e rimanere nella stanza per assicurarsi che Mikhail, preso dall'entusiasmo, non la uccidesse.

Avevano bisogno di Angel viva. Altrimenti, la loro *merce di scambio* sarebbe diventata un motivo di punizione per loro. Mikhail lo fissò con astio, poi lasciò andare i capelli di Angel e provò a toglierle il bavaglio con le dita grosse che non riuscivano a slacciare il nodo. Finalmente, lo tirò giù con uno strattone e lo lasciò a penzoloni sul collo della ragazza. A quell'uomo lui non piaceva, ma era un sentimento reciproco.

Fintanto che erano dalla stessa parte, non aveva nessuna importanza.

Mikhail le tirò di nuovo i capelli e le spinse indietro la testa esponendole la gola. La benda rimase al suo posto. «Dov'è la tua amichetta Scarlett Stone?»

Angel LeMay si leccò le labbra e poi sputò in faccia a Mikhail. Sergio fece una smorfia quando lui la colpì col dorso della mano. Lei cadde in ginocchio sul materasso e Mikhail le diede un calcio, colpendola sulla parte alta della coscia.

Sergio trattenne l'impulso di intervenire. Non doveva esporsi. Non poteva permettersi di sembrare altro che un servo fedele della madre Russia.

«Dov'è, *vlagalische?*»

«Cosa cazzo ne so io?» Angel scattò, cercando di difendersi raggomitolandosi in posizione fetale.

«Basta.» Sergio alzò la mano per richiamare l'attenzione di Mikhail. L'uomo aveva il fiatone, probabilmente godeva nel pestare la gente. «Chiedile se ha piazzato altri dispositivi o solo quello nell'ufficio dell'ambasciatore.»

Mikhail ripeté la domanda in inglese.

«Non so di cosa stiate parlando.» Angel parlò in fretta, con la voce piena di terrore e rabbia. Raminski non si era aspettato che lei reagisse. «Non so chi siete e cosa pensate che io abbia fatto...»

Mikhail la colpì di nuovo e lo stomaco di Raminski si rivoltò quando vide il sangue scenderle dal naso e colare sul pavimento di cemento lurido.

«Dille che sappiamo che ha mentito per far entrare Scarlett Stone nell'edificio.»

Angel sputò del sangue e sollevò il mento. «Cosa c'entra Scarlett con tutto questo?» Era dolorante, ma non indietreggiava. L'ammirazione di Raminski per lei crebbe. Sergio sperò che Angel sopravvivesse a quell'incubo. In realtà, lo sperava per entrambi.

«Aspetta.» Lei provò a sedersi sul materasso. Lui si era aspettato di sentire pianti e lamenti dopo le percosse di Mikhail, ma lei era più tosta di quello che sembrava. «Ho costretto Scarlett a venire con me. Lei non voleva, ma l'ho convinta a farlo. Neanche i miei lo sapevano.» Il sangue le macchiava il mento. La pelle degli zigomi era lacerata.

«Quindi deve sapere che la sua amica Scarlett ha messo dei dispositivi di sorveglianza nell'ufficio dell'ambasciatore. Diglielo.»

Mikhail ripeté le parole con accento inglese marcato e gutturale.

La bocca di Angel si aprì e si richiuse. «No. No! Non ci credo. Vi state sbagliando per via di suo padre. Scarlett non farebbe mai una cosa così… stupida. Vi state sbagliando.» La voce della donna si alzò come se lo stesse ripetendo a se stessa. «A mio padre verrà un colpo…»

Mikhail la colpì di nuovo, uno schiaffo forte stavolta, che doveva averle fatto male perché smise di parlare.

«Dov'è lei?»

Angel scattò via dal suo assalitore e cadde sul materasso. «Non lo so! Abbiamo litigato perché lei voleva lasciare la festa presto…» Si zittì appena si rese conto di quello che aveva detto.

«Voleva andarsene perché aveva installato una cimice.»

«No. No.» Angel scosse il capo e Mikhail le diede un calcio nello stomaco, fortunatamente senza centrarla in pieno.

Raminski sobbalzò. Merda. Doveva trovare l'altra donna, ma

all'alba Angel doveva essere ancora viva. Cercò di distaccarsi dalle sue grida, quando Mikhail usò di nuovo i pugni su di lei.

Le grida divennero suppliche. «Badava alla casa del suo capo. Non ho l'indirizzo. È sul blocco 1800 di California Road, vicino all'angolo della Ventiquattresima Strada. Ha un portone verde scuro.» Le lacrime le scendevano copiose sulle guance e lei singhiozzava sul materasso.

«Basta così» ordinò Raminski. Le credeva, e in ogni caso, c'era un massimo di violenza che riusciva a sopportare. Mikhail indietreggiò lentamente.

Il telefono gli vibrò nella tasca e Raminski rispose. La voce dall'altra parte disse che avevano una pista su Scarlett Stone. Bene. Si avvicinò e si acquattò vicino a dove Angel LeMay giaceva tremante. Aveva il volto rigato di sangue. Per fortuna la benda le copriva gli occhi.

Lui abbassò la voce fino a un sussurro aspro e roco e parlò inglese. «Se stai dicendo la verità e la troviamo, sarai a casa per la mattina di Natale.» Lasciò per un attimo in sospeso quell'immagine. Le sfiorò la guancia con gentilezza e lei si ritrasse. «Ma se stai mentendo, il mio amico qui potrà scartare i suoi regali in anticipo e deciderà cosa farne di te. Poi lasceremo che il resto dei ragazzi si mettano in fila finché non saranno pienamente soddisfatti. Poi passerai una vita ad avere sconosciuti tra le gambe, fino a quando non sarai così usurata che a nessuno importerà più di te. Non ti vorrà più nessuno, neanche i tuoi genitori.» Le fece scivolare una mano sotto il top e le prese un seno. Lei pianse e provò a divincolarsi, ma lui le pizzicò un capezzolo, controllando l'intensità del dolore e costringendola a ubbidire e sottomettersi. Doveva farle credere che lui avrebbe potuto fare i suoi comodi col suo corpo e la sua mente, anche se non lo avrebbe mai messo in pratica.

«Fai la brava e le cose fileranno lisce per te. Comportati male e la situazione diventerà molto spiacevole.» La lasciò andare, rimpiangendo che le cose dovessero andare in quel modo, quando solo poche ore prima era intenzionato ad abbindolarla e sedurla. Lei voltò il viso sul materasso sporco e singhiozzò.

Scarlett Stone aveva causato tutto quel disastro. Era solo colpa sua.

Le minacce che aveva fatto ad Angel non erano vere. Loro non gestivano le arene del sesso, anche se avrebbe facilmente trovato qualcuno disposto a occuparsene. Ma voleva che lei pensasse che fosse serio. Doveva provare una paura fottuta e rimanere obbediente e buona, mentre lui trovava l'altra ragazza. Angel LeMay sarebbe potuta sopravvivere a quella terribile situazione, se si fosse comportata bene. Scarlett Stone non aveva la minima possibilità.

———

Mentre apriva gli occhi a poco a poco, Scarlett si sentì come intontita. La testa le pulsava ma non tanto per il dolore, più come se un velo di nebbia le offuscasse i pensieri. Da un piccolo oblò vide che fuori era notte. I suoi occhi si spalancarono. Un oblò?

Che diavolo ci faceva su una barca?

Una forcina le punse lo scalpo, ricordandole della festa della sera precedente. Si allungò e tolse i fermagli, posandoli su un mobiletto attaccato a un lato della barca.

Barca.

Dove si trovava? L'ultima cosa che ricordava era che stava prendendo un caffè con Matt Lazlo. *Merda.* Doveva averla drogata, il che significava che aveva pianificato tutto prima di offrirle un passaggio. Ma perché? Si tolse di dosso la coperta, lieta di constatare di essere ancora vestita. Lui non sembrava un tipo da stupro, ma chi poteva dirlo? Che faccia aveva uno stupratore?

La porta si aprì e lui apparve.

«Che cosa mi hai fatto?» gli chiese rabbiosa. «Spero tu abbia un ottimo motivo per avermi drogata e trascinata qui. Stavolta sei tu che stai commettendo un crimine e *mi* devi delle scuse.»

Un sorriso gli increspò le guance. «Mi dispiace.» Nonostante tutto, lui era fin troppo attraente perché lei riuscisse a mantenere una certa sanità mentale. Matt aveva in mano una tazza. «Calumet della pace.»

Indossava dei jeans sdruciti e una maglietta nera. Lei intravide appena il graffio nel punto in cui il proiettile gli aveva portato via uno strato superficiale di pelle, proprio sulla parte alta del bicipite. La colpì la consapevolezza di quanto fossero stati vicini alla morte. Non ci aveva nemmeno pensato la notte precedente, troppo scioccata, troppo focalizzata a rimediare al danno e a uscire da quella situazione in cui si era stupidamente infilata da sola. Matt Lazlo le aveva salvato la vita e lei gli era così grata che era impossibile avercela con lui. Eppure, non capiva cosa stesse davvero succedendo, o cosa volesse da lei.

Guardò la tazza che aveva tra le mani. Sentiva la gola secca e gli arti pesanti. «Come faccio a sapere che non è drogato anche questo?»

«Non ci ho messo niente.» Bevve un sorso per provarle che diceva la verità e lei non riuscì a non notare che lui doveva abbassare la testa per non andare a sbattere contro il soffitto. Le passò la tazza e lei la prese, sorpresa di sentire l'odore fragrante del tè e non del caffè, come si aspettava.

«Potrei mentire e dirti che ti sei addormentata e ho deciso di portarti a casa mia per farti riposare qualche ora prima di consegnarti ai russi.»

«Ma non sono così stupida.»

Lui sollevò un sopracciglio indicando che non avrebbe commentato.

«Cosa mi hai dato?»

«Qualcosa che un mio amico usa sui cani da guardia.»

«Mi hai dato della droga per cani?» Buon Dio. «Come facevi a sapere che dose usare?»

«Ho chiamato un esperto. Abbiamo deciso di raddoppiare la dose che di solito diamo ai Jack Russell.»

Lei distolse lo sguardo, frenando un risolino. Anche dopo tutto quello che era successo la notte prima, lui la divertiva.

Era prigioniera su quella barca? Oppure lui le aveva davvero dato l'opportunità di farsi una dormita e rivedere la sua intenzione di affidarsi all'incerta pietà di Andrei Dorokhov? Anche in quel momento, però, non vedeva altre opzioni.

Intravide una medaglia tridente sopra il piccolo comò accanto alla porta. I fori sull'uniforme di Matt all'improvviso ebbero un senso.

«Eri nei Corpi Speciali della Marina?» Indicò la mostrina. «Perché non la indossavi ieri sera?»

«Non volevo rivelare tutto di me alle persone presenti all'ambasciata.»

«Un po' come me, quindi.» Scarlett fece un sorriso finto e sbatté le ciglia.

«Non proprio come te, dottoressa Stone. Non avevo nessuna cimice nascosta nelle mutande.»

«Ah, davvero?»

Lui sollevò un sopracciglio.

Le guance di Scarlett s'infiammarono. Era pericolosamente vicina a flirtare con quell'uomo. Lui l'aveva arrestata. Rapita. *Ti ha anche salvato la vita.* Soffiò sul tè per raffreddarlo e berlo più in fretta. Stava cominciando a sentirsi molto stupida per tutto quello che era successo, ma non cambiava la realtà dei fatti, e cioè che era in grave pericolo e con poche opzioni. Uscì dalle coperte e infilò i piedi nelle scarpe da ginnastica, mentre la vulnerabilità della sua condizione diveniva sempre più palpabile. «Hai notizie di Angel?»

Lui scosse il capo. «Ma sta bene.» Le sue labbra s'indurirono mentre la guardava allacciarsi le scarpe.

«Sono tua prigioniera, Agente Speciale Lazlo?» domandò lei diretta.

«Non proprio.» Lui incrociò le braccia al petto, mettendo di nuovo in mostra i muscoli. Lei non aveva mai fatto caso a quanto potessero essere attraenti le braccia. Forse lo faceva apposta. Una tattica di distrazione da Navy SEAL. «Mi è stato chiesto di sorvegliarti mentre i miei colleghi al Bureau cercano di mercanteggiare un accordo per garantirti sicurezza.»

«Davvero?» Lei si morse il labbro. Era più di quello che si era aspettata e di certo più di quello che si meritava. «Tipo guardia del corpo?»

«Balia è il primo termine che mi è passato per la testa.» Il sorriso non gli raggiunse lo sguardo.

Lei sollevò il mento per riuscire a guardarlo negli occhi. Non l'aveva vista come una bambina la notte precedente e lo sapevano tutti e due. Lui distolse lo sguardo, ammettendo la sconfitta. Nessuno dei due voleva ricordare la forte attrazione reciproca scoccata tra di loro.

«Cosa fai al Bureau? Il recupero ostaggi?» domandò lei.

«L'analista comportamentale.»

Lei rimase sorpresa. «Sembra una decisione stramba mettere un soldato speciale dietro una scrivania.»

Il sorriso di lui si spense e le labbra s'incurvarono.

Lei fece subito marcia indietro. «Intendo che si vede che sei un tipo in gamba. È solo che sembri più il supereroe che salva la damigella in pericolo, piuttosto che uno che risponde al telefono e macina dati.» Le sue mani si mossero nervose. Era esattamente quello che lui aveva fatto la notte precedente, soccorrere la damigella sconvolta.

«Gli eroi hanno mille forme e dimensioni, Scarlett. Non c'è uno stereotipo.»

«Lo so.» Pensava davvero che fosse stupida? «Mio padre mi diceva sempre di non ignorare i nerd e i più calmi della classe solo perché il capitano della squadra di football mi aveva chiesto di uscire.»

«Hai seguito il suo consiglio?»

L'umiliazione le strisciò sul volto. «Nessuno mi ha mai chiesto di uscire, Agente Speciale Lazlo. Dopo che mio padre è stato arrestato, ho dovuto seguire un programma d'istruzione domiciliare.» Non le piaceva l'idea di essere rinchiusa in uno spazio angusto con un altro uomo che trovava attraente, ma che pensava male di lei. C'era già passata. «Niente appuntamenti galanti. Mi sono immersa nello studio e ho trovato qualcosa in cui ero brava, qualcosa che non mentiva su come funzionasse davvero il mondo.»

Si alzò, sentendosi a disagio ad aprirsi così. A nessuno piacevano le persone patetiche, soprattutto a lei. «Perché sei entrato nell'FBI dopo i corpi speciali? Avresti potuto fare una fortuna lavorando per le agenzie private.»

«C'era bisogno di me negli Stati Uniti.»

«Tua madre?»

Gli occhi di Matt si strinsero su di lei. «Hai un'ottima memoria.»

«Anche da sedata, a quanto pare.» Annuì. Si mise la mano in tasca e accarezzò l'altra microspia. «È grazie a lei che sono dove mi trovo ora.»

«Pensavo fosse la tua estenuante ricerca di giustizia e l'ingenua fede in un uomo che avrebbe dovuto avere più buonsenso.»

Lei inspirò, pronta a difendere suo padre.

Si sentì un leggero colpetto su un lato dell'imbarcazione. Matt si accigliò e chinò il capo per una frazione di secondo. Quando lei aprì la bocca per controbattere, lui rimase così immobile che lei si acquietò subito. Matt ascoltava attentamente, poi a un tratto si mosse così veloce che lei quasi ricadde sul letto. Le afferrò la mano, prese la mostrina del tridente dal comò e se la mise in tasca, poi si diresse nella parte principale della cabina. Si infilò la giacca e riempì le tasche con il portafogli, il tesserino, il telefono e le chiavi. Le afferrò di nuovo la mano.

«Cosa...?» Scarlett non ebbe il tempo di chiedere. Lui la trascinò fuori sul ponte posteriore.

«Tieniti bassa» le mormorò, e un'arma gli si materializzò nella mano sinistra.

Era ancora buio, ma il fioco chiarore dell'alba bordava l'orizzonte orientale. Lui l'aiutò a scendere dalla passerella, si lanciò verso il muro della diga marina e lo scavalcò, trascinandosela dietro in qualche modo, mentre la pietra ruvida le graffiava la pelle. Erano dalla parte esterna della diga marittima, in una sporgenza larga circa sessanta centimetri che correva lungo tutto il molo. Il vento freddo le sferzava la pelle, schiarendole la mente dalle ultime tracce di sonno. Lui la trascinò lungo la scogliera a fior d'acqua, a pochissimi metri dalle onde che lavavano con delicatezza la roccia. Si acquattarono cercando di rimanere nascosti. Una volta arrivati alla fine del molo più vicino alla terraferma, Matt smise di correre e si sedette tirandola stretta a di sé, con il corpo che la spingeva contro lo scoglio.

«Cosa ci facciamo qui?» domandò lei contro il petto di Matt, cercando di ignorare il modo in cui il suo calore e la sua forza le facevano venire voglia di allungarsi, e dargli un piccolo morso.

«Buona.»

Grandioso.

Lei inalò il suo odore caldo e mascolino, sentendo il cuore batterle sulle guance. Per quanto fosse delizioso essere tra le braccia di un uomo così attraente, cominciò a pensare che lui fosse un pazzo. Da ricovero.

Provò di nuovo. «Matt...»

BOOM!

L'esplosione fece tremare gli scogli sotto di loro, e per un paio di secondi Scarlett non riuscì a sentire più nulla. Una folata di calore passò sopra le loro teste. Il fuoco pioveva dal cielo. Pezzi di vele e corde sparati a quindici metri da terra ricadevano in mare, cospargendo il porto di fiamme.

8

Oh, *Santo cielo*. Scarlett spalancò la bocca. «Hanno appena fatto saltare in aria la tua barca?»

«Già. Fai silenzio.» Lui le posò un dito sulle labbra mentre lei lo guardava come un'idiota. Doveva aver urlato, ma era troppo sorda per accorgersene. Il cuore di lui le batteva in modo rassicurante contro il petto mentre continuava a tenerla stretta a sé.

«Come hai fatto a capire che dovevamo uscire di lì?» Lei cercava di mantenere la voce a un sussurro mentre la pressione si stabilizzava nelle sue orecchie.

«Ho messo migliaia di cariche su migliaia di scafi. Ho riconosciuto il rumore, ma non l'avevo mai sentito sulla mia barca, prima.» Diede una scrollata di spalle, come se la sua reazione istintiva non avesse appena salvato la vita a entrambi. «La demolizione subacquea è una caratteristica dei Corpi Speciali della Marina, ricordi?»

Lei lo guardò a bocca aperta. La stava prendendo in modo così calmo. «Ma qualcuno ha appena fatto esplodere la tua *barca*.» Scarlett aveva gli occhi fuori dalla testa. «Stavano cercando di uccidermi, vero?»

Matt annuì. «Due volte in dodici ore. Non pensavo includessero me e la mia maledetta barca, però.»

«Ex barca.» *Oddio*. «Hai l'assicurazione?»

Lui corrugò la fronte, ma un lampo divertito gli illuminò i profondi occhi color nocciola. «Non credo che copra questo genere di eventi, ma sì, ce l'ho l'assicurazione.»

Era tutta colpa sua. «Ti comprerò una barca nuova, Agente Speciale Lazlo.» Quell'uomo le aveva di nuovo salvato la vita. «Quanto costano?» Non ne aveva idea. «Dovrò accendere un mutuo.»

«Ci preoccuperemo di questo più tardi.» Le prese la mano, facendoli rimanere bassi mentre saltavano sulla battigia e tagliavano dietro a una serie di alberi.

«Te l'ho detto che hai il complesso dell'eroe» disse lei tremando.

Gli occhi di Matt le scrutarono il volto, per vedere come reagiva alla situazione. Non molto bene, a quanto pareva. «Soccorso donzella in pericolo. Fatto.» I bordi della sua bocca si sollevarono. «Tengo alta la mia quota giornaliera.»

Quel tipo aveva appena perso la casa, eppure scherzava con lei nonostante fosse colpa sua. Era fuori di testa. Scarlett si fermò di colpo e si coprì la bocca con una mano quando si rese conto dell'enormità di quello che era accaduto. «Ma è terribile. Non so cosa fare.»

Lui le posò le mani sulle spalle. «Sai cosa dicono in squadra, Scarlett?» Era la prima volta che pronunciava il suo nome senza usare un tono beffardo.

Lei scosse il capo.

«L'unico giorno facile era ieri.»

«Ieri ha fatto *cagare*» gli ricordò lei.

«Ieri sei sopravvissuta, no? E oggi è già partito col botto.»

«Evviva?» mormorò incerta.

Lui la invitò a proseguire. «Abbiamo scampato un altro attentato alla nostra vita. Se rimaniamo nascosti, ci vorrà un po' prima che scoprano di aver fallito.» Stavano camminando velocemente lungo una strada secondaria. Lui la strinse al suo fianco per farla andare più in fretta. Sembravano una coppia di giovani innamorati usciti per una passeggiata mattutina – di certo era quella l'immagine che lui voleva dare. Era bello essere tenuta stretta così, protetta e curata in un modo che non si sarebbe mai aspettata. Non poteva permettersi di abituarcisi.

«Vuoi ancora consegnarti a Dorokhov?»

Quel russo la voleva davvero morta e lei non aveva idea del perché, se non per essere entrata di soppiatto nel suo ufficio e aver provato a spiarlo. Ecco di nuovo quella parola. *Spia*. Le faceva dolere il cervello.

Quell'uomo aveva rapito la sua migliore amica e aveva provato a uccidere lei *due volte*. Cazzo. «Non accetterà le mie scuse, vero?»

«No, non credo che lo farà, Scarlett» convenne Matt.

La sua vita era finita.

Non aveva idea se sarebbe arrivata viva al giorno di Natale. Tenne quel pensiero per sé. Non c'era motivo di dare sfogo al festival del pietismo con un uomo che le aveva appena dato una lezione su cosa volesse dire tenere duro. Avrebbe stretto i denti finché non fosse crollata o morta, ma ciò non significava che dentro non si stesse autodistruggendo per il terrore.

Le venne un'idea. «Credi che Dorokhov sospetti che io abbia trovato qualcosa che incrimini lui e assolva mio padre?»

Matt le lanciò un'occhiata esasperata e le strinse ancora di più le spalle. «Credo che tu l'abbia fatto incazzare, e quel bastardo pensa di essere così potente da poterla fare franca con un omicidio.»

«Quindi, cosa dovrei fare?» Stava chiedendo consiglio a un uomo che l'aveva arrestata e a cui era saltata in aria la casa. Logicamente, lui non avrebbe dovuto essere imparziale, ma la logica era sparita nel momento in cui lei si era intrufolata al ricevimento sotto falso nome.

«Devi sparire per un po'.»

Lei pensò al suo lavoro. Era tutto quello che aveva e lo aveva messo a rischio. La disperazione si fece largo dentro di lei. «Non sarà facile.»

«Ehi, potrebbe essere peggio.» Le diede una stretta, che sembrò così naturale e legittima che le si sprigionò un senso di rimorso.

«E come?»

«Potresti essere in galera.» Fece un sorriso fiacco. «A dire il vero, saresti più al sicuro dietro le sbarre.»

«Se ti do un calcio, mi metti di nuovo le manette, agente Lazlo?»

«Non mi tentare, dottoressa Stone. Non mi tentare.» Ma il luccichio negli occhi di Matt era sparito e di certo stava pensando al fatto che qualcuno aveva cercato di ucciderla, e non ci aveva pensato due volte a includere anche lui e tutti i suoi averi. Niente di meglio che una buona dose di realtà per tornare in fretta coi piedi per terra.

———

Raminski si piegò e aprì la zip, godendosi la sensazione della muta da sub che gli scivolava dalle spalle. Fischiettava in silenzio mentre si spogliava del neoprene che copriva i pantaloni neri e la camicia, appena un po' umidi per la lunga nuotata.

La chiamata al magazzino la notte precedente era arrivata da qualcuno che aveva rintracciato l'agente dell'FBI Matt Lazlo. Una volta che Sergio aveva scoperto che l'agente federale viveva in una barca, si era sentito come se tutte le sue preghiere si fossero avverate.

Gli americani non erano gli unici a essere addestrati alla demolizione subacquea.

Le telecamere termografiche avevano identificato due persone all'interno dell'imbarcazione. Avendo notato i due bicchieri di plastica di una caffetteria del centro di Washington sul sedile anteriore dell'auto governativa e, sul cruscotto, un berretto molto simile a quello che indossava Scarlett Stone al parco la notte precedente, Sergio era più che sicuro che quella piccola fonte di calore rilevata dalla termocamera fosse lei. O meglio, era stata lei.

Dopo aver attaccato la mina allo scafo dello yacht dell'agente federale Lazlo, Sergio aveva nuotato fuori dal porto e intorno al promontorio, dove aveva lasciato l'auto. Aveva sentito il boato quando la bomba era scoppiata, ma era lontano abbastanza da non venire infastidito dall'impatto, in gran parte assorbito dalla diga marittima. Lazlo era stato uno spiacevole danno collaterale, ma chissà cos'aveva detto la Stone all'agente speciale dell'FBI.

Lasciarlo vivo sarebbe stato troppo rischioso.

Sergio si lisciò via dai capelli il freddo dell'Atlantico, mentre il suono delle sirene diventava sempre più forte e insistente. Il vento era gelido e lui rabbrividì. Ripose la muta nel baule insieme al resto degli attrezzi. Missione compiuta. Adesso, doveva tornare al lavoro. Sergio Raminski aveva dei compiti che non potevano essere rinviati. E più tardi sarebbe andato a trovare la prigioniera per accertarsi che fosse ancora viva e che nessuno l'avesse toccata. Sperava di riuscire a organizzare il suo rilascio subito dopo aver informato Dorokhov della morte di Scarlett Stone.

Non si permise di provare rimorso per aver ucciso la donna. Lei era stata una parte attiva nel gioco. Una partecipante volontaria. Angelina LeMay, invece, si era solo trovata nel posto sbagliato con l'amica sbagliata. Era innocente e a lui non era mai piaciuto vedere degli innocenti soffrire. Forse era quello il motivo per cui stava rischiando la sua stessa vita, non solo opponendosi all'ambasciatore russo, ma all'intera Federazione Russa.

———

Matt trascinò Scarlett a ritmo serrato lungo la strada. Doveva nasconderla prima possibile e parlare con Frazer. Gli tirava il culo che la sua barca fosse ridotta a brandelli, ma aveva incanalato la rabbia verso il problema più importante, e cioè mettere quella donna al sicuro. Alla fine, l'aveva convinta a non costituirsi a Dorokhov, ma tutto sarebbe potuto cambiare se avesse scoperto la verità riguardo ad Angel LeMay.

La squadra di recupero ostaggi era ancora in standby, in attesa di un riscatto. Qualcosa diceva a Matt che il prezzo da pagare era la donna raggomitolata al suo fianco, o almeno la notizia della sua morte.

Si mossero furtivi tra fabbriche e qualche zona residenziale, ascoltando il suono delle sirene che perforava l'aria, poi scarpinarono lungo un campo di erba ghiacciata che scricchiolava sotto i loro piedi. Aveva considerato l'idea di andare alla Centrale dei TacOps, che non era molto distante, ma Scarlett non aveva le autorizzazioni. Nonostante pensasse che lei avesse solo il progetto di redimere il padre, lui non voleva infrangere il protocollo e rischiare di mettere in pericolo i suoi colleghi. La posta in gioco era troppo alta.

Sperò che nessuno dei suoi vicini fosse rimasto ferito nell'esplosione. Era inverno e, da quella parte del molo, nessuno eccetto lui usava la barca come alloggio permanente. In ogni caso, le imbarcazioni da entrambe le parti erano rimaste danneggiate di sicuro e forse erano anche affondate. Maledetti russi.

Scarlett inciampò e lui le strinse ancora di più il braccio intorno alle spalle. Gli piaceva la sensazione di lei schiacciata contro il suo corpo, anche se era solo una situazione estemporanea, una copertura. Tanto valeva godersela. Il resto del nuovo mattino era una merda, ma almeno erano ancora vivi.

Essere parte delle squadre speciali gli aveva insegnato ad apprezzare le cose belle della vita e a non fossilizzarsi su quelle brutte. I casini succedevano. Ogni. Singolo. Giorno.

Ci vollero quindici minuti per raggiungere la destinazione prefissata, e quando arrivarono Scarlett era senza fiato, quasi correva per tenere il passo molto più lungo di Matt. Non c'era tempo di essere cortese e rallentare per lei. La loro vita dipendeva da quanto in fretta sarebbero riusciti a sparire dalla circolazione.

Guidò Scarlett verso la porta sul retro della casa di riposo dove viveva sua madre. La sistemò di fianco a un cespuglio vicino all'uscita di sicurezza. «Andrò all'ingresso principale. Mi registro. Dammi cinque minuti e ti farò entrare da quella porta lì.»

Lei gli afferrò il braccio con uno sguardo disperato. «Ma non ha l'allarme?» I suoi capelli erano un disastro e non indossava neanche un filo di trucco. Gli occhi castano scuro erano quasi neri, e aveva lentiggini visibili solo da vicino. *Lentiggini*. Le lentiggini erano micidiali, come anche le labbra morbide color rosa perla.

«Ci penso io.»

Lei annuì. Lui la fissò.

In superficie era carina, ma niente di spettacolare. La bellezza acqua e sapone della ragazza della porta accanto che vedeva quotidianamente. Quindi, cos'era che l'aveva attirato sin da subito? Aveva pensato che fossero i tacchi o il vestito, eppure anche in quel momento, tutta scompigliata e in jeans, Matt sentiva il bisogno di stringerla forte e posare le labbra sulle sue.

Cos'aveva detto Frazer di Scarlett? *Non farti coinvolgere troppo*? Quell'uomo sapeva di cosa stava parlando. Infastidito dalla sua reazione, indietreggiò e le lasciò la mano. Più la fissava e più l'espressione sul viso di Scarlett si faceva sempre più incerta. Lui scosse la testa per schiarirsi le idee. Non era il momento di pensare alle donne. Aveva una missione da compiere.

«Aspetta qui» le ordinò, poi s'incamminò verso l'ingresso anteriore della casa di riposo "Glen Lawn", fino alla reception, passando di fianco a un albero di Natale traboccante di fili d'argento più scintillanti di Hollywood. Non c'erano videocamere di sorveglianza, solo un campanello e un sistema d'allarme.

«Ciao Matt. Sei venuto presto stamattina.» La voce amichevole apparteneva a Rhonda, un'infermiera che di solito si occupava del turno di notte.

«Ehi, Rhonda.» Lui si appoggiò alla scrivania e le sorrise. Era una brava persona. «Volevo passare da mamma prima di andare al lavoro.» In realtà non aveva idea quando quel gran cazzo di casino si sarebbe risolto. Non che fosse responsabile lui di Scarlett. Avrebbe *potuto* benissimo consegnarla. Ma quegli stronzi avevano raddoppiato la posta in gioco facendo saltare in aria la sua barca, cercando di uccidere un agente federale, che guarda caso era anche un ex soldato decorato dei Corpi Speciali della Marina. Quello avrebbe dovuto far gridare le autorità. «Ho una cosa da far passare per la porta di sicurezza, puoi disattivare l'allarme, per piacere?» Lo facevano sempre quando lui portava oggetti pesanti, perché la porta antincendio era più vicina alle camere.

«Nessun problema.» Lei fece scattare un interruttore. «Nessun cambiamento, mi spiace. Tua mamma ha avuto un'altra notte tranquilla.»

Dopo più di settecento giorni in cui aveva sentito dire la stessa cosa, non si era aspettato nulla di diverso. «Grazie. Non ci metterò molto.» Matt fece un cenno col capo e se ne andò.

«Buon Natale, Matt.»

Lui si fermò. Nonostante tutte quelle decorazioni, si era dimenticato che fosse la vigilia di Natale. Non era mai stato un appassionato delle vacanze natalizie, gli ricordavano troppo suo padre, o meglio, la mancanza di un padre. «Buon Natale, Rhonda.»

Spinse la porta doppia che dava su uno dei corridoi principali. In fondo, voltò a destra, poi aprì la porta laterale e fece cenno a Scarlett di entrare. Lei era l'immagine perfetta della desolazione, e lui sentì un moto di compassione lottare con la consapevolezza che era stata lei stessa a creare tutto quel casino. Ma anche se l'aveva iniziato lei, i russi erano determinati a portarlo a termine.

Non gli piacevano i bulli, gli uomini che tormentavano donne e bambini innocenti, anche se chiamare Scarlett innocente era un po' azzardato. Ingenua di certo, ma innocente... gli sovvenne l'immagine di lei che recuperava quel maledetto cacciavite e gli venne duro. Strinse i denti e ignorò il problema.

«Perché siamo qui?» domandò lei a bassa voce.

Erano appena le sei del mattino e la hall era vuota.

Matt le mise un dito sulle labbra e le prese la mano. Disse a sé stesso che era solo un espediente, non che desiderava assaporare la sensazione delle sue dita sottili tra le sue. La trascinò e lei quasi corse per stargli dietro. Aveva capito che il modo migliore per tenere Scarlett Stone fuori dai guai era prenderla in contropiede. Darle troppo tempo per pensare era un errore.

Salirono al primo piano con l'ascensore e girarono a sinistra.

Lui procedette a grandi passi finché non si fermò davanti a una porta marrone anonima con il numero trentadue. Bussò gentilmente e, quando non ci fu risposta, entrarono entrambi in silenzio. Sua madre era sola e giaceva addormentata su un letto doppio con una testiera in legno. Matt aveva decorato la stanza due anni prima con la stessa carta da parati floreale che lei aveva a casa – una casa che aveva affittato a una famiglia perché venderla gli sembrava sbagliato. Vari tubi erano attaccati sia alla donna sia a un dispositivo di monitoraggio cardiaco, ma, a parte quello, sembrava la normalissima stanza di una persona anziana.

Lei aveva sacrificato tutto per lui quando era piccolo e lui intendeva renderle la vita più confortevole possibile, per tutto il tempo necessario.

Sua madre era già stata abbandonata da una testa di cazzo di nome Lazlo e lui non avrebbe permesso che accadesse di nuovo.

Era stesa sulla schiena, anche se le infermiere la giravano spesso per prevenire le piaghe da decubito. I capelli erano di un bianco brillante, quasi senza colore. Aveva solo poco più di sessantacinque anni e sembrava così pacifica che era difficile credere che non si sarebbe più svegliata. Lui le si avvicinò e la baciò sulla guancia. Era fina come la carta velina. «Ehi, mamma. Sono passato a salutarti.» La baciò di nuovo e si spostò, cercando di non pensare alla futilità dei suoi gesti.

Perdere gli amici in guerra era *doloroso*, ma loro avevano scelto di combattere e sacrificarsi per la patria e i loro fratelli. Lui rispettava quel sacrificio. Sua madre non aveva scelto, ma il suo spirito combattivo si rifiutava di mollare.

Dei giorni, lui desiderava che lo facesse e il pensiero gli procurava un gran senso di colpa. Ma si sentiva anche umano, molto umano.

Non poteva occuparsi di lei ogni giorno. Portarla lì e averla vicino era il meglio che potesse fare. Il senso di colpa aggiuntivo di lasciarla sola con degli sconosciuti lo teneva sveglio la notte, ma sapeva che solo così avrebbe mantenuto la sua sanità mentale. Inoltre, lei avrebbe voluto la stessa cosa.

Lo sapeva, ma faceva comunque un male cane.

Scarlett strizzò le labbra e mentre fissava la donna nel letto parve sconvolta.

Lui le si parò di fronte e l'afferrò per le braccia. «Non preoccuparti, non staremo qui a lungo. Siediti.» Non c'era motivo di pensare che quei bastardi li avrebbero seguiti lì. Dall'entità dell'esplosione, di sicuro dovevano pensare che fossero ormai cibo per i pesci.

Lui prese il telefono di sua madre e andò nel bagno. Scarlett lo seguì e chiuse la porta dietro di loro. Maledizione. Non voleva che lei sentisse.

Il suo cellulare era nella tasca, ma non voleva usarlo e svelare di essere ancora vivo, in caso qualcuno ascoltasse. Lo tirò fuori e cercò il numero di Frazer.

Prima che potesse chiamare, Scarlett gli afferrò il polso. «Chi stai chiamando?»

«L'agente Speciale vice in comando Frazer.»

I suoi occhi si spalancarono. «Chiama il mio cellulare, invece.»

«Non ti fidi del mio capo?»

Lei scosse il capo. «Non è proprio questo, ma…» Lui riconobbe il dubbio nel suo sguardo. Lei credeva ancora che suo padre fosse stato incastrato e che qualcuno nell'FBI fosse il responsabile. «Chiama Parker.»

Gli occhi di Scarlett lo imploravano di fare come diceva lei.

«Va bene.» Chiamò Parker. Aveva senso sotto molti punti di vista, ma Scarlett non aveva bisogno di saperlo.

«E non usare nomi. Chi lo sa cosa può intercettare l'NSA di questi tempi.» Era così seria che lui si trattenne dall'alzare gli occhi al cielo.

Parker rispose al terzo squillo.

«Sono io.»

«Cos'è successo?» Parker non chiese perché chiamasse da un numero sconosciuto.

«Qualcuno ha appena fatto saltare in aria la mia barca.»

«Oh cazzo. La ragazza?»

Matt notò che neanche lui aveva fatto il suo nome. Era paranoico come Scarlett? Forse era Matt quello ingenuo. La guardò, in piedi accanto a lui nel bagno della stanza di sua madre, e si domandò come avesse fatto la vita a passare da normale a un cazzo di casino madornale in sole dodici ore.

«Chiunque abbia piazzato la bomba probabilmente pensa che siamo entrambi in fondo al mare.»

«Hai già parlato con Frazer?»

«Sei la mia prima chiamata.»

«Deve essere stata un'idea della ragazza.»

«Come hai fatto a capirlo?» domandò Matt.

«Perché tu sei ligio alle regole e avresti chiamato immediatamente il tuo capo. Lei è più sveglia.»

«Io rispetto la catena di comando.»

«Ligio alle regole. Pensatore lineare.»

A Matt diede fastidio che avesse ragione. «Adesso chiudo e chiamo Frazer.»

«No. Hai fatto la scelta giusta. Nessuno può rintracciare questa telefonata o ascoltarla. Ho anche messo un blocco su chiunque tenti di rintracciare il telefono di Scarlett. I russi la stanno cercando. Potrebbe tornarci utile più tardi.»

«Come facevano a sapere che era con me? Non mi ha seguito nessuno.»

«Magari eri già un bersaglio per via del tuo passato come ex Navy SEAL.»

«La stessa sera che è scoppiato tutto sto casino?» Essere un ex soldato speciale della marina non era qualcosa da pubblicizzare, per ovvi motivi. «Quante sono le probabilità?»

«Non molte» convenne Parker. «Presumo, allora, che i russi abbiano scoperto la tua identità dal ricevimento di ieri sera. Quando hanno perso Scarlett hanno cominciato a cercare te. Può ascoltarci, lei?»

«No.»

Lei stava cercando di origliare, ma Matt si teneva in disparte e Parker parlava piano con voce inudibile.

«Della LeMay ancora niente e non è stato chiesto alcun riscatto. Temo che la tengano come baratto. Ho dei programmini che lavorano sui russi dell'ambasciata, ma non hanno spifferato nulla riguardo a dove possa essere tenuta la ragazza. Ancora. Lo faranno, ma hanno bisogno di tempo, di solito qualche giorno.»

Scarlett sollevò una bottiglia di collutorio con uno sguardo interrogativo.

Non usava del collutorio senza permesso, ma si era presa la briga di intercettare dei dignitari stranieri.

Lui annuì. Lei svitò il tappo e l'odore pungente di menta invase la stanza.

«Frazer vuole che diamo un'occhiata al file di Richard Stone, nel caso qualcuno abbia commesso qualche errore. Dobbiamo andarci molto cauti. Io e Rooney non possiamo assolutamente saltare il pranzo di Natale con la sua famiglia, anche se è quello che vorrei fare, il che significa che io lavorerò dal West Virginia.»

Matt sentì un brivido di sconcerto bucargli la carne. «Non crederà davvero che ci sia qualcosa in quei vecchi file?»

Lo sguardo di Scarlett scattò dalla sua parte, e lui vide un barlume di speranza in quegli occhi scuri. *Cristo.*

«No. Ma si sta domandando perché i russi abbiano reagito così, e questo a maggior ragione quando saprà dell'affondamento della barca.»

Matt rivide la massa di oggetti lanciati per aria che ripiovevano dal cielo e pensò che *affondamento* non rendeva proprio l'idea.

«Abbiamo controllato i video della sorveglianza dell'ufficio di Dorokhov, ma li tengono solo pochi giorni, almeno questo è ciò che ci hanno detto. Non c'è niente su quei video che riveli altro se non che quel tizio è uno stronzo.»

Matt rise per l'eufemismo. «Hai idea del perché lo stessero tenendo d'occhio?»

«No. Non sono nel giro di quelli che *devono sapere*, e nemmeno Frazer.» E se Frazer non era al corrente, sarebbe stato difficile per chiunque capirci qualcosa. «Puoi rimanere dove sei per qualche ora?» gli domandò Alex Parker.

Matt ci pensò un attimo. «No.» Doveva parlare con Rhonda, che avrebbe staccato entro un quarto d'ora. Doveva dirle di dimenticarsi di averlo visto quel giorno. Ma c'erano altre persone che lavoravano lì e lo conoscevano. Non ci sarebbe voluto molto prima che uno di loro chiamasse la polizia per avvisarla che l'agente dell'FBI, che credevano in fondo all'oceano, in realtà era nascosto nella stanza di sua madre. Non avrebbe mai attirato lì quei bastardi. Dovevano allontanarsi al più presto.

«Hai un paio di opzioni.» Parker pensò in fretta, come il bravo veterano di guerra che era. «Una è dire al mondo che sei vivo mentre noi nascondiamo Scarlett da qualche parte. L'altra è che entrambi rimaniate nascosti finché non troviamo un collegamento tra i russi e il tentato omicidio di un agente federale, che dovrebbe essere abbastanza almeno per espellere Dorokhov, a prescindere dal suo status diplomatico... Direi che questo è quanto.»

Perciò o aiutava Scarlett a evitare quegli stronzi, o qualcun altro lo avrebbe fatto. Matt si grattò la nuca mentre la guardava. Lei stava cercando di sistemarsi i capelli allo specchio sopra il lavandino, frustrata perché dei ciuffi non volevano essere domati.

«Che c'è?» chiese lei quando lo colse a fissarla.

Lui non disse nulla.

Era Natale.

Era un periodo di merda per strappare altri agenti federali alle loro famiglie a tempo indefinito. Dopo il casino madornale in Minnesota, dove due agenti penitenziari erano stati uccisi da un gruppo di terroristi mentre proteggevano il figlio di otto anni di Vivi Vincent, l'organizzazione era ancora sotto shock per la perdita. Matt non aveva programmi per le vacanze, se non prendere qualche giorno per passare il Natale con sua madre, ma la realtà straziante era che, per lei, che lui ci fosse stato o meno non avrebbe fatto alcuna differenza.

Un'altra cosa che aveva imparato nella squadra era che il lavoro veniva prima di qualunque cosa. La vita personale si intravedeva solo quando il fumo si diradava. Per quanto rivolesse indietro la sua vita, non voleva abbandonare Scarlett quando avrebbe potuto proteggerla come qualsiasi altro agente. Anzi, meglio della maggior parte.

«Quei bastardi hanno fatto saltare in aria la mia barca» disse Matt a Parker, e sembrò una risposta più che esauriente.

«Hai accesso a un computer? T'invio i file che Frazer ha copiato. Ti dovrebbero tenere occupato per qualche ora.»

«Ok.» Matt teneva un portatile sottochiave in un cassetto in quella stanza, così poteva lavorare mentre faceva compagnia a sua madre.

«Bene. Non accenderlo finché non ti invierò un nuovo indirizzo email che non può essere rintracciato. Poi ti inoltrerò la posta su quell'account. Prima però, ho bisogno di organizzare trasporti e provviste per voi. Ci vorrà un po'. Diciamo un'ora al massimo.»

Per essere solo un guru della sicurezza informatica, quel tizio la sapeva lunga su ciò che serviva a qualcuno che doveva sparire. Erano forse i vantaggi di aver lavorato a operazioni segrete per la CIA? «Lo apprezzo molto. Grazie.»

«Lazlo,» disse Parker con voce seria. «Loro pensano che siate morti. Il mio consiglio? Fai in modo che le cose rimangano così.»

9

—————

La testa di Andrei Dorokhov pulsava per gli effetti collaterali della mancanza di sonno e dell'alcol che aveva bevuto la notte precedente per sciacquare via la furia. Il dolore sordo nel cervello e la sensazione di secchezza graffiante che avvertiva negli occhi si adattavano perfettamente al suo umore. Scese alla metro di Farragut North e salì con l'ascensore fino alla Diciassettesima Strada. Con calma, tagliò per il parco e superò la statua dell'ammiraglio David Farragut. *Al diavolo i siluri! Avanti tutta*, Dorokhov pensò alla famosa frase dell'ammiraglio e ridacchiò tra sé e sé. Il doppio segno di gesso sulla panchina più vicina gli indicò il punto dell'incontro. Un'ondata di soddisfazione gli scivolò addosso e lui emise un lungo e lento sospiro. Era passato molto tempo.

Non si fermò né fissò troppo a lungo il segno, si limitò a proseguire con la testa alta e il cappello floscio di feltro calcato sul viso. Le strade di Washington erano cambiate poco da quando era andato via e i codici che aveva usato con i suoi informatori erano ben impressi nella memoria.

Era uno spionaggio vecchio stile, ma a volte quei metodi obsoleti erano i più efficaci contro chi si affidava all'elettronica e alla biometrica. Non voleva correre rischi. Gli occhiali e il cappello gli celavano gran parte del viso e il bastone che portava con sé, insieme alla lieve andatura zoppicante che fingeva, ingannavano l'occhio umano. Dorokhov era molto sicuro della sua abilità di mischiarsi all'ambiente americano. Un gioco da ragazzi.

Era stato un abile addestratore di uomini e un eccellente capo di un'organizzazione spionistica, ma invece di raccogliere i benefici del suo successo, era preoccupato di venire smascherato. Più di dieci anni dopo il fatto. Intollerabile. Tutto perché una stupida ragazzina non aveva capito che il gioco era finito e che lui aveva vinto.

Si torse le labbra.

Arrivò a Lafayette Park e guardò le luci natalizie che decoravano le strade circostanti.

Di solito gli piacevano le festività americane. Non era un uomo religioso. Gli piacevano gli addobbi sfarzosi e luccicanti e quel senso superficiale di vicinanza nei confronti del prossimo, a prescindere dalle ideologie politiche o religiose. Quella mezza cartuccia della Stone gliel'aveva rovinato, ma avrebbe pagato per la sua audacia. Un altro regalino di Natale per l'ex agente dell'FBI disonorato, che era stato la spina nel fianco della sua esistenza finché lui non era riuscito a incastrarlo per gli stessi crimini di cui quel bastardo lo stava accusando. Era al culmine della carriera nel servizio di intelligence russo ma, sfortunatamente, la rete di spionaggio era stata smantellata dopo quell'episodio e lui si era calato nel ruolo diplomatico, distogliendo da sé l'attenzione che invece avrebbe attirato rimanendo inattivo. Non gli conveniva far fuori le sue ex fonti, perché così avrebbe dato agli avversari troppe indicazioni su quali segreti fossero trapelati. Inoltre, avere un potere di quel tipo per fare pressioni poteva sempre tornare utile. La Russia giocava quel lungo gioco con una pazienza e una segretezza che gli americani si sognavano.

Andrei si costrinse a rilassarsi. La CIA e l'FBI non avevano trovato nulla quattrodici anni prima, non c'era motivo di credere che fossero più svegli adesso. E dovevano essere molto prudenti, prima di accusarlo di qualcosa di anomalo. Lui era l'ambasciatore russo, non qualche addetto di basso livello.

Continuò a camminare tra le vie trafficate di gente che si affrettava a raggiungere il posto di lavoro per poter poi andare a casa a godersi le vacanze. Ovviamente i politici avevano già levato le tende, ma i loro scagnozzi erano ancora in piena attività. A lui erano sempre piaciuti gli scagnozzi.

Un dolore acuto gli trafisse la fronte, ricordandogli il suo amore viscerale per la vodka e la sua condizione attuale. Andrei aveva un'assicurazione, dopotutto la conoscenza era un potere, ma forse non era abbastanza. Forse un ulteriore incentivo sarebbe stato saggio, a quel punto. Il telefono gli vibrò sulla coscia. Rispose. «Sì.»

«Hai fatto saltare in aria un agente dell'FBI? Oltretutto ex soldato dei Corpi Speciali della Marina. Ma ti ha dato di volta il tuo cazzo di cervello?»

«Avevamo detto che io mi sarei occupato del nuovo problema. Ed è quello che ho fatto.» Dorokhov godeva nel sentire quello sfrigolio di rabbia dall'altra parte del telefono.

«Ti avevo detto di mantenere un profilo basso. Adesso abbiamo l'Unità di Gestione Crisi sulla scena e l'Unità Anticrimine della Marina sta gridando all'omicidio. Ogni soldato delle forze speciali nel mondo si è unito alla causa. Merda.»

Lui passeggiava serafico lungo il lato ovest della Casa Bianca. L'attuale presidente Joshua Hague era un coglione indeciso. Si era divertito un mondo a vederlo scosso e in imbarazzo per la minaccia degli estremisti islamici proprio dentro casa. Quei bastardi stavano minacciando la sua terra natia da decenni. «Lascia che ci si buttino a pesce. Lascia che l'Anticrimine della Marina e l'FBI si ammazzino tra di loro per cercare di capire la verità. Potrei far girare delle voci su un possibile attacco terroristico ai danni dell'ex soldato dei Corpi Speciali della Marina, così non punteranno l'attenzione su di me, o su di te.»

Girò l'angolo vicino all'albero di Natale nazionale, per vedere bene la Casa Bianca. Era un edificio elegante, piccolo per tutto il potere che conteneva. Un cecchino si alzò e cambiò posizione sul tetto. Andrei lo osservò per un attimo. La sicurezza era stata rinforzata dopo il recente tentato omicidio del Presidente e l'inaspettata morte del vicepresidente.

Dorokhov non era sicuro su chi avrebbe rimpiazzato Ted Burger, ma chiunque sarebbe stato meglio per il Cremlino. Burger era stato un intrattabile bisbetico che odiava i russi per principio, un tipo intelligente e spietato. Andrei aveva già sguinzagliato qualcuno a tastare il terreno tra i politici, e aveva anche persone pronte a cercare il torbido in ogni potenziale candidato a vicepresidente. Per uomini come lui, il torbido valeva più di un uovo Fabergé incastonato di diamanti.

«L'FBI sa che stai cercando la ragazza. Sarai il primo sospettato.»

«Ho un alibi di ferro, come tutti i miei collaboratori, per non parlare dell'immunità diplomatica.»

L'uomo grugnì rabbioso. «Avrei dovuto tagliarti la gola anni fa…»

«*Da*. Avresti dovuto» lo schernì Dorokhov. *O magari non avresti dovuto tradire il tuo paese*. «Hai già fatto la tua parte?»

«Ho pianificato tutto.»

«Le altre cose in sospeso?» Dorokhov proseguì lungo la strada che portava al National Mall.

«Me ne occuperò.»

«Allora abbiamo finito di parlare.»

«Aspetta.» Calò il silenzio per un attimo. «E l'altra donna?»

«Cosa vuoi sapere?» Dorokhov rivolse lo sguardo al cielo color grigio metallo. Avrebbe voluto che la neve ricoprisse la città con la sua bellezza e gli ricordasse casa, ma a quanto pareva non avrebbe avuto altro che noiosissima pioggia.

La lunga pausa dall'altro capo del telefono suggeriva che l'uomo stava soppesando le sue opzioni. «Sarebbe meglio trattenerla per un po'…»

Dorokhov sogghignò. Era esattamente quello che pensava lui. Chiuse la telefonata. Proseguì la sua passeggiata e passò di fronte al Vietnam Memorial, che brillava pacifico alle prime luci dell'alba. Non era mai stato un fan della guerra, anzi, vedeva il suo ruolo precedente come un modo di prevenire morti inutili semplicemente tenendo i vari poteri in equilibrio. Ogni paese lo faceva. Lui era solo stato migliore degli altri.

Continuò lungo le strade, che si erano fatte più tranquille. I lavoratori ormai erano tutti in ufficio, ed era troppo presto per i turisti e troppo freddo per i residenti. Trotterellò fino al Lincoln Memorial, con un familiare senso di impaziente attesa che gli s'insinuava dentro, facendolo sentire di nuovo vivo. Gli era mancata quella sensazione.

Il suo contatto sedeva su una delle panchine di pietra alla base del gradino più basso. Cappello di lana. Bavero alzato. Occhiali da sole.

Dorokhov si sedette pesantemente a circa una trentina di centimetri di distanza, col respiro che si gelava in una nuvola di vapore. La panca era dura e fredda e il particolare gli ricordò che era troppo vecchio per quel tipo di vita.

«Rivoglio mia figlia.»

Lui sorrise. «Non so di cosa tu stia parlando.»

Le nocche della figura di fronte a lui brillarono lucide e tese contro la pelle pallida. «Vuoi che riveli tutto?»

Il labbro superiore di Andrei si contorse in un ghigno. «E ti sacrificheresti? Non ne hai le palle.»

«Rivoglio mia figlia» ripeté. «Non sto scherzando.»

Dorokhov strinse gli occhi, il mal di testa ancora gli martellava le tempie. «Perché era lì? Cosa speravi di trovare?»

«Non sapevo ci fosse andata finché non sono arrivati a casa i federali. Le avevo detto di declinare l'invito.»

«Mi stai dicendo che è stata una coincidenza il fatto che si sia portata dietro, guarda caso, la figlia di Stone?»

«Angel e Scarlett sono migliori amiche da quando erano bambine. Ho provato a scoraggiare quest'amicizia ma...»

«Non sapevi che quella stronzetta della Stone avrebbe messo delle cimici nel mio ufficio?»

Il volto dall'altra parte si fece bianco come la cera. «Non è vero!»

«L'ha fatto eccome.»

«Quella stupida stronza. Ha scoperto nulla?» Gli occhi ora erano spalancati per l'orrore.

L'istinto di sopravvivenza trionfava sempre sulla compassione. Un vantaggio nel vantaggio. Dorokhov sorrise. «No. Sono molto più cauto di quel che credi. Perciò non c'è il tuo zampino stavolta?»

«Perché dovrebbe?»

«Forse cercavi un po' di emozioni forti.»

«Mi piace la mia vita così com'è. Il passato è passato.»

«Il passato non è mai passato. Io ho ancora le prove che avevo prima.»

Una smorfia apparve sul volto segnato. «Non lavorerò mai più per te.»

«Neanche per salvare tua figlia?»

Gli occhi del suo interlocutore scattarono nervosi verso gli alberi che bordavano il Mall. «Ho l'FBI in casa che controlla ogni mia mossa.»

«Pensi che possano aver messo qualcuno a pedinarti fino a qui?»

«Certo che no. Ho detto che avevo bisogno di una boccata d'aria. Non hanno fatto in tempo a organizzare un pedinamento prima che me ne andassi.» La pesantezza delle borse sotto quegli occhi suggeriva mancanza di sonno e preoccupazione genitoriale.

«Lo sai quanto io detesti essere ostacolato, soprattutto da Richard Stone.»

La risata che seguì fu amara. «Credo che tu ti sia preso la tua rivincita su quell'uomo. Io non ti ho mai ostacolato. Mia figlia nemmeno. Scarlett ama suo padre. Lui deve averle detto che sospettava che tu a quel tempo fossi il capo dell'organizzazione di spionaggio. Che importanza ha ora? Stone sta morendo di cancro, lo sapevi?»

«Deve morire più in fretta. Nessuno mi prende per il culo facendola franca.»

«Ti prego, lascia andare mia figlia» lo implorò, anche se non era molto abile in quella parte del gioco. «È solo una ragazzina che ama andare alle feste. Non intendeva fare nulla di male.»

Dorokhov permise a un sorriso d'increspargli le guance. «Sono certo che si sta godendo un mondo la festa, in questo momento. Ovunque lei sia.»

«Se la tocchi con un dito…» La voce vibrò di rabbia.

Dorokhov rise piano e si alzò. «Minacce a vuoto. Credimi, sarai felice di riaverla a casa anche se a pezzi.» Si allontanò a passo veloce lungo il National Mall. Una volta finiti i suoi doveri giornalieri, avrebbe fatto visita ad Angel LeMay per vedere quanto amasse veramente fare festa. Era intrigato e si sentiva anche un po' vendicativo. Se l'era guadagnato.

————

Richard Stone giaceva su un letto dopo aver ricevuto la sua ultima dose di chemio e avrebbe voluto essere morto. Ogni cellula del suo corpo si ribellava al veleno che aveva in circolo. Non sapeva perché gli importasse. Forse solo per costare al sistema lo stesso tempo, dolore e denaro che avevano rubato a lui, un granello minuscolo di vendetta rispetto a quello che aveva dovuto subire. Forse, teneva duro perché la morte sarebbe stata l'ultima ammissione di fallimento, di certo non perché sperava di essere scagionato. Chiunque l'avesse incastrato si era preoccupato molto tempo prima che non succedesse.

Fissò le pareti di cemento intorno a sé e le facce arcigne del medico e degli infermieri responsabili della cura. *Quella* era la sua vita, una sterile e scialba esistenza rinchiusa in un purgatorio fisico e mentale. Sarebbe stato molto meglio da morto. Se non fosse stato per la sua ostinazione, avrebbe potuto semplicemente rifiutare le cure e lasciare che il cancro invadesse il suo corpo e devastasse quel poco che ne era rimasto. Tanto, con la fortuna che aveva, quel figlio di puttana lo avrebbe fatto comunque.

C'erano altri tre pazienti che stavano ricevendo dei tratta-menti. Uno era in dialisi. Un altro, un diabetico, stava facendo le analisi della glicemia. L'ultimo si stava contorcendo dal male sul letto.

Uno era un terrorista, l'altro era membro di una gang di spacciatori messicani e l'ultimo aveva ammazzato quattro persone durante una rapina in una stazione di servizio. Quelli erano i suoi compagni. Non c'era da stupirsi che si sentisse male. Grazie a Dio era in isolamento, anche se certi giorni pensava che la testa gli esplodesse per l'insopportabile noia mortale della solitudine. Voleva andare a camminare nei boschi, sentire il sole sul viso e fare l'amore con sua moglie.

Vaghe chimere.

Anni prima, aveva chiesto di poter condurre degli studi di carattere psicologico sui compagni detenuti, ma le persone al comando non gli avevano permesso di parlare con nessuno. Sapeva che la giustificazione era che avrebbe potuto passare altri segreti ai russi; come se sapesse cose non già riferite dalla vera spia ai suoi benefattori sovietici. La realtà era che qualcuno, da qualche parte, non voleva che lui scoprisse e rivelasse chi lo aveva incastrato. Avevano paura di lui e quello lo faceva stare da dio.

Un altro conato lo squassò all'improvviso e lui si piegò da una parte, ansimando per ricacciare indietro il desiderio di vomitare. Il sudore gli aveva appiccicato sulla fronte i pochi capelli rimasti. Fu assalito da un soffio di aria rancida e si rese conto che quel fetore veniva da lui. Grandioso. Col culo che aveva, non si sarebbe potuto lavare prima dell'arrivo di Susan e lei l'avrebbe visto ridotto in quel modo, la vigilia di Natale. Puzzolente e malaticcio. *Cristo.*

La rabbia per l'ingiustizia subita ancora gli pulsava nelle vene, non perché la *sua* vita era stata rovinata, ma per Susan. Nessuno si meritava di sopportare quello che aveva dovuto subire lei. Erano passati troppi anni per rimanere aggrappati all'odio, ma lui aveva mille ragioni per farlo e poco altro con cui occupare il tempo.

Non era salutare – ghignò tra sé e sé a quel pensiero – ma almeno il rancore sconfiggeva ciò che in quel buco d'inferno era ancora peggio, cioè l'apatia. Non era riuscito a scoprire quale dei suoi colleghi fosse la vera spia, ma aveva ristretto la lista a sei nomi, tutti cosiddetti amici.

Deglutì la saliva che gli si era formata in bocca.

Che differenza faceva? Non poteva rivelare i loro nomi senza mettere Susan e Scarlett in pericolo, e non lo avrebbe mai fatto. Era così orgoglioso di loro e così dispiaciuto per tutto quello a cui le aveva sottoposte. Non avrebbe mai immaginato di finire lì.

Aveva trascritto i suoi sospetti in un taccuino usando un codice che lui e Susan avevano sviluppato all'inizio della loro storia. A quel tempo, era stato solo un innocuo divertimento. Ora si trattava di vita o di morte. Di certo il carcere avrebbe consegnato quel diario all'FBI, dopo la sua morte. Con la fortuna che aveva, sarebbe caduto nelle mani sbagliate e nessuno avrebbe mai scoperto i suoi sospetti.

A nessuno sarebbe importato.

Lui l'aveva comunque fatto.

La nausea gli ribollì nello stomaco. Si piegò è vomitò in un vassoio di cartone, finché la gola non iniziò a bruciargli. Grandioso. Si sciacquò la bocca con dell'acqua, poi si passò la mano tra i capelli, portandosi via una ciocca.

Povera Susan, aveva perso la vita dietro a lui. Almeno Scarlett era giovane. Forse lei un giorno sarebbe riuscita a superare tutto quel dolore e avere una bella vita.

Le catene ai piedi cigolarono quando mosse le gambe. Almeno non si era cagato addosso, stavolta. Era grato per le piccole clemenze che riceveva.

Un omone tutto tatuato gli passò accanto, mostrando i denti.

Testa di cazzo.

Richard poteva anche essere "il più grande traditore del nuovo millennio", come aveva sentenziato il giudice che lo aveva condannato a sei ergastoli senza possibilità di libertà sulla parola, ma agli occhi degli altri detenuti era sempre un ex federale. Era contento di avere una cella tutta per sé. Se lo avessero messo tra la normale popolazione carceraria, non sarebbe durato un'ora.

Un'altra ondata di nausea l'assalì. *Cristo santo, che schifo la chemio.*

Colse un movimento con la coda dell'occhio e d'istinto mosse di scatto il ginocchio per difendersi. Il gesto deviò una pugnalata che mirava proprio al suo stomaco, e l'oggetto duro gli s'infilò nella coscia, trapanando il muscolo come un coltello arroventato. Il dolore gli divampò nel corpo. Le catene ai piedi dell'aggressore sferragliavano sul pavimento. *Cazzo!* Il tizio, il messicano narco-trafficante, si stava scagliando di nuovo su di lui, stavolta puntando al volto. Richard gli afferrò il braccio e lo tenne stretto mentre cercava di gridare, ma la voce non uscì, e non aveva molta forza nelle braccia. Dove cazzo erano le guardie?

Udì una cantilena partire da poco distante, come quelle delle risse a scuola.

«Infilza quello stronzo» ripeteva la testa di cazzo bianca e suprematista in un raro momento di armonia interrazziale. Le dita di Richard stavano perdendo la presa e il coltello era vicinissimo all'occhio. Porca puttana. Non era quello il modo in cui voleva andarsene.

I muscoli gli tremavano, ma riuscì a divincolarsi; le reminiscenze dell'addestramento dell'FBI gli stavano tornando utili. L'uomo gli cadde addosso, inchiodandolo al letto. Il sostegno della flebo si fracassò al suolo e Richard continuò a dimenarsi, finché non riuscì a ficcare la testa del messicano dentro la sua padella. Lo skinhead si sbellicava dalle risate. Finalmente qualcuno gridò e fece suonare l'allarme. Le sirene iniziarono a lamentarsi e le luci a lampeggiare.

Grazie a Dio, era sopravvissuto all'attacco. Poi, a un tratto, sentì qualcosa premergli contro l'addome un attimo prima di bucargli la pelle e infilarsi in profondità. Un dolore lancinante assalì ogni sua sinapsi e ogni nervo. Il messicano si avvicinò e lo fissò malvagio «*Marlon* mi ha detto di dirti: "Ciao figlio di puttana".»

Richard cominciò a perdere i sensi, mentre l'uomo estraeva il coltello e glielo infilava di nuovo. Dio! Il dolore era indescrivibile.

Aveva visto migliaia di film in cui la gente veniva pugnalata, ma non aveva mai immaginato la divorante natura di quel dolore. Una guardia accorse e gli staccò l'uomo di dosso. Troppo tardi. Il messicano si calmò e iniziò a ghignare come un matto, decisamente compiaciuto di se stesso. Richard premette forte la mano sulla ferita. Marlon? Ma che diavolo voleva? Non stava già morendo abbastanza in fretta per quel bastardo? *Oh, cazzo.*

I medici accorsero intorno a lui. Altri detenuti furono rinchiusi. Stava diventando difficile respirare. «Ti prego,» disse alla guardia che ormai conosceva da anni «di' a Susan di fare attenzione. È molto pericoloso.» La vista iniziò a sfumare verso un grigio scuro. Maledizione, aveva bisogno di metterla in guardia. «Marlon…»

10

Scarlett camminava su e giù nella suite del motel composta da un piccolo salotto, un cucinotto e un'ampia stanza da letto. C'era molto spazio per muoversi liberamente, ma lei non sapeva per quanto tempo ancora sarebbe riuscita a sopportare di rimanere rinchiusa lì dentro. E se non fosse riuscita a provare l'innocenza di suo padre? E se Dorokhov avesse continuato a starle alle costole? Aveva paura per la propria incolumità, ma era anche furiosa con se stessa. Prima aveva coinvolto Angel a sua insaputa, e poi aveva trascinato Matt in quel casino.

Un pensiero improvviso la colpì. «Tu non puoi fingere di essere morto. E se i tuoi amici vedono le notizie? Non puoi fargli questo.» Non voleva che altra gente soffrisse per colpa sua.

«La maggior parte di loro sono in missione e non lo verranno a sapere ancora per qualche giorno, e speriamo che per allora la situazione si sia risolta. In ogni caso, sono degli omoni grandi e grossi e sanno come funzionano le cose. Sapranno gestirla. Non credo che mia madre si preoccuperà, e Frazer avviserà Jed Brennan, il mio partner.» Alzò le spalle. «Questo è il massimo che posso fare, gli altri si arrangeranno per adesso.»

Non credo che mia madre si preoccuperà. L'aveva buttato lì con nonchalance.

«E tu?» le domandò lui.

«Io?» Scarlett sbuffò. «Nessuno ha motivo di pensare che io fossi sulla barca, se non Angel, forse. Anzi, l'agente speciale vice in comando Frazer potrebbe dirle che sto bene?» Lui borbottò qualcosa, che lei prese per un sì. Si sfregò le braccia, turbata all'idea di essere tenuta lontana dalla sua migliore amica, nonostante fosse tutta colpa sua. «Il mio capo è in Scozia e la maggior parte degli studenti se ne sono già andati per le vacanze. Non mancherò a nessuno al lavoro per almeno una settimana, forse due. Ma oggi dovrò avvisare mia madre.» Percepì la sua espressione di rifiuto e alzò la mano. «Si aspetta di avere notizie da me e si spaventerà a morte se non mi faccio sentire. Abbiamo un codice segreto per comunicarci che stiamo bene. Puoi fare tu la chiamata, o anche Frazer, che oltretutto avrebbe senso, perché lui la chiamerebbe se pensasse che fossi morta davvero sulla barca, no?»

«Sì, lo farebbe.» Lui si passò la mano tra i capelli corti. «Okay, allora possiamo escogitare qualcosa da dire a tua madre, però in ogni caso lei dovrà convincere il mondo intero che è preoccupata a morte per te, altrimenti i russi non si berranno la storiella della tua morte.»

Sua madre conosceva la posta in gioco meglio di chiunque altro. Scarlett camminava agitata su e giù tra la porta e il tavolo.

«Mi stai facendo venire il mal di mare.» Matt sedeva piegato su un portatile appoggiato a un tavolino. Indicò una sedia. «Siediti.»

«Scusa, non ne combino una giusta.» Lei smise di muoversi ma sapeva che non sarebbe durato a lungo. Se il cervello non era attivo, il suo corpo sì. «Posso controllare la mia email?»

«Certo» biascicò lui. «In fondo, tutti i morti di solito scaricano i messaggi della casella di posta, no?»

Le salì un fastidioso calore alle guance. *Porca puttana.*

Prima lui si era comportato come se fosse attratto da lei, adesso invece la trattava come una bambina fastidiosa. Lo capiva, per carità, gli aveva causato un sacco di guai e a causa sua gli avevano fatto saltare in aria la barca, per non dire che lo avevano quasi ucciso. Ma anche lui aveva fatto le sue scelte, come ad esempio drogarla e impedirle di andare da Dorokhov la notte precedente. Quelle decisioni avevano creato la situazione in cui si trovavano, anche se le avevano salvato la vita. Quell'incubo non era del tutto colpa sua, o per lo meno, il coinvolgimento di Matt non lo era.

Ma forse non era giusto pensare quelle cose. In fondo, lui stava cercando di aiutarla. La cavalleria non era morta del tutto.

«Cosa stai facendo?» gli chiese lei.

«Frazer mi ha mandato dei file da analizzare.»

«Il caso di mio padre?»

Lui rivolse uno sguardo severo nella sua direzione. Scarlett si accorse che le mancava quello scintillio che aveva visto nei suoi occhi quando si erano incontrati la prima volta.

Il rimorso per non poter tornare indietro nel tempo e cambiare quello che aveva fatto le ribollì dentro. Poi, ricordò gli occhi dolci di suo padre e l'amore profondo e duraturo che lui aveva per la sua famiglia e il suo paese, e ricacciò indietro il rammarico. I rimpianti erano solo una perdita di tempo. Sin dall'inizio, tra lei e Matt non sarebbe mai potuto accadere altro che qualche ora di passione travolgente, e oltretutto solo se lui non avesse scoperto la sua vera identità.

Nella situazione in cui si trovava in quel momento, l'idea di qualche ora di passione travolgente pareva un'alternativa fantastica.

Un brivido le attraversò il corpo.

Non era solo la bellezza di lui ad attirarla. Qualsiasi cosa si celasse dietro quegli occhi la intrigava. Voleva conoscere il vero Matt Lazlo. L'uomo dietro l'uniforme e dietro il distintivo. La tensione nella stanza s'intensificò. La pelle di Scarlett sfrigolò come se fosse stata colpita da una scarica elettrica; le si indurirono i capezzoli e il battito accelerò. Strinse le cosce cercando di scacciare l'eccitazione, ma peggiorò solo la situazione. Era già abbastanza brutto essere costretta a stare rinchiusa lì con un uomo che credeva fermamente che suo padre fosse colpevole, non aveva bisogno di provare anche attrazione fisica per lui.

Aveva bisogno di distrarsi, e subito. «Posso leggere i documenti con te?» Magari era l'unica chance della sua vita di poter leggere le prove che l'FBI aveva raccolto.

Matt la guardò a lungo e in modo serio, soppesando i pro e i contro. Alla fine, alzò le spalle e annuì, tirando una sedia vicino a lui.

«Come va la tua spalla?» gli chiese quando si sedette. La coscia di lui era così vicina alla sua che quasi si sfioravano. I muscoli sul braccio di Matt guizzarono quando si tirò su le maniche e lei intravide una ferita di qualche centimetro che avrebbe potuto essere qualcosa di molto peggio.

Catturò il suo sguardo. «Mi dispiace che tu sia rimasto ferito.»

«È solo un graffio.» Si ritirò giù la manica.

Lei deglutì, decisamente consapevole della presenza di quell'uomo vicino a sé. *Concentrati.* Lui l'aveva arrestata, doveva tenerlo a mente. Ammanettata e trascinata al quartier generale dell'FBI.

Per il tuo bene. Per proteggerti.

Lei tamburellò le dita sul tavolo. Lui le fissò irritato e indicò lo schermo col capo. «Vuoi darci un'occhiata o no?»

Scarlett iniziò a leggere e quasi riuscì a dimenticare che Matt Lazlo era seduto così vicino che riusciva a percepire il suo calore e l'odore del sapone che aveva usato per farsi la doccia.

Il primo gruppo di fogli era una dettagliata lista di luoghi di consegna per gli scambi di informazioni e di cifrari, che a quanto pareva era stata trovata nella scrivania di suo padre. Era palesemente un codice cifrato russo e senza dubbio appartenente al periodo seguente la dissoluzione dell'Unione Sovietica. Il secondo era una lista di informazioni passate ai russi, sempre secondo le voci, che includeva i nomi degli agenti all'estero. Poi c'erano i documenti che provavano la capacità di suo padre di accedere alle informazioni grazie al nulla osta di sicurezza. Le si chiuse la gola quando lesse i nomi dei sei agenti morti. Due erano morti in carcere, orribilmente picchiati e torturati, nonostante le autorità negassero la loro responsabilità. Tre erano stati vittime di misteriosi incidenti e uno si era suicidato ingoiando una pillola contenente del veleno – non fornita dal governo americano.

Era stata un'enorme perdita, ma lei non aveva mai creduto, neanche per un secondo, che suo padre ne fosse responsabile. Lui era solo un'altra vittima.

Il documento successivo era l'interrogatorio preliminare. Lesse la trascrizione. Infinite domande a ripetizione sul suo coinvolgimento. Ogni volta, lui negava di essere il traditore ed esortava l'uomo che conduceva il colloquio a cercare la vera spia. Era stato incastrato, doveva averlo detto almeno cento volte.

Poi, Scarlett passò ai risultati del poligrafo. L'esaminatore aveva concluso con *Inganno Rilevato*.

«Questa è una dichiarazione scientifica?» sbuffò lei.

«Il poligrafo è solo uno strumento, Scarlett. Ecco perché il documento si trova in questa cartella e non in quella delle prove. Il poligrafo non è ammesso in aula, perché non è una scienza esatta.»

«Quindi che senso ha?» borbottò lei rabbiosa.

«È una buona leva» disse lui con pazienza. «Ha fallito il test e ha confessato. Fattene una ragione.»

Perfetto. Lei poteva anche non essere un'esperta della natura umana, ma conosceva bene l'orgoglio e l'istinto di sopravvivenza. Sapeva quando ricompattarsi e indietreggiare.

Poi fu la volta della confessione. Quella fu difficile da leggere. Suo padre ammetteva di aver venduto segreti ai russi, durante un periodo di cinque anni, per più di trecentomila dollari in contanti.

«Non hanno mai trovato un centesimo.» La nausea le attorcigliò lo stomaco, e lei ringraziò di non aver toccato cibo quel giorno.

«Forse li ha spesi.»

«In cosa? Il mutuo della casa era ancora tutto da pagare, lui guidava una Pontiac e mamma aveva un pick-up della Chevrolet.»

«Magari li ha nascosti. Forse tua madre sa dove sono.» Matt stava cercando di risolvere un enigma, non di essere offensivo. Scarlett cercava di salvare suo padre e ripulire il suo nome. Ma da un punto di vista scientifico, quello che contava era solo l'obiettività.

«Allora perché non sono spuntati quando nel 2008 la casa stava per essere pignorata dalla banca?» domandò Scarlett.

Gli occhi color nocciola di Matt quel giorno erano di un verde muschio molto caldo e celavano comprensione e pietà. Lei odiava la pietà. Distolse lo sguardo.

L'interrogatorio successivo fu completamente diverso. Dopo l'iniziale ammissione di colpa, suo padre aveva fatto una lista di date, orari e luoghi in cui erano avvenuti gli scambi d'informazioni.

«Questo non ha alcun senso.» disse lei indicando lo schermo. «Il 29 novembre è il mio compleanno. Alle sette di sera mio padre non si trovava in qualche cimitero nel Maryland a vendere il suo paese. Stava accendendo dodici candeline sulla mia torta di compleanno.»

«È stato molto tempo fa.»

Lo fulminò con lo sguardo. «I bambini non dimenticano queste cose.»

Il calore rimbalzò tra loro, nel breve spazio che li divideva, e lei si accorse di essere troppo cosciente di ogni respiro che lui faceva e di ogni singolo movimento del suo corpo. Gli occhi di Matt s'accesero.

«Forse ha scritto la data sbagliata?» suggerì Matt, ignorando la strana scarica elettrica che saettava tra loro.

«Era un padre molto devoto, con una figlia unica. Non era proprio una roba da cervelloni tenere a mente i compleanni.» Un balenio negli occhi dell'uomo le rivelò molte più cose sul proprio padre di quanto lui avesse mai ammesso. *Accidenti*. «Ma qualcuno del controspionaggio non avrebbe dovuto fare un controllo incrociato di queste date? Immagino che sia il loro lavoro, no?»

Matt si chinò sullo schermo e corrugò la fronte. «Avrebbero

dovuto. Il caso non è andato in tribunale, però, quindi forse le successive indagini non sono andate a finire nei file, ma sulla scrivania di qualche agente della CIA.» Si grattò la barba bionda e incolta sulla mascella. Le iridi dei suoi occhi avevano piccole macchie d'oro e una bordatura scura che ne facevano risaltare il colore insolito.

Scarlett distolse lo sguardo, irritata. Non aveva bisogno della tensione creata dall'essere obbligata a passare del tempo con un uomo da cui era attratta ma che non provava le stesse cose per lei. Nella sua esperienza la lussuria, o come la si voleva chiamare, non ripagava le amare e spiacevoli conseguenze che avrebbe comportato. «Quindi mi stai dicendo che è ancora colpevole nonostante per quelle date avesse un alibi di ferro? Perché va bene che tutti, tranne lui, nell'FBI non facciano il loro dovere? Perché loro possono lasciare marcire dei dettagli preziosi, quando la vita di mio padre dipende dal fatto che svolgano bene il loro lavoro?»

«Ha *confessato*.» La bocca di Matt s'indurì in un'espressione insofferente, ma poi corrugò la fronte. «Ma perché dici un alibi di ferro?»

Lui era incuriosito e lei doveva fare in modo di mantenere vivo il suo interesse.

«Perché i LeMay erano con noi. Sono stati amici intimi di famiglia per anni prima...» Sentì come se avesse un sasso infilzato in gola, ma non avrebbe più tergiversato. «... Prima che lo arrestassero per tradimento.»

Matt piegò il capo da un lato e strinse gli occhi, ma tenne i pensieri per sé. Okay. Come voleva. Avrebbe tanto voluto parlare con Angel. Accidenti. Scarlett non l'avrebbe biasimata se l'amica avesse deciso di tagliarla fuori dalla sua vita, dopo tutto quello che le aveva fatto passare.

«Vuoi guardare le notizie e vedere a che punto sono con le ricerche?» chiese Scarlett, desiderando del rumore di sottofondo che la distraesse dal tizio seduto accanto a lei.

«Non occorre. Frazer o Parker ci contatterebbero subito se ci fossero dei veri sviluppi. Il resto sono solo disinformazione e congetture.»

Scarlett fu colta da un brivido di freddo e incrociò le braccia. «Ti fidi di loro?»

«Di Frazer? Lavoro con lui da tre anni. Può essere un cinico bastardo a volte, ma ottiene risultati e ci tiene a fare bene il suo lavoro.» Matt fece ruotare le spalle, come se fosse stato seduto in quella posizione troppo a lungo. «Parker è nuovo, per me. È un esperto di sicurezza informatica ed ex agente della CIA, in veste militare. Fiducia piena forse non è la parola giusta, almeno non ancora, ma se devo seguire il mio istinto… sì, mi fido di lui. Inoltre, se c'è qualcuno che può trovare un collegamento tra i russi e il tizio che ci ha sparato, o l'esplosione della mia barca, quello è Parker. E Frazer ha l'influenza politica adatta perché questo giochi a nostro favore e non venga sepolto nell'oblio.»

Il nome di Frazer le suonava in qualche modo familiare. «Erano per caso coinvolti nel recente caso dell'attacco terroristico? Sei amico del tizio a cui hanno sparato?»

Matt si mosse a disagio sulla sedia.

Lei alzò la mano, in segno di resa. «Scusa. Non sei tenuto a rispondere. Per un attimo, mi sono dimenticata con chi stessi parlando.» Loro due non erano uguali. Lei era solo curiosa perché il presidente aveva subito un attentato. Ma lui stava parlando con la figlia di una spia detenuta riguardo a una cosa personale, riservata e di cui a lei non doveva importare un fico secco. Il fatto che lui si fosse rifiutato di dire qualcosa lo rendeva un professionista da rispettare, ma le ricordava anche quanto fosse profonda la distanza tra loro due, e quel pensiero la punse sul vivo. Fece un piccolo sorriso, quasi di disapprovazione nei riguardi di se stessa. «In teoria, questo sarebbe il momento perfetto per cercare di sedurti e indurti a cooperare.» Lacrime del tutto inspiegabili le bruciarono gli occhi e dovette sbattere le ciglia velocemente per nasconderle. Provò a muoversi per spostarsi da lì, ma lui la prese per un braccio.

«Cosa vuoi da me, Scarlett?»

Lei ricacciò indietro un respiro irritato. «Niente. Non voglio un bel niente da te.» Provò a divincolarsi dalla sua presa, ma lui non glielo permise. Un groviglio di emozioni le graffiò le pareti della gola. Cosa voleva? Voleva che lui le credesse, che la trattasse come una pari e non come una traditrice. Poi, voleva anche altre cose che in quel momento non erano importanti. «Voglio solo scoprire chi ha incastrato mio padre. Voglio trovare il vero traditore e voglio che l'intero paese si scusi con l'ex agente dell'FBI Richard Stone prima che muoia.» La voce le tremò, ma non si spezzò.

«Allora diamoci dentro coi documenti e vediamo cosa riusciamo a tirarci fuori» concluse lui in tono ragionevole, senza emozioni, perché non era il suo, di padre, che stava marcendo in galera. E comunque, lui non le credeva.

Lei si rimise a sedere. Si stava comportando da stupida. «Certo.» Il tempo stringeva e i russi l'avevano messa all'angolo.

Diede un'occhiata alle altre date attestanti i presunti atti di tradimento di suo padre. Compleanni, l'anniversario di matrimonio dei suoi, non poteva essere una coincidenza. Era un messaggio. O i suoi colleghi non avevano controllato o non avevano avuto alcun interesse a farlo. «Ha usato intenzionalmente date in cui aveva un alibi di ferro e nessuno ne ha mai messa in discussione una?»

Matt guardò più da vicino, poi tirò fuori una serie di immagini scansionate che sembravano dei tracciati.

«Sono i diagrammi del poligrafo?

Matt annuì. «In qualche modo Frazer è riuscito a mettere le mani anche sui file audio segretati. Vuoi ascoltarli?» La guardò attentamente.

Lei si raddrizzò sulla sedia. «Certo.»

Matt spinse il bottone. Una voce maschile sconosciuta disse la data, l'ora e il numero del caso, poi chiese a suo padre di confermare la sua identità.

«Agente dell'FBI Richard Stone. Questa è un'enorme cazzata, Ken. Lo sai.»

Lei si sentì come se un tir le si fosse schiantato addosso. L'esaminatore non rispose ai commenti rabbiosi di suo padre. Sentire la sua voce così forte e indignata le provocava delle ondate di dolore profondo. Matt non ci fece caso. Era intento a seguire l'interrogatorio e a confrontare le risposte con le immagini scansionate del tracciato.

Oh, papà.

Ricacciò indietro il dolore. Non era il momento e lei non poteva permettersi di crogiolarsi nella pena, non quando c'era una flebile speranza che potesse ancora riabilitare il nome di suo padre. Ma il cancro lo stava portando via da lei in modo ancora più definitivo del cosiddetto sistema giudiziario. Fra poco, nulla avrebbe fatto più la minima differenza. Non voleva che lui morisse nel disonore. No, non voleva che lui morisse, punto.

«Le luci sono accese nella stanza?» chiese l'esaminatore.

«Sì» rispose suo padre. «La stanza è illuminata come il quartier generale della Gestapo.»

Ci fu una lunga pausa, come se l'esaminatore stesse rimproverando suo padre in silenzio. «Oggi è mercoledì?»

«Già, Ken, oggi è mercoledì, a meno che tu non sia in Australia, nel qual caso sarebbe già giovedì. Queste domande dovrebbero essere più esplicite, sai? Altrimenti potresti finire per commettere un grosso errore.»

A Scarlett venne da sorridere, ma sapeva che la sua spavalderia non era durata. A un certo punto, non molto dopo aver fallito il poligrafo, era crollato e aveva capitolato.

Matt continuava a lavorare tra gli audio e le immagini, confrontando i dettagli più salienti e rimandando indietro alcune parti per riascoltarle. Cronometrava segmenti e prendeva appunti su un blocco di carta.

Ripeté il processo più e più volte. Scarlett andò a preparare un caffè per entrambi. Non aveva certo preso un dottorato di ricerca a ventidue anni perché sapeva come rilassarsi, dormire o non fare domande. Quando tornò, Matt era appoggiato allo schienale della sedia, e tamburellava la penna sul tavolo. Si vedeva dalla sua espressione che aveva trovato qualcosa di strano.

«Cosa c'è?» chiese, provando a trattenere l'eccitazione.

L'espressione di Matt si chiuse a riccio. Da ex Navy SEAL e agente federale, probabilmente quello era un requisito necessario per riuscire a non rivelare i segreti, ma da partner in un'indagine la cosa era alquanto frustrante.

Lui non è il tuo partner.

«Ho preso una laurea in psicologia prima di diventare un *uomo-rana*.»

«Davvero notevole.»

Lui strinse gli occhi. «Non siamo tutti dei bambini prodigio.»

«Ehi, quello che traspare è un *tuo* pregiudizio, non mio. Io penso che *sia* notevole. Un uomo con il tuo aspetto potrebbe fare molte cose nella sua vita che non implichino lo studio.» Scarlett rabbrividì. Cristo. La faceva sentire come la scema del villaggio. «Giocatore di basket, poliziotto, sindaco di una cittadina del Texas, modello, supereroe, danzatore del ventre professionista.» Se avesse continuato a blaterare fesserie, forse lui avrebbe dimenticato che gli aveva appena detto che lo trovava attraente. Come se lei avesse avuto bisogno di un colpo di grazia.

Lui fece un sospiro profondo. «Il punto è che… ci sottoponevamo al poligrafo l'un l'altro e giocavamo al gioco della verità.» D'un tratto il suo sorrisetto si fece ammiccante. «Perciò ho un po' d'esperienza con questi aggeggi. Questi tracciati non sembrano combaciare con l'interrogatorio o le risposte di tuo padre.»

Il gioco della verità con un poligrafo? Forse non era l'unica stramba nella stanza.

«Quindi, cosa intendi dire? Che questo non è il risultato del poligrafo di mio padre? Perché qualcuno avrebbe dovuto sostituirlo?» Scarlett conteneva a stento l'eccitazione. Probabilmente c'erano una miriade di spiegazioni plausibili, ma lei non credeva a nessuna di esse.

«È possibile che abbia fatto più test e che questo audio sia il risultato di un altro esame.» Lui guardava le immagini, accigliato. «Oppure hanno mischiato i tracciati per sbaglio.» Indicò lo schermo. «Questo numero ti sembra che sia diverso dagli altri?»

Lei guardò più da vicino, consapevole del fatto che Matt le era così addosso che se avesse voltato appena la testa, le sue labbra gli avrebbero sfiorato la guancia. «È un po' più scuro degli altri numeri, e sembra un po' fuori asse.»

«Quasi come se qualcuno avesse usato i *Trasferelli* in un secondo momento.»

«*Trasfe*-che?»

Lui ridacchio. «Lascia stare. Mi hai fatto solo ricordare quanto sei giovane.»

Lei si voltò verso di lui e sostenne il suo sguardo. «Non sono così giovane, Matt, e tu non sei così vecchio.»

Lui la fissò, e le piccole macchie d'oro nei suoi occhi s'illuminarono.

Scarlett si forzò a distogliere lo sguardo. La situazione lì non riguardava la sua ovvia attrazione per Matt, ma suo padre. «Credevo che l'FBI avesse delle procedure precise per questo genere di cose.»

Lei mise da parte la sensazione di euforia che le formicolava dentro. Sapeva bene che non doveva risvegliare false speranze, ma qualcuno stava davvero mettendo in discussione le prove, invece di esultare seguendo l'isteria dell'odio di massa.

«Infatti le hanno, ma dopo che il caso è stato chiuso è possibile che qualcuno abbia preso le prove e le abbia in qualche modo scambiate. O forse qualcuno ci ha versato qualcosa sopra e ha voluto coprire il fatto di avere scazzato.» Controllò di nuovo il file. «Prima dell'11 settembre i sistemi non erano completamente computerizzati. A quel tempo, l'FBI era la peggiore tra le forze dell'ordine, in fatto di tecnologia, e questo grazie a un capo che non credeva nel progresso scientifico.»

Suo padre si era lamentato spesso del sistema informatico al lavoro, dove non poteva nemmeno inviare allegati nelle email.

«Forse quando è stato digitalizzato, qualcuno ha fatto casino e ha provato a coprire le cose, piuttosto che rischiare di venire licenziato.»

Scarlett alzò gli occhi al cielo. Tutti avevano ricevuto un lascia-passare per i propri errori, tranne suo padre.

Matt si diresse verso il divano e raccolse uno dei cellulari usa e getta che Parker gli aveva fornito e lo chiamò. «Puoi darmi l'indirizzo di un tizio chiamato Ken Maidstone, che lavorava come esaminatore del poligrafo per il Bureau nel duemila?» Annotò qualcosa nel suo blocchetto. Lei sbirciò da dietro le sue spalle. L'indirizzo era a circa un'ora di macchina da dove erano nascosti. «Ci sono aggiornamenti?» Rimase in silenzio ad ascoltare, ma dalla sua espressione non sembravano buone notizie. «Vive qui vicino, andrò a fargli una visitina. I diagrammi non combaciano con le registrazioni delle sessioni. Voglio fargli qualche domanda e vedere se si ricorda del caso.»

Come se avesse potuto scordarsi di uno degli scandali spionistici più noti della storia.

Matt chiuse la chiamata. Scarlett s'infilò la felpa e afferrò la giacca.

«Tu non vieni» ordinò Matt con fermezza senza guardarla, mentre controllava l'arma.

«Sì, invece.»

«Ho detto di no.»

«Mi esploderà il cervello se rimango qui.» Incrociò le braccia al petto. L'idea che lui la lasciasse lì la feriva, ma era una cosa troppo stupida da dire a parole.

Lui rimase immobile. Per un ragazzone così grosso aveva un modo d'agire furtivo e una capacità di rimanere immobile impressionanti. «Senti.» Il tono accondiscendente le fece venire voglia di dargli una sberla, facendo crollare tutta l'attrazione che provava per lui. «Non credo che quel tizio parlerà di fronte alla figlia dell'uomo che ha aiutato a far incarcerare per spionaggio.»

«Rimarrò in auto.»

Matt non era convinto.

«*Giuro* che rimarrò in auto.»

Lui strinse gli occhi, ma la mascella si allentò leggermente.

«Andiamo, Agente Speciale Lazlo. Farò la brava. Mantengo

sempre le mie promesse.» Non si fece scrupolo a implorare. «Non ha senso lasciarmi qui con i russi alle calcagna. Potrebbe accadere qualsiasi cosa.» Stava giocando col suo senso di cavalleria. Funzionò.

«Okay, dottoressa Stone. Ma se non obbedisci ai miei ordini, ti sculaccerò così forte che non riuscirai a sederti per una settimana.»

La spina dorsale di Scarlett s'irrigidì. «Non ti facevo il tipo da relazioni violente...»

«Ehi, c'è gente a cui piace.» Aprì la bocca per aggiungere altro, poi la richiuse stretta come per bloccare le parole successive, con gli occhi che gli si addolcirono prima che potesse nasconderlo.

Un'ondata di energia sessuale le attraversò il corpo e le inaridì la bocca. Eppure, non era che non avesse mai fatto sesso. Certo che lo aveva fatto, un sesso senza passione, noioso, di quello che dopo un attimo dici "ma non abbiamo ancora finito?"

Lui era più grande di lei e aveva visto cose, come militare e come federale, che lei non poteva nemmeno immaginare. Lo capiva. Inoltre, lui stava cercando di metterla in guardia sul fatto che, nonostante l'elettricità che serpeggiava tra di loro, erano incompatibili.

Che idiota!

Quello che lui non capiva era che l'incompatibilità era la norma, per lei. Lei non s'incastrava con nessuno. Da nessuna parte. Essere una disadattata e una reietta era una cosa normale nel suo mondo. Prima per via di suo padre, poi per il suo posto nel sistema educativo, poi per la sua età. Lei non s'incastrava, punto. Ci era abituata.

Quello che era fuori dalla norma era quel calore che li circondava, quella strana elettricità che sfrigolava tra loro e che se ne fregava che lui l'avesse arrestata la notte prima. Perciò qualche allusione sessuale non le avrebbe fatto male. Anzi, era eccitante, perché nessuno era mai riuscito a farla sentire così prima, e di certo non un uomo che l'attraeva tanto quanto Matt Lazlo.

Dirglielo avrebbe significato umiliarsi e spaventarlo a morte, perciò tenne la bocca chiusa. Il masochismo emozionale non era roba per lei. Anche se quell'uomo la tentava a livello fisico, non faceva al caso suo. Anche lui stava innalzando barriere e quella era un'ottima cosa. Lei era troppo sveglia per innamorarsi di lui e, a quanto pareva, lui troppo professionale per innamorarsi di lei.

Matt afferrò il portatile, i soldi e i cellulari che Parker aveva predisposto per loro. «Va bene. Porta via tutto. A questo punto ci conviene prendere un motel più vicino a dove vive Maidstone. Questo dovrebbe depistare chiunque ci stia alle costole.»

Scarlett infilò di fretta le scarpe da ginnastica. Non aveva nulla con sé tranne i vestiti che indossava. Prima che lui aprisse la porta, lei gli sfiorò il braccio. «Grazie. Grazie per aiutare mio padre.»

Due occhi più freddi del Mar Glaciale Artico la inchiodarono. «Non lo sto facendo per aiutare tuo padre, Scarlett. Sto cercando di capire perché i russi sono così incazzati da fregarsene se fanno fuori altra gente insieme a te. Sto cercando di farti arrivare viva a Natale, perché questo è il mio lavoro. Credo ancora che tuo padre sia un traditore degli Stati Uniti d'America, nonché l'antitesi di tutto quello in cui credo e per cui ho combattuto.»

Le parole la colpirono come un cazzotto in pieno stomaco. Per fortuna era abituata a celare il dolore dietro una calma esteriore e a un cenno d'intesa. Ciò non significava che non facesse un male terribile.

Lasciò cadere la mano. «Certo, ovvio. Andiamo.»

11

Matt fissò Scarlett, seduta nel posto del passeggero del SUV che Parker gli aveva procurato, con un'espressione indifferente sul volto. Non era stupido. Sapeva che l'aveva ferita. Era stato inevitabile. Non avrebbe finto di star facendo tutto ciò per un uomo che aveva ammesso i suoi crimini. Matt prestava molta attenzione ai dettagli, e la capacità di portare a termine le cose lasciate in sospeso era uno dei motivi per cui era bravo nel suo lavoro. Capire perché i russi erano così incazzati con Scarlett per aver provato a intercettarli era la chiave per risolvere quella faccenda. Ovvio che un certo livello di risentimento, anche ostentato, fosse prevedibile, ma cecchini e bombe portavano la cosa su un altro livello, e ciò significava che qualcuno aveva qualcosa da nascondere o un ego gigantesco… o entrambi.

Sorseggiò una lattina di Red Bull, un'altra abitudine che aveva preso nella squadra e che non aveva mai mollato, poi controllò il localizzatore di percorso procedendo verso nord.

Ken Maidstone viveva in una cittadina appena a nord di Leesburg, ai piedi della catena dei monti Blue Ridge nella parte più settentrionale della Virginia. Era un'area storica situata nella regione dei vini, con il Potomac che scorreva pigro lungo il versante orientale.

Secondo le informazioni che Parker aveva scovato, la moglie di Maidstone era morta di tumore ai polmoni circa cinque anni prima e lui era in pensione dal Bureau da un anno. Adesso si occupava di consulenze freelance.

Essendo la vigilia di Natale, le macchine erano in fila serrata e tutti avevano i pugni sul clacson. Matt non aveva mai compreso la distanza siderale che c'era tra la teoria e la pratica della bontà nel comportamento umano. Lui non era stato uno di quei bambini circondati da un milione di parenti di fronte a un pranzo a tavola col tacchino. Quando era nel suo paese, erano sempre stati solo lui e sua madre.

Sospettava di avere quello in comune con Scarlett.

Non voleva perdersi quel Natale con sua madre. Il senso di colpa lo mangiava vivo, anche se una parte di lui sapeva bene che molto di lei se n'era già andato. Ciò non significava che potesse abbandonarla.

Guardò di nuovo Scarlett. Forse *avrebbe* fatto meglio a consegnarla alla polizia penitenziaria per inserirla in un programma di detenzione a fini di protezione. Lui si stava spingendo troppo oltre i limiti del privato, e quello non avrebbe portato altro che guai. Lo tentava l'idea di conoscerla meglio e di intraprendere una sorta di relazione con lei, una volta sistemato il casino in cui si era cacciata. Quando era possibile, Matt evitava di commettere quel tipo di errori, ma l'idea di una storia con Scarlett era scivolata tra le pieghe della sua attenta guardia sin dall'inizio.

Relazione?

Non la conosceva nemmeno. Lei sembrava innocente, ma era un guaio con la G maiuscola.

Era anche coraggiosa, sveglia e leale. Archiviò immediatamente l'idea, che aveva appena considerato, di consegnarla a qualcun altro. Ormai lui era dentro a quel casino fino al collo. I russi avevano già dimostrato che la sua morte valeva meno di niente per loro, perciò che andassero affanculo.

Era un bene esserne consapevole, così avrebbe potuto ricambiare il favore se fosse arrivato vivo alla fine.

E l'idea che facessero del male a una donna… Non li capiva gli uomini così. Chi poteva sapere cosa cazzo stessero facendo ad Angel LeMay in quel momento? Quando Scarlett avesse scoperto che le aveva mentito riguardo alla sua migliore amica, avrebbe dato di matto. Frazer non l'aveva richiamato per dirgli se ci fossero stati o meno dei progressi. L'idea che Dorokhov si sentisse così forte da rapire la figlia di un membro del congresso degli Stati Uniti senza aspettarsi ritorsioni sembrava completamente folle, eppure, nonostante stessero cercando ovunque, non c'erano prove che l'ambasciatore fosse implicato.

Cosa stava succedendo veramente? Che cosa aveva smosso Scarlett con l'acrobazia messa in atto la notte precedente?

Scommetteva che Richard Stone non era neanche la metà dell'uomo che lei credeva che fosse. Dubitava che quel tizio si meritasse qualcuno di così devoto e leale come sua figlia, che stava sacrificando la propria vita nella missione di provare la sua innocenza.

«Perché tuo padre ha confessato?» Voleva spingerla, portarla a vedere la situazione dal suo punto di vista. Voleva aprirle gli occhi, così non sarebbe stato troppo doloroso quando, alla fine, avrebbe dovuto fare i conti con la verità.

Lei si voltò per guardarlo. Giovane, dolce, carina. I capelli arruffati, gli occhi grandi e la pelle bianca. «Cioè?»

«Tuo padre. Un minuto nega tutto e quello dopo confessa. Perché?»

«Ci ho pensato» – lui non aveva dubbi al riguardo – «quando gli hanno detto che aveva fallito il test del poligrafo, ha capito che sarebbe di certo andato in prigione. Qualcuno deve aver minacciato me e mia madre se non si fosse dato una calmata. Lui sapeva che non avrebbe potuto proteggerci rinchiuso in prigione e suppongo non avesse nessuno di cui fidarsi. Inoltre, ripensando alla confessione che ha scritto… se qualcuno avesse controllato i dettagli, anche solo in modo superficiale, avrebbe scoperto che le informazioni che aveva dato erano false…»

«Cos'è una spia, se non un bugiardo professionista?»

Scarlett si morse le labbra per la rabbia. Sollevò un sopracciglio e il tono si fece sarcastico. «Che idiota che sono. Ho solo dato per scontato che insegnassero le procedure di base all'FBI e che verificassero le informazioni.»

Un coglione con una macchina sportiva gialla sfrecciò accanto alla loro auto e fu investito dal suono di una valanga di clacson dalle vetture che si stavano immettendo. Fuori di testa. Il tempo era grigio e cupo proprio come il suo stato d'animo. Natale sembrava distante un miliardo di anni luce. «Tuo padre aveva qualche punto debole su cui far leva? Qualche oscuro segreto?»

Lei scosse il capo e si morse il labbro. Cristo santo, doveva smetterla di fare quel gesto, perché nonostante lui stesse cercando di alzare delle barriere tra loro, i suoi denti bianchi e quelle labbra glielo facevano diventare duro come a un diciassettenne arrapato.

«È possibile che avesse qualche relazione amorosa segreta?» le domandò.

«No.»

«Gay?»

«No.»

«Pedofilo?»

«*No.*»

«Rapporti con animali?»

Lei lo fulminò con uno sguardo avvelenato, la sua voce rimase fredda e calma come un lago del nord. «Amava i cani e i bambini, come qualsiasi altro uomo sano.»

«Magari i tuoi erano scambisti o partecipavano a orge?»

Lei spalancò gli occhi. «Un po' ossessionato dal sesso, agente Lazlo? Da dove cavolo ti vengono queste idee?»

«Dai casi di spionaggio degli anni ottanta e novanta» dichiarò Matt placidamente. «La talpa della CIA, Karl Koecher, e sua moglie partecipavano a orge per cercare di carpire informazioni. Hanssen, invece, aveva montato una telecamera a circuito chiuso così il suo compare poteva guardarlo fare sesso con sua moglie, che ovviamente era all'oscuro.»

«Eeeh, in ogni caso» disse lei facendo scricchiolare le spalle.

«Sto cominciando a pensare che molti agenti federali siano dei depravati.»

Matt stava cercando di scoprire che tipo di uomo fosse suo padre, ma il disgusto di lei era così genuino da farlo sorridere. «La maggior parte di noi è più deprivata che depravata.»

«Deprivata?» Lei fece scorrere lo sguardo sul suo torso e sulle gambe. «Dubito.» L'imbarazzo le bruciò le guance e lei guardò altrove, ma c'era anche un barlume di interesse, quasi di calore. Merda. Lui mantenne gli occhi sulla strada e si rifiutò di pensare al fatto che Scarlett fosse attratta da lui. Gli tornarono subito in mente le parole di Frazer. *Le donne come lei... possono metterti in ginocchio.*

Matt cominciava a pensare che Frazer sapesse bene di cosa stava parlando, perché l'idea di essere in ginocchio di fronte a Scarlett non sembrava poi una cosa così terribile. Merda.

«Lo so cosa stai cercando di fare, sai?» disse lei.

Davvero? Perché lui non ne aveva la minima idea.

«Stai cercando di dimostrare quanto la gente sia molto più mondana ed esperta di me.»

Forse, a un certo punto, quella era stata la sua intenzione, ma poi gli era tornata indietro come un boomerang. In quel momento stava pensando solo al sesso. Lei gli aveva detto che non aveva avuto flirt a scuola. Forse era vergine? Il calore, *l'interesse* che le aveva visto negli occhi poco prima poteva essere semplice curiosità e non lussuria. E lui era un coglione a cercare di stimolarlo. L'averlo fatto gli confermava che stava giocando col fuoco. Lui la voleva, e flirtare con lei non era il modo migliore per tenerla a distanza. Era arrivato il momento di fare marcia indietro ed essere professionale.

«Nulla mi sorprende più, ormai, dai gusti sessuali ai modus operandi degli assassini.» Lui le colse lo sguardo. «Se ti ho messa a disagio, mi scuso. Non era mia intenzione.»

«Non mi fai sentire a disagio.» Quella leggera sfumatura rosa sulle guance le donava, ma comunque riuscì a sostenere il suo sguardo. «Parlare della vita sessuale dei miei sì. Mio padre e mia madre erano devoti l'uno all'altro e non in modo sordido o bizzarro. Lui lavorava sodo e lei era un'insegnante della scuola materna, finché non si è dovuta rinchiudere in casa con me dopo l'arresto di papà. Non è impossibile che se la stesse facendo con qualcuna, ma non combacia con la percezione che ho della mia infanzia. Non ho mai colto nessuna strana vibrazione tra loro, se non un profondo amore reciproco. Ed è ancora così.»

Le parole di Scarlett lo forzarono a porsi delle domande. Si stava forse lasciando influenzare dai suoi pregiudizi? Non tutti i padri erano degli stronzi. A quanto pareva, anche le spie detenute in carcere erano meglio del padre che aveva avuto lui. «È possibile che avesse qualche problema col gioco?»

Lei scosse il capo. «Non gli interessavano le slot machine o il poker, che io sappia. Quando ero piccola lo costringevo a giocare all'Uomo Nero e lui lo odiava. Lo so che tutti vogliono credere che sia colpevole, ma io non la vedo così. Mia madre gli fa visita ogni volta che può, è con lui in questo momento. Indossa ancora la fede e tiene il suo cognome. Dal punto di vista economico abbiamo fatto un'enorme fatica, ma io sono riuscita a ottenere delle borse di studio durante gli anni del college.»

«*Ecco* perché hai studiato così sodo.»

Le sobbalzò la gola, quando deglutì, poi distolse lo sguardo. «Forse.»

Nessun forse. Le sue scelte cominciarono improvvisamente ad avere senso.

Matt era consapevole di quanto lei fosse minuscola, rispetto alla sua stazza da metro e novanta per novanta chili. Ancora non capiva perché si sentisse così attratto da lei. Non si interessava alle donne da un pezzo; anche la bionda al party di Natale alla fine era andata a casa da sola, nonostante l'invito esplicito che gli aveva fatto. Si era ripetuto che era troppo occupato col lavoro e con sua madre per potersi far coinvolgere da qualcuna. Poi, era bastata una donna a cui il suo corpo non riusciva a resistere, ed era partito per la tangente.

È lavoro.

Certo, come no.

«Senti.» Scarlett si preparò a fargli una predica. «Nel duemila, nessuno considerava più i russi una minaccia. La loro economia era un fiasco e loro sembravano nostri amici. Ma mio padre non si fidava di loro ed era certo che degli ex elementi del KGB stessero cercando di penetrare in tutti gli ambiti della società americana dal basso verso l'alto.»

«Perché era così sicuro?»

«Fin dai suoi primi anni al Bureau conosceva alcune delle figure coinvolte e non pensava che avessero cambiato certe loro abitudini» La sua voce era ruvida, come se stesse trattenendo le emozioni. O dei segreti. Matt superò una monovolume e si beccò una strombazzata, anche se non aveva neanche superato i limiti di velocità. *Buon cazzo di Natale.*

«Lui diceva che nella migliore delle ipotesi erano dei farabutti e nella peggiore delle spie, e che molti erano probabilmente entrambi. Nessuno al Bureau voleva ascoltarlo, così gli affidarono un caso di borse firmate e maglie di calciatori contraffatte vendute in tutto il paese. I guai arrivarono quando lui additò come maggior colpevole l'esponente di un'organizzazione criminale, un altro russo. Così perse di credibilità. I poteri alti pensarono che fosse una sorta di conto in sospeso con i russi. Quando poi lo arrestarono per spionaggio, dissero che aveva usato le sue accuse come una cortina di fumo per coprire la sua reale collusione.»

«Magari l'ha fatto veramente.»

Il volto di Scarlett non rivelava alcuna espressione, ma lui sapeva cosa stava pensando, e cioè che fosse uno stronzo. «Forse; o forse è stato incastrato per addossargli la colpa al posto della vera spia russa. In questo modo sono riusciti a punire uno dei loro più grandi antagonisti e a togliere di mezzo le sue opinioni ingombranti, il tutto proteggendo i loro veri affiliati. Una soluzione perfetta.» Lei si voltò, dura come un pezzo di legno, a guardare fuori dal finestrino.

Se fosse stato vero, sarebbe stato un colpaccio. Lui non ci credeva. L'FBI doveva essere meglio di così.

Avevano guidato fino alla storica contea di Leesburg ed erano arrivati a Thornton.

Dai margini della periferia, sembrava molto piccola e incontaminata: una corta strada principale con una caffetteria, un negozio d'antiquariato e un ferramenta, posti l'uno accanto all'altro. La via era decorata per le festività natalizie. Al centro della piazza c'era un abete di circa dieci metri ricoperto di luci colorate, sopra la testa volteggiavano dei Babbo Natale su slitte di plastica e i bambini saltellavano di fianco ai genitori, infagottati fin quasi a soffocare. La classe media americana era viva e stava bene, lì. Lui era cresciuto in una cittadina come quella. Dei giorni gli mancava, ma solitamente neanche ci pensava. Era stato un marmocchio senza padre, eppure aveva avuto un'infanzia fantastica. Quel pensiero gli fece provare un'enorme mancanza per sua madre, non la donna stesa nel letto di una casa di riposo, ma quella che lo aveva trascinato per colline e boschi solo per fargli apprezzare la bellezza della campagna.

L'incanto della natura era sempre stata la consolazione di sua madre, e aveva passato anche a lui quell'amore.

Il cielo plumbeo sembrava sul punto di scatenarsi con pioggia o neve. Maledizione. Odiava bagnarsi e sentire freddo. Qualunque *uomo-rana* che avesse passato l'addestramento di base avrebbe detto la stessa cosa: niente più docce fredde del cazzo, grazie. Svoltò in una stradina laterale in una zona residenziale e proseguì adagio su per la collina. Non voleva dare nell'occhio, poi svoltò di nuovo a destra in un complesso di case nuove. Ognuna era leggermente diversa dall'altra, ma nell'insieme sembravano tutte uguali.

«Numero settantatré» indicò Scarlett. «Lì, sulla sinistra.»

Matt ci passò davanti e proseguì dietro il blocco di case.

«L'hai mancato.»

«Un po' di discrezione non guasta, dottoressa Stone... come ad esempio controllare che non ci siano telecamere di sorveglianza nel corridoio che percorri per intrufolarti nell'ufficio dell'ambasciatore russo.»

Lei sbuffò e incrociò le braccia al petto. «Sarei davvero curiosa di vederti montare un processore usando un relè nano elettromeccanico.»

«Cosa? Niente condensatore di flusso?»

«Fidati, se riuscissi a viaggiare nel tempo non sarei seduta qui con te.»

«Tu pensa alle tue competenze, e io penso alle mie.» Che avrebbero dovuto essere trovare collegamenti tra le vittime dei serial killer e creare dei profili, pensò. C'erano sedici casi sulla sua scrivania, tutti a vari livelli d'indagine. Più di quaranta vittime in attesa di giustizia. Sfortunatamente c'era poco che potesse fare, visto che tutti lo credevano morto.

Parcheggiò. «Rimani qui.» La fissò, come per aggiungere un tacito *altrimenti…* e lei si strinse sul sedile. Le si infiammarono le guance. Forse perché ricordava quello che lui aveva detto poco prima sullo sculacciarla se non avesse obbedito ai suoi ordini? Quella minaccia a vuoto gli si era ritorta contro.

Matt scese dall'auto, inforcò un paio di Ray-Ban e mise le mani in tasca. In un modo o nell'altro, Scarlett Stone starebbe stata la sua fine.

———

Era ora di pranzo, la vigilia di Natale, e lui non dormiva da trentasei ore. Lincoln Frazer non era abituato a essere lasciato in attesa. Invece di essere in ufficio a stanare serial killer, come avrebbe dovuto fare, era dentro una delle prigioni più sicure del mondo e sperava di riuscire a parlare con la più nota spia della storia dell'FBI. L'ADX Florence, il penitenziario maschile di massima sicurezza di livello *Supermax*, ospitava terroristi nazionali e internazionali, leader dei cartelli della droga, suprematisti bianchi, serial killer – alcuni dei quali erano lì anche grazie a lui – e diverse spie. Frazer era interessato solo a Stone che, sulla carta, sembrava essere stato un agente eccellente prima del suo arresto. Forse era per quello che il resto dell'FBI era ancora incazzato. Lo stato di servizio di Richard Stone era esemplare, il che non combaciava con il profilo di quei falliti egoisti e rancorosi che finivano per vendere il proprio paese per soldi.

Meno di ventiquattr'ore prima era stato a un incontro privato con il Presidente degli Stati Uniti, per discutere di problemi di sicurezza nazionale e sperare, invano, in un Natale più sereno. Il Presidente aveva affidato a lui e alla sua squadra un altro compito, che avrebbe dovuto accantonare finché non si fosse risolto il casino causato da Scarlett Stone. Intanto, Angel LeMay non si trovava ancora da nessuna parte e non c'erano state richieste di riscatto. I genitori erano sul punto di coinvolgere la stampa, gettando gli Stati Uniti in una crisi diplomatica con la Russia che, insieme alle tensioni che serpeggiavano nei paesi del vecchio blocco sovietico e nel Medioriente, avrebbero potuto incentivare una guerra a oltranza.

Fino a quel momento, l'FBI era riuscita a convincere i LeMay ad essere pazienti e a tenere nascosta la storia del rapimento, ma non sapeva per quanto ancora sarebbe durata.

Era stato Richard Stone a mandare sua figlia a spiare Dorokhov? Se fosse andata così, per quale motivo avrebbe dovuto? Aveva bisogno di saperlo per poter contenere i danni. Aveva parlato con Parker quando era sceso dall'aereo e gli aveva detto che Lazlo si era salvato per il rotto della cuffia. Il fatto che non si facessero scrupoli a uccidere i suoi agenti per arrivare a quella donna lo faceva incazzare. Immunità diplomatica o meno, Frazer era determinato a trovare un modo per far desistere Dorokhov, per scongiurare un vero e proprio danno irreparabile. Sperava davvero che Richard Stone avesse le risposte, perché aveva di meglio da fare che starsene lì a consumare il pavimento di un'altra struttura federale.

Controllò l'orologio. Era nella sala d'attesa fuori dalla guardiola da ottantasette minuti. La segretaria gli fece un altro sorriso dispiaciuto, ma il suo solito charme non funzionava e la donna rimaneva muta come un pesce. Forse stava perdendo il suo tocco.

Un uomo trafelato, con le spalle strette, irruppe seguito da un operatore del carcere che sembrava Muhammad Alì da giovane. Il tizio con indosso un'uniforme dozzinale si fermò di colpo quando vide Frazer. Si portò la mano alla fronte e uno sguardo di palese irritazione gli attraversò il viso. Spesso la polizia penitenziaria non giocava pulito con gli altri federali, soprattutto con quelli che avevano usato tutti i contatti possibili per farsi strada sgomitando in una prigione *Supermax* la vigilia di Natale.

Buone feste!

Ovviamente l'uomo si era dimenticato che Frazer avesse un appuntamento, ma era comunque meglio che essere stato lasciato in attesa apposta.

Frazer allungò la mano. «Agente Speciale vice in comando Lincoln Frazer. Grazie per avermi ricevuto con così poco preavviso, direttore Baumann.» Non gli aveva detto con chi aveva intenzione di parlare perché non voleva rivelare subito i suoi piani. «Mi rendo conto che la vigilia di Natale non sia il momento migliore per richiedere un colloquio con un detenuto, ma le posso assicurare che non ci vorrà molto. È imperativo che io parli con questa persona il prima possibile.»

Di nuovo, il suo fascino non sortì alcun effetto. L'uomo proseguì verso il suo ufficio e si lasciò cadere pesantemente sulla sedia. L'operatore lo seguì e Frazer entrò per ultimo.

«C'è qualche problema?» domandò.

«No» rispose in fretta il direttore. Troppo in fretta. «Con chi vuole parlare?»

«Richard Stone.»

Il direttore perse quel poco di colore che aveva sul viso. «Stone?»

«Sì, signore. È un problema?»

«Sì.» L'uomo aprì un cassetto e tirò fuori una bottiglia di scotch. Seguirono tre bicchieri, ma Frazer declinò l'offerta. Il direttore versò due piccole porzioni e ne porse una all'operatore.

I due uomini fecero tintinnare i bicchieri tra loro e mandarono giù il liquido tutto d'un fiato. Il direttore si pulì la bocca ed entrambi appoggiarono i bicchieri sulla scrivania con un tonfo. Nessuno disse "salute".

Frazer sollevò un sopracciglio ma non disse nulla. Era ovvio che era stata una giornata di merda.

«Mi spiace, non può vedere Richard Stone, agente speciale Frazer.»

«Domani sarebbe possibile?» insistette lui. Non voleva chiedere altri favori, ma lo avrebbe fatto. La situazione era troppo grave perché venisse bloccata dalla burocrazia o dalle lotte intestine tra federali.

«Il giorno di Natale?» Il direttore sbuffò una risata silenziosa che si tramutò in un borbottio. «Deve essere davvero importante.»

Frazer non staccò gli occhi dai suoi. «Sì, signore.»

Il direttore si passò una mano tra i capelli e inavvertitamente si spettinò il riporto. «È un vero peccato, e mi dispiace, ma non farà molta differenza.»

Frazer aprì la bocca per controbattere, ma Baumann continuò a parlare. «Richard Stone è stato aggredito questa mattina durante una seduta di chemioterapia. È stato portato nella struttura ospedaliera della base aeronautica di Colorado Springs e non credono che sopravviverà.»

Frazer si sentì come se qualcuno lo avesse colpito alla nuca con un palo di legno. Qualcuno era arrivato a Stone. La cosa non prometteva nulla di buono. Decisamente nulla di buono. Perché? Perché volerlo morto dopo tutti quegli anni? Era forse una vendetta per quello che aveva fatto sua figlia, oppure un modo per metterlo a tacere una volta per tutte? Perché i russi avrebbero voluto uccidere una delle loro spie? Avevano tutto quel potere? Frazer non lo sapeva ma, perdio, sperava di no.

L'uomo lo guardò con aria stanca: «Quindi, mi dispiace ma non può parlare con lui.»

«Posso vedere la sua cella?» Era ovvio che quel tizio avesse avuto una giornata di merda, ma Frazer non aveva ancora finito. «Inoltre, è possibile avere informazioni sulla persona che l'ha attaccato?»

Il direttore si sfregò gli occhi rossi. «Juan Marquez. È un membro del cartello messicano della droga. Marquez è diabetico e va in infermeria quasi ogni giorno per controllare il livello di glucosio nel sangue. Ha pugnalato Stone tre volte, due nello stomaco. Marquez sta scontando diversi ergastoli e le probabilità che esca sono praticamente nulle. Perché vuole vedere la cella di Stone?»

Frazer decise di buttare lì una mezza verità, mossa classica di un buon mentitore. «Stiamo controllando le recenti attività di un ex contatto russo di Stone. Questo è tutto quello che le posso dire.»

Baumann scosse il capo. «Quel tizio passa il novantacinque percento del suo tempo solo, rinchiuso in una scatola di cemento. Tutta la sua posta viene scansionata e copiata e non ha accesso a Internet, ma prego, si accomodi pure e controlli la sua cella. L'agente Knell l'accompagnerà.»

«La moglie di Stone è con lui?» Frazer doveva parlare con Lazlo, ma come dare la notizia a Scarlett? Forse sarebbe stato meglio non dirle nulla finché non avessero saputo se Richard Stone ce l'avrebbe fatta o meno.

Il direttore alzò il telefono. «La stanno scortando in ospedale proprio ora. Stone è sotto stretta sorveglianza nonostante le sue condizioni. Ora dovrò cercare di rintracciare la figlia, mentre mia moglie mi farà un culo così perché non sono casa a trascorrere del tempo coi miei figli.»

Frazer non gli disse che sapeva dove si trovava Scarlett, anche se avrebbe risparmiato a quel tizio tempo e sforzi. Era imperativo che rimanesse nascosta, altrimenti nel momento in cui avesse saputo di suo padre avrebbe preso il primo volo per il Colorado. Né lui né lei potevano rischiare che accadesse. Se quei criminali avessero scoperto che era viva, il gioco si sarebbe tramutato in una caccia all'uomo e Frazer voleva darle un po' di respiro.

Ringraziò il direttore e seguì l'agente Knell attraverso il controllo di sicurezza, dove depositò le armi e il distintivo. «Lei conosce il detenuto?» gli domandò, mentre camminavano per i lunghi e grigi corridoi istituzionali passando di porta blindata in porta blindata.

«Abbastanza bene, siamo arrivati nello stesso periodo. Non mi ha mai dato alcun problema, e, rispetto ad altri detenuti qui dentro, Stone è un santo.»

I muri spessi e grigi e il senso di soffocante reclusione pesavano sul petto e sul capo di Frazer. La soppressione istituzionalizzata della libertà era sempre stato il suo incubo più grosso. Ma era proprio quello il punto, per chi se l'era meritato.

E se quell'uomo fosse innocente?

Avvertì una fortissima sensazione di disagio. Tutta quella situazione sembrava molto strana. Non capiva il motivo per cui Richard Stone dovesse mandare allo sbaraglio sua figlia dopo anni di silenzio.

Perciò Scarlett aveva agito da sola. Probabilmente per provare l'innocenza di suo padre.

Allora perché attaccare Richard?

E se Richard Stone fosse stato incastrato e la vera spia sapesse cosa aveva provato a fare Scarlett? Magari temevano che avesse scoperto qualcosa. Nel qual caso sarebbero diventati più pericolosi che mai.

Stone non si era mai proclamato innocente, neanche una volta, dopo la sua confessione. In parte, forse, perché così sua moglie avrebbe continuato a ricevere la sua pensione, ma Frazer non riusciva a smettere di pensare che l'unica vera ragione che spingeva un uomo a tenere la bocca chiusa era proteggere sua moglie e sua figlia. Era possibile che Stone stesse sopportando tutto quello per tenerle al sicuro?

La risposta era sì, se Richard avesse ritenuto la minaccia plausibile.

Quello era un sacrificio, e lui un uomo che sapeva cosa fosse la devozione.

Perché non aveva chiesto che venissero messe in custodia protettiva?

Perché non sapeva di chi fidarsi.

Quel pensiero gli scaricò addosso una sensazione di forte disagio. Il suo istinto gridava che c'era qualcosa di terribilmente sbagliato in tutta quella situazione. Più scavava e più il fetore saliva. L'eventualità che l'FBI avesse lasciato a piedi Stone cominciava a essere sempre più plausibile. I suoi colleghi lo avevano mollato ed era molto probabile che qualcuno all'interno fosse ancora corrotto.

Tenne stretta dentro di sé quella consapevolezza.

Knell gli fece strada attraverso una porta e la chiuse a chiave. All'interno c'erano altre sbarre d'acciaio, che Knell aprì rimanendo in piedi e osservandolo. «Prego.» Indicò a Frazer di entrare con un cenno del mento.

Frazer mise piede nel rettangolo di cemento dove c'erano un letto di cemento, una scrivania di cemento, uno sgabello di cemento e una fessura di dieci centimetri che dava sul cortile interno. Era come la casa dei Flinstones, ma senza Wilma e Dino a renderla più accogliente.

Frazer rabbrividì all'idea di essere intrappolato in un posto come quello per un periodo di tempo qualsiasi, lungo o corto che fosse. Poi ripensò a una fossa buia nel mezzo di un bosco solitario del West Virginia, in cui molte donne erano morte, e si rese conto che quella, almeno, era una situazione molto più umana.

C'erano libri allineati sulle mensole; dei fogli e delle matite erano sistemati in modo ordinato sulla scrivania, insieme a una scatola di lettere che sembravano scritte da sua moglie e sua figlia. Ne lesse un paio, ma erano piene di resoconti giornalieri di vita quotidiana, che toglievano il fiato da quanto erano banali – ridipingere l'atrio, aggiustare la lavatrice, piantare bulbi di tulipani. Per quanto fosse poco interessante per il resto del mondo, doveva essere stato un salvagente per la sanità mentale dell'uomo imprigionato lì.

Osservò di nuovo la cella con la piccola TV e la pesante porta blindata. Tra i libri sulle mensole c'era di tutto, da Shakespeare a Ludlum, Lee Child e persino poesie. Lui aprì un thriller e diede una scorsa alle pagine.

Una chiamata alla radio fece uscire Knell dalla cella. Rimise dentro la testa. «Arrivo tra un attimo.»

Frazer annuì, contento di rimanere solo. Ripose il libro e notò un piccolo taccuino nascosto dietro i libri. Lo tirò fuori e gli diede un'occhiata veloce. Vide degli scarabocchi che non riuscì a decifrare e il cuore iniziò a battergli forte. Chiuse il taccuino sul palmo e se lo infilò nella tasca dei pantaloni. Magari conteneva qualcosa di utile, o forse erano solo i vaneggiamenti di un pazzo, ma non aveva tempo per capirlo in quel momento e poteva essere un indizio importante.

Infilò la mano sotto il cuscino e trovò una foto di Stone abbracciato a sua moglie e a una giovane Scarlett. Un bell'uomo, una bella moglie, una famiglia felice.

Perché buttare tutto all'aria?

Frazer osservò la foto a lungo. La voltò e lesse la data scritta con inchiostro blu. 12 dicembre 2000. Il giorno in cui Stone era stato arrestato con l'accusa di aver passato informazioni segrete alla Russia. Frazer si accigliò e la voltò di nuovo. La foto era senza dubbio stata scattata lungo il Washington Mall durante l'estate, ma era datata dicembre. Perché? Mise anche quella nella tasca, proprio appena prima che Knell tornasse.

«Trovato niente di utile?» gli domandò Knell.

«Solo l'enorme desiderio di non infrangere mai la legge.» Anche se una volta l'aveva fatto. La linea tra giusto e sbagliato quel giorno era stata drasticamente sfocata.

L'uomo alzò le spalle. «Non è così male quando puoi tornartene a casa alla fine del turno.»

Frazer annuì e si concentrò sul momento. «Posso prendere le lettere?» Indicò la pila ordinata.

Knell corrugò la fronte. «No, ma posso farle avere delle copie.»

«Okay.» Passò di fronte a Knell e uscì sul corridoio. Essere fuori dalla cella non diminuiva il senso di oppressione. «Per caso Stone aveva qualche problema con gli altri detenuti?»

Knell lo guardò come se Frazer lo stesse prendendo in giro. «Non interagiva con gli altri detenuti. Non solo era qui per spionaggio, ma era un ex agente federale. Lo avrebbero scannato in un istante.»

«Quindi, l'unico momento in cui si mescolava agli altri era in infermeria?» Dov'era stato comunque scannato.

Knell annuì e aprì la prima serie di porte che conducevano alla libertà.

Qualcuno doveva sapere che l'unico modo per arrivare a Stone sarebbe stato durante la sessione di chemio, e il modo migliore era usare un altro detenuto che frequentava regolarmente la clinica.

«C'è possibilità di parlare con Marquez?» chiese Frazer.

«È una bestia. Non le dirà nulla a cui potrà credere.» Una nota di rabbia s'insinuò nella voce di Knell. «Marquez non ha nulla da perdere ad ammazzare un altro detenuto. Non uscirà mai di qui. Ha avuto un'occasione e l'ha colta. È così che funziona quando tutta la tua esistenza si riduce a vivere chiuso in questo posto.»

Frazer non fece ulteriori pressioni. Voleva Knell dalla sua parte nel caso avesse avuto bisogno di tornare.

Dopo aver superato l'ultimo cancello di ferro, l'agente penitenziario gli appoggiò una mano sulla spalla e si chinò verso di lui parlando a voce bassa. «Siamo in un punto cieco, senza telecamere e audio. Senta, il mio capo non voleva che lo dicessi a nessuno, ma Richard Stone mi ha pregato di dire a sua moglie che è una situazione molto pericolosa e che deve stare attenta. Prima che perdesse conoscenza mi è parso di sentirlo pronunciare il nome *Marlon*.» Knell sostenne il suo sguardo. «Non so cosa significhi tutto ciò, ma quando ho passato il messaggio alla moglie lei è quasi svenuta. Continuava a provare a chiamare sua figlia, ma non riusciva a mettersi in contatto.»

Frazer annuì. Ringraziò in silenzio l'uomo per la sua confidenza. Quella notizia cambiava i giochi. Doveva contattare Parker e Lazlo con le nuove informazioni, per decidere le mosse successive.

«Non amo che la gente porti le proprie guerre nella mia prigione. Rende le cose ancora più pericolose e abbiamo già abbastanza pericoli qui dentro, direi.» La guardia riprese a camminare come se nulla fosse successo, ma entrambi sapevano che qualcosa era successo. Arrivare a Stone, in quel posto, era difficile, ma non impossibile. Qualcuno aveva potuto corrompere Marquez, o magari avevano minacciato la sua famiglia. Frazer sfiorò la foto nella tasca. I tentacoli di una possibile teoria cospirazionista sembravano allungarsi sempre più verso di lui. Frazer aveva già distrutto altre persone che avevano cercato di manipolare la giustizia a proprio favore, e non aveva di certo paura a farlo di nuovo. Chi aveva usato il proprio potere per infliggere dolore agli innocenti non meritava di detenere quel potere. Sperava solo che Richard e Scarlett Stone rimanessero in vita finché l'FBI non fosse andata a fondo di quella faccenda incasinata e avesse scoperto la verità.

12

Matt s'incamminò a grandi passi lungo il marciapiede del tranquillo isolato residenziale. Il periodo natalizio aveva un vantaggio, e cioè che la gente faceva visita ad amici e parenti che non vedeva per tutto il resto dell'anno. Le persone arrivavano alla porta senza preavviso e macchine strane parcheggiate in strada per un intero pomeriggio non destavano sospetti.

Si diresse nel vialetto del numero settantatré, che aveva un SUV rosso parcheggiato davanti. La casa e l'auto erano carine, nulla di eclatante. Un professionista in pensione si poteva permettere quel genere di cose, se era stato parsimonioso.

Suonò il campanello e attese. Nessuno rispose. Dopo trenta secondi, bussò con forza. Ancora nessuna risposta. Una porta sbatté poco lontano e delle voci risuonarono nell'aria. Qualcuno rise, poi udì il rumore di un motore avviarsi e partire.

Decise di dare un'occhiata sul retro e passò davanti al garage attiguo, infilandosi nel piccolo giardino attraverso il cancello laterale. Avanzò lungo un viottolo delineato dai vasi e da un tubo d'irrigazione, costeggiando la pavimentazione di legno. Salì gli scalini e si assicurò di avere le mani ben visibili. Era meglio non arrivare alle spalle di un ex agente federale di soppiatto come una potenziale minaccia.

Sbirciò dalla finestra della cucina ma non vide nessuno, perciò si diresse verso le porte scorrevoli e diede un'occhiata in sala. Gli si gelò il sangue. Quel posto era devastato. L'albero di Natale rovesciato a terra, con le decorazioni sparse per tutta la stanza. Foto e soprammobili erano frantumati sul pavimento. La cosa peggiore, però, erano due piedi stesi ben in vista, che Matt suppose appartenessero a Ken Maidstone.

Uno di essi scattò.

Merda. Quell'uomo era ancora vivo. Matt estrasse la sua SIG dalla fondina legata in vita e provò a spingere la porta della cucina, che si spalancò di scatto. Con i sensi in massima allerta, si diresse a grandi passi lungo il corridoio e si accovacciò di fianco a Maidstone, steso sulla soglia tra la sala e l'atrio. Appoggiò due dita sulla carotide dell'uomo e sentì un flebile battito. Era vivo per miracolo. A giudicare dalla pozza di sangue intorno al suo corpo, non sarebbe campato tanto senza un intervento medico serio.

Afferrò il telefono dal tavolino e chiamò il 911. «Ho bisogno di un'ambulanza immediatamente. Ferita d'arma da fuoco al petto.» Riagganciò. Si domandò se l'assalitore fosse ancora in casa. Non aveva tempo di cercare. Maidstone sarebbe morto dissanguato.

Appoggiò la pistola di fianco all'uomo, ma rimase in allerta per captare la presenza di qualcuno. Stracciò la camicia di Maidstone e vide il foro di un proiettile di piccolo calibro sul suo petto. Cercò di sollevare l'uomo e intravide una ferita ben più grave nel punto di uscita. Sembrava proprio che il proiettile gli avesse perforato un polmone e Maidstone non riusciva a respirare. Gli occhi dell'uomo lo seguirono. Erano spalancati e pieni di terrore. Matt afferrò un cuscino dal divano e glielo premette con forza sulla schiena per cercare di fermare l'emorragia.

C'era sangue ovunque. Una serie di immagini gli attraversarono veloci la mente. Sangue. Viscere. Arti mutilati. Scosse la testa per cercare di scacciare quei ricordi. Aveva visto troppo sangue nel suo lavoro, ma mai quando una vittima era ancora viva. «Tieni duro, Ken. Resisti, amico.»

Il respiro dell'uomo era rauco e flebile a causa dei polmoni troppo deboli, che non riuscivano a inalare aria a sufficienza. Matt aveva un addestramento medico di base ma non aveva con sé attrezzature adeguate, e l'unica cosa che avrebbe salvato quell'uomo era un'operazione d'emergenza, un'immediata trasfusione di sangue e tanta, tanta fortuna.

Il suono di una sirena si fece più forte e Matt rimise la pistola nella fondina. Qualcuno bussò alla porta. Con un balzo la raggiunse e l'aprì, ma non erano i soccorsi. Scarlett guardò le sue mani piene di sangue e poi l'uomo steso a terra.

«Oddio, Matt. Ti ha attaccato?» gli domandò mentre lui tornava dal ferito a terra.

Maidstone si lamentò.

«L'ho trovato così.» Matt la guardò con la fronte corrugata. Pensava davvero che lui gli avesse sparato?

«Ken, sono l'agente Lazlo dell'FBI e questa è Scarlett Stone, la figlia di Richard Stone. Ti hanno sparato.» *Ovvio, idiota!* «Tieni duro, l'ambulanza sta arrivando.»

L'uomo si voltò verso Scarlett, con le labbra aperte come se volesse dire qualcosa.

Scarlett gli afferrò la mano. «Signor Maidstone, non molli, la prego. Chi le ha fatto questo?» S'inginocchiò su di lui, senza preoccuparsi del sangue che le inzuppava i jeans.

Un suono lacero e soffocato uscì dalle labbra di Maidstone. Matt e Scarlett si avvicinarono per sentire meglio le sue parole.

«Ma…»

«Ma?» insistette Matt.

L'uomo provò di nuovo. «Marlon.»

«È lui che l'ha conciata così?» domandò Scarlett sull'orlo delle lacrime.

L'uomo perse conoscenza e lei guardò Matt con gli occhi pieni di terrore. Scarlett non aveva capito l'importanza di quel nome, ma lui sì.

Marlon era il nome in codice usato dai russi per la stessa spia che Richard Stone aveva confessato di essere. Il nome non era mai stato reso pubblico e non era nei file che Scarlett aveva letto.

Perché mai Stone avrebbe voluto quell'uomo morto dopo tutti quegli anni?

Risposta: *Perché in realtà non lo voleva morto.*

Merda. Matt aveva una bruttissima sensazione. Dovevano levare le tende il più presto possibile. La polizia e l'ambulanza avrebbero fatto tutto il possibile per salvare Maidstone, ma se avessero trovato lì lui e Scarlett, entrambi sarebbero diventati dei sospettati. Li avrebbero separati, e la loro sopravvivenza all'esplosione sarebbe diventata di pubblico dominio. Scarlett si sarebbe trovata in enorme pericolo non solo per via dei russi, ma anche per quella nuova minaccia. Perché se Marlon non era Richard Stone, la vera spia avrebbe avuto tutto da perdere nell'essere identificata.

Matt afferrò la mano di Scarlett e la trascinò via.

«Non possiamo lasciarlo così!»

«Dobbiamo.» Lui la costrinse a correre. Quando arrivarono alla macchina, lui aprì la portiera e la spinse dentro. L'assassino forse li stava osservando proprio in quel momento. Entrò anche lui e fece retromarcia sul vialetto di un vicino, prima di svoltare e partire nella direzione opposta. Per fortuna, Maidstone non viveva in un vicolo cieco. Matt guidò in fretta, sapendo bene che avevano a disposizione solo pochi secondi per sparire prima di essere fermati. E avrebbero dovuto essere fermati. Avevano delle informazioni e avevano inquinato la scena di un crimine, ma non erano responsabili del ferimento dell'uomo e non sapevano chi fosse stato.

Accidenti. Le sue impronte erano sul telefono. Per un attimo pensò di tornare indietro ma i lampeggianti rossi sullo specchietto retrovisore gli fecero cambiare idea. Con quel singolo gesto, poteva essersi giocato la carriera.

Telefonò a Frazer, che non rispose, perciò chiamò Parker, rallentando mentre imboccava la strada principale e si allontanava dalla città. «Maidstone è stato ferito con un'arma da fuoco. I paramedici sono appena arrivati. La casa sembrava devastata dai ladri, ma ci sono molti oggetti di valore lasciati lì.» Aveva notato un iPad, un enorme televisore e il portafogli sul tavolo.

«È ancora vivo?» domandò Parker.

«Appena. Senti questa, ha detto che *Marlon* gli ha sparato.» Il silenzio dall'altro capo fu intenso. «Ho chiamato la polizia e me ne sono andato. Le mie impronte sono sul telefono e la mia voce nei nastri del 911, anche se non mi sono identificato.» Cazzo. Lanciò un'occhiata a Scarlett, che sedeva tremante lì a fianco. Erano entrambi coperti di sangue, ma i jeans che indossava lui erano abbastanza puliti e le macchie non si vedevano sulla t-shirt nera. «Abbiamo bisogno di un posto dove nasconderci per poter pianificare le prossime mosse.» Aveva bisogno di pensare.

Matt udì dei mormorii, poi Parker tornò al telefono. «C'è qualcosa che non va in tutta questa storia. Chiamerò di nuovo Frazer, è irraggiungibile da ore. Dobbiamo organizzare la protezione per Maidstone in caso sopravviva, posso occuparmene io.» Parker gli diede un indirizzo dove dirigersi. Matt lo ripeté a Scarlett che lo inserì sul GPS.

Guidava facendo attenzione che non ci fossero in giro poliziotti, riflettendo ad alta voce. «Perché sparare a Maidstone adesso? Forse qualcuno sapeva che stavamo andando da lui?»

«Nessuno può ascoltare le nostre conversazioni, né intercettare le email. Me ne sono occupato io stesso. Ma Frazer ha avuto il permesso di accedere ai file, la notte scorsa. Qualcuno quindi sa che stiamo riguardando le prove.» Qualcuno *all'interno dell'*FBI, era il sottotitolo non detto. «Pare proprio che ci sia gente intenzionata a risolvere le faccende rimaste in sospeso.»

«Questo va ben oltre la bravata di Scarlett di ieri sera nell'ufficio di Dorokhov.»

«Ha suscitato un vespaio. Lei pensava che Dorokhov avesse qualcosa a che fare con l'arresto di suo padre. Se suo padre non era Marlon, forse la vera spia è andata nel panico.»

E di conseguenza Maidstone era diventato un complice da zittire. «È possibile che Dorokhov abbia incastrato Richard

Stone?» chiese Matt. I russi avevano i soldi e il potere, ma davvero avrebbero potuto orchestrare una trappola per un agente dell'FBI?

«Non senza un aiuto interno.»

Lo stomaco di Matt si contorse all'idea di essere stato preso in giro.

L'idea che i russi avessero battuto la sua agenzia e avessero mentito e costretto un uomo innocente a confessare era inconcepibile. Ma allora perché qualcuno aveva deciso di fare pulizia? C'erano stati due attentati alla vita di Scarlett, l'esplosione dell'abitazione di un agente federale e un proiettile all'uomo che, a suo tempo, aveva dichiarato che Richard Stone aveva fallito il test del poligrafo. Troppe cose stavano accadendo una vicina all'altra, per credere che non fossero collegate.

Stone era stato arrestato in un punto di scambio, con in mano delle informazioni top secret. Aveva affermato che erano già lì quando era arrivato e di stare seguendo una pista. E se fosse stata la verità? Se Scarlett avesse sempre avuto ragione?

Matt non riusciva a credere di stare veramente accarezzando l'ipotesi che il padre di Scarlett fosse innocente. Cazzo. Se fosse stato vero, Richard Stone era un patriota tradito, imprigionato e dimenticato, e tutto quello che era accaduto a lui e alla sua famiglia era stata una vittoria per i russi e un insulto per gli americani. Scarlett era l'unica a cercare quella giustizia che fino a quel momento era stata negata alla sua famiglia.

Lui colse il suo sguardo.

«È colpa mia? Sono stata io la causa del ferimento di quell'uomo?» Gli occhi di Scarlett erano enormi e lui ripensò subito a quando l'aveva conosciuta diciotto ore prima.

Matt scosse il capo. «No, ma credo che tu abbia spaventato qualcuno spingendolo ad agire.»

«Quindi, avevo ragione?»

Matt non voleva che Scarlett nutrisse troppe speranze. Era dura credere che il sistema a cui lui dedicava la vita da così tanto tempo fosse marcio fino a quel punto. «Potrebbe anche essere stata una rapina andata male. E anche se avessero sparato a Maidstone perché le prove del poligrafo erano state alterate, non significa che tuo padre sia innocente.» Ma non suonava molto convincente, sembrava più che si stesse arrampicando sugli specchi.

Lei strinse ancora di più le labbra esangui e annuì. La sua pelle era bianco ghiaccio mentre lo shock iniziava a sovrastarla. «Questo lo capisco. E capisco anche che tu abbia bisogno di credere nel sistema giudiziario che rappresenti. Ma occhio, Matt, mio padre ci credeva con lo stesso ardore, e guarda cosa gli è successo.»

———

Le mani di Scarlett tremavano appoggiate sul suo grembo. Vedere un uomo sanguinare per una pallottola le aveva rivelato l'enormità del rischio che aveva corso, e il fatto di non essere l'unica nel mirino rendeva tutto più difficile. Aveva sbagliato a smuovere le acque e avrebbe dovuto accettare tutto quello che stava succedendo.

Ma suo padre era innocente.

Come ho potuto permettere la distruzione della mia famiglia? Come ho fatto a vivere in una società in cui il sistema giudiziario è una finzione?

Matt guidava piano e a un'andatura costante. Le sue mani erano coperte di sangue ma il respiro era regolare e gli occhi vigili sullo specchietto retrovisore. Calmo nella crisi. Addestrato per situazioni come quella. Al contrario di lei.

Batté i denti in modo rumoroso. «S-scusa, Non r-riesco a sm-mettere di t-tremare.»

Il sangue che aveva inzuppato i suoi jeans si stava asciugando, rendendo la stoffa dura. La sensazione appiccicosa le fece venire il prurito. Lo stomaco le si rivoltò e non resistette più. Sganciò la cintura di sicurezza e, slacciandosi il bottone e la zip, sollevò il bacino e si sfilò i pantaloni.

«Ma cosa stai facendo?» Gli occhi di Matt guizzarono sulle sue gambe.

«Non sopporto più il sangue. Mi fa venire da vomitare.» Si tolse i jeans insieme alle scarpe da ginnastica, poi calciò tutto sotto il sedile. Prese dei fazzolettini dal cassettino, ci sputò sopra e iniziò a sfregare sulle macchie rosse incrostate che le coprivano le ginocchia. «Non sopporto l'idea del sangue di quell'uomo sul mio corpo. Sembrerà terribile ed egoista, ma non ci riesco.»

Matt fece un sospiro controllato. «Va bene. Capisco.» Alzò il riscaldamento. «Ma non toglierti nient'altro senza prima avvisarmi… o andrò a sbattere.» L'ultima frase la mormorò tra sé e sé.

Lei si tirò la maglia il più in basso possibile fino a coprire la parte superiore delle cosce e riallacciò la cintura. «Saremo dei sospettati?»

«Se qualcuno ci ha visti fuggire via di lì coperti di sangue e ha preso il numero di targa, sì. Il fatto che io sia un agente federale ci potrà aiutare fino a un certo punto.»

Come lei sapeva bene.

«Dobbiamo trovare un posto per riorganizzarci. Mi sento come se stessi correndo a destra e sinistra senza sapere cosa stia succedendo.»

Lei si portò le ginocchia al petto e si abbracciò le gambe. «Pensi che Maidstone sia corrotto?»

Matt posò i suoi limpidi occhi nocciola su quelli di Scarlett. Le striature d'oro brillarono. «Onestamente? È una bella coincidenza se gli hanno sparato e lui non è coinvolto in nessun modo in questa faccenda.»

«Sai chi è Marlon?»

Lui esitò, combattuto se dirle la verità o meno. Lei aveva pensato che ormai fossero ben oltre la diffidenza. Maledizione.

Matt annuì brusco. «Marlon è il nome in codice che i russi usavano per la loro spia, quella che tuo padre ha confessato di essere e per cui è in galera.»

«Non pensi che sia stato mio padre ad architettare tutto questo, vero?»

Lui strinse le dita sul volante. «Non vedo il motivo per cui tuo padre avrebbe dovuto organizzare l'attacco a Maidstone, a meno che non sia in cerca di vendetta prima di morire. E comunque non avrebbe senso.»

«Dal modo in cui Maidstone ha pronunciato quel nome sembrava che fosse stato proprio lo stesso Marlon a sparargli.»

Matt annuì. «Anche a me è parso così.»

«Il che vorrebbe dire che Marlon non è mio padre e quindi è innocente.» Scarlett lo scandì bene, non era più il momento di essere evasivi.

«A meno che non ci fossero due spie e loro ne abbiano presa solo una» suggerì Matt.

Merda. Se non riusciva a convincere quell'uomo, non avrebbe mai convinto nessuno. «Perché non vuoi nemmeno prendere in considerazione l'idea che possa essere stato incastrato?»

La sua mascella si contrasse mentre rifletteva sulla risposta. «Perché è più semplice accettare il fatto che un uomo solo sia corrotto, piuttosto che l'idea che l'intera FBI, come istituzione, abbia completamente scazzato imprigionando la persona sbagliata e distruggendo la sua famiglia.»

Le credeva. Finalmente, lui le credeva. Probabilmente, ancora non se ne rendeva nemmeno conto.

Rimasero in silenzio mentre le gomme mettevano sempre più distanza tra loro e Thornton. Alla fine, Scarlett mormorò: «Come farà ad avere giustizia se nessuno lotta per lui?»

Matt rimase in silenzio qualche altro istante prima di ribattere in tono secco: «Tu stai lottando per lui, Scarlett.»

«E se non sono abbastanza?» Quella era la sua paura più grande. Di non essere in grado di provare la sua innocenza in tempo per farlo uscire. Di non essere capace di lottare contro la burocrazia, anche se aveva trovato le prove.

Matt le prese la mano e gliela strinse. «Se tuo padre è l'uomo che credi che sia, lo capirà che ci hai provato. Se non lo è, non sarebbe comunque valsa la pena nemmeno provarci.»

C'era un'amarezza nelle parole di Matt che le fecero capire che non erano indirizzate a Richard Stone la spia, ma al suo stesso padre. «Non tutti i padri sono come il tuo, Matt.»

Lui torse il capo in una specie di gesto d'approvazione, era ovvio che non volesse parlarne. Si schiarì la voce. «Dobbiamo darci una ripulita e prendere qualcosa da mangiare.» Si stavano avvicinando a una stazione di servizio. Matt si allungò sul sedile posteriore e prese il portatile appoggiandolo sulle gambe di Scarlett. Parcheggiò vicino ai bagni. «Rimani qui. Torno subito.»

———

Una mano stoppò Frazer mentre si dirigeva verso la sala operatoria in cui i medici stavano lottando per salvare la vita a Richard Stone. Lui aprì la giacca mostrando il distintivo all'agente penitenziario che gli bloccava la strada. «Il direttore ha detto che avrebbe chiamato per darmi accesso a Stone non appena fosse stato fuori dalla sala operatoria.»

L'uomo lo guardò dall'alto in basso. «Il direttore non comanda qui. Io sì.»

«Sbagliato.» Un'infermiera che raggiungeva appena il petto di Frazer li interruppe. «*Io* comando qui. Fuori dai piedi, tutti e due.» Li fissò severa, finché l'agente non abbassò le mani.

Frazer non aveva tempo per una stupida diatriba. Si voltò a sinistra e vide una donna, oltre la cinquantina, che camminava agitata su e giù nella sala d'aspetto adiacente. Girò i tacchi e bussò alla porta. «Signora Stone?»

Lei lo guardò. I capelli rossi si erano sbiaditi un po' col tempo, ma i suoi profondi occhi scuri e la sua struttura minuta l'avrebbero mantenuta bella anche a cento anni. La figlia aveva ereditato gli occhi e il viso. Non si stupiva che Lazlo ne fosse rimasto incantato.

L'espressione della donna si fece sospettosa quando vide il distintivo. Le labbra si contorsero in una smorfia, trattenendo appena il rancore. «Cosa vuole?»

«Sono l'Agente Speciale vice in comando Lincoln Frazer.»

La donna sembrò ancora meno colpita.

Lui si guardò alle spalle. L'agente faceva la guardia fuori dalla porta e c'era anche la sicurezza militare: sarebbe bastato a tenere Stone al sicuro per il momento. «Sono andato al carcere oggi per parlare con suo marito al riguardo di vostra figlia.»

La testa di Susan Stone scattò. «Scarlett? Dov'è? Cosa le avete fatto?» Tirò fuori il suo cellulare e iniziò a scuoterglielo davanti alla faccia. «Sto provando a chiamarla per dirle di suo padre, ma non risponde.» Marciò verso di lui. Era tutt'altro che intimidita dal distintivo dorato o dal titolo di federale. «Sta bene?»

«Signora Stone.» Lui abbassò la voce per non farsi sentire attraverso il vetro. «Sua figlia è al sicuro, glielo garantisco» Un barlume di sollievo attraversò lo sguardo della donna. «Ma ieri notte è successo qualcosa di cui vorrei parlarle.»

«Cosa? Cos'è successo?»

Frazer guardò dietro di sé e vide l'agente penitenziario che lo fissava dal vetro con sguardo torvo. Si voltò di nuovo verso Susan Stone. «Mi deve promettere che quello che le dirò rimarrà tra di noi.»

«E Richard» insistette lei. «Non ho segreti con mio marito.» Smise di parlare e deglutì rumorosamente. Sempre che fosse sopravvissuto.

«Com'è la situazione?» le chiese con gentilezza. L'ideale sarebbe stato affascinare la donna per cercare di calmarla, ma calpestare i suoi diritti civili non gli parve giusto. Aveva già dovuto sopportare abbastanza.

«Non buona. Il coltello gli ha procurato un taglio nel fegato.» Lei si coprì il volto e scosse le spalle, ma non uscì un suono.

Frazer sfruttò quell'occasione per avvicinarsi e appoggiarle un braccio consolatorio sulla spalla.

Lei si ritirò con gli occhi spalancati e furiosi. «Non mi tocchi.»

Lui indietreggiò. «Senta, non ho molto tempo a disposizione per tutto quello che devo fare, e ho bisogno del suo aiuto.»

«Perché dovrei aiutarla?» La donna cominciò a camminare su e giù con le braccia incrociate, talmente turbata che lui non credeva sarebbe riuscita ad aiutare nessuno.

«Perché la notte scorsa Scarlett ha provato a installare una cimice nell'ufficio dell'ambasciatore russo, e ora qualcuno sta cercando di ucciderla.»

«Cosa?» Susan smise di camminare e si accasciò su una sedia. «No. Oh, no. Perché?» Scosse il capo sconsolata. Fissò il cellulare e poi il cartello sul muro che diceva che non si potevano usare dispositivi mobili. Fece una risata sbiadita. «Pare che io sia l'unica in famiglia a sapere come si seguono le regole. Non ho nemmeno il coraggio di chiamarla da qui. Ogni volta vado alla caffetteria.»

«La prego, mi dia qualche minuto per spiegarle.» Frazer le si sedette accanto. Vicino. Più vicino di quello che di solito facevano gli sconosciuti. Doveva conquistare in fretta la sua fiducia e non voleva che nessuno sentisse quello che aveva da dirle. «Scarlett sta bene, ma la prego di non dirlo a nessuno…e intendo nessuno. Ci sono al massimo sette persone in tutto il mondo che sanno che è viva, e lei è una di queste. I membri della mia squadra sono gli altri. Continui a provare a chiamarla e a essere preoccupata. Si disperi ad alta voce e mantenga un tono irritato quando lei non le risponderà.» Susan lo fissò. «Ma sappia che per il momento è al sicuro.»

Susan lo scrutò cercando un segno per cui fidarsi. Alla fine annuì. «Non credo di avere altra scelta se non crederle.» Il volto della donna s'indurì. «E ovviamente non deve sapere che suo padre è in pericolo, altrimenti si precipiterebbe qui e loro saprebbero dove trovarla. Chiunque siano questi *loro*» concluse lei in tono amaro, non aspettandosi una risposta.

«In questo momento, le persone che stanno provando a ucciderla credono che sia morta. Voglio che le cose rimangano così. Gli agenti che ce l'hanno in custodia la proteggeranno, ma non posso garantirle che non le diranno di suo padre, se riterranno che abbia il diritto di saperlo.» Già le stavano mentendo su Angel LeMay. Tirò fuori la foto dalla tasca. «Ricorda questa fotografia? L'ho trovata nella cella di Richard.»

Lei la prese con un sorriso e annuì. Poi la voltò e si accigliò quando vide la data. «Questa data non c'è mai stata prima, e non è la calligrafia di Richard.» Passò un dito sull'inchiostro sbiadito e gliela restituì. «È sempre stata sulla sua scrivania. È sparita, senza la cornice, il giorno che Richard è stato arrestato. Immagino…» S'incupì. «Non so cosa immaginare a dire il vero. Che l'abbia presa l'FBI? Quel giorno ci fu un gran via vai di gente. Un gruppo di bambini giocava fuori dopo la scuola e ricordo che ho dovuto chiamare i genitori perché li venissero a prendere, mentre l'FBI eseguiva il mandato di perquisizione.» Soffocò una risata. «Avevo un'altra copia della foto, fatta dal negativo. A quei tempi, le fotocamere digitali non erano così diffuse e noi non ne avevamo una. Ha detto che questa era nella cella di Richard?»

Frazer annuì. Avrebbe mandato la foto agli esperti calligrafi per vedere se riuscivano a ricavarci qualcosa. Difficile, ma non impossibile.

«Credo che qualcuno abbia preso una cosa molto personale di suo marito, da dentro casa vostra, per provargli che potevano arrivare a lei e Scarlett in qualunque momento. Lui la teneva sotto il cuscino per ricordarsi ogni giorno del motivo per cui era lì.»

Alzò lo sguardo e vide Susan Stone che lo fissava con attenzione, ma non gli si gettò al collo ringraziandolo. I troppi anni in cui nessuno aveva creduto alla loro storia avevano procurato seri danni alla fiducia che gli Stone riponevano nel sistema.

«Ho bisogno del suo aiuto anche per un'altra cosa.»

«Come potrei mai essere utile all'FBI?»

Non la biasimava per il suo scetticismo. Si diede un'occhiata intorno. Nessuno lo vide tirare fuori il taccuino di Richard Stone dalla tasca. «Questo l'ho trovato nella cella di suo marito, oggi.»

Lei glielo prese dalle dita e aprì la prima pagina. I suoi occhi si spalancarono di fronte agli scarabocchi indecifrabili e cominciò a capire. «Perché dovrei aiutarvi?»

Frazer sostenne il suo sguardo. Era una donna intelligente, più di quello che indicavano i rapporti – *non perdere tempo con la moglie, è una pazzoide* – o forse c'era un motivo perché l'avevano scritto, o forse era lui che, arrivati a quel punto, vedeva nuovi significati dietro ogni dettaglio. «Perché credo che suo marito possa essere stato incastrato. Credo che chiunque l'abbia fatto è, o era, un altro agente federale. Penso anche che abbiano pianificato di ucciderlo, oggi, perché hanno paura che, anche dopo tutti questi anni, i loro segreti possano riemergere.»

Gli occhi della donna si riempirono di lacrime, ma lei non le fece scendere. «Dovrei essere grata che finalmente qualcuno stia facendo il lavoro in cui era così bravo Richard?»

«No, signora.» Il silenzio era pesante e colmo di colpevolezza. «Non mi aspetto gratitudine. Ma sono convinto che questo taccuino contenga delle informazioni vitali e non ho tempo per passare per i canali ufficiali del Bureau, soprattutto quando non so di chi fidarmi. Perciò ho bisogno del suo aiuto, perché credo che lei conosca la chiave di questo codice e so anche che vuole vedere suo marito fuori di prigione.»

«Se sopravvive» aggiunse lei.

Frazer era ben consapevole dei suoi fallimenti ed emise un sospiro rabbioso. Non verso di lei o suo marito, ma nei confronti del bastardo che aveva architettato tutto in modo estremamente convincente. «Mi aiuterà? Se non lo farà, ho bisogno di saperlo adesso così potrò provare altre strade.»

Le ci vollero alcuni secondi per perdere la sua rigidità. Si afflosciò sulla sedia e si coprì il volto con le mani. «Sì» disse stanca. «Ma ho bisogno della copia del *Buio Oltre la Siepe* che ho a casa.»

Lui sollevò un sopracciglio. «È quella la chiave?»

Lei annuì.

«Farò in modo di recuperarla.» Poi s'incupì. «Non ho visto il libro nella cella di suo marito.»

Susan Stone iniziò di nuovo a camminare su e giù. «Richard aveva memorizzato il codice. Lui e Scarlett possiedono entrambi un'irritante memoria elefantiaca. Io invece ho bisogno del libro.»

Ci sarebbero volute ore per portare il libro lì. Di chi si fidava? Rooney e Parker erano immobilizzati nel West Virginia ad analizzare le prove del caso per vedere se si fossero persi qualcosa.

Dovevano anche cercare un nesso tra i LeMay e Dorokhov e provare a collegare i russi al rapimento, alla sparatoria e all'esplosione, il tutto monitorando le indagini della polizia e dei federali. Merda. Troppo lavoro per loro due soli. Non avevano abbastanza gente che ci lavorava e lui non poteva neanche rischiare di chiedere aiuto, altrimenti il vero traditore avrebbe capito che gli stavano addosso. Inoltre, l'ultimo posto in cui Lazlo avrebbe dovuto portare Scarlett era a casa degli Stone, poiché supponeva essere controllata. In circostanze normali avrebbe chiesto a Jed Brennan di occuparsene, ma l'agente si stava ancora riprendendo da una ferita d'arma da fuoco e persino la cena della sera precedente l'aveva stancato. Quel ragazzo non era affatto in forma per operazioni spionistiche, non ancora per lo meno.

Fece una pausa. C'era una persona, ma non l'attirava l'idea di dovere un favore a un agente della CIA. In quel momento, però, non aveva altra scelta. Sperava che Patrick Killion fosse nei dintorni di Washington.

«Va bene lo stesso una fotocopia?» le domandò lui.

«Sì.»

«Mi dovrà dare il permesso perché qualcuno possa entrare in casa sua.»

«C'è una chiave appesa a un chiodo nel capanno del giardino.»

Il suo amico della CIA non avrebbe avuto bisogno di una chiave. «Non pensa che sia un po' fiacca come misura di sicurezza?» Lei alzò le spalle. «Scarlett sarà anche super intelligente e con una gran memoria per i fatti, ma ciò non significa che non dimentichi le chiavi in continuazione. Ho preso quest'abitudine quando ha iniziato il college, e mi ero dimenticata della chiave fino a questo momento. Dica a chiunque vada a prenderlo, che il libro è nel mio comodino. Ci sono una fotocopiatrice e un fax nell'ufficio di Richard.»

Quattordici anni in prigione e quell'uomo aveva ancora un ufficio a casa. Frazer tirò fuori il telefono, ma Susan Stone gli indicò il cartello che ne vietava l'uso.

«Va bene.» Aveva uno di quegli aggeggi di Parker, perciò

sarebbe stato al sicuro da intercettazioni elettroniche, una volta fuori di lì. «Ma voglio che lei venga con me. Anzi, voglio che mi stia appiccicata tranne che per andare al bagno, finché non riesco a organizzare una protezione per lei. È in pericolo signora Stone, e devo fare in modo che sia al sicuro.»

«È incredibile... Oppure sono impazzita e mi sto immaginando tutto questo?» Un lato della sua bocca s'incurvò in un sorriso triste. «Se mio marito si riprendesse, credo che lei gli piacerebbe, Agente Speciale vice in comando Frazer.»

«Speriamo di avere l'opportunità di scoprirlo.»

13

Matt si lavò nel bagno della stazione di servizio, grato di indossare una maglietta nera che nascondeva le macchie di sangue. Si sfregò le mani e gli avambracci con il sapone, osservando la sporcizia scivolare giù nello scarico. Il ricordo del sangue sulla pelle di Scarlett non era qualcosa su cui voleva che la sua mente si soffermasse. C'era la reale possibilità che potesse trasformarsi davvero nel suo sangue, se non avesse capito esattamente cosa stava accadendo.

Non sapeva di chi fidarsi all'interno dell'organizzazione. Doveva parlare con Frazer prima possibile, ma il suo cellulare rimandava sempre alla segreteria.

Si asciugò le mani e gettò la carta appallottolata nel bidone. Dentro al negozio, fece scorta di panini, bottigliette d'acqua, patatine, salviette, cerotti e filo interdentale. Poi diede un'occhiata alle maglie e trovò due felpe unisex con numeri stampati, due camicie a scacchi grossi e un paio di calzettoni di lana per tenere al caldo i piedi di Scarlett.

Se fosse riuscito a smettere di fantasticare sulle sue gambe nude, forse avrebbe anche scacciato dalla mente l'immagine del suo corpo nudo sotto di lui, ma per il momento non c'era storia. Prese anche un plaid da viaggio. Quello avrebbe aiutato, a patto però che ci fosse stata solo lei sotto. Lanciò uno sguardò alla TV all'angolo e vide che c'era il notiziario. La telecamera inquadrava il porto di Quantico, e in un angolo dello schermo c'era la foto di lui in uniforme blu. Nella foto indossava un cappello e, in quel momento, portava gli occhiali da sole, perciò la ragazza alla cassa non sarebbe riuscita a identificarlo – ammesso che avesse alzato il naso dal suo cellulare.

«Mi dà anche un caffè e una cioccolata calda da portare via, per piacere?» Qualcosa per scaldare lui e Scarlett che non implicasse strusciarsi.

Pagò in contanti, grato di nuovo a Parker che gli era andato in soccorso nel momento del bisogno. Tornò alla macchina e salì.

Scarlett prese le bevande e sorrise grata, mentre le posava nel porta-bicchieri. «Privo di Roypnol, mi auguro.»

Lui le lanciò uno sguardo contrariato.

Lei ridacchiò. I suoi capelli erano un disastro, ma quel particolare non sembrava fare nessuna differenza visto il modo in cui il sangue gli ribolliva ogni volta che la vedeva, come se lei, e solo lei, gli accendesse i sensi. Perché doveva essere così attratto proprio da *quella* donna? Aveva dieci anni meno di lui ed era più complicata della teoria dei quanti. Si sporse e sistemò le borse sul sedile posteriore. Con la coda dell'occhio, vide l'auto di una pattuglia accostare di fianco a loro.

Matt non sapeva se la polizia avesse collegato la loro auto alla sparatoria. Invece di correre via come un indiziato colpevole, prese il volto di Scarlett tra le mani con delicatezza e la baciò.

La sensazione fu come essere colpiti da una scarica elettrica di mille volt che bruciò tutti i fusibili del suo corpo. L'aveva voluto sin da quando si erano incontrati la prima volta, ma il suo sapore era qualcosa che non aveva mai gustato in tutta la sua vita.

Un calore l'assalì. La sua dolcezza lo pervase. Lei non si ritirò, anzi, lo fece impazzire aprendo la bocca e fiondando la lingua affamata sulla sua. Se non fosse stato per il sedile, sarebbe caduto. Matt infilò la mano tra i capelli di Scarlett e le piegò appena il capo per baciarla con più passione. Cazzo come la voleva, e dal respiro affannato e le labbra dischiuse, pareva proprio che anche lei lo volesse. L'impellenza di stringerla a sé fu enorme, ma lui la ignorò.

Si ritirò. Le pupille di Scarlett erano dilatate e aveva lo sguardo più oscuro che avesse mai visto. L'espressione nei suoi occhi era un mix di eccitazione e stanchezza.

Accidenti. Non voleva essere lo stronzo che le avrebbe dato l'ennesima delusione.

La mascella di Scarlett s'irrigidì e l'incertezza e il desiderio scomparvero dal suo viso, lasciando il posto a un'espressione determinata che gli diceva quanto fosse pronta ad affrontare l'impossibile pur di dimostrare l'innocenza di suo padre.

E forse era proprio quello che lo attirava così tanto, la sua lealtà salda e risoluta.

Nulla aveva scosso la certezza che suo padre fosse innocente. Né la confessione, né la prigionia. Era abbastanza avvilente, dal momento che era lui quello che avrebbe dovuto combattere per la giustizia.

I poliziotti erano entrati nel negozio, perciò cercò di ignorare il cuore che gli martellava furioso tra le costole e avviò lentamente la macchina. Non sapeva se Scarlett avesse visto i poliziotti, e neanche morto le avrebbe rivelato il motivo per cui l'aveva baciata, visto che tutto quello a cui riusciva a pensare era il modo in cui lei aveva reagito e la consapevolezza che, se mai avessero avuto una chance, avrebbe fatto ben altro che baciarla.

Frazer l'aveva messo in guardia, ma lui aveva pensato di poter gestire la cosa.

Lei si portò le ginocchia al petto e lui non poté fare a meno di guardarle le gambe nude.

Cristo. L'imprecazione si dipinse sul suo volto corrugato. Si schiarì la gola. «Fa caldo, qui.» Regolò il riscaldamento.

Scarlett emise un flebile suono. «Adesso sì.»

Lui sbuffò una risata fiacca. Un po' della pressione che lo attanagliava stava mollando la presa. Avevano altre cose a cui pensare, la sua libido avrebbe dovuto aspettare.

«Qual è il piano?» domandò lei.

Vide il cartello di un'area picnic poco distante. «Sono affamato, mangiamo qualcosa.»

Lei alzò gli occhi al cielo, ma parve sollevata. «Certo che sei proprio il tipico *maschio*, Lazlo»

«Ehi, io *sono* un maschio». Se voleva delle prove bastava solo che lo baciasse di nuovo.

Guidò per un altro paio di chilometri fuori dal centro e accostò in un'area ghiaiosa, lontano dall'autostrada principale. A giudicare dal rivolo di persone e cagnolini che scendeva giù lungo il sentiero lì vicino, sembrava un posto popolare dove portare a spasso i cani.

Lui afferrò le buste della spesa dal sedile posteriore e le passò le salviette. Dal sorriso sul suo volto, sembrava che l'avesse ricoperta di diamanti.

«Grazie.» Aprì la confezione in fretta e appoggiò un piede sul cruscotto iniziando a detergere ogni centimetro di pelle.

Cazzo. Merda. Perfetto.

Era decisamente un maschio e con un'erezione tale da domandarsi se non sarebbe schiattato per mancanza di ossigeno al cervello. Adesso capiva perché non c'erano donne nei corpi speciali. Sarebbe bastato un solo sguardo a quelle gambe e tutti i ragazzi si sarebbero messi a sbavare come ebeti.

Che comunque era un motivo del cazzo per penalizzarle, si rese conto.

In ogni conflitto della storia le donne si erano sempre trovate in prima linea, e forse era giusto che venissero addestrate al combattimento. Così in caso di guerra, o quando qualche pazzoide si dava da fare coi coltelli, avrebbero avuto più opportunità di salvarsi.

Gli si rivoltò lo stomaco solo al pensiero. Già era angosciante che i suoi amici fossero in prima linea. L'idea che venisse fatto del male a lei... gli faceva prudere le mani.

Quando Scarlett finì di ripulirsi le gambe per passare alle mani, lui le porse il plaid che lei stese sulle ginocchia.

Alleluia.

«Grazie.» Lei sfiorò la lana morbida e lui fece il possibile per focalizzare l'attenzione sui problemi contingenti. Non doveva pensare a quelle mani su di sé. Aveva davvero bisogno di un po' di ferie. O di sesso. Molto sesso.

O una doccia fredda.

Deglutì e guardò altrove.

Non era da lui. Di solito non sbavava dietro alle donne. Lo aveva fatto ai vecchi tempi, quando tornava dopo mesi passati in buchi fetidi circondato solo da omoni pelosi e con la costante minaccia della morte. Allora era ossessionato dal trovare da scopare. Ma negli ultimi tempi?

Pensava di essere maturato. Non così tanto, a giudicare da quanto in basso fosse precipitato il suo cervello.

Lei gli passò il pacco di salviette umide e lui le usò per pulire il volante e la leva del cambio. Poi se le passò di nuovo sulle mani e sul viso prima di raggiungere il sedile posteriore per prendere i panini. Era affamato. «Prosciutto o tacchino?»

«Panini natalizi. Fantastico.» Ma il suo tono mancava del tutto di entusiasmo.

«Già.» La voce di Matt s'incupì. Accidenti. «Mi dispiace, è un Natale un po' di merda, eh?»

«È solo colpa mia.» Le sue labbra si afflosciarono tristi. «Almeno ho compagnia.» Poi guardò altrove, ma non prima che lui notasse il luccichio delle lacrime nei suoi occhi.

Ah. Merda.

Si slacciò la cintura, spinse indietro il sedile al massimo, slacciò quella di lei e si tirò Scarlett sulle ginocchia. Lei iniziò a scuotere le spalle per cercare di svincolarsi, ma lui non la lasciò andare. Gemiti lunghi e cupi si levarono, nonostante lei provasse a tenerli rinchiusi dentro di sé. Lui pensò a quello che lei aveva dovuto passare in quegli anni, a tutto lo stress che aveva accumulato nelle ultime ventiquattr'ore, culminate con il ritrovamento di Maidstone agonizzante nel salotto di casa sua, e alla consapevolezza che qualcuno finalmente stesse credendo alla sua storia.

Matt sperò davvero che quel tizio ce la facesse. C'erano buone probabilità che Maidstone avrebbe spifferato tutto quello che avevano bisogno di sapere, ora che si trovava nella lista nera di Marlon. Accarezzò su e giù la schiena di Scarlett, sentendo le vertebre rigide spuntare e sapendo che lei aveva bisogno di rilassarsi e di sfogarsi.

«Mi dispiace di averti trascinato in questo casino» singhiozzò. Le sue mani gli afferrarono la t-shirt così forte che gli avrebbe strappato via quei pochi peli che aveva sul petto. Non gli importava. «Mi dispiace che tu non sia con tua mamma a Natale, come invece dovrebbe essere.»

Un'altra ondata di lacrime lo portò a stringerla più forte. Il peso tra le sue braccia era esile, fragile e delicato, ma lui sapeva che poteva essere ingannevole. Lei era forte e solida come la tela di un ragno, e, come tale, lo aveva catturato inglobandolo nella sua vita. Inoltre, era super intelligente, cosa che lui trovava tremendamente eccitante. Il suo lato nerd si sentiva in paradiso.

Le gambe di Scarlett erano fredde. Lui afferrò il plaid e glielo avvolse intorno, mentre la cullava col mento appoggiato sul capo. Ci volle qualche minuto prima che il suo calore la riscaldasse, e Scarlett gli si accoccolò più vicina. Probabilmente per lo shock. Il desiderio che provava per lei non era sparito, ma in quel momento gli bastava poterla tenere abbracciata finché avesse smesso di versare lacrime.

«Ho sempre odiato la vigilia di Natale.» Lui percepì che l'attenzione di Scarlett era slittata dalla misera condizione in cui si trovava alle sue parole, perciò continuò. «Tendo a dire che mio padre non è mai stato parte della mia vita, invece una volta si presentò a casa la vigilia di Natale.»

«E tu cos'hai fatto?» Le dita di Scarlett avevano un po' mollato la presa sulla sua t-shirt. Gli avrebbe lasciato i segni.

«Fu come scoprire che Babbo Natale esisteva, perché aveva esaudito il mio desiderio più grande.»

«Babbo Natale non esiste» disse lei, tirando su col naso.

Lui sbuffò una risata. «Mia madre gli permise di passare la

giornata con noi e probabilmente anche la notte.» Matt avrebbe voluto spaccare la faccia a quello stronzo solo per quel motivo, perché teneva sua madre appesa a un filo. «Ma se ne andò prima del mio risveglio, il giorno dopo.» Lasciando quel povero bambino devastato nel giorno che avrebbe dovuto essere il più bello dell'anno. «Non avemmo più notizie di lui, ma ogni Natale speravo con tutto me stesso che tornasse…»

«Non è mai tornato?» La voce di Scarlett era flebile.

«Non allora, grazie a Dio.» Ma il bambino che era stato lo aveva compreso solo molto tempo dopo. «Si fece risentire una volta, quando ero in Marina. Gli dissi che se mi avesse contattato di nuovo gli avrei mandato uno dei miei compagni ad ammazzarlo.» I capelli di Scarlett gli facevano il solletico sulla guancia, ma lui non si mosse. «*Forse* stavo solo scherzando, ma ad ogni modo lui non ci provò più.» Le sue braccia la strinsero ancora più forte. Lei lo faceva stare bene. Lo faceva sentire a posto. «Gli dissi che non volevo che ferisse mai più i sentimenti di mia madre. Non sono mai stato un fan degli uomini che usano le donne o le ingannano per sesso.»

Ci fu un attimo di silenzio. Poi un ponderato: «Forse credeva davvero di amarla quando si sono conosciuti. Forse è stato un errore non voluto.»

«Forse.» Matt si permise di allentare appena la tensione. «Ma se l'è sposata, poi l'ha mollata e ferita a morte. Una volta che sono diventato abbastanza grande per capirlo, non ho più voluto vederlo.»

«Quanti anni avevi?» chiese lei.

«Otto.»

Lei gli accarezzò il petto con le dita. Lui gliele coprì con le sue.

Lei aveva dodici anni quando aveva perso suo padre. Richard Stone era stato portato via dal sistema giudiziario, un sistema in cui lui credeva e per cui lottava ogni giorno. L'idea che potesse essere corrotto non era affatto rassicurante. Matt non voleva finire la sua carriera e scoprire di essere stato preso in giro da qualcosa in cui aveva fermamente creduto.

Un brontolio riempì l'abitacolo.

Le spalle di Scarlett iniziarono di nuovo a scuotersi, ma stavolta per le risate. «Scusa.» Si premette una mano sulla pancia. «Sto morendo di fame.»

Lui la ripose di peso sul sedile di fianco. Era fierissimo di sé per non aver trasformato quel momento in un'altra occasione per baciarla.

Medaglia d'oro per Lazlo.

Aveva in mano la situazione. Non voleva incasinare le cose con le inevitabili complicanze che avrebbe causato il sesso.

Poi lei gli sorrise con gli occhi illuminati di gioia e il cuore di Matt svolazzò come quello di una ragazzina adolescente. Se fossero stati in un altro posto e non in luogo semi pubblico l'avrebbe baciata, e avrebbe fatto ben altro, se lei gliel'avesse permesso. Porca puttana. Era condannato.

Lei prese il panino al prosciutto e lui quello al tacchino. Sembrava appropriato, viste le circostanze. Controllò il suo cellulare. Non c'era campo. Cazzo. Doveva parlare con Frazer.

14

Guidarono per un'altra ora lungo strade di campagna tranquille e attraverso cittadine vestite a festa. Scarlett decise di non soffermarsi troppo sull'episodio del bacio. Aveva visto i poliziotti accostare e sapeva che lui lo aveva fatto come tentativo di camuffamento, ma il bacio le aveva quasi sciolto le ossa.

Più tardi, era rimasta molto colpita quando lui l'aveva cullata tra le braccia mentre piangeva come una bambina. Poteva contare sulle dita di una mano le volte che era stata tra le braccia di un uomo dopo l'arresto di suo padre.

L'abbraccio di Matt non aveva nulla a che vedere con nessuno dei precedenti. Era sembrato enorme, avvolgente e a prova di proiettile. Forte abbastanza da proteggerla da Dorokhov. Intelligente abbastanza da aiutarla a salvare suo padre. Gentile abbastanza da ingannare il suo stupido cuore.

Non aveva mai conosciuto nessuno come Matt Lazlo. Non era il classico uomo e le reazioni che Scarlett aveva nei suoi confronti erano più che normali. Il mondo era pieno di stronzi, ma sembrava sbagliato paragonare Matt a loro.

Era un ex soldato dei Corpi Speciali della Marina *e* un agente dell'FBI.

Nonostante il sopruso subito da suo padre, quei ruoli significavano ancora qualcosa per lei. Rispettava Matt. Rispettava ciò in cui lui credeva fermamente. In un modo o nell'altro, in un arco di tempo molto breve, erano riusciti a conoscersi e a diventare alleati. E perfino qualcos'altro, anche se lei non osava dargli un nome.

Superarono un cartello: Greenville. Per qualche motivo il nome le suonò familiare, eppure non pensava di essere mai andata così lontano, prima di allora. «Perché mi pare di averlo già sentito, questo posto?»

«È stato al telegiornale, il mese scorso.» Lui si schiarì la voce. «Un serial killer.» Tossì.

Scarlett fece un rapido collegamento. «L'Agente Rooney è la figlia della senatrice Tremont? Quella a cui avevano rapito la sorella gemella tanti anni fa?» Un brivido le percorse la schiena. «Non passeremo la notte nella stessa casa, vero?»

Matt la guardò di traverso. «Quel tipo è morto, Scarlett. Nessuno ti farà del male, lì.»

Oddio. Cercò di frenare il respiro affannoso. Di non andare in panico. Non riusciva neanche a guardare i film horror, e lui voleva che lei dormisse in quella casa? La vigilia di Natale? Nessuno con un briciolo di cervello se lo sarebbe mai sognato.

Stringi i denti, Scar. In fondo, tutto questo è solo colpa tua.

Proseguirono per alcuni chilometri fuori città e svoltarono su un vialetto ricoperto di foglie. "EASTBORNE", c'era scritto su un cartello seminascosto. Lei affondò ancora di più nel sedile.

Quando la casa apparve, la vista le tolse il fiato. Finestre rifinite di bianco. Un portico bianco. Era fantastica, ma una bambina era stata rapita da quella casa meravigliosa diciotto anni prima e si poteva quasi percepire la tristezza scolpita nella pietra. «Sembra avere mille stanze.» Un pensiero la colpì. «C'è anche la senatrice?» La donna aveva appena annunciato il suo ritiro dalla politica.

Matt annuì.

Oddio, stava forse mettendo in pericolo la vita della senatrice? Oppure essere a casa sua era una garanzia di sicurezza? Forse non era importante, finché Dorokhov avesse creduto che lei fosse in fondo al mare.

«L'agente speciale Rooney ha aiutato a prendere il tizio che ha ucciso sua sorella, giusto?» Si accese una luce in una delle stanze al piano inferiore. Un brivido di paura le attraversò le spalle e le fece venire la pelle d'oca.

«Già. E Frazer gli ha sparato. È morto. Non tornerà indietro, Scarlett.»

Ma i fantasmi delle sue vittime sembravano incombere come una nube oscura su quel luogo. Aveva bisogno di una distrazione. «La casa dei tuoi nonni in Inghilterra assomigliava a questa?»

Lui alzò le spalle. «Avevano un'enorme tenuta di campagna a Gloucester, ma sembrava non esserci abbastanza spazio per la loro ultima figlia e il nipotino neonato. Non ho indagato a fondo sulla storia. Mia madre non ne voleva parlare. Loro non volevano mamma e io non volevo loro. Un po' immaturo come atteggiamento, ma io non sopporto queste cose.»

Lei sorrise. «Io sopporto l'immaturità, ma non la cattiveria.».

«Neanche io.» Le sue mani si strinsero sul volante. Forse stava pensando al lavoro importante che svolgeva, e da cui lei lo stava distraendo.

«Hai arrestato molti serial killer?» L'idea di un predatore umano era spaventosa. Uno che amava uccidere per il gusto di farlo… chi farebbe mai una cosa del genere?

«Non è come lo mostrano in tv. Di rado ho l'opportunità di arrestare qualcuno.» Il rapido sorrisetto suggeriva che qualche volta succedeva e gli piaceva. Stava quasi per fare una battuta sul fatto di averla arrestata, ma non voleva rompere la tregua fra di loro. «I miei profili aiutano a restringere la cerchia degli indiziati e ad agevolarne la cattura, ma la cosa più importante per fermare gli assassini è un buon lavoro di polizia e solide indagini accurate.»

Era modesto. Si vedeva che era bravo nel suo lavoro. Bravo a stanare i serial killer. Era tosto e sveglio e lei se lo immaginò faccia a faccia con uno di quei mostri. L'idea non le piacque affatto. «Che qualifiche ci vogliono per essere un profiler?»

«Analista comportamentale» la corresse lui, poi le lanciò un'occhiata. Sembrava che capisse che lei aveva bisogno di essere distratta dall'enorme ombra di orrore che incombeva su quella casa. Era sciocco aver paura di un edificio quando qualcuno di così spietato come Dorokhov e una misteriosa spia le stavano dando la caccia.

«Occorre una laurea quadriennale e da tre a dieci anni di esperienza nell'FBI, nella sezione crimini violenti. Ma è un lavoro molto competitivo, e anche se si soddisfano tutti i requisiti, bisogna trovare il modo di emergere dalla folla.»

«Come ad esempio essere un soldato dei Corpi Speciali della Marina.»

«Be', non ha guastato.» Le fece un altro sorrisetto.

Una lieve punta di eccitazione le fece ricordare la sensazione delle labbra di Matt sulle sue. Preferiva di gran lunga pensare all'attrazione che provava per lui che ai serial killer. Da quello che aveva detto, doveva avere sui trentacinque anni.

«La qualità principale è la capacità di evitare di farsi risucchiare dall'oscurità delle scene del crimine ed essere in grado di vedere indizi tra il sangue e la violenza. Il tempo in cui ho servito nell'esercito mi ha abituato agli sbudellamenti.» Il silenzio s'insinuò tra di loro per un istante. «Inoltre, si deve avere un'ottima memoria.»

«Io ce l'ho.» Scarlett a volte avrebbe preferito non averla, così forse le ferite del passato non sarebbero state così dolorose. «Ma non reggerei il resto.» Deglutì per cercare di dare sollievo alla bocca, che all'improvviso si era seccata. «È troppo…»

«Già» annuì piano Matt. «Lo è.»

Erano quasi arrivati. Una ghirlanda di agrifoglio enorme ed elegante decorava il portone principale. Per qualche motivo, gli addobbi natalizi non riuscivano a dare un'atmosfera festiva all'edificio. Lei raddrizzò le spalle. Ce la poteva fare. Era solo una casa, non la *Lubianka*.

Alex Parker uscì dall'ingresso principale e indicò loro di proseguire sul lato della casa. Indossava jeans e una t-shirt grigia a maniche lunghe. Parcheggiarono in un garage a cinque posti insieme a una Bentley, un SUV, un'Audi e una Mercedes.

Ah, però.

Matt uscì dall'auto sbattendo la portiera. Lei si mosse goffamente per seguirlo, trascinandosi dietro il plaid avvolto intorno alla vita come una lunga gonna. Parker sollevò un sopracciglio quando vide il suo abbigliamento, poi fece un cenno col capo invitandoli a seguirlo. Anche senza la storia inquietante che vi incombeva, la casa era comunque così lontana dal suo status sociale che l'intera esperienza le pareva surreale. Si sentiva come in un film. I giardini perfettamente curati, dormienti e freddi, erano circondati da un bosco fitto e oscuro. Rabbrividì al pensiero di quel che era successo tra quegli alberi.

Entrarono, attraversando l'anticamera, e si trovarono in un'enorme cucina luminosa dove Mallory stava versando dello champagne in bicchieri di succo d'arancia. Scarlett si avvicinò incerta verso l'isola centrale. L'ultima volta che aveva visto Rooney era stato durante l'interrogatorio al quartier generale dell'FBI, dopo essersi introdotta nello studio dell'ambasciatore russo.

Cosa avrebbe pensato vedendo la figlia di Richard Stone piombare in casa sua? Soprattutto durante il loro primo Natale dopo la risoluzione del caso del rapimento della sorella?

«Matt, dottoressa Stone.» Mallory Rooney accompagnò le sue parole con un cenno deciso del capo. «Porto questi ai miei genitori in salotto e torno.» Si allontanò con il vassoio.

Parker indicò il fornello. «C'è della zuppa e del pane se avete fame. La governante è andata alla funzione natalizia e tornerà più tardi. Ho detto ai genitori di Mal che questa è una faccenda molto delicata e che meno sanno e meglio è. Fidatevi. Non interferiranno.»

«Un giudice federale e una senatrice in pensione che si fanno gli affari loro? Cosa hai messo nella zuppa?» domandò Matt.

Alex ridacchiò. «Ho qualche asso nella manica.»

«Grazie.» Scarlett fece un sorriso, che s'indebolì subito. «Ma visto quello che è successo a Maidstone, forse non dovremmo stare qui.»

Matt le mise una mano sulle spalle e lei si rilassò appena.

Gli occhi di Alex guizzarono sul loro contatto. Si voltò e tirò fuori delle ciotole dalla credenza, poi servì la zuppa, anche se Scarlett non sapeva se sarebbe riuscita a mangiare.

«In questo momento, i russi e i federali vi credono morti e nessuno vi sta cercando. Questo cambierà quando la polizia farà analizzare le impronte a casa di Maidstone. Ho inserito un allarme nel sistema, così sapremo quando dovremo iniziare a preoccuparci. Non ci vorrà molto.»

«I-io non voglio creare alcun disturbo» balbettò lei.

«È spaventata da quello che è successo qui» tagliò corto Matt.

«Ho ristrutturato il sistema di sicurezza da cima a fondo.» Parker sostenne il suo sguardo e di certo riconobbe il suo disagio per quello che era, cioè codardia. «Ti puoi rilassare per qualche ora. Sei al sicuro. Non permetterei a Mallory di rimanere qui se ci fosse il benché minimo pericolo.»

L'agente dell'FBI rientrò in cucina con un sopracciglio alzato. «Non mi *permetteresti*?»

Parker mimò un'imprecazione.

«Beccato» disse Matt divertito.

Parker sghignazzò. «Okay, farei tutto quello che è in mio potere per tenerti al sicuro, meglio così?»

«Meglio.» Rooney si chinò e lo baciò sulla guancia. «Ma devi fare uno sforzo e ricordarti che nonostante la gravidanza, sono anche un agente federale e so benissimo badare a me stessa. Ho un lavoro da portare avanti e non ho bisogno della tua protezione.»

Con immensa fatica, Parker riuscì a ricacciare indietro qualsiasi cosa stesse per dire.

Rooney porse a Scarlett un paio di pantaloni da yoga.

Lei li prese, sorpresa e grata. «Grazie. E congratulazioni per la tua gravidanza. Non ne avevo idea.»

Rooney sorrise. «Non è di pubblico dominio visto che ancora sono agli inizi. Ma almeno capisci perché Alex sia così iperprotettivo. I pantaloni della tuta mi arrivano al polpaccio e mi stanno stretti, quindi non dovresti caderci dentro.» Scarlett andò nell'anticamera e s'infilò la tuta sotto la coperta. Una volta finito, ripiegò il plaid e lo ripose su uno sgabello vicino alla porta sul retro, così non se lo sarebbero dimenticato.

Quando tornò, vide che Matt aveva agguantato una ciotola di zuppa e aveva iniziato a mangiare. A quanto pareva, non c'era nulla che scoraggiasse l'appetito di quell'uomo.

«Maidstone è ancora vivo?» domandò tra una cucchiaiata e l'altra.

Parker annuì. «In terapia intensiva, ma non promette bene. Frazer è riuscito a rimediare qualcuno per sorvegliarlo.»

«Come fate a sapere che sono fidati?» chiese Scarlett, poi fece una smorfia. Lavoravano tutti per l'FBI.

Alex Parker ridacchiò. «È riuscito a ingaggiare delle persone della mia azienda, a un ottimo prezzo. Fidati, terranno Maidstone al sicuro.»

«Ma perché dovrei fidarmi di te?» insistette Scarlett molto seriamente. «Nessuno mi ha mai ascoltata prima. Come faccio a sapere che non mi state solo tenendo buona finché non mi arresterete, o Dorokhov non busserà alla porta per reclamare il suo premio?» Si spostò a disagio da un piede all'altro, tentata di fuggire via senza sapere dove andare. Si stava comportando da stupida? L'avevano illusa con quel falso senso di sicurezza? Matt aveva fiducia in loro ma lei non li conosceva affatto. In effetti, non conosceva nemmeno Matt. Lui l'aveva arrestata già una volta, e lei non aveva dubbi che l'avrebbe rifatto se gliel'avessero ordinato.

Ma lei si fidava di lui, per quanto la cosa potesse sembrare ingenua e stupida.

Gli occhi grigi di Alex si fecero d'improvviso penetranti e diretti e a lei sembrò di vedere un altro lato di quel ragazzo in apparenza alla mano. «Non dovresti fidarti di noi, infatti. Non senza avere più informazioni. Ma sappi questo... se dovessi tradire te per i russi o per qualche sconosciuta entità, lo farei qui e ora. Non metterei in pericolo Mallory, con le armi e tutto il resto.» Accolse lo sguardo d'odio della sua fidanzata con un sorriso privo d'ironia. «Ma guardala da questo punto di vista, se ti sbagli riguardo all'innocenza di tuo padre, tutto ciò che stiamo facendo è solo proteggerti finché Dorokhov non sbollirà e si darà una calmata. Nessuno si farà male e non ci saranno problemi. D'altro canto, se hai ragione, significa che sia l'FBI sia la CIA hanno fatto un enorme casino e c'è l'elevata probabilità che un agente russo sia ancora attivo all'interno del sistema americano.» Le sue labbra si incurvarono un po'. «Una delle mie specialità è la sicurezza informatica, il che significa che la spia, dall'interno, sta probabilmente aggirando tutto ciò che faccio. Questo mi mette in cattiva luce.»

«Ti preoccupi delle apparenze, *in questo momento*?» Rooney sbuffò, addentando un pezzo di pane fresco.

«Be', alla mia futura moglie sembra piacere il suo lavoro, e voglio che sappia che sta lavorando per i buoni.» Il sorriso di Parker a Mallory lo trasformò da carino a figo da paura. La luce negli occhi della donna diceva che era estremamente consapevole di quanto fosse bello il suo uomo.

«Quindi, partiamo da un presupposto: ho ragione» perché ce l'aveva. «Voi tracciate dei profili, no? Che tipo di caratteristiche ha una spia?» domandò Scarlett.

Matt e Rooney si scambiarono un'occhiata. Matt annuì.

«La maggior parte esibisce un comportamento antisociale. Pensa a un classico sociopatico che s'interessa solo dei suoi bisogni, senza alcun senso di cos'è giusto e cos'è sbagliato.» Rooney sembrava entusiasta di parlarne. «Molti mostrano tratti di narcisismo e irrealistica superiorità uniti a un enorme bisogno di legittimazione, e una netta mancanza di empatia. Quando non ottengono ciò che pensano di meritare, danno la colpa ad altre persone e possono essere molto crudeli e vendicativi.»

Matt intervenne. «Impulsivi, immaturi. Degli stronzi emotivamente instabili e incapaci di mantenere un impegno. Non si fissano su una sola scelta lavorativa, hanno spesso molte relazioni amorose e possono essere sconsiderati fino a rasentare la follia, perché credono di essere migliori di chiunque altro.»

«Nulla di tutto questo sembra descrivere mio padre» intervenne Scarlett. «Era un poliziotto in carriera, aveva pure portato a termine una missione in Vietnam e aveva ricevuto una medaglia al valore. Lui e mia madre sono insieme dai tempi della scuola.»

«I profili possono sbagliarsi.» C'era comprensione nello sguardo di Mallory. «Ma hai ragione. Richard Stone non collima con il profilo tipico di una spia.»

«E sono d'accordo sui tratti psicologici, con una piccola aggiunta, però» aggiunse Matt. «Se qualcuno veniva ricattato a causa di qualche indiscrezione, allora forse il motivo per cui stavano spiando i russi è diverso.»

Rooney fu d'accordo e annuì. «Il movente è fondamentale. Possiamo affermare con certezza che Dorokhov fosse un capo spia?»

«Ho controllato più a fondo il suo background, ma è impeccabile» ammise Parker. «A Dorokhov è stato fatto quello che i russi chiamano *un'incorniciata,* e ora è immacolato. Persino le sue radici nel KGB sono state bonificate. Secondo i documenti, è un diplomatico in carriera con modeste origini russe. In realtà, è pappa e ciccia con i leader del Cremlino da vent'anni. Lui e il presidente hanno servito l'esercito in Germania nello stesso periodo e a quanto pare, sono amici da allora.»

Amici potenti, sì, ma talmente potenti da far sentire quell'uomo talmente sicuro di sé da agire da solo? Scarlett sperò che fosse così. L'idea che Dorokhov avesse il benestare del proprio governo per ucciderla le fece correre un brivido di disagio su ogni singolo nervo del corpo.

«Avete notizie delle indagini?» chiese Matt continuando a mangiare. Notò che lei non stava toccando cibo e spinse la ciotola e un pezzo di pane nella sua direzione. «Mangia.»

Lei non credeva di riuscirci, ma quando la zuppa incontrò il suo palato, si scoprì affamata.

«La bomba sulla tua barca è diventata un'indagine federale che coinvolge troppe agenzie per nominarle tutte. Tutti i membri dell'intera comunità delle forze speciali sono stati avvisati di incrementare le misure di sicurezza personale.»

«Non dovrei far perdere tempo e risorse in questo modo.» La mascella di Matt s'irrigidì.

«Ci hai dato un vantaggio che dobbiamo sfruttare» disse Rooney. L'agente, poi, posò lo sguardo su Scarlett. «Hai pensato all'idea di sparire?»

Lei sentì gli occhi uscire dalle orbite. «N-non posso. Ho un lavoro, una reputazione scientifica…»

«Che non conteranno nulla nel momento in cui sarai morta» aggiunse Matt.

Scarlett incrociò le braccia. «Quindi, se tu dovessi smettere di fare l'agente federale, ti starebbe bene?»

Lui sollevò un sopracciglio. «Ci avrei pensato prima di decidere di farmi giustizia da me.»

Rooney era riuscita egregiamente a ricordare a Matt come quella situazione fosse tutta colpa sua. Grandioso.

«Lo sai perché l'ho fatto. Nessuno mi avrebbe ascoltata. Il mio piano era di chiamare Dorokhov e poi ascoltare cos'avrebbe detto una volta finita la chiamata. Tutto qui. Nessun segreto di Stato. Nessuna enorme invasione della privacy.» I tre agenti si scambiarono delle occhiate. «Dovevo vedere se potevo trovare qualsiasi informazione che provasse l'innocenza di mio padre prima…» La sua voce si affievolì, non voleva pensare all'altra battaglia che suo padre stava affrontando. Una lotta più intima con le metastasi che si spargevano nel suo corpo. Chiuse la bocca. Nessuna parola avrebbe cambiato quello che aveva fatto. «Ho commesso un errore. Mi dispiace.»

«Se ti può consolare, avrei fatto lo stesso. Con la differenza che non mi sarei fatto beccare» disse Parker.

Scarlett alzò gli occhi al cielo. «Lo terrò a mente, la prossima volta.»

Lui le fece un sorrisetto. «La tua cimice è molto interessante. Come funziona?»

«Si attiva da sola captando qualsiasi onda elettromagnetica disponibile, in modo parassitario. Questa non è l'unica caratteristica, comunque. La frequenza di uscita mima quella della fonte più vicina presente nella stanza, di solito è un cellulare o un portatile. Si aggancia a un cellulare o a una rete Wi-Fi per trasmettere dati quando chiunque nel raggio d'azione è online o fa chiamate.» Incrociò le braccia. «Ma invece del silicio, ho realizzato il chip usando arseniuro di gallio.»

Gli occhi di Parker si strinsero pensierosi. «Che permette una commutazione logica cento volte più veloce.»

«Esatto» annuì Scarlett. «La velocità con cui funziona il chip lo rende virtualmente invisibile a un rilevamento elettronico…»

«Odio dover interrompere la vostra festicciola tra nerd, ma Scarlett ti mostrerà i diagrammi del circuito un'altra volta» intervenne Matt freddo e diretto. «Il fatto che Maidstone non sia morto, dovrebbe causare un bel mal di testa alla persona che ha provato a ucciderlo.»

«Possiamo sfruttare questo fatto» mormorò Rooney.

«Cosa intendi dire?» domandò Matt.

«Dubito che l'assassino immaginasse che Maidstone sarebbe stato trovato vivo, e meno ancora che a rinvenirlo sareste stati tu e Scarlett. Quando lo scopriranno, si chiederanno se Maidstone ti abbia rivelato qualcosa.»

«Potremmo riuscire a stanarlo con delle false informazioni.» Lo sguardo di Matt si fece riflessivo.

«Perciò abbiamo bisogno di un piano pronto, per quando identificheranno le impronte.»

«Potreste usarmi come esca.» Scarlett si sistemò un ciuffo di capelli dietro l'orecchio. Moriva dalla voglia di spazzolarseli.

Matt scosse il capo. «Non esiste.»

Rooney chinò il capo da un lato. «Io sarei anche d'accordo, il problema è che non sappiamo se la spia o i russi ci cadranno. Se sono i russi, torniamo al rischio di un gigantesco incidente internazionale senza avere nessuna idea della vera identità di Marlon.»

«Quindi, come facciamo a scoprire chi è la vera spia?» domandò Scarlett.

«Stiamo controllando i conti in banca di Maidstone per vedere se troviamo degli indizi che abbia ricevuto dei pagamenti.» Parker tirò fuori due birre dal frigo e ne diede una a Matt. Ne sollevò una verso Scarlett, ma lei scosse il capo.

«Qualcuno ha nascosto la lista cifrata sulla scrivania di mio padre. Probabilmente la stessa persona che ha persuaso Maidstone a scambiare i risultati del poligrafo e a falsificarne i risultati.»

«A chi era stato assegnato il caso? Chi ha perquisito la casa dopo il suo arresto? Non dovrebbero essere loro i nostri principali indiziati?» domandò Rooney.

«Ridley Branson era uno della squadra. Me lo ricordo in casa con lo sguardo inferocito» rispose Scarlett.

Tutte le espressioni nella stanza si indurirono al nome dell'ufficiale più alto in grado nel controspionaggio dell'FBI. Se lui fosse stato corrotto, tutto l'entusiasmo si sarebbe spento.

«Tirerò giù prima possibile i nomi di tutti coloro che hanno partecipato alla perquisizione, ma non possiamo limitare l'elenco dei sospettati.» Parker la fissò finché a lei non venne voglia di distogliere lo sguardo. «Alcune delle informazioni vendute erano di altissima sicurezza, ma non tutte erano specifiche del controspionaggio. E la vera spia poteva essere entrata in casa vostra e aver introdotto prove incriminanti prima che tuo padre venisse incastrato. Non è così difficile. In pratica, potrebbe essere stato chiunque dal quartier generale dell'FBI o da qualunque ufficio distaccato. Senza contare la CIA.»

«La CIA?» mormorò Scarlett.

Parker bevve un sorso di birra e si pulì la bocca prima di rispondere. «Aldrich Ames era uno della CIA. L'agenzia lavora a stretto contatto con l'FBI sui casi di spionaggio. Di sicuro qualcuno lì sa quale sia lo stato delle indagini e tutti i probabili sospettati.»

Era sconvolgente.

«Perciò non possiamo ancora escludere nessuno» convenne Matt. «L'unico indizio che abbiamo, che non compare nella prima indagine, è il sospetto di Stone nei riguardi di Dorokhov. Il suo nome non è mai apparso nei documenti. Perché no?»

«Qualcuno l'ha escluso dalle indagini ufficiali» esclamò Mallory.

«Il che punta di nuovo il dito contro qualcuno molto vicino alle indagini.» Matt corrugò la fronte. «Dorokhov deve essere coinvolto per forza, perché non appena Scarlett ha provato a mettere una cimice nel suo ufficio ci sono stati molteplici attentati alla sua vita e, ancora più incriminante, è l'attacco a Maidstone.»

«È mai stato sospettato di essere un addestratore di spie?» chiese la Rooney.

Parker alzò le spalle. «In nessuno dei documenti elettronici che sono riuscito a trovare, no. Ma quel tizio ha fatto troppa carriera troppo in fretta per non essere un membro storico dei servizi segreti russi. La sua reputazione è immacolata sulla carta. Si sa che i russi primeggiano nel riscrivere la storia per i loro scopi.»

Dorokhov aveva rapito la sua amica. «Sapete se ha fatto del male ad Angel? Avete parlato con lei?»

Nessuno disse nulla per un lungo momento. Rooney ruppe il silenzio. «No. Ma sono certa che non sia stata un'esperienza divertente.»

Un'ondata di calore e poi di gelo le corse lungo la spina dorsale e sulle braccia. «Quando posso parlarle?»

«Quando il pericolo sarà passato» rispose Matt con fermezza.

Qualunque cosa fosse accaduta ad Angel era solo ed esclusivamente colpa di Scarlett, e quella consapevolezza sembrava rimbombare nella stanza. Nessuno incontrò il suo sguardo. Non si sarebbe mai perdonata di aver coinvolto la sua amica in tutto quel casino.

«Quindi, il nostro principale indizio sull'identità di Marlon è attaccato a un respiratore?» chiese Scarlett in tono depresso.

«Ci sono molti indizi, dobbiamo solo trovarli.» Parker aprì il portatile e iniziò a digitare. «Ho impostato dei programmi per controllare i segnali provenienti dai telefoni cellulari associati alle agenzie governative e dai sistemi GPS delle auto del Bureau, che oggi potrebbero essere stati agganciati dai ripetitori nel quartiere di Maidstone. Se viene fuori qualcosa potremmo avere il vantaggio di scoprirlo per primi. Ancora nulla, però.»

«Adesso sono obbligatorie le verifiche dei risultati dei poligrafi e controlli incrociati sulle informazioni. Questa persona la sta facendo franca da anni.» Rooney guardò lo schermo dietro le spalle di Alex Parker.

«È più facile quando hai uno dei migliori tecnici del poligrafo dalla tua parte.» Matt sembrava incazzato.

Scarlett non si trattenne più. Allontanò con una spinta la ciotola mentre ripensava alla conversazione che stava avvenendo. «Scusate. Quindi state davvero dicendo che credete che mio padre possa essere stato incastrato?» Tutti e tre la guardarono, ma il suo sguardo rimase su Matt. «Mi credi davvero?»

I suoi occhi passarono da un color nocciola scuro a un caldissimo verde.

«Ti credo, Scarlett» disse con dolcezza.

«Davvero? Davvero?»

Le labbra di Matt si contrassero per un secondo e lei ricordò il momento in cui si erano conosciuti. L'ironia gli sgorgava dallo sguardo, ma la sua bocca faceva finta di niente. Lui annuì.

Lei gli gettò le braccia al collo e lo strinse così forte da bloccargli il respiro. Non le interessava che gli altri osservassero la scena. Non lo mollò. «Grazie. Grazie. Grazie. Grazie.»

Matt le circondò la vita con le braccia e la attirò più vicino a sé. Lei inalò il suo calore e la sua forza. Poi, Matt parlò agli altri con il mento appoggiato sopra il suo capo. «Ma provarlo senza rimanere uccisi, sarà una rogna.»

———

Quando le braccia di Matt si strinsero intorno a Scarlett per la terza volta quel giorno, lui capì che era fottuto. Aveva una madre che dipendeva da lui per tutto e una carriera a cui teneva molto. Ma, in qualche modo, Scarlett era riuscita a bypassare la sua guardia e lo aveva *coinvolto*. Non solo perché era dentro al caso fino al collo, ma perché gli stava a cuore quello che le accadeva. Gli importava che avessero scoperto la verità su suo padre e non solo perché era il suo lavoro. Ci teneva. Punto.

Merda.

Scarlett, prima o poi, avrebbe scoperto che lui le aveva mentito più volte riguardo ad Angel. Avrebbe dato di matto. Non sarebbe stata una scenata eclatante, ma una ritirata silenziosa e non era sicuro che avrebbe riguadagnato la sua fiducia. Stava eseguendo gli ordini… *già, questo però non reggerà, visto che l'hai baciata.* Se qualcuno all'interno della sua organizzazione stava minando la sicurezza nazionale, Matt avrebbe fatto tutto il possibile per fermarlo, anche a costo di usare l'inganno. Scarlett non l'avrebbe vista allo stesso modo.

Lei si scostò dal suo abbraccio, il che fu un bene. Era già troppo coinvolto e adesso anche Rooney e Parker lo sapevano.

«Ragazzi, è meglio che recuperiate un po' di sonno» disse Parker.

Rooney gli diede un colpetto col gomito. «Sfortunatamente, noi dobbiamo passare del tempo con i miei, che ci piaccia o meno.» Fece una smorfia. «Mio padre venderà la casa nell'anno nuovo e questo è il nostro ultimo raduno familiare qui. Un addio definitivo a mia sorella.»

«Mi dispiace molto per quello che ti è successo e per aver invaso la tua casa in questo modo.» Scarlett pareva piccola, triste e sola. Maledizione.

Il sorriso di Rooney aveva un che di affilato. «Oh, non preoccuparti, ho già detto addio a mia sorella quando l'abbiamo ritrovata.» Un velo di vulnerabilità le attraversò il volto, ma sparì subito. Parker le cinse le spalle con un braccio.

«E in ogni caso, ci sono più di venti camere da letto, qui. Non è che manchi il posto. Ma bisogna che dedichi ai miei qualche ora. E questo vale anche per Alex.»

Anche lui fece una smorfia. «E io che pensavo di avere la scusa perfetta per evitare tutta 'sta cosa del Natale.»

«Il che significa che non conosci affatto i miei genitori.»

«Devo farmi una doccia, poi inizierò ad analizzare la lista dei nomi» si offrì Matt. «Vediamo chi è ancora vivo. Restringo la lista mentre i tuoi programmi macinano dati.»

Parker annuì e li invitò a seguirlo su per una scala di servizio e lungo l'ala ovest. Lui accendeva le luci man mano che proseguivano e Matt sentì Scarlett rilassarsi al suo fianco, visto che il corridoio finemente decorato non rivelava macchie di sangue né orribili immagini di morte.

Parker aprì una porta e indicò loro di entrare. «È una doppia con bagno privato. Le finestre sono chiuse a chiave e ci sono lucchetti sulla parte esterna» spiegò, guardando Scarlett, per cercare di rassicurarla. Lei si morse il labbro e annuì. Aveva un aspetto terribile, come se bastasse una folata di vento a farla volare via. Doveva farla riposare.

C'era un portatile sulla scrivania.

«La password del Wi-Fi è scritta sul bloc-notes lì di fianco e troverete anche le password dell'FBI di Frazer, perciò quello che viene da qui non desterà alcun sospetto.»

«Come hai fatto ad avere le password di Frazer?» domandò Matt.

Parker fece spallucce. «È il mio lavoro. Sto aspettando di vedere quanto ci metterà a scoprirlo.»

«Ti farà un culo così.»

«Gli sto dando una dimostrazione di sicurezza informatica.»

«Hai hackerato anche il mio?» gli chiese Matt.

«Non ti ho rubato la password, ma sono entrato nel sistema da una *backdoor* e ho letto le tue email private» ammise.

Matt scosse il capo. «Perché ti sei preso la briga?»

«Ho contattato l'azienda, le ho indicato i potenziali varchi e le ho mandato una patch che possono usare per chiuderli, se vogliono.»

«Avresti potuto chiedere un sacco di soldi» disse Matt.

«Ce li ho i soldi.» Aveva un sorriso affilato. «Ma la prossima volta che avranno un problema sarò la prima persona che chiameranno.»

Matt non abboccò. «Scommetto venti dollari che non riuscirai a indovinare la mia password prima che chiudiamo il caso.»

«Okay, accetto la scommessa, ma voglio specificare che io non indovino. Tu, piuttosto, non farti tentare dall'entrare sui social, e non controllare la tua mail.» Quello era rivolto a Scarlett. «Siamo alle strette su questo caso.»

Scarlett fece una risata sorpresa. «No. E dire che sto morendo dalla voglia di aggiornare il mio stato di Facebook con "Ancora in fuga dai russi che cercano di uccidermi". Hashtag "misentoinseguita", hashtag "BuonNatale".»

«Peccato che tu non abbia Facebook.»

Scarlett corrugò la fronte con evidente sorpresa.

«Potrebbe andarti peggio» disse Parker con calma.

«Davvero?»

«Hai la possibilità di andare in giro con un gran pezzo d'uomo» le labbra di Parker si contrassero appena «e l'Agente Speciale Lazlo.»

«Divertente.» Matt tenne la porta aperta per Parker e scosse il capo, ma almeno Scarlett rideva di nuovo. Gli occhi di Alex Parker si fecero seri quando si agganciarono ai suoi mentre usciva.

Matt capì. Avevano bisogno di parlare. Soli. Inoltre, lui doveva comunicare con Frazer, ma non di fronte a Scarlett. Gli fece un cenno impercettibile col capo. Avrebbe persuaso Scarlett a farsi una dormita e poi sarebbe andato da lui.

———

Raminski non sapeva perché avessero ancora la ragazza, ma non era così stupido da fare domande. Aveva lasciato il suo capo a godersi il ricevimento di Natale all'ambasciata, che sarebbe durato un altro paio d'ore. Entrò nella stanza e osservò con attenzione la figura seduta a gambe incrociate sul materasso. Del sangue rappreso le macchiava il volto. Le guance erano rosse e gonfie. Ma almeno era vestita e non si rannicchiava per la paura. Forse significava che nessuno l'aveva violentata quando se n'era andato. Aveva lasciato solo una guardia apposta, non voleva dare a due persone la possibilità di agire in tandem, se quella fosse stata la loro intenzione.

Era ancora bendata, ma lui si coprì il volto con una calza di nylon in caso le venisse in mente di fare qualcosa di stupido come cercare di guardarlo in faccia. Era sicuramente molto determinata ed era meglio per tutti se lei non l'avesse identificato.

«Ho un regalo per te. Apri la bocca» le sussurrò con voce bassa e sabbiosa. Pensò che dovesse essere affamata.

Le sue labbra si piegarono per il disgusto. Lui le strinse piano una ciocca di capelli e le spinse indietro la testa. «Non sono qui per farti del male, Angel.»

Sergio quasi sorrise di fronte al testardo scatto del capo. Le mise il pollice sul mento e fece una leggera pressione per farle aprire la bocca. «Ecco.»

Le infilò un acino d'uva e osservò il suo atteggiamento passare da disgustato a sorpreso. Gliene diede un altro, e lei lo ingoiò avida.

«Perché mi state facendo questo?» La sua voce rauca gli graffiava il corpo come unghie laccate e affilate. Lei aprì la bocca in attesa, come un uccellino. La presa sui suoi capelli si allentò, finché lui non appoggiò la mano sullo scalpo, cercando di alleviarle il bruciore con le sue lunghe dita. Il dolore per le percosse di Mikhail era evidente dal modo rigido in cui si muoveva e da come si teneva ferme le costole quando respirava.

Lui le mise un altro chicco d'uva in bocca, ma stavolta il dito indugiò più del dovuto. Le tracciò il contorno del labbro inferiore, poi diede un morso a un altro acino e le strofinò la parte aperta e succosa sulle labbra, come se fosse un rossetto. Lei leccò il succo.

Sentì il suo respiro farsi irregolare, ma non si fece illusioni che fosse altro che paura.

«I miei genitori saranno preoccupatissimi per me.»

«Sì» le concesse.

«È quasi Natale.»

«Sì» disse lui di nuovo.

«Quanto tempo starò rinchiusa qui?»

Le sistemò una ciocca di capelli biondi dietro l'orecchio. Lei non si ritrasse.

«Avevi detto che sarei andata a casa se ti avessi detto la verità. State chiedendo un riscatto? Papà pagherà.»

Lui non rispose, le diede solo un altro acino. Lei lo masticò e lo ingoiò e lui si ritrovò ammaliato dalle sue labbra piene e di un rosso profondo naturale.

«Mio padre pagherà, non avete bisogno di minacciarmi o farmi del male.» La paura le tremò nella voce, quasi prendendo il sopravvento sulla calma. Forse aveva avvertito che la sua attenzione era scivolata sul suo corpo.

Raminski rispose, impaziente: «Io ho solo promesso quello che sarebbe successo se mi avessi mentito.»

«Le tue promesse mi sembravano minacce.»

«Allora non mi stavi ascoltando.»

«E allora perché non sono ancora a casa?» scattò lei. La voce le si spezzò, ma si riprese subito. «Mi ucciderete?»

Lui rimase in silenzio. Aveva fatto un sacco di cose dubbie per il suo paese. Ucciderla era ancora un'alternativa plausibile in quel gioco sleale tra gatto e topo.

«Se lo fate… mi prometti una cosa?»

«Vuoi altre promesse?»

Lei ignorò il suo tono canzonatorio. «Fate in modo che non sia doloroso. Io non sono brava col dolore.»

Lui trasalì. Le diede un altro chicco d'uva e non sapeva chi stesse tormentando di più, se lei o se stesso.

«Io non ti farò alcun male» le promise.

«Immagino che debba prendere per buona la tua parola,

giusto?» Gli sorrise. Con quella benda e le mani legate sembrava un'amante erotica, ma era solo la sua fantasia che galoppava, fantasticherie in cui lei non veniva drogata e portata via da casa sua, picchiata e tenuta prigioniera.

Lui era un pazzo a trattarla meglio di un cane randagio. Farsi coinvolgere poteva rovinare tutto. L'aveva preso all'amo come un salmone e lui non aveva neanche protestato.

Il telefono nelle sue tasche vibrò. Si alzò e si allontanò dalla ragazza.

Il messaggio lo lasciò immobile a fissare lo schermo e a domandarsi che cazzo avrebbe fatto adesso.

A Raminski quella richiesta non piaceva affatto. Dorokhov aveva ordinato di portare Angel da lui. Forse l'avrebbero rilasciata, ma l'istinto gli diceva di no.

Sapeva cosa le avrebbe fatto quell'uomo, ma non c'era nulla che potesse fare per fermarlo che non comportasse la morte di entrambi. Lui raccolse il sacchetto nero e glielo mise in testa. «Sarà meglio per te se non opponi resistenza.»

Angel iniziò a scalciare e a lottare nonostante le mani legate. Lui riuscì a bloccarle anche le gambe ma non prima di aver ricevuto un calcio in faccia. Vedere le stelle fu la punizione per essere un codardo senza cuore.

Finalmente, quando riuscì a immobilizzarla, grondante di sudore, la prese tra le braccia. «Fai tutto quello che ti viene ordinato e forse sopravvivrai a questa giornata.»

Lei iniziò a piangere. Grossi singhiozzi senza fiato. Raminski non poteva sopportarlo, la mise giù un istante e, anche se il suo capo si sarebbe incazzato, estrasse una siringa dalla tasca e gliela conficcò in una chiappa. Aspettò trenta secondi che lei si afflosciasse e poi la riprese in braccio.

Scarlett Stone era morta. Perché Dorokhov voleva Angel? La risposta era sul corpo pressato contro di lui, con le curve morbide e l'ossatura esile. Disse una preghiera in silenzio e si avviò alla macchina. Voleva che lei sopravvivesse a qualsiasi cosa fosse accaduta.

15

S carlett gli aveva fatto promettere che non l'avrebbe lasciata
da sola.

Il rumore della doccia e l'idea che lei fosse nuda nella stanza
accanto mandò Matt a fuoco. Il pensiero di fare l'amore con lei
l'aveva tentato sin dal primo momento in cui si erano incontrati. Il
fatto che si conoscessero da pochissimo tempo sembrava irrilevante. Il pericolo di vita o di morte aveva sovvertito tutte le
normali regole del corteggiamento e, forse, aveva esasperato l'attrazione, ma lui si sentiva maledettamente coinvolto ormai.

Sì, certo, aveva un lavoro da portare a termine, ma era impossibile quando tutto ciò a cui riusciva a pensare era quella donna
nuda nella stanza accanto.

La vita era breve. Nulla era certo.

Ripensò a sua madre, che giaceva in stato comatoso in un letto
d'ospedale. Gli aveva sempre detto di prendersi quello che
voleva. La gente moriva. Lui aveva perso il suo migliore amico in
guerra. Jed Brennan era stato colpito ed era quasi morto solo
poche settimane prima.

*Jed aveva passato il confine con Vivi Vincent ed era comunque un
eccellente agente dell'*FBI.

Non c'era nemmeno un vero dilemma morale. Scarlett non era

ricercata dalla legge, non era una testimone e non era Richard Stone, e anche se quello fosse stato il vero problema, le accuse contro di lui sembravano sempre più sospette.

Perciò, qual era il problema?

Lo sapeva benissimo. Se avessero fatto l'amore sarebbe rimasto incastrato. Era già sulla buona strada e si erano soltanto baciati. Il sesso lo avrebbe messo in ginocchio, proprio come aveva preannunciato Frazer.

Ma che cazzo c'era di male a essere in ginocchio di fronte a una donna nuda, calda e bagnata?

Assolutamente nulla che gli venisse in mente.

Non era Natale? Non era quello il momento dei miracoli? Perché lui era sicurissimo che fare l'amore con Scarlett sarebbe stato un miracolo.

S'incamminò verso il bagno, muovendosi in fretta nel timore di ripensarci. Si tolse la t-shirt e la lasciò cadere a terra. Calciò via le scarpe e aprì la porta della doccia.

Scarlett gridò e lui le mise una mano sulla bocca prima che Rooney e Parker venissero a controllare cosa diavolo stesse succedendo. Non che non lo avessero già capito che lui c'era dentro fino al collo.

Tenne gli occhi su quelli terrorizzati di Scarlett, finché lei si rese conto che era Matt e non un assassino che aveva trovato la sua prossima vittima. I capelli di Scarlett erano quasi neri, appiccicati al cranio. Aveva bisogno di chiederle se fosse d'accordo, ma non gli venivano le parole. Solo perché lei era attratta da lui non significava che volesse fare sesso. Sapeva che lei non aveva una grande esperienza e non voleva spaventarla a morte o presumere che volesse fare tutto quello che desiderava lui.

Lei gli sfiorò il palmo con la punta della lingua rispondendo alla sua silenziosa domanda.

Matt sussultò. «Sei sicura?» Tolse la mano e le passò il pollice sulle labbra. «Davvero sicura?»

«Sì.» Non provò a coprirsi e lui si permise di guardarla. Seni piccoli, fianchi stretti, gambe lunghe che già lo avevano torturato abbastanza. Tutto di lei era piccolo ma perfettamente formato. Esile. Delicata. Snella. Forte.

Qualcosa gli serpeggiò dentro. Forse era il livello di fiducia che riponeva in lui o forse qualcos'altro.

«L'hai mai fatto nella doccia?» Lui fece scivolare la mano sui bottoni dei jeans e gli occhi di Scarlett seguirono il movimento con uno sguardo incerto che lo bloccò.

Lei scosse il capo.

«Vuoi provare?»

Un sorrisetto le accese il volto.

Lui sgusciò fuori dai jeans e s'infilò nella doccia.

Un getto caldo le corse giù per le spalle e rivoletti d'acqua s'infiltrarono tra loro. Matt voleva seguire le tracce d'acqua con la lingua. Voleva toccare, gustare. L'avvolse in un abbraccio e la baciò cercando di muoversi con delicatezza. Ma il suo corpo non voleva prenderla con calma, voleva saccheggiare e depredare. *Vacci piano, coglione.* Quasi vacillò per lo sforzo di controllarsi.

Scarlett non era esitante o timida, e fu una gran bella sorpresa. Era calda e liscia tra le sue braccia e molto, molto femminile. Lei aprì la bocca e ricambiò il suo bacio, cingendogli il collo con le braccia e spingendo i seni contro il suo petto. Lui le afferrò i fianchi e la tirò più forte a sé, era impossibile non sentire la sua erezione.

La baciò di nuovo. Il calore li avvolgeva, e s'intensificava dentro di lui, sebbene provasse a controllarlo. Doveva prendere le cose con calma. Non voleva andare troppo in fretta e rivelarsi solo un altro stronzo che la deludeva.

Indietreggiò di un centimetro e osservò l'acqua zampillare sulla punta dei suoi capezzoli rosa e turgidi. Abbassò le labbra per catturare una goccia e poi risalì, leccando, fino alla sua bocca.

«Sai di buono.» Era affamato di lei. Famelico. Scarlett non odorava più di limone, adesso sapeva di fragola.

«Sei un intenditore.» Le labbra di lei gli mordicchiarono il collo e si strofinarono dietro il suo orecchio. «Hai un odore fantastico.»

Incollando le labbra alle sue, Matt la baciò con più intensità. La lingua di Scarlett lo seguì, trasformando in un secondo il bacio da giocoso a vulcanico. Con le mani si esploravano a vicenda, strofinavano, accarezzavano e tracciavano contorni che lui aveva solo immaginato sotto i vestiti. Matt prese il sapone e lo passò sulla clavicola di Scarlett, giù fino all'ombelico e poi su di nuovo sui seni, con il rosa scuro dei capezzoli che risaltava sulla pelle bianca.

«Sei bellissima.»

Gli occhi di lei gli dicevano che gli credeva solo a metà, perciò decise di dimostrarglielo. Le prese un seno e fece ruotare il capezzolo tra il pollice e l'indice. Lei dischiuse le labbra per prendere fiato quando lui ripeté il gesto con l'altro capezzolo.

Scarlett ruotò gli occhi col respiro sempre più ansimante.

Matt la voltò tra le sue braccia, e, mentre l'altra mano scivolava verso il basso, sentì il battito sulla gola di Scarlett farsi più martellante. Le strofinò il sapone con lenti movimenti circolari scendendo fino a raggiungere la cima delle cosce e forzandola ad aprire di più le gambe. Lei acconsentì, all'inizio tentennante, e lui si ricordò che era tutto nuovo per lei. Piano. Calma. Il membro teso, premuto sulla parte bassa della schiena di Scarlett, era così duro che quasi gli doleva. Ma attendere un po' non lo avrebbe ucciso.

Nemmeno fermarsi.

Scarlett non poteva avere dubbi su quanto Matt fosse eccitato e lui non voleva che lei si spaventasse e rimpiangesse tutto ciò che era accaduto tra di loro. Quella era una cosa che voleva fare ancora e ancora con lei, una volta che il pericolo fosse passato.

E se l'avesse saputo si sarebbe spaventata a morte. Tutto troppo nuovo, troppo intenso e troppo incerto.

Le fece scivolare il sapone tra le gambe, lo infilò tra le pieghe umide e lo premette forte sul clitoride prima di occuparsi di nuovo dei sui suoi seni. Le mordicchiò la pelle dell'orecchio e del collo e sentì il calore del suo corpo scorrere a ondate.

Quando Matt ripeté quei gesti, Scarlett gemette e fece cadere la testa all'indietro sulla sua spalla. Aprì di più le gambe, causandogli le vertigini solo per la sensazione della sua pelle liscia e satinata.

Gli cadde il sapone di mano, ma non ne aveva più bisogno, ormai. Spostò di nuovo una mano sui suoi capezzoli. Quando lui affondò due dita dentro di lei, Scarlett spinse i fianchi contro il suo corpo con più forza, si mise in punta di piedi e si appoggiò alle pareti della doccia.

«Oddio, che meraviglia.»

Non scherzava. La fece voltare e si mise in ginocchio, esattamente dove aveva desiderato essere da quando Frazer gli aveva messo quell'immagine in testa, anche se forse non era proprio l'effetto che il suo capo intendeva ottenere.

Appoggiò la bocca su di lei e le ginocchia di Scarlett tremarono. La sorresse, con ciascuna mano avvinghiata alle sue cosce, mentre faceva l'amore con lei con le labbra e la lingua. Il corpo di Scarlett si contrasse e i muscoli iniziarono a tremarle pochi istanti prima che lei si mettesse a gridare. Matt attese che si riprendesse prima di risalire sul suo corpo a suon di baci.

Gli fece scivolare le mani sulle spalle e poi sul petto finché non lo trovò, duro, contro il suo ventre. Avvolse le dita intorno alla carne rigida e cominciò a muovere la mano sul suo membro, finché furono le ginocchia di Matt a iniziare a tremare.

«Dimmi cosa devo fare» gli chiese, baciandogli un lato della bocca.

«Sei già bravissima da sola.»

«Ti voglio dentro di me.»

Per quanto lui la volesse prendere lì, sotto la doccia, per quanto fosse doloroso non scivolarle dentro, non poteva farlo.

«Matt… oh, no.» Lei appoggiò la fronte sul suo petto, come se stesse per mettersi a piangere.

Ma che diavolo stava succedendo? Si stava pentendo? Aveva cambiato idea?

«Non abbiamo profilattici.»

Lui la sollevò tra le braccia e chiuse i rubinetti. Uscì dalla doccia con una scia di vapore che fluttuava dietro di lui. «Ce li ho nel portafogli.»

«Più di uno?» Lei si scrollò l'acqua dal viso. «Non so se essere più scandalizzata o grata.»

«Mi stai chiedendo se sono un gigolò?»

Le guance di Scarlett s'infiammarono. Lui provò a non far trapelare il divertimento, perché ridere di fronte a una donna nuda non veniva mai preso troppo bene. La trasportò in camera da letto e la rimise in piedi.

«Non sono affari miei» gli disse distogliendo lo sguardo.

«Tu sei nuda e io sono nudo. Sono decisamente affari tuoi.» Lei iniziò a tremare di freddo e lui afferrò un asciugamano dal supporto dietro la porta del bagno avvolgendoglielo sulle spalle e tirandola più vicino a sé, centimetro dopo centimetro. «Quando ero nell'esercito un sacco di donne ci provavano con me. A volte ne ho approfittato, altre no. Ma un mio amico ha finito per sposare una che conosceva subito dopo che lei era rimasta incinta in quella che doveva essere l'avventura di una notte. È stata una situazione di merda, soprattutto per il bambino.» Matt non avrebbe commesso l'errore del suo amico né di suo padre. Se fosse accaduto, lui sarebbe stato il miglior cazzo di padre e marito che una donna avrebbe mai potuto desiderare. Il fatto che quei pensieri fossero nella sua mente già da prima che lui e Scarlett facessero l'amore non gli era sfuggito. Non stava per dichiararle amore eterno, ma aveva capito sin dal primo momento che lei era una donna che avrebbe potuto amare, con il tempo.

Le prese la mano. Quella conversazione andava ben oltre il sesso sicuro, ma andava fatta. Se qualcuno si meritava la brutale onestà, quella era Scarlett. «Quando ero più giovane ho avuto molte donne, ma è da un pezzo che non frequento nessuna, oltre un anno.» L'atmosfera si era fatta pesante tra loro. «Non ho voluto nessuna per molto tempo.»

Gli occhi di Scarlett s'illuminarono e lo sguardo si fece bollente. Le stava dando tempo di digerire quello che le aveva appena detto. Tempo per poter cambiare idea.

Matt si voltò, trovò i pantaloni e lanciò il portafogli sul comodino.

Quando si girò di nuovo, un'ombra passò sugli occhi di Scarlett. «Non sono mai stata brava a letto.»

Il suo voler fingere che quello che stava accadendo fosse solo sesso lo divertì. Le alzò il mento con un dito. «Sei bellissima, Scarlett. E sei eccitantissima. Il fatto che altri uomini non sappiano come fare l'amore con una donna non è colpa tua.»

Lei rise, proprio come voleva lui. «La femminista che è in me vorrebbe obiettare a questa affermazione, ma sono troppo curiosa di sapere se hai ragione da fregarmene.» Lo sguardo guizzò su di lui e le labbra s'incurvarono in un sorriso. «Ma non voglio che le mie insicurezze rovinino tutto.» Lui vide la tensione nei suoi occhi e nei pugni serrati.

«Scarlett, quello che sto dicendo è che non puoi rovinare nulla. È già tutto spettacolare.» Le mordicchiò piano il labbro inferiore, poi più forte, spingendola a pensare alle sensazioni fisiche e non a vecchi strascichi del passato. «Che ne dici se io mi occupo dei dettagli e tu pensi solo a godere?»

Le mani di Matt le accarezzarono il corpo fermandosi sui fianchi. Le sue labbra facevano l'amore con quelle di Scarlett con lunghi, dolcissimi baci che la trasportarono fuori da sé per farla rituffare nella realtà di quel momento. Lei gli posò le mani sulle spalle e si alzò in punta di piedi per baciarlo più intensamente, facendogli ribollire il sangue con la sua frenesia. Lui fece scivolare le mani sulle natiche dalla pelle incredibilmente soffice. Ma si rendeva conto di quanto fosse bello toccarla?

Matt la sollevò e la distese sul letto, prendendo tempo nonostante sentisse il cuore esplodere da quanto gli martellava nel petto. Lì non era questione di riuscire a trattenere l'eiaculazione, ma di non fare cazzate. La seguì sul letto ed entrambi si stesero su un fianco, guardandosi negli occhi. Tracciò un dito sulla linea delicata della clavicola e lo fece scivolare lungo il braccio fino al fianco. Stava cercando in tutti i modi di non correre.

Il suo corpo era perfetto. Seni piccoli molto erotici, un ventre appena tondeggiante e piedi finemente arcuati. La vista dei riccioli scuri tra le gambe glielo fece diventare così duro da fargli male, perciò sollevò lo sguardo. L'unico difetto, se proprio doveva trovarlo, era l'eccessiva magrezza, che però era coerente con la sua mente iperattiva e gli eventi stressanti degli ultimi giorni. Voleva assaporare la scoperta di ogni parte di lei, ma aveva quasi paura di toccarla e rischiare di rovinare tutto.

Le mani di Scarlett scivolarono sul suo petto, sulle spalle e lungo il braccio finché le dita non s'intrecciarono alle sue. Lui se le portò alle labbra e le baciò. «Sei sicura?»

«Hai cambiato idea?» C'era una grande tristezza nei suoi occhi, quasi rassegnazione. Qualche stronzo doveva averla davvero fregata di brutto.

«Ti voglio così tanto che ho paura di fare una figuraccia nel momento stesso in cui entrerò dentro di te.»

Lo sguardo di Scarlett si infuocò e lei si spinse contro la sua spalla, facendolo stendere sulla schiena. Era lei che esplorava, adesso. Mani bollenti gli percorrevano ogni centimetro del corpo. Gli baciò il petto, poi si spostò più in basso, sull'ombelico, e l'erezione pulsò dolorosa. Lo toccò e lui si dimenò sotto le sue mani.

Incapace di sopportare oltre, la tirò su con forza e incollò le labbra alle sue. La toccò di nuovo, ma non era più un tocco giocoso. Le sue mani erano affamate, disperate, e affondarono tra quei ricci neri per accertarsi che fosse pronta. Il sangue era così bollente da bruciargli le vene. Afferrò il profilattico e se lo infilò. Lei aprì le gambe e lui sentì come se la testa gli stesse per esplodere. Si accomodò tra le sue cosce, accucciato sul suo calore, senza riuscire a scrollarsi di dosso la sensazione di non aver mai provato nulla di simile. Scivolò piano dentro di lei. Le dita di Scarlett gli strinsero la schiena, con le unghie che gli mordevano la carne. Il sudore gli imperlò la fronte e si fermò un istante.

Lei gli passò una mano tra i capelli. «È tutto a posto» gli mormorò.

Lui la fissò, affondando più in profondità. Lei gemette senza distogliere lo sguardo. Quel suono gli attraversò le ossa come una carezza erotica. Si spinse ancora più dentro di lei, aprendole le cosce finché non fu tutto dentro. Era così bello che non riusciva a parlare. A pensare.

Perciò si mosse, con piccoli colpi controllati. Voleva che questo fosse il sesso migliore che lei avesse mai fatto, ma non voleva spaventarla facendo tutto quello che aveva in mente, in una notte sola.

Potremmo avere solo una notte… potremmo avere solo un'ora.

Quel pensiero lo fece affondare ancora più in profondità, con più forza. Lei inclinò il bacino e gli cinse la vita con le gambe e lui, Cristo santo, non poté più andare piano o essere delicato. Si fiondò dentro di lei e fu grato di vedere che lei apprezzava la sua mancanza di delicatezza.

Scarlett chiuse gli occhi e gettò il capo all'indietro, gridando di piacere. I suoi muscoli interni lo spremettero e l'orgasmo gli lacerò il corpo trasformando il suo cervello in un'accecante luce bianca di puro godimento. Respirando a fatica, Matt si appoggiò ai gomiti e attese che la sua mente tornasse sulla terra.

Quando riaprì gli occhi, vide che lei lo guardava con un sorriso molto, molto femminile sulle labbra.

«Grazie.»

Lui quasi sbuffò. «Per cosa?»

«Il mio primo incontro sessuale da sballo.»

Matt le scostò una ciocca di capelli dal volto. «È così che dovrebbe essere sempre, no?»

«Ecco perché ti ringrazio.» Un lato della sua bocca si sollevò.

«Ehi, è stato un gioco di squadra. E la prossima sarà ancora meglio.»

Gli occhi di Scarlett si spalancarono all'insinuazione che ci sarebbe stata una prossima volta. Ah, se fosse stato per lui, lo avrebbero rifatto e come. E tanto, poi.

Le diede un ultimo bacio e si rotolò su un lato. Non voleva lasciarla, ma doveva farlo. «Adesso devi dormire un po'. Io mi metterò a lavorare sulle liste di nomi e ti sveglierò tra un paio d'ore.»

Si alzò dal letto e si diresse in bagno per liberarsi del profilattico. Poi afferrò i vestiti al buio e lasciò la stanza chiudendo piano la porta dietro di sé. Dal respiro calmo e regolare stava già dormendo della grossa.

In un attimo di lucidità post orgasmica, Matt si rese conto di aver scazzato. Le cose si erano appena complicate e non perché avessero fatto sesso, anche se i colleghi non avrebbero approvato, ma perché lui non le aveva detto la verità su Angel. A giudicare dalla sua profonda lealtà, Matt aveva la sensazione che quel tipo d'inganno Scarlett non l'avrebbe perdonato tanto facilmente. Aveva scazzato. Di brutto.

Poteva sistemare le cose, però. Se fossero sopravvissuti a quel casino colossale, ci sarebbe riuscito. Ma era un *se* enorme, considerando il fatto che la LeMay era scomparsa da più di ventiquattr'ore e non avevano ricevuto notizie dai rapitori. Inoltre, dovevano trovare una spia che era riuscita a rimanere nascosta per più di quindici anni. Cioè un'intera carriera nel Bureau. Matt non voleva pensare a quante vite e operazioni fossero state messe a rischio a causa di quella persona. Non voleva pensare di prendere ordini da qualcuno che avrebbe potuto piantargli un coltello nella schiena. Quello che voleva era inchiodare il culo di quello stronzo al muro e giocarci a freccette. Voleva che Scarlett fosse al sicuro, così che tutti sarebbero potuti tornare alle loro vite... Vite che forse, un giorno, si sarebbero intrecciate. D'improvviso, si sentì come quel bambino la vigilia di Natale che pregava che il padre tornasse a casa. Nonostante tutti quegli anni e tutte le delusioni cocenti che la vita gli aveva scagliato addosso, sembrava che ancora credesse nei miracoli. Oh, Dio.

Un colpetto alla porta gli fece mettere la mano sulla pistola.

«Sono solo io» disse Parker ad alta voce. Entrò nella stanza, con gli occhi che scrutavano ogni singolo dettaglio. «Scarlett dorme?»

Matt annuì e si domandò se l'uomo potesse leggergli nello sguardo che avevano appena fatto del sesso da fuori di testa. Probabilmente sì.

«Cattive notizie. Richard Stone è stato assalito in carcere questa mattina, durante l'ultima seduta di chemio.»

Merda.

«Maidstone è morto in sala operatoria. La polizia ha identificato le tue impronte sul telefono e ha diramato un'allerta per il tuo veicolo. Ora sei un indiziato in un'indagine per omicidio.»

———

Andrei Dorokhov si diresse velocemente all'ultimo piano della sua residenza ed entrò nell'ultima stanza sulla destra. Sua moglie stava impacchettando i regali di Natale con la sua assistente e non avrebbe sentito la sua mancanza per almeno un'altra ora buona. La rabbia che gli stava montando dentro da ventiquattr'ore era pronta a schizzargli fuori dalla pelle.

Raminski era in piedi di fianco al letto. Una donna priva di coscienza giaceva inerme sul mucchio di coperte.

«La volevo sveglia» scattò Dorokhov.

«Ha opposto molta resistenza» spiegò Raminski alzando le spalle. «Non volevo che desse di matto in mezzo al traffico. Forse ho calcolato male la dose. Mi scuso, Sua Eccellenza.»

Nonostante la sua espressione mortificata, c'era qualcosa nel suo atteggiamento che suggeriva disapprovazione.

Dorokhov strinse gli occhi. Nell'aria si percepiva un'enorme rabbia. «Spogliala.» Il sorriso di Dorokhov era crudele. Tra i LeMay e gli Stone erano riusciti a sollevare più merda di una fogna di Mosca. Una piccola rivincita sarebbe stata un ottimo promemoria per ricordare loro di non farlo incazzare. Era particolarmente bravo con le vendette.

Si allentò la cravatta e versò una generosa porzione di whiskey per se stesso e per il suo assistente. Raminski finì di togliere i vestiti alla donna, poi face un passo indietro e rimase per un secondo con le labbra serrate. Dei brutti lividi scuri le costellavano la pelle, come macchie di vernice spray. Mishka era sempre stato troppo entusiasta nel suo lavoro.

Raminski le aveva lasciato tenere gli slip. Andrei infilò un dito nell'elastico e glieli strattonò giù per le gambe. Si voltò verso il suo protetto e gli sorrise con aria d'intesa. «Ecco. Fatto.»

Porse all'uomo il bicchiere di whiskey. Non provava il minimo interesse per quello che doveva fare. «Vuoi andare prima tu? Ho visto come la guardavi al party di Natale, amico mio.»

«È una donna molto bella, Sua Eccellenza, e mi inchino di fronte a ogni vostro desiderio. Ma...» la mascella gli si serrò e gli occhi brillarono. «Preferisco le donne consenzienti.»

«Ma qui non c'entra il sesso, Sergio. Son certo che lo capisci» rise Dorokhov, ma senza reale divertimento. «Qui è una questione di potere, controllo e punizione.»

Le labbra di Raminski s'indurirono.

Dorokhov sollevò un sopracciglio. «Non sei d'accordo?»

«Se dovete stuprare una donna indifesa per provare il vostro potere...» Raminski stava in piedi con la testa bassa. «Mi spiace. Non tutto deve essere una questione di paura.»

Veramente quel giovanotto la pensava così? Aveva avuto grandi speranze per Raminski, ma a quanto pareva, invece, era un debole.

Dorokhov si versò un altro whiskey. Lo scolò. Il fuoco rabbioso era trasudato via e ora si sentiva stanco. Molto stanco. «Vattene.»

Raminski esitò un attimo, guardando la donna sul letto.

«Fuori!» Dorokhov chiuse la porta a chiave e si versò un altro bicchiere. La verità era che non aveva alcuna voglia di scoparsi quella donna. Non quando aveva una moglie che desiderava e che era capace di fare l'amore con lui come se le importasse davvero. Era un miracolo, quello. E lui non aveva intenzione di sciuparlo.

Ma non poteva neanche permettersi di far credere di essersi rammollito. Non mentiva a se stesso. Aveva sperato che la violentasse Raminski così da non doverlo fare lui. Assistere all'atto sarebbe stata già una vendetta nei confronti di coloro che avevano scazzato con lui e avrebbe, inoltre, forgiato un legame forte e duraturo con Raminski.

Dorokhov si sedette sul letto, rimpiangendo di non essere più agile e meno vecchio, grasso e pigro. Neanche la vista della donna nuda sul letto gli faceva effetto. Era troppo giovane. Troppo incosciente. Non ci sarebbe stata alcuna resistenza. Non ci sarebbe stato divertimento. Il letto cigolò quando lui si mosse. Gli venne un'idea. L'unica persona che avrebbe saputo cos'era successo in quella stanza era lui. Iniziò a muoversi su e giù, nel caso Raminski stesse ascoltando. Poi emise qualche gemito e grugnito tra un sorso di whiskey e l'altro.

La testa della ragazza ricadeva inerme da un lato e le tette le ballavano, con i delicati capezzoli che sembravano degli eleganti lamponi.

Era fatta molto bene, ma sarebbe stato come scoparsi una bambola. Rimbalzò sul letto più forte, sperando di riuscire a desiderare quella donna. Raminski l'aveva stordita perché sapeva che così gli avrebbe tolto tutto il divertimento? L'aveva fatto per proteggere la ragazza e fare in modo che non si ricordasse niente?

Sapere di avere delle vere voragini nella memoria era una magra consolazione. Quella consapevolezza gli fece tirare fuori il telefono e fotografare la ragazza da ogni angolo.

Risalì sul letto e si mise a cavalcioni sul corpo inerme, schiacciando i fianchi della ragazza con tutto il suo peso. Anche così, lei non si mosse, come se fosse morta. Afferrò la bottiglia dal tavolino lì accanto e, gettando indietro la testa, tracannò avido il whiskey. Poi versò il liquido sul corpo della ragazza e scaraventò la bottiglia vuota contro il muro con un grido feroce.

Il vetro si frantumò e il silenzio che seguì fu pesante e dolciastro. Lui si sollevò dal letto e le molle cigolarono per il peso. Le allargò le ginocchia e le strofinò un po' di liquido tra le gambe, per far sì che fosse appiccicosa dappertutto. Così sembrava che se la fosse scopata con la bottiglia in mano.

Si pulì le mani sulle lenzuola, poi scattò altre foto. Raccolse la cravatta, riaprì la porta e scorse Raminski accigliato che parlava al telefono in modo concitato.

«Sei sicuro?» disse Raminski gettando un'occhiata dietro le spalle di Andrei e vedendo Angel LeMay esposta al mondo intero.

Il guizzo di rabbia nello sguardo fu subito mascherato. Chiuse il telefono con uno scatto. «L'agente dell'FBI e la ragazza. Sono entrambi vivi. Vuoi che me ne occupi io?»

La rabbia gli serrò i denti e riuscì solo a rispondere: «La prossima volta chiamerò un professionista.» Gettò uno sguardo dietro le sue spalle. «Riportala al magazzino. Non ho ancora finito con quella piccola sgualdrina. E Raminski...» La sua voce si fece bassa e minacciosa. «Rifiutati di nuovo di eseguire un ordine e ti rispedisco a casa in un sacco nero. *Vy ponimayete meniya?*»

16

«S carlett, svegliati.»

Il letto s'inclinò da una parte e lei si svegliò di soprassalto. Matt era seduto a osservarla con un velo di preoccupazione che gli oscurava lo sguardo. Si stava pentendo di quello che era accaduto tra loro o era successo qualcos'altro?

«Cosa c'è?» La voce le uscì rauca di sonno. Diede un'occhiata all'orologio. Non era nemmeno mezzanotte. «Non sono appena andata a dormire?»

«Sì, scusa.»

Si era appisolata sentendosi sazia e appagata. In quel momento, invece, il peso della loro situazione le si schiantò sul petto, schiacciandole i polmoni e dissolvendo la sensazione di pace che aveva provato prima. Il ricordo delle persone orribili là fuori, che stavano cercando attivamente di uccidere chiunque osasse intralciare i loro piani, la risvegliò immediatamente. Non riusciva a credere di essersi lasciata andare alla fantasia di essere davvero al sicuro. «Cosa c'è?»

«Devi vestirti.» Dall'espressione sul volto di Matt, era successo qualcosa di terribile.

Si scoprì, senza preoccuparsi di essere nuda. S'infilò i pantaloni che Mallory Rooney le aveva prestato e desiderò poter indossare i propri abiti. Non si era mai resa conto fino a quel momento quanto fosse confortevole infilarsi nei suoi jeans usurati. Si mise il reggiseno, la maglietta e la felpa. Matt entrò nell'altra stanza. Doveva evitare di comportarsi come una ragazzina sciocca col mal d'amore di fronte ai suoi colleghi. Non che lo fosse... affetta da mal d'amore. Non poteva permettersi d'innamorarsi di lui, non finché tutto questo casino non fosse stato risolto e il nome di suo padre riabilitato. Il sesso era permesso, era un ottimo esercizio per eliminare lo stress, ma farlo diventare qualcos'altro in quel momento sarebbe stato un enorme sbaglio.

Non è da me commettere enormi errori di giudizio.

Scosse la testa. Chi stava prendendo in giro? Si era innamorata di quel tizio sin dal primo momento in cui l'aveva visto. Chi è che faceva una cosa simile? Che razza di imbecille partiva così per la tangente dopo solo uno sguardo?

Esisteva la scienza dell'attrazione: gli esseri umani trovavano più attraenti i lineamenti simmetrici rispetto a quelli asimmetrici. E lei poteva garantire che ogni centimetro del volto e del corpo di Matt erano un'eccellente dimostrazione di simmetria. Si eccitò al solo pensiero di lui nudo. Forse tutti avevano stampato nella mente il modello del proprio partner ideale e non erano consapevoli della sua esistenza finché non si presentava stordendoli a suon di lussuria.

Ma c'era molto di più in Matt che solo bellezza. Tutto quello che aveva fatto da quando si erano incontrati era stato eroico e meritevole. Scarlett strinse i denti. Chiaramente, quella visione rosea oscurava del tutto il fatto che l'avesse arrestata e ammanettata. Non voleva rendersi di nuovo ridicola.

Cercando di non pensare a che tipo di crisi si fosse scatenata, usò il bagno e si lavò in fretta i denti. L'unica cosa che non le aveva dato Mallory era una spazzola, perciò si passò le dita tra quell'ammasso intrecciato, cercando di sciogliere i nodi più grossi, poi lasciò perdere e andò a cercare Matt.

Sia Parker sia Rooney erano nel piccolo salotto. L'agente Rooney camminava su e giù agitata, Alex Parker la guardava appoggiato al muro. Gli occhi di Scarlett si posarono su Matt, ma non riuscì a decifrarne i pensieri. Era un po' inquietante, considerato cos'avevano fatto poco prima.

«Frazer è andato a trovare tuo padre in carcere, oggi.» L'agente Rooney prese la parola.

La gola di Scarlett s'inaridì. «Come sta?»

«Vivo.» Gli occhi ambrati di Mallory si fecero compassionevoli. «È stato pugnalato da un altro detenuto durante la seduta di chemioterapia e adesso è in terapia intensiva dopo che l'hanno operato d'urgenza per salvargli la vita. Tua madre è con lui.»

Un brivido gelido di shock le attraversò il corpo. Le cedettero le ginocchia, ma Matt l'afferrò prima che cadesse a terra. La portò verso il divano e lei mise la testa tra le ginocchia.

«È uscito dalla sala operatoria ed è in terapia intensiva. Le condizioni sono stabili, per ora» continuò l'agente. «Crediamo che questo attacco sia legato agli avvenimenti di ieri notte…»

Furiosa, Scarlett spinse via la mano di Matt. «Se tutti avessero fatto il proprio lavoro quattordici anni fa, non avrei avuto bisogno di cercare di installare una cimice nell'ufficio di Dorokhov.»

«Non ti stavo incolpando, Scarlett. Mi dispiace moltissimo per tutto quello che è successo, ma sinceramente sono infuriata. Per te, per tuo padre e per me. L'idea che qualcuno nell'FBI l'abbia fatta franca vendendo informazioni ai russi, facendo uccidere sei agenti americani e incastrando un brav'uomo buttandolo in galera mi avvelena il sangue.» Il volto della Rooney era pallido. Profonde occhiaie scure le cerchiavano gli occhi ma non c'era biasimo nel suo sguardo. Nessun giudizio. Avrebbe dovuto riposare. Avrebbe dovuto godersi la pausa natalizia.

Le lacrime le bruciarono gli occhi, ma Scarlett le ricacciò indietro sbattendo le palpebre. «Mi dispiace.» Non avrebbe dovuto aggredire in quel modo le poche persone che stavano cercando davvero di aiutarla. «Voglio andare da lui» disse in fretta. «Devo vedere mia madre.» Provò ad alzarsi in piedi, ma quando barcollò, Matt la rimise a sedere.

«Tua madre non vuole che tu vada» affermò con schiettezza Rooney.

Una sensazione di gelida calma la pervase. «Devo essere lì con loro. E se muore senza di me? E se pensa che non m'importi di lui?»

Matt la tirò contro il suo petto e la cullò. Sembrava incurante che ci fossero i colleghi, o che lei gli stesse di nuovo piangendo addosso.

«Mettere te stessa in pericolo non aiuterà la situazione» spiego l'agente Rooney.

«Senti, Scarlett. E se fossimo vicini a squarciare il velo su questo caso? A provare la sua innocenza? Non avrebbe più valore, per te, che vegliare immobile un uomo che potrebbe non svegliarsi più?» le disse Matt. «Cristo santo, se c'è qualcuno che può dirlo quello sono io.» Il dolore nella sua voce la riscosse dal proprio egoismo.

Altre persone avevano sofferto cose terribili. Doveva farsi forza. Le si rivoltò lo stomaco. «Lei sta bene? Mia mamma. Sarà preoccupata a morte.»

«Frazer le ha spiegato la tua situazione e lei sta collaborando con lui...»

«Mia madre sta aiutando l'FBI?» Tutto nella vita di Scarlett stava andando *ai confini della realtà.* Forse era tutto un sogno.

«Frazer sa essere molto persuasivo.» Mallory sembrava parlare per esperienza. Sollevò un foglio di carta. «Hanno decifrato una lista di sei nomi di persone e tuo padre sospettava che una di queste fosse la vera spia.»

Scarlett le prese la lista dalle mani e ripiombò sul divano. Le tremavano le mani in modo così violento che Matt le prese il foglio di carta e gliele coprì con le sue, stringendole appena le dita. Erano andati ben oltre le manette e la lettura dei diritti.

«White, MacGyver, Clarkson, Regan, Weber e Branson» lesse d'un fiato Matt. «Merda.»

«Secondo i registri delle prove, né Weber né Clarkson erano parte della squadra che ha perquisito la casa di Stone.»

«Richard Stone ha avuto molto tempo e una gran motivazione per stilare con attenzione questa lista» affermò Rooney. «Se lui ritiene che siano dei sospettati, dovrebbero esserlo.»

Tutto ciò a cui Scarlett riusciva a pensare era che qualcuno aveva provato a uccidere suo padre, un uomo che stava già morendo di cancro.

«Regan. È quel Jon Regan? Il capo unità dei TacOps?» domandò Matt.

Rooney annuì. «A quel tempo era un agente junior, ora sono tutti agenti federali di grado elevato. Tutti e sei sono ancora attivi oggi.»

«Regan è quello che mi ha chiamato per vedere il video di Scarlett che compie il suo numero da circo all'ambasciata.» Lo sguardo di Matt era fisso sulla lista. «Perché avrebbe dovuto farlo se aveva un cazzo di segreto così grosso da nascondere?»

«Ma sul serio l'intera l'FBI ha visto quel video?» Scarlett si sentiva inebetita.

Parker si schiarì la gola e Matt distolse lo sguardo.

«Almeno non indossavi i mutandoni della nonna» se ne uscì Rooney divertita.

Scarlett non rise.

Parker alzò le spalle. «Regan ti ha contattato prima che identificassero Scarlett, Matt. Forse in quel momento non aveva compreso bene le implicazioni. O forse gli sono piovute le informazioni dall'alto e se non avesse agito di conseguenza avrebbe destato sospetti. Magari voleva vederti negli occhi e capire se gli eri alle costole.»

«Non posso crederci. Mi è sempre piaciuto quel tizio.» Matt si passò una mano tra i capelli corti. «Dobbiamo scoprire chi ha installato la sorveglianza iniziale e perché.»

Parker annuì. «Frazer ci sta lavorando.»

Matt iniziò a camminare su e giù per la stanza.

Scarlett lo guardò, con il desiderio di riuscire a sbloccare qualsiasi cosa stesse avvenendo dentro di lei. Se suo padre fosse morto, nulla avrebbe avuto più senso. Lo voleva libero. Che lo rilasciassero, che trovasse giustizia. Che vivesse.

Matt le puntò un dito e lei trasalì. «Il tuo piano originale. Installare la cimice e vedere poi cosa avrebbe detto o chi avrebbe chiamato Dorokhov. Non possiamo tornare indietro e rintracciare chi ha effettivamente chiamato dopo aver scoperto l'intrusione?»

Parker scosse il capo. «Ci ho provato. I russi criptano tutti dati in uscita dai loro luoghi di lavoro. E parlo di cifratura militare di altissimo livello, ci vorrebbero mesi per riuscire a entrarci.»

«Puoi localizzare tutti i luoghi in cui i russi rendono indecifrabili i messaggi?»

Parker spalancò gli occhi e poi annuì. «Potrebbe volerci qualche ora, ma sì. Buona idea. Metterò subito uno dei miei all'opera.»

Scarlett non capiva perché fosse così rilevante.

Rooney li interruppe. «Qual è la cosa più importante qui?»

«Cosa intendi dire?» Scarlett non riusciva a seguirli eppure era una super nerd. La mancanza di sonno e il terrore che qualcuno volesse uccidere la sua famiglia le avevano scombinato il cervello.

«Intendo dire, vogliamo Dorokhov o la vera spia?»

«Giusto, qual è la nostra preferenza?» Scarlett sostenne lo sguardo della donna a lungo. «Vogliamo la vera spia e la verità.»

Matt smise di camminare nervoso.

«Perciò, Scarlett chiama Dorokhov. Gli dice che Maidstone le ha detto qualcosa prima di morire. Qualcosa di molto importante. Organizza un incontro dicendo che glielo dirà, se in cambio lui la lascia viva e in pace.»

«Maidstone è morto?» Fu pervasa da un'ondata di senso di colpa e pietà per quell'uomo, poi ricordò come lui avesse contribuito a ciò che era stato fatto alla sua famiglia.

«Scarlett non incontrerà Dorokhov.» Matt sporse in avanti il mento e fissò Rooney dritto negli occhi.

«Non deve andarci, deve solo fargli credere che ci andrà. Uno con l'ego smisurato e il senso di superiorità di Dorokhov, si presenterà di certo all'appuntamento. Inoltre, vorrà sapere cos'ha detto Maidstone e a chi arrecherà danno» disse Rooney alzando le spalle. «Senza le prove concrete di un crimine, non possiamo toccarlo e lui lo sa. Ma il motivo per cui lo facciamo non è per Dorokhov. Ma per spaventare la spia che è ancora in azione. Avremo bisogno di una squadra di sorveglianza e Frazer chiederà a Jon Regan un favore personale a questo proposito. Il nostro lavoro è controllare cosa faranno i nostri sospettati, gli uomini della lista di Stone. Dove andranno e chi contatteranno quando Scarlett farà la chiamata. Grazie a Dio, McGyver è in Alaska e White è in una missione oltreoceano, quindi la lista si riduce a quattro.»

«Clarckson, Regan, Weber e Branson. Ne hai già parlato col tuo capo?» le chiese Matt.

Rooney annuì. «Sta cercando il modo più rapido di tornare dal Colorado. La polizia penitenziaria sta facendo la guardia ai tuoi genitori, Scarlett. Frazer voleva rimanere lì con loro, ma sa che abbiamo bisogno di lui qui.»

«Notizie dell'allerta su di me?» chiese Matt.

«Frazer ha parlato con il capo della polizia locale di Thornton ed è riuscito a farla revocare, ma tieni un profilo basso in caso qualcuno non abbia compreso bene» rispose Rooney.

Matt alzò gli occhi al cielo. «Grandioso, cazzo».

Rooney arricciò le labbra. «Ci servi a Washington.»

Lo sguardo di Matt si fece duro. «Quindi è tutto qui? Tutte le risorse umane che possiamo racimolare per dare la caccia alla più pericolosa spia della storia degli Stati Uniti? Non siamo nemmeno agenti sul campo.»

Rooney guardò Scarlett, poi lui, poi Parker e annuì. «Già. Noi siamo tutte le persone di cui sappiamo per certo di poterci fidare. E Frazer, se arriva in tempo. In pratica, il piano è di far credere che Scarlett sappia chi è la vera spia e vediamo chi abbocca.»

«Quindi Natale è cancellato?» Parker mantenne un'espressione piatta, ma Scarlett notò il bagliore nei suoi occhi.

Rooney strinse gli occhi. «Chiama uno dei tuoi elicotteri, signor Parker. Forse torneremo a casa in tempo per il tacchino.»

Lui non rispose, ma un lato della sua bocca s'incurvò appena in un piccolo sorriso.

———

Volare a tutta velocità nel cuore della notte procurava già una botta di adrenalina di per sé. Volare alla cieca era al tempo stesso esilarante e terrificante. Il rumore era intenso. Le ossa venivano squassate dalle vibrazioni. Ricordi di vecchi amici e missioni di cui ancora non riusciva a parlare gli passarono tra i pensieri. Flash del passato si scontravano con il presente e quello che avrebbe potuto essere il suo futuro, se le cose fossero andate nel modo in cui sperava.

Scarlett gli sedeva di fianco nell'oscurità. Ne intravedeva solo il debole profilo della silhouette.

Lui aveva già rovinato l'inizio della loro relazione, anche se Scarlett aveva decisamente contribuito al fiasco. Non avrebbe mai dovuto fare l'amore con lei, almeno finché lei non avesse saputo la verità su tutto quello che stava accadendo. Parker aveva ragione, nonostante tutte le folli avventure di quegli anni, lui era uno che seguiva le regole. Anche in quel momento aveva l'ordine di non dire a Scarlett che Angel ancora non era stata ritrovata e temevano fosse morta. Decise che l'avrebbe fatto non appena la situazione l'avesse permesso, cioè una volta certo che Scarlett non si sarebbe precipitata a salvare l'amica senza pensare alla propria incolumità.

Scarlett si sentiva nei confronti di Angel come lui nei confronti dei suoi compagni. Il suo feroce senso di lealtà era uno dei motivi per cui si era abbandonato ai sentimenti che provava per lei. Abbandonato come in caduta libera da altezze impossibili senza paracadute. Sarebbe sopravvissuto solo se Scarlett l'avesse preso al volo. Le chance erano cinquanta e cinquanta, *se* avessero trovato Angel viva e vegeta. Dopo di che sarebbero precipitate.

Il pilota volò intorno a una piccola pista d'atterraggio, in un aeroporto a circa una trentina di chilometri a sud dalla base della

Marina di Quantico, e fece planare l'uccellino senza un sobbalzo. Parker saltò fuori per primo e aiutò Rooney a scendere. Matt non sapeva come si sarebbe sentito se la sua fidanzata incinta fosse stata in missione operativa, ma sapeva che Parker non avrebbe mai lasciato il fianco di Rooney per tutta l'operazione. Dovevano comunque essere due squadre da due per guardarsi le spalle a vicenda. C'erano troppe persone di cui non si potevano fidare. In più, solo lui e Rooney erano membri ufficiali delle forze dell'ordine e quella bomba gli sarebbe potuta scoppiare in faccia, se non avessero fatto attenzione.

Sganciò la cintura e prese il braccio di Scarlett prima che lei uscisse dal portellone. I capelli erano stati domati da un berretto di lana nero che Parker aveva tirato fuori dalla valigia. I suoi bellissimi occhi non si potevano mascherare, ma poteva passare per un adolescente, se non la si vedeva nuda.

Beato lui. Sghignazzò tra sé e sé.

«Cosa c'è?» gridò lei sopra il rombo dei rotori.

Lui non aveva in mente un piano chiaro, ma in quel momento lei sembrava così bisognosa non solo di un amante ma di un amico che la tirò a sé e le cercò le labbra. Forse era da pazzi, forse stava abbassando la guardia, ma non riuscì a trattenersi.

Lei si ritirò. «Questo per cos'era?»

«Buon Natale, Scarlett.»

Lei deglutì, con le emozioni che le esplodevano negli occhi come scintille di fuochi d'artificio. «Buon Natale, Matt.» Poi lo baciò. In fretta, con ferocia. Quando scese, lui le fu accanto in un attimo, allontanandola dalle eliche pericolose dei rotori e spingendola verso l'auto poco distante.

Frazer aveva predisposto che la sua Buscar, un'enorme Lexus nera, li attendesse al piccolo aeroporto. Matt salì al posto del guidatore e Parker la controllò per vedere se ci fossero esplosivi.

Non valeva la pena cercare eventuali dispositivi di rilevamento. Il punto di tutta quell'operazione era che volevano che i cattivi conoscessero la loro posizione, o almeno che credessero di conoscerla.

La temperatura era crollata, l'aria fredda e umida era stata rimpiazzata dalla bassa pressione che aveva portato il gelo dal nord. Dicembre aveva deciso di entrare a gamba tesa di nuovo, proprio per Natale. La rugiada si gelava sull'erba e il ghiaccio brillava sugli alberi. Era tutto bellissimo, ma non riusciva ad allentare l'atmosfera tesa. Guidarono in silenzio, la macchina teneva bene sull'asfalto scivoloso. Non lontano dall'accademia dell'FBI, Parker diede a Scarlett il suo cellulare. Matt la guardò dallo specchietto retrovisore.

Rooney accese la luce nell'abitacolo. Scarlett aprì il foglio con il discorso dettagliato che doveva pronunciare e lo allargò sulle ginocchia dei pantaloni che aveva preso in prestito.

Fece il numero che Parker aveva assicurato essere quello privato di Dorokhov e mise il vivavoce.

«Chi è?» La voce era aspra, rabbiosa e con un pesante accento russo.

Erano le quattro del mattino del giorno di Natale. La maggior parte della gente sopra i dodici anni si sarebbe infuriata per essere stata svegliata così presto.

«Mi chiamo Scarlett Stone. Credo che lei mi stia cercando.» Il piano era di non lasciar parlare Dorokhov. «Ho parlato con qualcuno ieri che mi ha passato delle informazioni di cui credo lei debba venire a conoscenza.» La voce le tremò, ma continuò determinata. Matt avrebbe voluto abbracciarla ma lei era sul sedile posteriore con Rooney.

«Non so di cosa stai parlando.»

«Mi ha detto che questa sarebbe stata la sua reazione.»

«Cosa vuoi?» Il tono era impaziente e infuriato.

Lei gli stava dando troppo spazio di manovra. «Le offro questa informazione in buona fede, come una sorta di scuse per quello che ho fatto. Ho commesso un errore. Sono stata una stupida e una folle e mi dispiace. Voglio farmi perdonare. Mi incontri stamattina alle sette vicino al Vietnam Memorial e le dirò tutto.»

«Dimmelo adesso, al telefono.»

«Non posso.» La voce le si spezzò. «Fra tre ore. Su una delle panchine lungo il marciapiede.»

«No.»

Merda. Tutti trattennero il fiato. La tensione nell'auto era al cinquemila percento. Se avesse minacciato la vita di Angel o alluso al fatto che ancora l'aveva lui, Scarlett avrebbe scoperto la verità e sarebbe andato tutto a puttane.

«Sugli scalini del Campidoglio, di fronte al Mall. Da qualche parte in cui possa tenere sott'occhio tutto quello che succede. Il tuo fidanzato dell'FBI è ancora con te?»

Lo sguardo di Scarlett guizzò su Matt. «Non più.»

«Se lo vedo nei paraggi, salta tutto e riporterò l'incidente per vie ufficiali.»

Rooney stava dicendo a Scarlett di tagliare corto con gesti e segnali, ma lei rimase abbarbicata al telefono come ipnotizzata.

«Non sei spaventata da me o da quello che potrei fare?» domandò Dorokhov.

Matt rimase pietrificato.

«Francamente? No, sono più incazzata.» *Non nutrire la belva, Scarlett.* «Vorrei che lei venisse svergognato e rovinato come è accaduto a mio padre. Vorrei che lei morisse. Ma non ho il potere di fare in modo che tutto questo accada. Perciò, voglio solo indietro la mia vita.» Chiuse la chiamata e tutti ripresero a respirare.

———

La consapevolezza che la figlia di Richard Stone e l'agente dell'FBI Matt Lazlo non solo erano sopravvissuti all'esplosione della barca, ma avevano anche rintracciato Maidstone e parlato con lui prima che morisse lo scioccava così tanto da non riuscire nemmeno ad aprire bocca. *Porca puttana.* Era certo che Maidstone fosse morto, quando se n'era andato. Non era rimasto più a lungo in caso qualcuno dei vicini avesse sentito lo sparo, che era risuonato netto, nonostante l'uso del silenziatore.

Erano andati all'accademia insieme, lui e Maidstone, e una volta aveva persino aiutato sua moglie a scamparla da un'accusa di guida in stato d'ebbrezza. Era stato lui a convincere l'amico a far passare i risultati falsificati del poligrafo di Stone come prova d'interrogatorio. Fino al momento in cui gli aveva puntato la pistola in faccia, Maidstone aveva creduto davvero che Stone fosse colpevole. Le prove contro di lui erano schiaccianti... tutte piazzate di nascosto, ovviamente.

Quando aveva saputo che l'ex tecnico del poligrafo era stato trovato vivo e che poi avevano identificato le impronte dell'agente federale scomparso sul telefono della scena del crimine, aveva davvero creduto che i colleghi stessero andando ad arrestarlo. Invece, i piani alti erano più interessati a capire se l'ex Navy SEAL fosse diventato un criminale. La buona notizia era che se Lazlo e la Stone avessero capito la sua identità, l'avrebbero gridato subito a mezzo mondo e lui si sarebbe ritrovato già in manette.

Perciò non lo sapevano. Non ancora.

Fece scorrere un dito dentro il colletto della camicia. Il fatto che vivesse da solo significava che nessuno avrebbe fatto domande se fosse uscito all'alba della mattina di Natale. I suoi orari di lavoro assurdi erano stati uno dei tanti torti nella lunga lista di rimostranze che la sua ex moglie aveva propinato al giudice. Si era liberata di lui con il divorzio dopo aver scoperto che una spogliarellista di Washington gli concedeva tutte le gioie che lei gli rifiutava. Lo aveva sbattuto fuori dalla loro lussuosa casa con quattro camere da letto e lui si era trasferito in un posto molto più modesto.

Considerando le continue lamentele e le critiche che aveva dovuto sopportare per oltre vent'anni, non capiva perché il giudice non gli avesse riservato un trattamento migliore. Era lui quello che rischiava la vita ogni giorno per il suo paese. Lei era solo una mamma a tempo pieno che non sapeva nemmeno cucinare un uovo e di certo non aveva idea di cosa volesse dire pulire. Era una parassita, ma poiché la società puniva gli uomini come lui, sua moglie aveva ottenuto quello che voleva e lui si era preso gli scarti.

Per fortuna lei non aveva mai saputo del suo conto alle Isole Cayman.

Si stava godendo quella ritrovata libertà da single navigando piano verso la pensione, a cui mancavano solo tre pidocchiosi anni. Quella stupida troia della figlia di Stone l'aveva costretto a rivedere in fretta i suoi piani.

Per fortuna era sempre stato attento. Era sempre riuscito a seminare false tracce. A intorbidire le acque. A parte i soldi alle Cayman, che erano a nome di una società fittizia, non c'erano prove che puntassero a lui direttamente. Se ne era assicurato.

Lui non si considerava una spia. Era stato costretto a farlo col ricatto. Lo avevano fatto entrambi.

Guardando indietro a sedici anni prima, avrebbero dovuto accettare la loro punizione. Invece si erano fatti abbindolare dalla falsa promessa che il patto sarebbe stato un caso isolato e dalla possibilità di guadagnare un mucchio di soldi. Era stato troppo invogliante. Una volta concluso, però, si erano resi conto di aver fatto in realtà un patto col diavolo. Non si poteva tornare indietro senza finire in galera.

Lui aveva guadagnato un sacco di soldi in pochissimo tempo ma non poteva spenderli. Le indagini erano state troppo accurate e l'unica cosa che aveva potuto fare era stato attendere. Troppa pressione nella caccia al traditore che stava vendendo l'FBI e stava facendo morire delle persone. Il contante era depositato nel suo conto in banca e cresceva, in attesa che lui appendesse il distintivo al chiodo e decollasse verso spiagge soleggiate.

Gli ci erano voluti due anni per districarsi dalla morsa di quel bastardo, ma la cosa ironica era che proprio Dorokhov se n'era uscito con l'idea su come depistare i federali: incolpare Richard Stone, che continuava a ficcare il naso nel caso, nonostante fosse stato trasferito in un'altra sezione mesi prima. Poi, si era procurato da solo il materiale per ricattare Dorokhov e aveva messo le carte in tavola, costringendo il russo a lasciare il paese.

Aveva imparato dai suoi errori. Non li aveva più commessi e si era fatto un gran culo per un misero riconoscimento. Ma il Bureau non l'avrebbe vista in questo modo. Non si sarebbero ricordati dei suoi anni di servizio, avrebbero ricordato solo quell'unico, terribile sbaglio.

Non sarebbe andato in galera.

Solo due persone sull'intero pianeta conoscevano la sua relazione con Dorokhov. Entrambe dovevano morire.

Il sudore gli imperlò la pelle umida, nonostante la temperatura fosse crollata. Era stato in ufficio per ore a monitorare la situazione, ma aveva bisogno di una pausa. Le strade erano vuote. Il momento di calma prima dell'alba. Si accese una sigaretta e inalò profondamente, un'altra delle cose di cui poteva godere in pace da uomo single. Prese il telefono dalla tasca e guardò la fotografia che aveva fatto poche ore prima alla vecchia signora che dormiva serena nella sua stanza in una casa di riposo. L'avrebbe potuta uccidere con facilità. E avrebbe di certo fatto un favore a Lazlo. Ma aveva imparato da un ottimo maestro che la cosa più importante quando si voleva far fare qualcosa a qualcuno era il ricatto. Sapere che lui era riuscito a introdursi in quella stanza avrebbe spaventato a morte l'ex Navy SEAL, l'avrebbe costretto a spartire la sua lealtà, e magari si sarebbe tirato indietro. In caso contrario, si sarebbe sbarazzato di lui.

Mentre fissava lo schermo pronto a inviare la foto, il cellulare usa e getta vibrò. Lui rispose ma rimase in silenzio.

«La Stone ha appena chiamato Dorokhov per organizzare un incontro fra tre ore.»

«Dove?»

«Lei ha chiesto il Vietnam War Memorial. Lui le ha proposto la scalinata del Campidoglio. Non mi ha detto perché vuole vederlo. Mi ha solo ordinato di tenere l'auto pronta.»

Sergio Raminski era un ufficiale di collegamento che lui si era tenuto buono con false promesse di ricchezza quando Dorokhov era tornato negli Stati Uniti. Se Dorokhov avesse scoperto che l'aveva tradito, Raminski sarebbe stato un uomo morto. E lui lo sapeva.

I pensieri si accavallarono nella sua mente. Perché la figlia di Stone voleva incontrare Dorokhov? Maidstone doveva averle detto qualcosa prima di morire... Ma cosa? Se fosse stata solo la sua identità, lui si sarebbe trovato già in galera. A meno che... lei non usasse quell'informazione e la minaccia di denuncia per far rilasciare la sua amica.

«Dov'è l'altra ragazza?»

«Nel baule della mia auto. È drogata. Voglio disertare. Adesso. Questa mattina stessa. Prima che Dorokhov scopra che sto passando informazioni agli americani.»

Lui rimase colpito quando gli balenò l'idea chiara e lampante di come avrebbe potuto far funzionare la faccenda, ma doveva agire in fretta. «Incontriamoci al Fletcher's Cove. Mi organizzerò.» Chiuse la chiamata.

17

———

Nel suo lavoro, Scarlett era logica e sicura di sé. La matematica e la fisica non mentivano. Le proprietà degli elementi chimici non cambiavano da sole, erano costanti e ci si poteva fare affidamento. La sfida consisteva nell'abilità dell'essere umano di comprendere i loro segreti. Stranamente, lo spionaggio sembrava operare allo stesso modo. La verità era che quella che era, ma scoprirla interpretando le informazioni in modo corretto era la chiave per svelarne i segreti.

Sfiorò con le dita il piccolo dispositivo fai-da-te che aveva ancora nella tasca della giacca.

Con un guru della sicurezza informatica come alleato avevano informazioni che avrebbero fatto cagare in mano qualsiasi teorico del cospirazionismo governativo. Parker aveva dato a lei e Matt un secondo portatile con un programma per rintracciare tutti i loro telefoni cellulari e quelli dei sospettati, più le auto ufficiali del Bureau e quelle private dotate di sistemi GPS registrati a nome degli indiziati nella lista.

Si erano fermati in "ufficio" lungo la strada per Quantico e Rooney e Matt avevano preso altre munizioni e dei giubbotti anti-proiettile. Una volta scesi nel parcheggio dei visitatori, Matt gliene passò uno e lei uscì dall'auto.

«Sotto la maglia» ordinò lui.

Lei si tolse il maglione a collo alto e infilò il giubbotto antipro-iettile sopra la t-shirt. Lui l'aiutò con le chiusure, assicurandosi che fosse stretto bene. Per quanto fosse bello sentire le sue mani addosso, quell'affare era la cosa più fastidiosa del mondo da indossare, dopo i tacchi alti di Angel.

Ripensare alla sua amica le procurò un dolore acuto. Ne avevano passate così tante insieme. Scarlett sperò che Angel non fosse rimasta traumatizzata da quella terribile prova. Guardò il telefono che ancora aveva in mano: voleva chiamarla, ma era notte fonda e probabilmente Angel stava dormendo. Matt non le avrebbe mai permesso deviazioni dal piano stabilito.

Lottò per rinfilarsi il maglione, sentendosi come se avesse preso venti chili, poi si rimise la giacca.

«Togli la batteria dal telefono per adesso. Facciamo in modo di non renderci bersagli ancora più facili di quel che già siamo, okay?» Matt la guardò con attenzione. Era molto imbarazzante che le leggesse il pensiero in quel modo. Lei tolse la batteria e fece scivolare di nuovo il telefono in tasca.

Qualche ora in più non avrebbe fatto alcuna differenza con Angel, anzi, visto il suo caratterino, forse sarebbe stato meglio.

«Oh, merda.» Parker diede un'occhiata al sedile posteriore, dove aveva appoggiato il portatile mentre si preparava. Non prometteva nulla di buono.

«Ho appena beccato la traccia di un trasferimento di denaro da un conto a nome di R. Branson a uno a nome di Ken Maidstone.»

Scarlett si sentì come se qualcuno le avesse dato un cazzotto nello stomaco. «Quel gran farabutto, tutto compiaciuto… seduto in quell'ufficio a dire a *me* di fare la brava ragazza. Bastardo.»

«Un altro colpaccio. Stesso conto. Cinquemila dollari ameri-cani trasferiti in Messico questa mattina. Buon Natale, signora Marquez.» Parker controllò il caricatore della sua arma e la ripose nella fondina sul fianco. Poi fece la stessa cosa con una seconda, che fissò al polpaccio.

«Per l'attacco a Richard Stone?» chiese Matt.

Parker scrollò le spalle e porse a Rooney un caricatore di riserva.

«Cinquemila dollari?» Scarlett sentì le budella rivoltarsi. «Questo è il prezzo per ammazzare qualcuno?»

Si mise una mano sulla pancia per bloccare quella sensazione tumultuosa che le faceva venire da vomitare. Non c'era tempo per la fragilità umana, stava giocando con i grandi, che sembravano refrattari alla debolezza. Erano tutti armati mentre lei non aveva mai toccato una pistola in vita sua, figurarsi sparare davvero. Suo padre le avrebbe insegnato a usare le armi. Nei suoi pensieri sperava ancora che potesse farlo.

Parker alzò le spalle. «La gente uccide per molto meno, soprattutto se si parla di un poliziotto in una prigione federale. Lo farebbero anche gratis. Okay, ragazzi. Siamo pronti.» Rooney e Parker avrebbero preso l'auto dell'FBI di lei, che era parcheggiata lì. «Noi terremo d'occhio Branson, che è l'indiziato numero uno e vive a Washington. Siete pronti a seguire Regan voi due?»

Matt annuì. Controllò l'orologio. «Se quel tizio è in buonafede, si precipiterà al Centro per organizzarsi non appena Frazer chiude la chiamata.»

Anche Scarlett controllò l'orologio. Frazer avrebbe chiamato l'uomo entro quindici minuti.

«Lo farebbe in ogni caso, probabilmente.» Affermò Parker. «Teniamoci in contatto con i telefoni usa e getta che vi ho dato prima e mi raccomando, non fidatevi di nessuno.» Rivolse a Scarlett un sorriso triste e se ne andarono. Erano solo lei e Matt, e l'idea le fece palpitare il cuore per un secondo.

Cuore folle. Avevano una missione da compiere.

«Stai bene?» le domandò lui.

«Sì.» Aveva la voce esile. Erano vicinissimi alla verità. Pregava che lo fossero davvero e che suo padre sopravvivesse sia al brutale attacco sia al cancro. Aveva chiuso gli occhi e stretto i pugni. Non si era nemmeno resa conto di stare pregando, finché una mano grande e calda non coprì le sue. Aprì gli occhi. «Grazie per esserci.»

Un lato della bocca di Matt si sollevò e una luce intensa gli illuminò lo sguardo. «Non vorrei essere da nessun'altra parte.» Lei aprì la bocca per protestare ma lui le lesse la mente. «Mia mamma vorrebbe che io rimanessi con te, se lo sapesse.» Si schiarì la voce e distolse lo sguardo.

Scarlett si sollevò sulla punta dei piedi e lo baciò sulla guancia. Stavano entrambi affrontando delle tragedie che riguardavano i loro genitori. Entrambi avevano bisogno di un miracolo.

«Dobbiamo andare.» Matt l'allontanò da sé. Era concentrato sulla missione e Scarlett non voleva distrarlo. Si avviarono verso Woodbridge, dove viveva Regan.

Scarlett teneva d'occhio il pallino sullo schermo. «Weber si sta muovendo.» Lui lavorava all'Accademia. Il cuore le pulsava forte, e ancora non avevano fatto nulla. Non potevano seguire tutti per mancanza di uomini e per il bisogno di segretezza. Era più un processo di eliminazione portato avanti con un approccio *dividi et impera*. Funzionava in ambito scientifico. «Anche Regan.»

Matt annuì con la mascella serrata. La concentrazione era ai massimi livelli. «Da che parte sta andando Regan?»

Lei gli diede le indicazioni e lo seguirono a distanza di sicurezza. Dieci minuti dopo, il Cherokee di Regan voltò dentro a un complesso di edifici bassi, ben lontano dalla strada. Matt proseguì e accostò poco distante.

«Quello è un centro dell'FBI?» chiese Scarlett.

«Non posso dirtelo.»

Lei rise. «Informazione riservata, eh? Basterà solo che mi *spara-flashi* con il *neuralizzatore* alla fine di tutto questo casino, come in *Men in Black*.»

«Per cancellare il ricordo di noi che facciamo sesso? Non credo proprio.» Gli occhi gli bruciarono pieni di desiderio.

«È stato fantastico, vero?» Lei lo guardò e gli fece un sorrisetto malizioso. L'idea non detta che avrebbero potuto farlo di nuovo, chissà quando, aleggiava tra loro.

«Verissimo.»

Il brusco colpo metallico contro il vetro le fece ricacciare indietro un grido.

Un uomo mascherato vestito interamente di nero era in piedi fuori, dal lato del guidatore, e stava puntando una pistola dritto contro il petto di Matt. Avevano commesso un errore. Un errore letale.

———

Come soldato, Raminski aveva ucciso diverse persone. Aveva mirato a Scarlett Stone e aveva premuto il grilletto, più che contento di ammazzarla. Ma vedere Angel LeMay buttata sul letto come un pezzo di carne gli aveva devastato l'anima. Aveva pensato che sarebbe stato in grado di gestire la situazione. Uccidere qualcuno era peggio che stuprarlo. Ma si era sbagliato.

Non si era aspettato che Dorokhov violentasse davvero la ragazza. Ma non aveva fatto nulla per fermarlo.

Perché ti avrebbe ammazzato.

Non aveva importanza. Raminski sarebbe bruciato all'inferno per quello. Non l'aveva fermato. Aveva rapito una donna del tutto ignara di quello che stava accadendo, che voleva solo partecipare a una festa elegante e incontrare uomini attraenti. Avrebbero potuto persino fare l'amore. E invece lei era stata legata, picchiata, drogata e stuprata, tutto perché la sua cosiddetta amica aveva deciso di andarci giù pesante col suo capo. Una folle principiante. Aveva mandato all'aria dei piani accuratamente organizzati con una sola passata di incompetenza.

Scarlett Stone avrebbe dovuto essere morta. Era lei quella che doveva soffrire.

Il suo contatto dell'FBI lo aveva incontrato per strada solo pochi giorni dopo il suo arrivo a Washington. Gli aveva detto che aveva intuito cosa ci fosse dietro lo splendore e l'immagine immacolata che i poteri alti avevano creato per il loro nuovo ambasciatore. Quello sconosciuto aveva capito che Dorokhov era un uomo brutale e privo di scrupoli. Era come se avesse letto la mente di

Sergio e avesse capito perfettamente il suo bisogno disperato di fuggire dal pericoloso circolo della diplomazia e della politica russa. Aveva iniziato a passare a quella persona qualche informazione di base. Poca roba. Cose minori. Resoconti di dettagli. Dettagli personali. Nulla di importante. Ma poi aveva anche iniziato a fotocopiare dei documenti.

Quello gli aveva fatto oltrepassare il confine.

Lo sapevano entrambi.

Vide la casa di mattoni bianchi sul canale e voltò verso Fletcher's Cove. Era una zona tranquilla, ancora di più nelle prime ore della mattina di Natale. Raminski accostò con la sua Cadillac ufficiale dell'ambasciata accanto a un'anonima berlina rosso scuro parcheggiata.

Il finestrino della berlina si abbassò piano. «Problemi?»

«*Niet.*»

«Hai la ragazza?»

Raminski fece un cenno col capo verso il baule dell'auto. Era vestita e al caldo, più al sicuro lì dentro che in qualsiasi altro posto.

«Dove pensa che tu sia, adesso?»

«A riportarla al magazzino.» Rimase impassibile. Solo il fatto di aver accettato di portarla da Dorokhov gli faceva venire il voltastomaco.

«C'è il GPS in questo veicolo?»

«L'ho disabilitato» rispose con un'alzata di spalle. «Voglio disertare. Adesso. Stanotte.» Le sue mani agguantarono il volante. L'idea di tornare là... di rimettere quella donna nella cella, era aberrante. Non poteva farlo.

«Certo, certo» annuì l'uomo. Il vapore del suo alito uscì dal finestrino. «C'è un'alternativa... potresti uccidere Dorokhov.»

«Cioè? Cosa intendi dire?»

«Intendo proprio prendi un fucile e gli fai saltare il cervello. Sei un cecchino, no? Sai dove si troverà alle sette di questa mattina. È troppo egocentrico e arrogante per non presentarsi. C'è una traiettoria perfetta dalla cima della National Art Gallery, sull'edificio a est. Posso farti arrivare sul tetto. L'ғвɪ ti lascerà in pace e ti permetterà di fuggire. Tornerai all'ambasciata pieno di cordoglio e nessuno sospetterà di te. Farai passare qualche settimana, incontrerai una bella ragazza e t'innamorerai. Posso anche garantirti una green card.»

Raminski fissò il riflesso scuro del canale. L'offerta era allettante. Non avrebbe avuto bisogno di disertare, di cambiare identità e non parlare mai più con la sua famiglia a casa. Si aspettavano che facesse da spia per loro, ovviamente, ma si era assicurato di fornire solo informazioni di poco conto o false. Sarebbe stato così inutile che a loro non sarebbe importato che spiasse o meno. E l'idea di piantare una pallottola nella testa di quel bastardo schifoso... «Perché non lo fai tu?» gli chiese sospettoso.

«Non sono molto bravo a sparare e non possiamo compiere un'azione diretta senza scatenare una guerra. Negazione plausibile. Hai con te il fucile?»

Raminski annuì. L'aveva nascosto in macchina dopo la sparatoria al parco. La targa diplomatica la rendeva praticamente impossibile da perquisire, per gli americani.

«Che cosa ne sarà della ragazza?» Raminski indicò il baule.

«La trasferiremo nella mia auto e la riporterò ai genitori al più presto.»

Rimpianti e tristezza lo avvolsero all'improvviso. «Dormirà per qualche altra ora.» La gola gli si seccò. Da vivo, Dorokhov sarebbe sempre stato una minaccia per lui e per Angel LeMay. Da morto, sarebbe finito tutto. Annuì e allungò una mano fuori dal finestrino, nel breve spazio che li separava. «Affare fatto.»

«Cazzo.» Matt non riusciva a credere di aver commesso un errore così da pivello. Regan, perché doveva essere Regan, si era accorto dell'auto che lo seguiva e aveva fatto il giro intorno all'isolato per piombargli alle spalle. Matt alzò entrambe le mani e le appoggiò sul volante. «Distratto dal sesso.»

La figura oscura bussò di nuovo sul vetro e indicò Scarlett.

«Metti le mani dove possa vederle.»

Anche lei alzò le mani e le mosse piano e ben in vista verso il cruscotto.

Era diventato presuntuoso e aveva abbassato la guardia.

«Siamo morti, Matt?»

Il terrore nella sua voce gli trapassò il cuore come una lancia.

«Dipende» mormorò lui. «Non fare gesti inconsulti. Ricorda che prima spara e poi fa domande.»

L'uomo aprì piano la portiera sul lato di guida e fece un passo indietro, mettendosi fuori portata. Dopo qualche secondo di silenzio teso, la figura imprecò e si tolse la calza dal viso. «Lazlo?» Era Regan, e pareva incazzato. «Son contento di vedere che non sei morto, ma perché cazzo mi stai seguendo? Per giunta...» la voce si abbassò, vibrando di rabbia quando vide Scarlett, «... portandoti dietro una sospetta criminale?»

«Io non sono una sospetta criminale.»

«Ho visto il video, principessa, per quel che mi riguarda i tacchi a spillo e la biancheria di pizzo sono stati un bel regalo di Natale, ma ciò non toglie che ti stavi intrufolando illegalmente in quello che tecnicamente è suolo straniero.»

«Se è suolo straniero, perché t'importa tanto?» replicò Scarlett.

«Basta.» Matt non sapeva se quell'uomo fosse il traditore. Il suo istinto gli diceva di no, ma non avrebbe affidato la vita di Scarlett a delle supposizioni.

Quattrodici anni prima, un Regan novellino affrontava il suo primo caso. Quell'uomo non aveva niente del profilo classico della spia. Non era un narcisista e di sicuro non era un buono a nulla. Era passato dall'esercito all'FBI e, nonostante la sua arguzia pungente, era apprezzato e benvoluto da tutti quelli che Matt conosceva. «Ti ha appena chiamato Frazer?»

«Come diavolo fai a saperlo?» Gli occhi di Regan si strinsero.

«Ti ha detto che il bersaglio della sorveglianza è Andrei Dorokhov? E che devi essere pronto fra un'ora?»

Lo sguardo di Regan saettò tra lui e Scarlett. Tenne la bocca chiusa, come un bravo agente dovrebbe fare quando gli vengono poste domande su un caso aperto.

«Fammi vedere il tuo telefono e ti chiarirò subito questo casino.» Matt uscì dall'auto e Jon Regan arretrò.

«Come vuoi. Chiama Frazer e chiedigli cosa sta succedendo» Matt gli fece pressione. Regan abbassò lo sguardo e fu tutta la distrazione di cui Matt aveva bisogno. Calciò via la pistola dalla mano dell'uomo e lo gettò a terra con la faccia schiacciata sull'asfalto. Gli prese entrambi i polsi e glieli tenne fermi dietro la schiena. «Prendi il telefono, Scarlett. Controlla il registro chiamate.»

Matt cominciò a rovistare nelle tasche dell'uomo, cercando un altro telefono.

«Non so che cazzo credi di fare, Lazlo, ma ti spaccherò il culo e farò rapporto. Poi ti spaccherò il culo un'altra volta.»

Matt avvertiva la furia irrigidire i muscoli dell'uomo sotto di lui. Gli *avrebbe* davvero fatto un culo così, ma ne valeva la pena.

Non c'era un secondo telefono. Nessun cellulare usa e getta. Buona notizia.

«Nulla nel registro chiamate fatte, tranne una…» disse Scarlett, e lesse il numero che Matt sapeva essere della TacOps.

«I miei ragazzi saranno qui a breve, Lazlo. Vuoi davvero gettare nel cesso la tua carriera per un culo che non rivedrai mai più da dietro le sbarre di una prigione?»

«È lui?» Scarlett ignorò lo sproloquio di Regan. Buon per lei.

L'attenzione di Regan si spostò, quando udì le parole di Scarlett e si rese conto che le sue minacce non avevano sortito alcun effetto.

«Non credo, ma se mi sbaglio siamo entrambi morti. Vai in macchina e accendi il motore. Se mi aggredisce voglio che te ne vai di qui, chiaro?» Lei esitò, perciò lo ripeté più forte. «È chiaro?»

Lei annuì e corse verso la Lexus.

Regan s'irrigidì sotto di lui mentre Matt lo lasciava andare facendo un lungo passo indietro. Era un gesto di fiducia. «Parla con Frazer. In fretta, così ti renderai conto che quello che ti stiamo dicendo non sono cazzate, perché credimi, questa situazione sembra che sia stata creata da qualcuno in acido che si sta fumando una canna di *maria*.»

Regan si rialzò piano e andò a raccogliere la pistola che Matt aveva calciato via. Matt non provò a fermarlo. A nessun agente piaceva perdere la propria arma e il torto sarebbe stato ripagato. Gli occhi di Regan parlavano chiaro.

Matt fece il numero di Frazer e lanciò il telefono a Regan che l'afferrò al volo.

Si portò il cellulare all'orecchio. «Ho Lazlo e la Stone seduti in macchina fuori dal mio ufficio e, a meno che tu non mi dia un ottimo motivo per non farlo, spaccherò la faccia al primo e sbatterò in cella la seconda.» Spalancò gli occhi e sollevò la testa. «Ma che cazzo stai dicendo?»

Gettò il telefono a Matt. Lui lo prese ma non abbassò né l'arma né la mira. Si portò il telefono all'orecchio. «Capo?»

«Questo non era il piano, Lazlo.»

«Ho scazzato. È pulito?»

«Credo di sì.»

Credo era poco rassicurante. Regan lo scrutava con attenzione.

«Digli tutto del caso, ma non parlargli delle piste che stiamo seguendo. È chiaro che chiunque sia riuscito a rimanere nell'ombra per tutto questo tempo è abbastanza intelligente da fornire tutte le risposte giuste al momento giusto. Lascialo andare a organizzare la sorveglianza per l'incontro. Voglio vedere come va a finire» disse Frazer. «Guardati le spalle. Ci vediamo a Washington.»

Matt fissò il telefono e, un secondo dopo, la testa gli volò all'indietro quando Regan gli assestò un cazzotto in pieno naso. Il sangue schizzò. Scarlett gridò. Matt non si era neanche accorto che lui si era mosso. Cazzo.

«Questo, per avermi sporcato i vestiti.» Regan si scrollò il polso, che probabilmente era dolorante come il volto di Matt. «Il resto verrà dopo che avrai sistemato questo cazzo di colossale casino in cui ti sei infilato.»

Matt sputò sull'asfalto, ma non disse nulla. Se Regan cercava uno scontro diretto, lui era più che pronto e capace.

«Stiamo perdendo tempo» disse Scarlett in tono irritato dal sedile dell'auto.

Il sorriso di Jon Regan era tagliente. «Porta la macchina dentro alla zona recintata, bellezza.» Alzò un dito. «Ah, una domanda. Oggi nera o rossa la biancheria?»

Scarlett gli mostrò il dito medio. La portiera sbatté forte e lei partì.

Loro due s'incamminarono verso l'edificio della TacOps. «Suo padre potrebbe davvero essere innocente?»

«Decisamente possibile.»

Regan fece un sospiro profondo e scosse il capo fissando la strada. «Dio. Ho avuto i miei dubbi a suo tempo, ma ero il novellino appena arrivato e Stone aveva confessato. Merda.»

«Una cosa» sussurrò Matt. «Lei non sa che la LeMay non è ancora stata trovata.»

«Grandioso.» Gli occhi di Regan saettarono su di lui.

Arrivarono al cancello e Scarlett era lì, appoggiata alla Lexus con le braccia conserte, incerta su quello che avrebbe dovuto fare.

«È una tipetta grintosa. Fammi un fischio quando hai finito con lei, potrei farci un gir…»

Matt gli diede una sberla sul lato della testa. Regan rise toccandosi l'orecchio dolente. «Già, immaginavo che questo fosse il tuo punto di vista… mmm, e che vista!»

Matt scosse la testa. Portare Scarlett nella fossa dei leoni era un errore, ma non poteva permettersi di perderla di vista e, adesso, doveva anche tenere d'occhio Regan. Fortuna che lei era armata.

«Rimani qui, mentre vado a prendere la bacchetta magica» disse Regan.

Certo. Come no.

Matt lo seguì dentro con Scarlett alle costole, attaccata alla sua maglietta come se avesse paura che lui sparisse. Il giubbotto anti-proiettile gli sfregava la pelle. Regan passò il metal detector sui loro corpi. Scarlett ghignò quando lui annuì con riluttanza per farli entrare.

Lei si mise la mano nella tasca della giacca e tirò fuori un aggeggio piccolo e piatto. «Forse è ora di aggiornare la vostra tecnologia.»

«Dammelo» ordinò Regan. Lo alzò per osservarlo sotto la luce. Abbassò lo sguardo su di lei, passando di nuovo il detector sopra l'aggeggio senza alcun risultato. «Funziona davvero?»

«Raggio di trasmissione di cento metri. Si aggancia a qualsiasi segnale cellulare e si fa dare un passaggio fino a casa. Non è attivato, ecco perché non l'hai intercettato.»

Regan parve colpito. «Lo sai che ti devo perquisire nuda, adesso, sì?»

Scarlett indietreggiò di tre passi e andò a sbattere contro Matt.

Regan ghignò. *Oh, si sarebbe davvero goduto la sua vendetta.*

«Fidati» disse Matt. «L'ho perquisita io.»

«Dappertutto?»

«Dappertutto.» Mise una mano sulla spalla di Scarlett e gliela strinse.

Le guance le diventarono rosse come il suo nome. Si raddrizzò allontanandosi da lui, con un atteggiamento composto e appropriato. «Posso aspettare in auto se questo vi fa sentire più tranquilli.»

«No» dissero all'unisono Matt e Regan, probabilmente per motivi diversi.

Scarlett allungò una mano per riavere il suo dispositivo. «Lo lascerò nella giacca in auto.» Regan glielo restituì con riluttanza.

Matt tenne la porta spalancata mentre lei correva alla macchina per riporre la giacca. I pantaloni della tuta le modella-vano le gambe, lasciando poco o nulla all'immaginazione.

Regan la guardò muoversi. «Bel culo.»

«Ti ammazzo.»

«Oh, credimi, lo vorrai fare.» L'uomo sogghignò impunemente, poi passò a Matt un asciugamano per pulirsi il sangue dal volto.

Scarlett tornò e li guardò con cautela. «Che c'è?»

«Niente.»

Regan li condusse attraverso un'altra stanza sul retro, proprio mentre altri due uomini entravano dalla porta. «Cosa succede, capo?» Gli occhi di entrambi caddero su Scarlett e, dopo il breve tempo necessario ad andare oltre il giubbotto antiproiettile e il berretto, le loro pupille si dilatarono, riconoscendola.

Lei scosse la testa.

«Dobbiamo organizzare la sorveglianza alla scalinata del Campidoglio, prima possibile» disse loro Regan.

Matt guardò l'orologio. «L'incontro è alle sette.»

Tutti iniziarono a lamentarsi e borbottare. «Basta così» ordinò Regan. «Il furgone di White è già caricato. Prendete le vostre armi e i giubbotti e datevi una mossa. Ne parleremo strada facendo. Silenzio assoluto su questa faccenda. Andiamo.»

«Noi vi seguiremo con l'auto di Frazer. Ci incontrerà lì» disse Matt.

Scarlett iniziò a tremare e lo sguardo che le lanciò Regan non fu scortese. «Parcheggiate dietro l'American Indian Museum, sulla Maryland. State lontani dal Campidoglio.»

«Agli ordini.» Matt annuì, prese la mano di Scarlett e si diresse fuori a grandi passi. Dovevano essere veloci. E lui voleva controllare i movimenti di tutte le pedine, vedere se Rooney era riuscita a mettere gli occhi su Branson. Voleva porre fine a quella faccenda.

18

____

Raminski si calò il berretto dell'FBI sugli occhi, mentre veniva accompagnato in cima all'edificio est della National Gallery da una guardia di sicurezza che parlava a raffica e continuava a fermarsi per prendere fiato e tirarsi su i pantaloni.

Raminski indossava occhiali da sole, una giacca a vento con lo stemma dell'FBI sul retro, una camicia e anfibi neri. Teneva la bocca serrata. La guardia lo condusse su per le scale e dentro una torre svuotata di pezzi d'arte fino al punto stabilito, proprio come gli aveva promesso l'agente federale, poi sbloccò la porta di sicurezza che dava sul tetto.

«Eccoci qua.» La guardia si voltò e lo guardò. L'eccitazione gli illuminò lo sguardo e poi si affievolì quando vide che Raminski non rispondeva. «Io, ehm… farei meglio a tornare alla mia postazione» disse l'uomo nervoso.

Raminski gli fece un cenno secco col capo e aspettò che se ne andasse. Poi uscì sulla struttura moderna, fatta di linee taglienti e angoli acuti, grato che fosse ancora buio. Fissò il Campidoglio a circa cinquecento metri di distanza. Il vento soffiava leggero a quattro nodi da nord. Si stese appiattendosi a terra sul cemento e allineò il tiro. Sarebbe stato difficile. Non tanto per la distanza, quanto per i rami che, oscillando, avrebbero potuto deviare il colpo. Si alzò e cambiò posizione. Guardò l'orologio e si preparò ad attendere.

———

Il furgone della sorveglianza era freddo e col motore spento. Erano nascosti, parcheggiati di fianco all'American Indian Museum con una visuale nitida del Campidoglio da dietro il parabrezza. Scarlett tremava, nonostante gli strati di abiti che indossava, mentre guardava lo schermo del portatile poggiato sulle gambe. Aveva rimesso la batteria nel telefono perché volevano che Dorokhov credesse davvero che lei, da ingenua, si sarebbe presentata e sapevano che i russi stavano rintracciando il segnale.

Lei e Matt avevano seguito il furgone, lanciato a tutta velocità a luci e sirene spiegate finché non le avevano spente in prossimità del ponte sulla Quattordicesima Strada. In meno di cinque minuti, il team di Jon Regan aveva nascosto le cimici sotto alcune delle panchine e su un lampione in fondo alla scalinata del Campidoglio. Microfoni parabolici erano puntati in quella direzione, e anche le videocamere.

Di per sé, la scena era mozzafiato: fari di fredda luce bianca facevano risplendere la cupola del Campidoglio contro il cielo blu scuro. Un albero di Natale luccicava sul prato ai piedi degli scalini e il tutto si specchiava in modo meraviglioso sulla superficie riflettente dell'acqua. Quelle immagini così iconiche dell'America erano un'ispirazione per l'animo.

Un senzatetto dormiva sotto una panchina nella parte sud, ma a parte lui le strade erano deserte. Il Mall era tranquillo. Nella maggior parte delle case i bambini cominciavano a svegliarsi, frementi all'idea di scoprire cos'avesse portato Babbo Natale. Scarlett aveva undici anni l'ultima volta che l'aveva fatto. Sì, era stata un po' tardiva nello sviluppo, felice di rimanere agganciata a quella fantasia finché non le avevano fatto esplodere la bolla con violenza nucleare, strappandole via suo padre.

Era stata la fine di tutti i sogni di bambina, della finzione. E l'inizio della dura e spietata realtà.

Suo padre poteva morire in quel momento. La spia poteva non venire mai scoperta e magari Matt fingeva di curarsi di lei solo per risolvere il caso.

Dieci minuti alle sette.

Jon Regan la guardò. «Pronta?»

«Lei non andrà davvero all'appuntamento con Dorokhov.» Matt si alzò.

«E allora che cazzo ci facciamo qui?» Regan sembrava incazzato e confuso.

«Guardiamo, aspettiamo. È uno stratagemma.»

Gli occhi di Regan si strinsero. La bocca si serrò.

Il cellulare di Scarlett vibrò con insistenza nella sua tasca. Era impostato su silenzioso.

Era Rooney. «Branson non si è mosso, ma si è appena accesa una luce in camera sua. La macchina è qui. Il telefono idem.» Ma avrebbe potuto anche non esserci. Lo sapevano entrambe. «Clarkson è nel suo ufficio alla centrale di Washington e Weber è a Quantico.»

«Ma c'è qualcuno nell'FBI che ha una vita oltre al lavoro?» chiese Scarlett. Suo padre l'aveva avuta, finché non gli era stata portata via.

«A quanto pare, no» disse Rooney mesta. «Parker è andato a vedere se riesce a verificare che Branson sia veramente in casa, spero senza venire arrestato o colpito.» Riagganciò.

Il cellulare di Matt gli vibrò in tasca. Scarlett l'osservò. Vide i suoi occhi spalancarsi quando controllò lo schermo, poi imprecò e compose in fretta un numero sull'altro telefono. Aprì il portellone posteriore del furgone e uscì nell'aria gelida. Camminava nervoso, avanti e indietro, lontano dalla vista del Campidoglio. La pazienza non era la sua maggiore virtù. Parlava piano ma con fare agitato. Scarlett lo seguì fuori, con un desiderio disperato di aria fresca.

Lui coprì il ricevitore e parlò con lei e Regan che lo avevano seguito. «Ho appena ricevuto una foto di mia madre, spedita al mio indirizzo mail, con scritto di farmi da parte.»

Oddio. Lei non avrebbe mai immaginato che sarebbero andati persino da una donna in coma pur di ottenere quello che volevano. «Sta bene?»

«Stanno controllando in questo momento alla casa di riposo. Poi manderò qualcuno a fare la guardia.» Matt aveva le nocche bianche. Riportò il cellulare all'orecchio e si rimise a camminare su e giù. I muscoli erano tesissimi. Lei sapeva che lui voleva correre a proteggere sua madre. Lei lo stava forzando a rimanere lì.

Per la millesima volta rimpianse di non aver gestito la cosa in modo diverso, senza coinvolgere nessun altro. Ma dopo tutti quegli anni, sia Dorokhov sia la spia avevano mascherato le tracce così bene che da sola non sarebbe mai riuscita a fare emergere la verità. Qualcuno si sarebbe fatto male comunque, ma Scarlett avrebbe preferito essere lei e non uno spettatore innocente.

Il suo cellulare vibrò di nuovo. Pensò che fosse Rooney con qualche nuovo aggiornamento ma, quando lo tirò fuori dalla tasca, vide che era quello privato, non l'usa e getta. Non riconobbe il numero. Matt non stava prestando attenzione, intento com'era ad assicurarsi che sua madre stesse bene. Scarlett scaricò un'immagine. Per qualche motivo era certa che fosse la stessa foto che aveva ricevuto Matt, invece, apparve l'immagine sfocata di una giovane donna raggomitolata nel baule di un'auto. Si vedevano i capelli biondi, nonostante la benda. Lei ingrandì la foto e il suo cuore iniziò a battere all'impazzata sotto il giubbotto antiproiettile. Era Angel. *Gesù.* Scarlett guardò il quotidiano che era stato messo accanto al volto dell'amica come prova che fosse viva. Non riusciva a leggere la data, ma era sicurissima che la fotografia mostrasse l'esplosione al porto di Quantico.

Si accigliò. Non era possibile. Angel era già stata rilasciata la notte della festa, prima dell'esplosione... Era stata rapita di nuovo? *No.* Impossibile, l'FBI non avrebbe mai permesso che la figlia di un deputato venisse rapita due volte. Rimase pietrificata e fissò la schiena di Matt. Lo shock le esplose dentro. Le aveva mentito. Ovvio che le aveva mentito. Le aveva detto quello che lei voleva sentirsi dire per guadagnarsi la sua fiducia e cooperazione. *Mio Dio.*

Si sentì fredda. Distaccata. Capiva il perché le avesse mentito. Perché tutti loro lo avevano fatto. Lei non era un membro della squadra, era un outsider. Lo sapeva. C'era anche abituata, in un certo senso, ma il tradimento le doleva come una lama tagliente conficcata nella schiena.

Matt colse il suo sguardo. Lei gli sorrise, celando la bile che le stava salendo su per la gola, e aspettò che lui si voltasse per riprendere a camminare. Non appena lo fece, scivolò silenziosa dietro al furgone e via lungo la strada che portava al Campidoglio. Poi iniziò a correre, perché l'uomo che teneva prigioniera la sua amica sarebbe arrivato entro pochi minuti, e, se lei l'avesse implorato in ginocchio, forse avrebbe lasciato andare Angel.

———

Maledizione. Matt non poteva credere di non aver previsto che sarebbe accaduto. Le minacce e le manipolazioni erano normali in questo genere di casi, e lui non era uno che si faceva intimidire facilmente. Ma se fosse successo qualcosa a sua madre non se lo sarebbe mai perdonato. Il cuore gli pulsava a mille. Il tempo scorreva, Dorokhov sarebbe arrivato a momenti. Dubitava che fosse una coincidenza.

Finalmente, l'infermiera di turno arrivò in camera di sua madre. Lui udì il respiro affannoso, come se la donna avesse corso. «È qui, sta bene. *Alleluia.*» Gli mandò una foto della madre che dormiva pacifica nel suo letto. Grazie a Dio.

«Voglio ancora che avvisiate la polizia. Ho ricevuto una foto non autorizzata di mia madre con un'esplicita minaccia di morte...» Si voltò. Scarlett non c'era più. Immaginò fosse rientrata nel furgone. «...Proveniente dalla casa di riposo.» Camminò fino al furgone e si scontrò con Regan che aveva un'espressione strana sul volto. Guardò alle spalle dell'uomo. *No, Scarlett.* Ma che cazzo stava facendo? Poi la vide correre lungo la strada per il Campidoglio. Oh, merda. Chiuse il telefono al volo e cominciò a correrle dietro, ma si ritrovò gettato a terra, con le braccia ripiegate dietro la schiena.

«Usa la testa, idiota. Se Dorokhov ti vede, se la svignerà e questo non sarà servito a niente.» Regan gli stava facendo un male cane alle braccia, mentre gli sibilava nell'orecchio. Poi Matt si rese conto che il dolore era dovuto al fatto che lui gli stava opponendo resistenza, perciò si sforzò di calmarsi. «Lascia che ci parli. Abbiamo occhi e orecchie puntati su di loro. Ci sono cinque agenti dell'fbi nell'arco di trecento metri. È una donna sveglia. Non farà niente di stupido.»

Matt lo guardò come se fosse un pazzo fuori di testa.

«Pensa con la tua testa, Lazlo. Questo è esattamente quello che Frazer voleva che accadesse e lo sai. Quell'abile figlio di puttana. È probabile che sia stato lui a chiamarla.»

«Voglio sapere chi ha fatto la chiamata.» Matt inalò profondamente. Cosa non facile quando era steso a terra con cento chili di muscoli addosso. «E, cazzo, levati da sopra di me.»

«Prometti di entrare nel furgone e comportarti bene?»

«Sì, signore.» Matt era incazzatissimo, ma non con Regan. Doveva parlare con Parker e sapere della chiamata che aveva fatto correre via Scarlett. Se era stato Frazer gli avrebbe spaccato la faccia per averlo manipolato, capo o non capo.

Doveva anche tenere d'occhio dove fossero tutti i sospetti. Il piano non era cambiato. Scarlett sarebbe stata relativamente al sicuro perché Dorokhov doveva mantenere un comportamento decoroso, visto il luogo in cui si trovava. C'erano videocamere da venti angoli diversi, senza contare quelle che aveva piantato l'fbi, e di cui il russo non era al corrente.

Regan aiutò Matt ad alzarsi. Lui si pulì il ghiaccio dai pantaloni e Regan gli fece cenno di andare verso il furgone. Sui monitor di sorveglianza, Matt guardò Scarlett correre lungo il marciapiede. L'avrebbe sculacciata a dovere appena fosse riuscito a metterle le mani addosso, sempre che la paura non lo uccidesse prima.

Chiamò Parker, controllando al tempo stesso il portatile per vedere gli spostamenti dei sospettati e per monitorare Scarlett.

Non si era mosso nessuno. Perché mai aveva la netta sensazione che sarebbe scoppiato l'inferno? Guardò tutto attentamente, cercando delle risposte. Poi, una lunga limousine nera, con ai lati le bandiere a strisce bianche, blu e rosse della Federazione Russa, apparve all'inizio di Pennsylvania Avenue.

Parker finalmente rispose al cazzo di telefono. «Branson è in cucina con la moglie a ingozzarsi di tacchino… e non è un eufemismo»

«Scarlett ha appena ricevuto una chiamata. Chi è stato?»

Matt udì Parker digitare sulla tastiera. «Veniva da un cellulare usa e getta. Le è stata mandata un'immagine da Washington e… oh merda. Siamo fottuti. È una foto di Angel nel baule di un'auto con accanto il giornale di oggi.»

Merda.

«Dorokhov è qui» disse Matt.

«Branson non avrebbe potuto mandare la foto di persona. Lo stavo osservando in quel preciso istante. Ma noi ci basavamo sul presupposto che i russi avessero Angel LeMay. Rimaniamo qui o vi raggiungiamo?»

«Anche se le prove portano a lui, non sono convinto che Branson sia coinvolto.»

«Già. Anche il mio istinto dice la stessa cosa.»

Gli altri telefoni non si erano mossi dai relativi uffici. A Matt non piaceva quella faccenda, proprio per niente. Cazzo. «Rimanete su di lui. Vediamo come va a finire qui.»

Matt riagganciò, poi trattenne il fiato quando l'autista aprì la portiera della limousine. La figura corpulenta di Andrei Dorokhov scese dal sedile posteriore. L'ambasciatore si guardò intorno nella calma dell'alba.

«Ricordati.» Regan lo colpì sul petto. «Prima di tutto lui è un rappresentante della Russia in suolo americano. Non creare un incidente diplomatico che potrebbe far perdere il lavoro a tutti e innescare una terza guerra mondiale. Sono stato chiaro?»

Matt annuì, ma ogni passo che quel figlio di puttana faceva verso Scarlett era un passo di troppo.

———

Scarlett tremava come una foglia, ai piedi della scalinata del Campidoglio, mentre guardava Andrei Dorokhov avvicinarsi. Lui aveva il volto stravolto, gli occhi iniettati di sangue e i capelli unti color biondo sporco. Una barba incolta gli copriva le guance e la mascella. Aveva una bellezza arcigna e trasudava un'aggressività tale da inviarle brividi lungo la schiena. Teneva la sua amica nel baule di un'auto, forse persino di quell'auto. L'idea le fece venire da vomitare. Cosa le aveva fatto?

Lui indicò col capo una panchina. «Vieni. Siediti.» Le fece cenno di sedersi per prima. L'unica persona nelle vicinanze era il senzatetto coperto da una coperta leggera, dalla parte opposta degli scalini. Aveva dei *dreadlock* sudici che uscivano dalla coperta e non si era mosso di un centimetro. Forse era morto. Più probabile che fosse un uomo di Dorokhov che si era appostato lì per proteggerlo.

Ah! Come se *lei* fosse una minaccia. Scarlett si sedette, lasciando molto spazio nella panchina tra di loro. Si schiarì la gola. «Volevo scusarmi per quello che ho provato a fare l'altra notte.»

«*Provato* a fare?» La voce di Dorokhov tuonò e lei percepì odore di alcol nel suo alito. Doveva aver bevuto parecchio.

Merda… Come poteva rispondere a quella domanda? Non poteva di certo dire: *oh, no era l'*FBI *che vi stava già spiando, non io.* Nonostante tutto, era una patriota. Non aveva desiderio di tradire la sua patria, proprio come suo padre. «Per quello che ho fatto. Fallendo.» Miseramente.

Lui sbuffò una risata. «Voi americani.» Scosse il capo. «C'è un motivo per cui non dovrei denunciarti? Lo spionaggio non è una cosa che trattiamo con delicatezza.» Il suo sguardo era pungente, la valutava, mentre scorreva su di lei.

Lei serrò le labbra e poi sputò fuori d'un fiato. «Voglio che rilasci la mia amica. Illesa.»

Gli occhi dell'uomo si strinsero. Sembrava un serpente pronto a colpire e Scarlett si preoccupò di non fare mosse brusche.

Continuò. «Prima che l'agente Maidstone morisse, mi ha detto che c'erano delle foto.»

Il mento di Dorokhov si sollevò e gli occhi gli si riempirono di rabbia furiosa.

Il suo bluff aveva fatto centro. Il cuore le batteva all'impazzata nel petto. Scarlett serrò le dita tra loro per darsi coraggio.

«Voglio quelle foto.» Lui si alzò e lei provò a non rannicchiarsi per la paura.

Scarlett era terrorizzata ma non poteva darlo a vedere. «Voglio la mia amica indietro. Lasciala libera e ti dirò dove sono le foto.»

La mano dell'uomo scattò e l'afferrò per il collo. «Dimmelo adesso.»

Scarlett si rese conto delle cose che stavano accadendo tutte insieme: il dolore che le si propagava nelle orecchie, nei polmoni e giù per la gola, mentre lui stringeva la presa; il suono di passi che correvano verso di lei; la visione di due uomini che uscivano di corsa dalla limousine russa e si precipitavano verso di loro infilandosi le mani in tasca.

Poi Dorokhov sembrò tornare in sé e mollò la presa, che divenne quasi una carezza sul suo collo dolorante. «Dammi le foto e troverò la ragazza.» Lui fece un passo indietro con le mani alzate come per arrendersi e tutti si bloccarono. Poi, mentre le prime luci dell'alba brillavano nella parte est dell'orizzonte, la testa di Dorokhov esplose.

———

Un feroce senso di soddisfazione percorse Raminski quando il proiettile colpì il bersaglio con un centro perfetto. Avrebbe volentieri ammazzato anche la ragazza, ma non c'era tempo. Doveva andarsene in fretta. Corse giù per le scale e per la galleria soppalcata, lungo la stessa via da cui era entrato.

La vista del corpo della guardia riverso sul lato della scrivania lo fece fermare di scatto. *Cosa…?*

Il primo proiettile lo colpì sulla parte superiore della gamba e frantumò le ossa come un petardo. Cadde a terra con un tonfo e il fucile scivolò sul pavimento.

Il sangue pompava feroce dalla ferita. Lui si trascinò fino al fucile sapendo che non l'avrebbe raggiunto prima che il secondo proiettile venisse sparato. Stavolta gli colpì l'altra gamba, e il dolore lo lacerò. Rotolò su se stesso ansimando e vide in faccia il suo assassino.

L'americano. L'agente dell'FBI.

La sua mano provò a fermare l'emorragia. «Perché?» domandò. «Non ho fatto tutto quello che mi hai chiesto?»

«Lo hai fatto, Sergio. Mi dispiace.» L'uomo premette di nuovo il grilletto, mirando alla testa.

L'agente federale mise la pistola con cui aveva ucciso la guardia vicino al russo morto e ripose l'arma della guardia nelle mani dell'uomo. Indossava guanti di lattice sotto un paio di lana. Si muoveva con cautela, assicurandosi di non lasciare tracce di sangue. I federali sarebbero arrivati a breve e avrebbero constatato che la guardia notturna aveva sorpreso, mentre cercava di fuggire, il cecchino che aveva ucciso l'ambasciatore Dorokhov ed era morta in una sparatoria.

Una cosa tristissima. Molto eroica. Quel tizio si meritava una medaglia.

Raminski si sarebbe preso la colpa come impiegato insoddisfatto. Magari sarebbero circolate voci che a far fuori Dorokhov erano stati i russi stessi, che però volevano sembrasse opera degli americani, solo per venire poi smascherati dalla sentinella di turno.

La minaccia di una guerra sarebbe stata sventata e lui avrebbe approfittato della tempesta che si sarebbe scatenata per sparire dalla circolazione. C'era un ultimo residuo da eliminare e lui aveva già preparato la trappola.

Poteva non essere il crimine perfetto, ma ci andava molto vicino. Scivolò via nell'ombra dell'alba nascente.

———

Nel momento in cui Dorokhov afferrò il collo di Scarlett, Matt iniziò a correre. Non gli importava della missione o della spia o di nient'altro, solo di strappare via Scarlett dalle grinfie di quel grasso figlio di puttana, così non avrebbe potuto farle del male – e magari anche pestare a sangue quello stronzo per averle messo le mani addosso. Fanculo l'immunità diplomatica.

Aveva finito di prendere ordini.

Saltò siepi e scavalcò muretti, rendendosi conto che non avrebbe mai dovuto dar retta a Regan o a Frazer. Era stato un piano idiota e loro non erano tanto più vicini a scoprire l'identità della vera spia di quanto lo fossero la mattina precedente. Il piano originale di Scarlett era stato molto più sensato, ed era andato di merda anche quello.

I suoi passi tuonavano sul marciapiede e lui era consapevole che Regan gli stava correndo dietro. Poi Matt vide le guardie del corpo di Dorokhov scendere dall'auto. Il senzatetto rotolò fuori da sotto la panchina, dove stava dormendo, scattando in piedi con un'arma nelle mani, e Matt spinse ancora più forte. Non avrebbe mai lasciato che i russi prendessero Scarlett. No, cazzo.

Le sue braccia pompavano e i polmoni gli bruciavano, ma era ancora a una quindicina di metri quando il suono di uno sparo rimbombò nell'aria. Corse più forte. Il sangue schizzò formando un arco e Dorokhov crollò a terra.

«Abbassati!» gridò lui, e le parole riecheggiarono nella pietra del sacro edificio sopra di lui. Il senzatetto afferrò Scarlett e la spinse a terra, dietro un muretto basso. Matt, in quel momento, riconobbe il suo capo. Si diresse al riparo verso di loro, col fiato corto. Jon Regan li raggiunse scivolando di lato. Erano tutti stesi lì, ansimanti mentre cercavano di riprendere fiato. Il corpo di Dorokhov si contrasse in uno spasmo disgustoso. Frazer era al cellulare per far intervenire la squadra d'emergenza della polizia locale, con la speranza che portassero rinforzi per trovare il cecchino e non per arrestare loro sul posto.

Frazer corse acquattato verso i russi con il badge dell'FBI bene in vista e il dito puntato verso la parte nord del Mall da dove era provenuto lo sparo, segnalando di stare bassi.

Le guardie del corpo russe guardarono verso il loro compagno a terra, palesemente morto, e rimontarono di corsa sul veicolo, che in quel momento era il posto più sicuro in cui potessero trovarsi.

«Stai bene?» domandò Matt a Scarlett, girandola verso di lui. Lei annuì, ma sembrava incapace di parlare. C'era del sangue sulla sua guancia. Lui glielo pulì con il pollice, e vide che aveva gli occhi spalancati e le pupille dilatate. Era in pieno stato di shock. Notando i lividi sul suo collo, gioì per il fatto che quello stronzo fosse morto, però non in quel modo, non di fronte a lei. La consapevolezza che avrebbe potuto essere ammazzata così facilmente come Dorokhov gli fece venire la nausea.

Afferrò Jon Regan per il bavero della giacca. «Chi ha organizzato la sorveglianza iniziale?»

Regan mostrò i denti. «Non posso farmi trovare qui, Lazlo. Se vengo chiamato a testimoniare la mia carriera alla TacOps andrà a puttane.»

Matt non lo mollò. Quello era molto più importante della carriera di chiunque. «Dimmi chi cazzo ha organizzato la sorveglianza. È stato Branson?»

Regan scosse il capo. «È una cazzo di informazione top secret.» Poi lo sguardo gli cadde sulla figura accasciata sul cemento. «Meeeerda.» Sembrò rendersi conto della gravità della situazione. «La richiesta è arrivata dal WFO.» L'ufficio distaccato di Washington. «Guy Clarkson ha richiesto di occuparsi dell'intercettazione per tenere d'occhio Dorokhov.»

«Queste richieste, di solito, non dovrebbero venire dalla sezione controspionaggio?»

«Sì, ma non sempre. In più, Clarkson e Branson erano a stretto contatto. Branson inoltrava sempre le richieste attraverso Clarkson. Cose di cui non voleva lasciare traccia nei documenti ufficiali.»

Era possibile che Branson usasse Clarkson come copertura, o era il contrario?

«Non ci credo che sia lui...» D'improvviso Regan non fu più così sicuro. Le sirene cominciarono a ululare per tutta la città. «Non sono mai stato qui, Lazlo.» Si precipitò verso il furgone e Matt lo lasciò andare. Non avevano nulla da perdere, ormai, a rendere ufficiale l'indagine. La spia sapeva già che gli stavano alle costole, sicuramente si stava preparando a sparire, se non se l'era già svignata da un pezzo.

Frazer tornò.

«Dobbiamo andare al WFO a parlare con Clarkson» disse Matt. «Regan mi ha appena detto che ha ordinato lui la sorveglianza su Dorokhov. E ha anche aggiunto che spesso Clarkson fa favori a Branson. Entrambi continuano ancora a essere indiziati.»

Frazer annuì. «Dovrò rimanere qui.» Sembrava infastidito.

Matt sollevò tra le braccia Scarlett, che tremava per gli effetti del trauma di aver assistito all'omicidio, e la tenne stretta a sé per qualche istante ancora, protetta dal cemento compatto.

«Avrebbero potuto sparare anche a me?» domandò lei.

«Poteva succedere, sì.»

«Il giubbotto antiproiettile non sarebbe servito a molto contro...» Indicò il cadavere di Dorokhov col capo e si mise a piangere. Pezzi di materia grigia erano schizzati sul marciapiede.

Lui l'abbraccio più stretta e un brivido gelido lo percorse. «Dobbiamo muoverci.»

Frazer era di nuovo al telefono. «Lo sparo è arrivato dalla

National Gallery. La polizia sta arrivando. Dobbiamo riportare Scarlett al sicuro nel furgone.»

Matt annuì. Tra il luogo in cui si trovavano e il furgone c'erano parecchi punti esposti, ma il cecchino di sicuro se l'era già svignata da un pezzo, a meno che non fosse una missione suicida. Lui si mise tra Scarlett e il punto da cui era stato sparato il colpo e Frazer si mise dall'altro lato.

«Avresti potuto anche aggiornarmi sui tuoi piani» disse Matt al suo capo con tono infuriato.

«Non c'era tempo.»

«Bei dreadlock» bofonchiò.

La bocca del suo capo s'incurvò. «È il massimo che ho potuto fare, con tutti i negozi di maschere del nord America chiusi.» Si grattò la testa. «Credo che ci siano anche le pulci.»

Raggiunsero il furgone bianco. Regan e la sua squadra erano nascosti all'interno, controllando i monitor per cercare altri potenziali cecchini. Matt prese al volo la coperta che gli lanciò Regan e l'avvolse intorno a Scarlett mentre lei si sedeva sullo scalino del veicolo.

«Non è finita, vero?» Aveva gli occhi cerchiati di rosso per la stanchezza, ma il suo cervello ancora lavorava fitto. «Mi hai mentito a proposito di Angel.»

Lui la fissò. Sostenne quel profondo sguardo bruno e annuì. Lei guardò altrove e lui sentì una fitta allo stomaco. «Dovevo impedirti di correre da quel pazzo. E lasciare che se ne occupassero gli esperti.»

«Mi hai trattata come una sospettata.»

«No, ti ho trattata come una civile.»

«Mi hai trattata come una criminale» gli sputò le parole in faccia.

«Non è vero.» La voce di Matt si alzò e a un tratto si ritrovò a gridare. «Non faccio l'amore con le persone indiziate e non mi innamoro dei criminali.» Merda. Si guardò intorno e si rese conto che tutti si erano fermati per godersi lo spettacolo. Si passò frenetico una mano tra i capelli, sorpreso di non essere ancora diventato calvo per lo stress di avere quella donna nella sua vita. Si conoscevano da trentasei ore e lui era pronto a sacrificare tutto per lei.

Lei non rispose alla sua ultima affermazione. Forse non gli credeva o forse, semplicemente, non le interessava. Era sotto shock e considerando quello che era appena successo, non ne era affatto sorpreso. Si stava comportando da testa di cazzo.

«Come troverete Angel? E se fosse morta?»

Il senso di colpa era una cosa terrificante. Lui le prese il volto con entrambe le mani e la fissò dritta negli occhi desiderando follemente che lei gli credesse. «La troveremo. Te lo prometto.»

La testa di Regan fece capolino dal furgone. «La stiamo cercando. Stiamo lavorando sui metadati di entrambe le foto inviate, quella della madre di Lazlo e quella di Angel LeMay. Vengono tutte e due dallo stesso telefono.»

Le macchine e le radiomobili della polizia stavano iniziando a riempire il Mall. Era ancora buio. S'intravedeva solo lo scintillio della mattina di Natale che s'infiltrava piano nel cielo. Frazer si tolse la parrucca e la lanciò a terra prima di parlare con i primi agenti arrivati.

Un'auto accostò sulla Maryland. Una Mercedes argentata. La madre di Angel LeMay uscì di corsa, con gli occhi agitati che cercavano tra la folla, finché non vide Scarlett.

La donna iniziò a correre verso di loro. Matt si aspettava una sfuriata, invece lei spalancò le braccia e Scarlett ci si gettò di buon grado. Più di quanto avesse accettato il suo conforto, poco prima.

Perché le hai mentito, idiota, e poi hai gridato la tua dichiarazione d'amore come se fosse un insulto.

La signora LeMay accarezzò i capelli di Scarlett, ma guardò lui. «L'avete trovata?» Le si spezzò la voce.

«No, signora. Non ancora.»

Lei ricacciò indietro le lacrime chiudendo gli occhi. «Non trovo mio marito. È uscito un'ora fa dicendo che sarebbe andato a cercare Angel perché gli sembrava che nessuno stesse agendo.» Deglutì rumorosamente. «Ho due agenti dell'FBI seduti a casa mia a non fare un bel niente, quando potrebbero essere fuori a perlustrare le strade.» Sembrava trattenere la rabbia. «Porto Scarlett a casa con me.»

Frazer gridò da lontano. «Hanno trovato il cecchino alla National Gallery. Ucciso da un colpo sparato dalla guardia. Andiamo.»

Matt non voleva lasciare Scarlett, ma aveva un lavoro da portare a termine. Dopo tutto quello che era successo quel giorno, ci sarebbero state ore di interrogatori, rapporti da scrivere e ripercussioni devastanti da gestire.

Scarlett lo guardò con gli occhi spalancati e supplichevoli. Anche per lei ci sarebbero stati infiniti interrogatori, ma era stanca morta. A casa dei LeMay, con gli agenti dell'FBI di guardia sarebbe stata al sicuro.

Matt annuì. Voleva toccarla. Baciarla. «Fatti qualche ora di sonno. Dovrai parlare con gli investigatori più tardi.» Voleva dirle che gli dispiaceva e che l'amava, ma lo aveva già gridato al mondo intero. *Merda.* Forse non le interessava davvero. O magari non lo avrebbe mai perdonato.

La signora LeMay continuò a cingere le spalle di Scarlett mentre la conduceva verso l'auto. Le avvolse la coperta sulle gambe e si affrettò verso il lato del guidatore. Scivolò dentro e partì.

La vista di Scarlett che si allontanava gli aprì un cratere nel petto. Matt si voltò e tornò al furgone per prendere il portatile di Parker, poi seguì Frazer di corsa lungo il Mall. Era arrivato il momento di trovare la vera spia e fottere quel bastardo. Provare l'innocenza di Richard Stone era l'unico modo che aveva per riconquistare il cuore di Scarlett. Era l'unico modo per assicurare a quell'uomo giustizia. Sperò davvero che fosse abbastanza.

———

Scarlett non aveva mai sentito così freddo in tutta la sua vita. Era come se le sue ossa fossero state immerse nell'azoto liquido.

«M-mi dispiace per Angel, signora LeMay.» Le tremavano i denti. «L'FBI mi ha detto che era stata rilasciata. Non ho mai voluto c-coinvolgerla.»

Le labbra della LeMay si strinsero, ma annuì. «Lo so. Volevi solo aiutare tuo padre.» Alzò il riscaldamento. Fecero un giro largo intorno alla Biblioteca del Congresso e tornarono sulla Pennsylvania Avenue, in direzione nord sulla Sesta Strada.

Scarlett si rannicchiò ancora di più nella coperta. L'ultima volta che aveva avuto notizie, suo padre era stabile. Sperava che fosse ancora così. Forse le avevano mentito anche su quello. No, capiva il perché Matt le avesse detto che Angel era stata rilasciata. Lei si sarebbe precipitata da Dorokhov altrimenti, e forse sarebbe stata già morta. Le aveva salvato la vita troppe volte per dubitare di lui. Aveva fatto bene a fermarla. A mentirle.

Per ironia della sorte, le sue bugie avevano aiutato ad avviare il processo di riabilitazione di suo padre e di ripristino della sua fede nel sistema.

Non ci erano ancora del tutto riusciti, ma almeno qualcuno nell'FBI credeva in suo padre e voleva la verità. Finalmente il riscaldamento stava iniziando a fare il suo lavoro e lei smise di tremare.

Lo sguardo negli occhi di Matt… sbatté le palpebre quando si rese conto che le aveva detto di amarla. Le si strinse la gola per l'emozione. Matt Lazlo l'amava. Lei. La figlia di Richard Stone. Sembrava troppo bello per essere vero eppure, nonostante tutto, lei gli credeva. Anche lei lo amava. Non aveva alcun senso, si fondava tutto solo sull'istinto piuttosto che sulla logica, ma l'istinto era lì da molto più tempo di loro due, perciò chi poteva dargli torto?

Si sedette un po' più dritta. Lei non gliel'aveva detto. Anzi, era talmente in stato di shock che non si era nemmeno resa conto delle sue parole. E se lui pensava che a lei non importasse nulla? Oddio magari addirittura che l'avesse usato per far riaprire il caso di suo padre.

Prese il cellulare dalla tasca.

«Cosa stai facendo?» le domandò la signora LeMay.

«Chiamo Matt, l'agente Lazlo.»

Continuando a guidare, la signora LeMay estrasse il suo di telefono e mandò un messaggio. Poi lasciò cadere l'apparecchio sulle gambe.

«Lazlo.» Matt rispose subito.

«Sono Scarlett.»

«Stai bene?» La sua voce era preoccupata.

«Sì, cioè non del tutto.» Deglutì a fatica. «Non capita tutti i giorni di vedere la testa di un uomo esplodere.» Le parole le riportarono alla mente l'immagine vivida e lei si coprì la bocca con una mano. «Comunque sto bene.»

«Ottimo. Abbiamo trovato il cecchino. Hai presente quel tizio al ricevimento?»

Raminski. «Davvero?» Che cosa significava?

«Non posso dire altro in questo momento.» Il fatto che le avesse raccontato anche solo quello, indicava che si fidava di lei. Era stata un'idiota. «Ti volevo chiedere scusa per quello che è successo. Avrei dovuto darti retta. Fidarmi di te.» Ma un po' di rabbia per il suo tradimento comunque rimaneva. «Tu avresti dovuto fidarti di me. Non mi avresti dovuto mentire su qualcosa di così importante.» Deglutì. «Soprattutto non dopo che noi...»

Ci fu una lunga pausa. «Senti, Scarlett, quando tutto questo finirà, io e te dovremo parlare. Ti prego, non lasciare la casa dei LeMay.» La sua voce sembrava tesa e secca. Si stava forse pentendo della sua precedente dichiarazione d'amore?

Scarlett aprì la bocca per dirgli come si sentiva nei suoi riguardi, ma perse il controllo. Forse non era il momento giusto. «Trova la vera spia, Matt. Fallo per mio padre.»

«Lo farò.» Riagganciò.

Scarlett sperava di non aver mandato a puttane anche quello. Di non aver rovinato la cosa più bella che le fosse capitata da anni, solo perché aveva agito d'impulso e non si era fidata che Matt facesse il suo lavoro.

La signora LeMay svoltò a destra, sulla New York Avenue.

«Valerie, non sta andando dalla parte sbagliata?» le fece notare Scarlett con gentilezza.

La LeMay la guardò sbattendo le palpebre. «Voglio controllare al cimitero. La madre di Adam è sepolta lì e ci andiamo ogni Vigilia di Natale, di solito. Ho pensato che forse Adam potrebbe esserci andato…» la sua voce si affievolì.

«Dov'è Sarah?» domandò Scarlett.

«Non le abbiamo detto ancora niente. L'FBI sembrava molto sicura che avrebbero trovato Angel, e lei non potrebbe comunque fare nulla per aiutarci.» Si morse il labbro, come se non fosse del tutto certa della sua decisione. «Sarebbe voluta tornare a tutti i costi e probabilmente è più al sicuro nello Utah.»

Scarlett serrò i pugni. La stavano tenendo all'oscuro per proteggerla, proprio come aveva fatto Matt con lei. Era tutto solo colpa sua. «Mi dispiace tantissimo, signora LeMay.»

Gli occhi bruni di Valerie la fissarono per un istante prima di tornare sulla strada. «Non avresti mai dovuto provare a intercettarli.»

Scarlett trasalì. Non aveva intenzione di discutere dell'argomento con la donna. Non quando sua figlia era ancora scomparsa.

Non c'era traffico per strada. L'intera città sembrava deserta. Erano passati solo dieci minuti da quando avevano lasciato il Mall e stavano guidando attraverso i pilastri di pietra che delimitavano il Mount Olivet Cemetery. Sebbene l'alba avesse iniziato a spuntare all'orizzonte, tutto era ancora avvolto da un'oscurità che faceva accapponare la pelle. «Crede davvero che sia venuto qui? Al buio?»

«Ha il cuore spezzato, Scarlett.» La signora LeMay si diresse a nord verso il mausoleo. «Sono preoccupata che possa fare qualcosa di stupido.»

Oddio. L'idea che il padre di Angel potesse farsi del male da solo le scrollò via di dosso gli ultimi residui di autocommiserazione. Si tolse la coperta dalle gambe e scrutò l'immenso cimitero, cercando disperatamente il deputato LeMay. Finalmente, vide la grossa sagoma di un'auto parcheggiata più avanti sulla destra. «È lui, quello?»

La signora LeMay scattò in avanti. «Credo di sì.»

A Scarlett uscirono quasi gli occhi dalle orbite quando vide la donna estrarre una pistola e puntargliela dritta in faccia.

19

Matt fissò il corpo a terra di Sergio Raminski. Quel tizio aveva combinato un bel casino alla galleria d'arte. La povera guardia non aveva avuto scampo. Eppure, c'era qualcosa di quella scena che non gli tornava.

Da qualche parte nella sua mente c'era anche qualcos'altro che non gli quadrava. Troppe cose su cui buttarsi a capofitto e da chiarire. Troppe cose rimaste in sospeso.

Matt osservò il singolo proiettile. Fucile con otturatore a cilindro ArmaLite Ar-50, un'arma da cecchino. Funzionale, pratica, niente di spettacolare, ma nelle mani giuste faceva il suo lavoro. C'era anche una pistola sul pavimento, una Glock. Cos'era che lo infastidiva di quella scena? «Il fucile ha una presa mancina.»

Gli occhi di Frazer si spostarono dal fucile alla pistola. Quest'ultima aveva la presa a destra.

«È probabile che fosse ambidestro.»

Matt annuì. I bravi membri delle forze dell'ordine imparavano sempre a usare entrambe le mani, ma avevano comunque una preferenza a cui restavano fedeli. Si voltò a guardare di nuovo la guardia.

Qualcuno bussò alle porte d'ingresso. Un ufficiale in uniforme scrutò i nuovi arrivati. Frazer annuì e Rooney e Parker entrarono facendo attenzione al sangue sparso.

Entrambi avevano un'espressione disgustata sul volto. «Branson non si è mosso e non sembra che abbia intenzione di andare da nessuna parte. Parker è riuscito persino a entrare nel suo computer privato e non c'è segno delle transazioni bancarie che abbiamo scoperto prima.»

«Può averlo fatto da un internet café» suggerì Matt.

«Possibile, se non fosse che i tizi come lui non vanno neanche a pisciare da soli, figurarsi vagare in un internet café. Abbiamo chiamato il WFO.» Parker sembrava aver qualcosa di importante da condividere. «Ha risposto un'agente di nome Rosemary Fatima. Ha detto di essere l'unica in ufficio. Le ho chiesto di controllare se Clarkson fosse nel suo ufficio, e mi ha detto che era vuoto. Il suo cellulare però era lì, sulla scrivania.»

Avevano intercettato il suo cellulare dando per scontato che l'uomo lo avesse con sé. Errore.

«Clarkson sembra sempre di più colpevole. Ho bisogno di parlare con Branson» disse Frazer.

«Perché non andiamo dritti dal capo della divisione contro-spionaggio?» domandò Rooney.

«Perché Branson potrebbe dirci qualcosa di utile per trovare Clarkson, soprattutto se scopre che sono anni che quel tizio sta organizzando la sua rovina» rispose Frazer.

«Proprio come ha incastrato Stone» aggiunse Matt.

Parker annuì. «Il piano di riserva del piano di riserva.» Poi indicò il russo morto. «È una messinscena.»

«Come fai a dirlo?» chiese Frazer.

Così presto?

«I bossoli dei proiettili.» Parker indicò il pavimento. «Sono tutti raggruppati dalla parte opposta della stanza. Nessuno dietro a quest'uomo. Poi, vi sarete accorti che è mancino.» Indicò Raminski.

Matt annuì, sollevato di averlo almeno notato. «Ottima vista. Come hai fatto a capirlo così in fretta?»

L'espressione di Parker si incupì e Matt non volle sapere perché.

«Dov'è Scarlett?» domandò Rooney.

«La madre di Angel è venuta a prenderla al Mall per portarla a casa con… lei.» Inciampò un attimo sull'ultima parola perché qualcosa di strano lo colpì. «Come diavolo faceva a sapere che eravamo lì? Con Scarlett?» Lui guardò Frazer, ma capì immediatamente di aver commesso un terribile sbaglio. Chiamò il cellulare di Scarlett mentre Frazer contattava gli agenti a casa LeMay.

Scarlett non rispose. Fanculo. Merda.

«Adam LeMay è lì? Siete sicuri?» Domandò Frazer alzando lo sguardo verso Matt. Lei aveva detto che suo marito era uscito alla ricerca di Angel. «Chiedigli dove pensa sia andata sua moglie. Non lo sa? Va bene. Dammi la targa e il modello del veicolo. Grazie.» Chiamò immediatamente la polizia locale. «Ho bisogno di un'allerta a tutte le unità per Valerie LeMay alla guida di una Mercedes argentata.» Dettò rapidamente dati e targa.

«Il suo telefono è spento.» Parker stava digitando sul portatile con una mano. «Merda. Mi è sfuggito. Una Valerie *Jones* ha lavorato come segretaria al quartier generale dell'FBI. Aveva il nome da nubile. Si è licenziata un anno prima che Stone venisse arrestato. Immagino sia così che i LeMay e gli Stone sono diventati amici. Famiglie con figli della stessa età che si frequentano.»

«Lei avrebbe potuto benissimo prendere la foto da casa il giorno che Stone è stato arrestato.» Frazer sembrava molto incazzato. «Come del resto nascondere il cifrario e introdurre le informazioni che gli altri agenti hanno trovato lì.»

«Però non può aver compiuto l'assalto a Maidstone né aver fatto la foto alla madre di Lazlo, perché l'FBI è sempre stata con lei. Perciò ha un complice. Probabilmente è Clarkson» concluse Rooney.

«Non importa in che modo sia implicata in questa faccenda.»

Matt parlò con improvvisa chiarezza. «Dobbiamo trovarla.» Perché se n'era appena andata via con la donna che lui amava. «Il cellulare di Scarlett non funziona.»

Parker annuì. «Non c'è segnale visibile. O è disconnesso oppure è ostacolato da un jammer.»

«Scarlett aveva un'altra cimice nella tasca della giacca. La puoi rintracciare?»

Parker fece una smorfia. «Posso provarci, ma non conosciamo le frequenze di trasmissione. Ha detto che si aggancia a un segnale cellulare, giusto? E se stanno usando un disturbatore di segnale non troveremo comunque nulla. Non finché non viene disattivato.»

Matt pensava agitato. «Puoi vedere le aree della città in cui i segnali sono disturbati?»

Gli occhi di Parker si accesero. «Certo. Dovrebbe essere facile vederlo dipende dal raggio d'azione del jammer, ma potrebbe volerci un po'.» Ricominciò a digitare.

Non avevano tempo.

Rooney era al telefono. «La polizia ha rintracciato la targa dalle telecamere, direzione nord sulla New York Avenue. Andiamo.»

«Niente sirene. Lascia guidare Parker» ordinò Frazer.

Matt cominciò a protestare che Parker stava facendo le sue magie con il portatile, ma il capo fu categorico. «Fidati. Faremo prima.»

———

«Signora LeMay?» La bocca di Scarlett si era seccata in un istante. «Perché ha una pistola?»

La donna accostò l'auto e fermò il motore, spense le luci e puntò l'arma dritta contro il petto di Scarlett. «Dammi il tuo telefono.»

«Non capisco.»

«Non c'è nulla da capire, mia cara. Devo solo *farlo*» sibilò lei.

Scarlett mise la mano in tasca e toccò il trasmettitore. Il cuore le balzò quando vide una figura nitida vicino all'auto. Un uomo, vestito di nero con indosso un berretto di lana. Tirò fuori il telefono.

«Togli la batteria.» La signora LeMay fece oscillare l'arma davanti ai suoi occhi e il cuore di Scarlett perse qualche battito. C'erano degli edifici poco più avanti, un mausoleo e dei capanni adibiti a magazzino, era difficile capire bene nell'oscurità. Il suono dell'occasionale macchina di passaggio le fece capire che non erano distanti dalla strada principale.

Lei indossava ancora il giubbotto antiproiettile sotto la giacca e il maglione. Pensò che fosse il caso di tenere segreta quell'informazione. Tolse la batteria dal telefono e la posò sul cruscotto.

«Anche l'altro.»

Scarlett si voltò verso Valerie e spalancò la bocca.

«Lo so che hai un usa e getta. Tiralo fuori piano e togli la batteria anche da quello. Non ti farò del male. Quell'uomo ha Angel.» Gli occhi di Scarlett saettarono intorno mentre la figura nell'ombra apriva il bagagliaio. «Vuole fare uno scambio con te perché teme quello che puoi sapere.»

Il terrore l'attanagliò. Aveva detto a Dorokhov che Maidstone le aveva riferito qualcosa prima di morire. Forse qualcuno aveva passato all'uomo quelle informazioni. Magari Raminski aveva tradito il suo capo prima di sparargli.

Era l'uomo di fronte a lei quello che aveva incastrato suo padre anni prima? Dio, era davvero vicina a scoprire la verità? Non si era aspettata che sarebbe andata a finire in quel modo.

Scarlett posò il cellulare usa e getta sul cruscotto, ma accese anche il trasmettitore nascosto nella giacca, per attivarlo. Poi vide il disturbatore di segnale che Valerie tirò fuori dalla tasca per metterlo accanto all'usa e getta di Scarlett. Merda. Il suo dispositivo avrebbe registrato ma non avrebbe trasmesso nulla finché non avesse trovato un segnale cellulare. A quel punto, però, il file digitale sarebbe stato inviato direttamente al suo account email.

La verità sarebbe venuta a galla prima o poi, ma finché il jammer era attivo non c'era possibilità per nessuno di rintracciare la sua posizione. La signora LeMay rimosse le chiavi e uscì dall'auto. Passò dietro per arrivare allo sportello di Scarlett. Lei sedeva lì pensando e arrovellandosi, senza riuscire a trovare una soluzione. Poi fu troppo tardi. Valerie le intimò di uscire muovendo la pistola. Scarlett obbedì e il morso gelido dell'aria la risvegliò.

«Cammina verso di lui. Sarà uno scambio diretto. Tu per Angel. L'hai detto tu stessa che è tutta colpa tua quello che è successo. Io voglio solo indietro mia figlia. Non ha fatto niente di male.»

Scarlett annuì e respirò piano. «Anch'io la rivoglio indietro.» Però non voleva morire, e quella non sembrava una situazione in cui il rapitore avrebbe allegramente lasciato andare la sua preda. «Cosa ti fa credere che lui manterrà la sua parola?»

«Oh, farà quello che gli dico.» La donna sembrava molto sicura di sé. Troppo.

Scarlett stava per voltarsi, per guardarla, quando una figura dai capelli biondi che usciva dal baule catturò la sua attenzione. La sagoma barcollò.

«Angel, tesoro. Stai bene?» gridò la signora LeMay.

«Mamma?»

Scarlett ricacciò indietro un grido di sollievo nel vedere che la sua amica stava bene. Poi Valerie la spinse in avanti con la pistola. Angel era viva, ma Scarlett dubitava che lo sarebbe rimasta. Quell'uomo non voleva in giro testimoni.

E pensare che aveva deciso di dichiarare a Matt i suoi sentimenti in un altro momento. Che idiota ottimista era stata a credere di avere una seconda possibilità.

Doveva farli parlare. La voleva quella seconda opportunità. Voleva un futuro con Matt. Era certa che lui l'avrebbe trovata. Lui, Parker, Rooney e Frazer erano svegli e intelligenti e l'avrebbero scovata. Sperava solo che non fosse troppo tardi.

«Lasciala andare, Guy.» *Guy? Clarkson?* «Ho portato Scarlett. Per l'amor di Dio, lascia andare la mia bambina»

«Ti ho detto che te l'avrei riportata.» L'uomo tolse la benda dagli occhi di Angel. Anche nella luce fioca, Scarlett vide i tagli sulla guancia e gli occhi gonfi e chiusi per le ovvie percosse. Le braccia di Angel erano legate dietro la schiena e lei gridava di dolore.

«Oddio. Oh, piccola mia. Cosa ti hanno fatto?» Valerie singhiozzò.

«Credo che abbia una costola rotta. L'effetto della droga sta svanendo. Starà bene.»

«Grazie. Non ti ringrazierò mai abbastanza.» Valerie piangeva disperata.

«Dammi la ragazza» ordinò Guy. «È tutto ciò che voglio.»

«Prima tu.» Valerie afferrò il braccio di Scarlett e ci infilò le unghie. *Ahia.*

L'uomo sorrise con tristezza. Aveva un aspetto ordinario e banale – una di quelle persone che passavano inosservate. «Dopo tutti questi anni, non ti fidi di me? Tutti quei pomeriggi passati nudi e tutte le promesse che mi hai fatto?»

«M-mamma?» balbettò Angel incredula.

«Vacci piano, Guy» scattò Valerie.

«Ti è sempre piaciuto dominare, Valerie. A letto ci sguazzavo, ma il resto del tempo non era una cosa a cui davo molta importanza.» La sua voce si fece dura.

Le cose stavano iniziando ad avere un senso, nella mente di Scarlett. «Voi due eravate amanti?»

«Mamma, ma che diavolo…»

«Wow… non mi stupisce che tutti ti reputino molto sveglia, Scarlett Stone.» Il respiro affannato di Guy era quasi derisorio. «Il tuo paparino era solito tessere le tue lodi come se fossi l'unica bambina al mondo ad aver imparato l'alfabeto. Ho sentito dire che non se la passa proprio bene…»

La rabbia le montò impetuosa, ma si controllò.

«Basta parlare, Guy. Rovinerai tutto.» Valerie si avvicinò piano, cercando di arrivare a sua figlia.

«No, Valerie.» La voce di lui si alzò. «Non ti permetterò di dirmi quello che devo fare. Non più. Io ti credevo davvero. Ti amavo. Mi avevi detto che l'avresti lasciato e non l'hai mai fatto.»

«Oddio, mamma. Come hai potuto fare una cosa simile a papà?» domandò Angel.

Era un incubo.

Le unghie di Valerie si conficcarono ancora di più nella carne del braccio di Scarlett, facendole un male cane, ma ormai lei aveva capito tutto. «Dorokhov ha scoperto che voi avevate una relazione, vero? Vi ha ricattati per spiare e passargli informazioni. Voi siete entrambi Marlon.»

Clarkson ghignò. «Aveva detto che sarebbe stato solo un singolo episodio, poi invece ci ha fatti fotografare per avere le prove e poterci ricattare. Ci teneva per le palle.»

«Tu hai convinto Raminski a ucciderlo.» Scarlett non aveva idea come, ma sapeva che le cose stavano così.

«Dorokhov meritava di morire.»

«Stai zitto, Guy!»

Lui puntò la pistola alla tempia di Angel e Scarlett udì il respiro della signora LeMay fermarsi. Quelle due persone avevano distrutto tante, troppe vite solo per non far venire a galla la loro relazione clandestina.

Scarlett si rifiutò di tacere. Doveva prendere tempo. Trovare un qualche modo per fuggire. Guardò le tombe lugubri e la nebbiolina che saliva dal terreno, era ancora abbastanza buio e avrebbero potuto correre e nascondersi. Forse. «Perciò avete deciso di incastrare mio padre e dare la colpa a lui. Avete distrutto la mia famiglia.» Fece un mezzo giro verso Valerie. «Poi vi siete comportati come se fosse una concessione persino parlare con noi.» Le venne da vomitare. Il tradimento era molto oltre quello che si era immaginata. «Hai messo tu le prove in casa nostra.» All'improvviso, tutto aveva senso.

«Tu hai incastrato il padre di Scarlett, mamma? È davvero innocente?» domandò Angel in un sussurro. «Oh, Scarlett, mi dispiace da morire. Tutti questi anni e io non ti ho mai creduta.»

A Scarlett doleva il cuore per la sua amica. Non poteva

neanche immaginare cosa tutto questo avrebbe significato per le loro famiglie. Dio solo sapeva l'orrore che la sua aveva dovuto sopportare in tutti quegli anni, ma quali sarebbero state le conseguenze di uno scandalo di spionaggio e sessuale che coinvolgeva la moglie di un deputato e un agente corrotto dell'FBI? Unito alla condanna ingiusta di un uomo innocente e all'assassinio dell'ambasciatore russo? Avrebbe fatto apparire la copertura mediatica di quattordici anni prima una bazzecola.

Sempre che la verità fosse venuta a galla.

L'espressione di Angel aveva un che di folle. «Tutto questo è solo colpa mia. Non avrei mai dovuto costringerti a venire con me a quella festa, Scar.» Angel cominciò a ridere ma il suono di quella risata era atroce, pieno della consapevolezza che presto sarebbe morta. «Il prossimo anno staremo a casa a guardare vecchi film, te lo prometto. È ancora Natale?»

Scarlett annuì. «Lo sai che sei la migliore amica che si possa desiderare?»

Guy Clarkson fece una risata aspra e insensibile. «Senza la vostra amicizia, il tuo paparino non sarebbe mai finito in galera.»

«Forse, o forse sì. Siete stati tu e Valerie a incastrare mio padre.» Non riuscì a celare la repulsione nella voce.

Valerie LeMay la spinse in avanti. «Dammi Angel. Adesso. Prenditi lei e facci quello che devi fare.»

Angel barcollò in avanti quando Clarkson la spinse. «Intendi dire ucciderla, vero mamma?»

«Sta' zitta, Angelina.»

«E perché dovrei? Perché sono tua figlia?» Angel sputò sui piedi della madre. «Mi fai schifo.» Angel fece un passo verso Scarlett che serrò le braccia intorno alla sua amica, facendo in modo che sentisse il giubbotto antiproiettile sotto i vestiti.

Guardò l'uomo, Guy Clarkson, da dietro le spalle di Angel. Gli occhi gli brillavano ed erano incollati a quelli di Valerie.

Un rumore nell'oscurità lo fece voltare di scatto per guardarsi attorno.

Erano i rinforzi?

Pensa in fretta. «Ho mentito» disse Scarlett d'un fiato «quando ho detto che Maidstone mi aveva detto qualcosa. L'FBI l'ha usata come esca per vedere cosa avrebbero fatto le persone tenute sotto sorveglianza. Saranno qui a minuti.» Spinse Angel un po' più di lato. L'abbracciò ancora e le sussurrò: «Dobbiamo correre.»

La bocca di Clarkson si appiattì. «Non collegheranno mai tutto questo a me.»

«Hanno sorvegliato Branson tutta la notte. Lo sanno che non è lui.»

Clarkson sollevò la pistola, mirando non a lei ma alla madre di Angel, la donna che in definitiva l'aveva tradito e l'unica persona ancora in vita che conosceva la vera entità dei suoi crimini. Valerie era il vero motivo per cui li aveva portati tutti lì.

Anche la madre di Angel sembrò capirlo in quello stesso istante. La mano le tremò quando puntò la pistola contro Guy. Si guardarono negli occhi. «Ti prego» disse lei. Poi premette il grilletto.

———

Parker guidava come se stesse fuggendo dopo una rapina in banca. Rooney era sul sedile posteriore, con le cinture allacciate e il portatile sulle ginocchia, che scorreva le immagini satellitari insieme a Matt. Scarlett era scomparsa da venticinque minuti e probabilmente era in pericolo di morte, ed era solo colpa sua. Era stato accecato da quale assurda nozione antiquata? Che le mogli americane non potessero commettere atti di spionaggio, o che non fossero pericolose? Ma quanto era stato stupido?

Forse aveva perso Scarlett per sempre. E anche se l'avesse ritrovata viva, lei non l'avrebbe mai perdonato per non averle detto della sua amica. In quel momento preciso, gli importava solo di trovarla sana e salva e metterla al sicuro. Tutto il resto avrebbe aspettato.

Aveva il telefono di Rooney all'orecchio, con la polizia stradale che gli forniva informazioni.

«Le telecamere l'hanno ripresa fino al lato nord di Fenwick Street.» Dove stavano appena transitando. «Ma non è passata in Bladensburgh Road.» Ripeté quello che gli aveva detto l'operatore.

«C'è un grande incrocio laggiù» disse Parker senza rallentare. «Sinistra o destra?»

Matt stava osservando la mappa della zona. Erano abitazioni e lotti industriali. Ingrandì l'immagine su un largo spiazzo verde. C'erano due grosse croci sul terreno, visibili dall'alto. Cosa diavolo era, quello?

«Sinistra o destra?» domandò di nuovo Parker.

«Sinistra» ordinò Frazer.

Matt scrutò la mappa con più attenzione. Era un cimitero. «Destra.»

Parker voltò a destra. Presero la curva in modo violento e Matt fece da cuscino a Rooney che era stata scaraventata contro di lui dalla forza di gravità. Andavano troppo veloci per riuscire a prendere la successiva prima a destra e si ritrovarono sulla Montana Avenue. «Il cimitero di Mount Olivet, sulla destra.»

L'operatore lo stava aggiornando sugli ulteriori avvistamenti negativi dalle telecamere del traffico, quando all'improvviso la chiamata si chiuse. «Merda. Ho perso il segnale.»

Parker fermò l'auto così in fretta che Matt temette di subire il colpo di frusta. «Allora sono qui.» Parker indicò la ringhiera di ferro che circondava il cimitero.

«Come fai a esserne sicuro?» gli chiese Matt. Poi la vide. Una gigantesca torre di ricezione, a una quindicina di metri, che avrebbe dovuto fornire un segnale chiarissimo e che invece non funzionava. «Tombola.» Uscirono dall'auto e Matt saltò la ringhiera di ferro. A Rooney, invece, scocciò doversi fare aiutare.

«Avete i giubbotti addosso?» Annuirono tutti e tirarono fuori le armi. Frazer indicò a Parker e Rooney di dirigersi a nord dietro l'edificio per circondarli da una parte, mentre loro andavano dall'altra.

———

Scarlett non vide se Valerie avesse o meno colpito Clarkson. Spinse Angel in avanti. «Corri!» Ci fu un altro sparo dietro di lei. E poi un altro. Scarlett provò a guardare e vide Valerie a terra con le braccia stese sopra la testa.

«Mamma?» Angel provò a voltarsi.

Scarlett l'afferrò per il braccio e la spinse ancora avanti. «Corri, cazzo.»

Sentì dei passi dietro di loro e sapeva che Clarkson le stava inseguendo. Erano quasi di fianco al capanno degli attrezzi, quando lei udì un quarto sparo. La forza del proiettile la colpì proprio sotto la scapola destra, con una violenza tale da farla cadere in ginocchio. Angel si fermò e si voltò, ma poi una figura scura, Matt, sbucò fuori dal dietro il muro. Un altro uomo si tuffò sulla sua amica mentre un proiettile sorvolò le loro teste centrando il muro. Matt mirò e sparò due colpi.

Il silenzio che seguì sembrò quasi inghiottirli. Lei sentì solo il respiro raschiarle il petto quando si accasciò sull'erba ghiacciata.

Delle braccia la fecero voltare. «Scarlett? Stai bene?»

Matt. L'aveva trovata.

Le sue mani continuavano a perlustrarle il corpo e il freddo gelido s'insinuò quando lui le stracciò la maglia e controllò ogni centimetro della sua pelle. «Sto bene.» Lei provò ad afferrargli le mani. «Non mi ha colpita. Solo sfiorata.» Faceva un male cane.

«Cazzo, mi dispiace aver permesso a qui bastardi di mettere le mani su di te.» Matt chiuse gli occhi. «Quando ti ho vista cadere a terra…» gli si spezzò la voce «… ho pensato di averti persa.»

Lei gli accarezzò la guancia e sorrise. «Mi hai *trovata.*»

Lui la strinse a sé. «Non avrei mai dovuto lasciarti andare.»

«Ti amo.» Uscì così, come se l'avesse detto un milione di volte invece che essere la prima volta. «Avrei dovuto dirtelo al telefono prima, ma avevo paura che non lo intendessi davvero quando l'hai gridato o che avessi cambiato idea.»

Matt la baciò. Non un bacio casto sulla guancia, ma uno di

quelli che facevano arricciare le dita dei piedi, che ustionavano le labbra e che ti portavano in paradiso. Il suo cuore si mise a battere all'impazzata e il sangue le bruciò le vene. Gli buttò le braccia al collo e non voleva più lasciarlo andare.

Poi l'urlo straziante di Angel: «Mamma!» frantumò la sua felicità e il suo sollievo. Scarlett si aggrappò a Matt quando udì il grido disperato della sua amica. E anche se era soddisfatta che avessero trovato i veri traditori, provava lo stesso un enorme dolore. In tutti quegli anni, lei aveva trovato conforto dalla persona che era stata responsabile dell'ingiusta condanna di suo padre. Si sentì così stupida. Così usata. Matt l'aiutò ad allontanarsi dall'erba bagnata e la nascose sotto il suo braccio.

I loro passi scricchiolavano mentre si dirigevano verso Guy Clarkson, che giaceva morto. Matt consegnò la sua arma a Frazer, che la prese con un cenno del capo. Scarlett sapeva che chiunque si trovasse coinvolto in una sparatoria simile doveva sottoporsi a ogni tipo d'interrogatorio, ma c'erano pochi dubbi che fosse giustificato.

Angel era piegata sul corpo della madre, e le teneva la mano. Qualcuno le aveva tolto le corde ai polsi. «Mamma» singhiozzava. «Non morire, ti prego. Non morire.»

Parker guardò Scarlett e scosse il capo.

Dopo averla lasciata piangere un paio di minuti, Rooney mise un braccio intorno alla spalla di Angel e la fece spostare. Scarlett voleva andare dalla sua amica, ma Matt non glielo permise. «Non finché non avrete entrambe rilasciato le vostre dichiarazioni ufficiali.» Era la scena di un crimine. Tutto doveva essere lasciato com'era, il più possibile.

Era finita.

Era davvero finita.

Il rosa brillante del sole squarciò l'orizzonte.

Scarlett si voltò per guardare Matt. «Devo andare dai miei. Devo vederli. Devono sapere la verità su tutto quello che è accaduto.» Le lacrime le bruciavano gli occhi. Voleva anche stare lì con

Matt, però, e assicurarsi che non passasse dei guai per averla aiutata.

Gli brillarono gli occhi quando con la mano le lisciò indietro i capelli. La baciò e lei si alzò sulle punte per andargli incontro. Poi Matt si staccò dalle sue labbra e appoggiò la fronte alla sua. «Devi andare. Ma io rimarrò qui. Per adesso.»

Lei gli afferrò la mano. «Promettimi che non è finita qui. Giurami che non è stata una cosa causata dall'adrenalina, che s'infiamma e si spegne non appena il pericolo è passato.»

Lui la baciò di nuovo. «Mi sono preso una cotta per te quando credevo che fossi la figlia di un politico, e poi quando ho saputo che eri la figlia di una spia. Non credo che avrò problemi a rimanere innamorato di una scienziata super cervellona. Fidati.»

Lei si fidava di lui. Quasi sin dall'inizio. «Ti devo ancora una barca.» L'emozione rendeva difficile parlare. «Verrai a conoscere mio padre? Non appena potrai?»

Matt lanciò uno sguardo al suo capo. «Sarei felice e onorato di conoscere tuo padre, Scarlett.»

Frazer annuì. In lontananza si udirono le sirene. «Manderò Rooney e Parker con te in Colorado, Scarlett. Ho un jet a Andrews che vi aspetta tra trenta minuti.»

«Bene» disse Matt con fermezza.

«Rooney prenderà la tua deposizione durante il volo.»

Scarlett sapeva che doveva sentirsi al settimo cielo. Era viva e aveva portato a termine tutto ciò che si era imposta di fare. Era riuscita a provare che suo padre non era la spia che avevano creduto di aver imprigionato. Iniziò ad allontanarsi da Matt e da Angel, ma un'ondata di tristezza le si diffondeva dentro a ogni passo. Si fermò. Parker si voltò e la guardò con un'espressione di attesa. «A dire il vero» gli disse lei «tu e Rooney dovreste tornare in West Virginia come pianificato. Aspetterò Matt. Andremo in Colorado insieme.»

Gli occhi di Matt si fecero sospettosamente lucidi quando lei si voltò.

Corse e gli gettò le braccia al collo rimanendo abbarbicata a lui. Aveva già aspettato un'intera vita. Poteva aspettare qualche altra ora.

Parker controllò il suo cellulare e si diresse verso l'auto della signora LeMay per spegnere il jammer, usando la manica della camicia per non lasciare impronte. Un attimo dopo, Frazer era al telefono e, a giudicare dalla postura, stava parlando con qualcuno ai vertici.

«Dammi il tuo telefono» disse Scarlett a Matt con urgenza.

Lui glielo passò. Lei fece un numero e chiuse gli occhi quando Susan Stone rispose.

«Ciao, mamma. Come sta papà?» Si accucciò appena contro Matt mentre sua madre le diceva che suo padre si era svegliato e aveva detto qualche parola. «Ce l'abbiamo fatta, mamma. Abbiamo trovato la vera spia.» Scarlett colse lo sguardo di Frazer. «Credo che papà verrà rilasciato.»

Frazer annuì.

«Ci assicureremo di dargli le migliori cure possibili» le disse Matt tra i capelli.

Scarlett parlò per qualche minuto, poi salutò e chiuse la conversazione. «Non penso che mi creda davvero.»

Frazer le strinse il braccio con gentilezza. «Ti crederà quando il Procuratore Generale si presenterà questo pomeriggio per offrire le sue sincere scuse e la grazia presidenziale.»

Scarlett annuì. «Splendido. Grazie. Dobbiamo concludere gli interrogatori prima possibile. Matt deve andare da sua madre prima di partire con me per il Colorado, stasera.» Lei sostenne lo sguardo blu di Frazer. «Deve essere stasera. La prego, l'FBI può venire con noi e prendere le deposizioni durante il volo.» Scarlett s'infilò le mani in tasca e sfiorò il trasmettitore. Lo consegnò. «Quasi me ne dimenticavo… spero che abbia registrato le confessioni di Valerie e Clarkson. Erano amanti e, quando l'ha scoperto, Dorokhov li ha ricattati perché lavorassero per lui.» Lei rabbrividì e le braccia di Matt l'avvolsero stretta. Frazer prese il dispositivo e lo lanciò a Parker.

«Adesso che il jammer di Valerie è stato disattivato, i file audio dovrebbero aver agganciato il segnale cellulare ed essere in viaggio verso il mio account email. Almeno, in teoria.»

La polizia arrivò gridando lungo i viali del cimitero deserto. Lei s'irrigidì quando sbucarono con le armi in mano. Frazer, Rooney e Matt avevano tirato fuori i distintivi dorati e provavano a spiegare i due cadaveri a terra.

Scarlett non riusciva a credere che quel macigno di tristezza le fosse stato levato dal petto.

Matt si voltò verso di lei e le sorrise. Nonostante un dolore cupo li circondasse, lei sapeva con certezza che tutto sarebbe andato a posto. Aveva chiesto un miracolo e ne aveva avuti due.

«Quanto costano le barche?» domandò a Parker che le si era avvicinato mentre i poliziotti cercavano di capire le sfere di competenza.

«Una come quella di Lazlo? Più o meno diecimila bigliettoni.»

Oddio. Per fortuna aveva dei risparmi.

Parker guardò verso il punto in cui Rooney stava cercando di consolare Angel. «A proposito, di' a Lazlo che mi deve venti dollari. Gli ho craccato la password.»

Scarlett sbuffò una risata. «Davvero? Con tutto il casino che stava succedendo, hai avuto tempo di hackerare la sua password?»

«LUGFEI, tutto maiuscolo.» Un sorrisetto gl'illuminò il viso.

«LUGFEI? Non capisco.» A Scarlett battevano i denti.

«L'Unico Giorno Facile Era Ieri. Il motto dei SEAL.» Parker le fece l'occhiolino, poi se ne andò quando un gruppo di agenti dell'FBI arrivarono, tra cui Ridley Branson. L'uomo le si piazzò davanti, e, un secondo dopo, Matt apparve accanto a lei come per magia.

Il capo del controspionaggio abbassò la testa. «Non so davvero cosa dire, dottoressa Stone. Sono costernato e umiliato per il mio fallimento.»

«Non lo dica a me.» Tutta la rabbia che l'aveva spronata in tutti quegli anni la colpì di nuovo con violenza. «Lo vada a dire a mio padre, adesso. Oggi. Implori lui di perdonarla. Non me.»

Branson annuì e si allontanò. Le emozioni che credeva di aver tenuto sotto controllo riemersero dentro di lei.

Matt le prese la mano e gliela strinse. «Ti ho già detto che ti amo senza gridartelo in faccia?»

Lei ricacciò indietro le stupide lacrime che spingevano per uscire. Non le avrebbe lasciate andare. «Potrei abituarmici, lo sai.»

«Faresti meglio a farlo, allora.» Lui si voltò in modo da guardarla negli occhi. «Bene, ci siamo. Tutto il cliché dell'amore a prima vista? Noi ne siamo la prova vivente.» L'oro che striava i suoi occhi brillò. «Ci vorrà un po' di tempo per capire i meccanismi del nostro stare insieme, ma non ho dubbi sui sentimenti. Ti amo. E questo non smetterà. *Mai.*»

«Lo so.» Lei lo guardò. Gli toccò la guancia. «Credo di attenderti da tutta la vita.»

«Promettimi una cosa.» Lui le scrutò il volto. Lei intravide un agente dietro alle sue spalle che stava palesemente aspettando Matt per interrogarlo, chiamarlo a rapporto, o come diavolo si diceva.

«Cosa?»

«Non farti mai più giustizia da te.»

«Questa è una promessa facile da mantenere.» Rise. «Anche tu devi promettermi una cosa.» Si alzò sulle punte e gli sussurrò all'orecchio: «Riguarda il fare sesso nella doccia a ogni minima occasione per i prossimi vent'anni.»

«Solo venti?» Lui si ritirò.

«Non volevo spaventarti con un impegno più a lungo termine.»

Lui strinse gli occhi. «Rivedremo l'accordo tra vent'anni.»

L'agente dell'FBI dietro di lui si avvicinò di un passo.

Gli occhi di Matt si fecero seri. «Dovresti andare da tuo padre, lo sai. Ti prometto che ti raggiungerò non appena mi sarà possibile.» Lui lanciò un'occhiata dietro le sue spalle. «Ci vorrà un po', forse».

Scarlett annuì. «Ti voglio con me.»

«Sono con te, Scarlett.» Lui le sfiorò il cuore e fu portato via.

Lei si ritrovò premuta contro un altro petto maschile, che le diede conforto.

«Avanti, andiamo.» Alex Parker le prese la mano e la condusse fino alle auto della polizia e agli uomini in divisa. «È quasi finita. Poi inizieranno tutte le cose belle.»

EPILOGO
UN MESE DOPO

Scarlett era in piedi nella stanza della casa in cui era nata e cresciuta, in attesa che arrivasse l'auto. Aveva pulito tutto da cima a fondo. La gente affollava la strada fuori, la stampa era accampata ovunque.

«Rilassati.» Matt la tirò a sé per darle un bacio. Lei gustò il sapore, il calore e il solido conforto di quell'uomo. Lui era tutto quello che si era immaginata quando si erano visti la prima volta, e anche di più.

La madre di Matt era ancora in coma, l'unica cosa che non era cambiata nelle ultime settimane. Le spezzava il cuore, ma Scarlett cercava di fargli compagnia il più possibile quando lui andava a trovarla. Era tutto ciò che potevano fare. Il deputato LeMay si era ritirato dalla politica. Scarlett era stata a trovare Angel e avevano parlato per ore di tutto ciò che era successo. Angel non era più la stessa persona di prima del rapimento, ma Scarlett non si riteneva più completamente responsabile. Dorokhov l'aveva rapita per tentare di controllare Valerie. Angel stava ricevendo aiuto e Scarlett sarebbe stata al suo fianco.

I federali stavano ancora cercando di capire tutta la faccenda.

Il fatto che fosse stato Raminski ad ammazzare Dorokhov era fuor di dubbio. Quell'evento aveva evitato che un grave incidente diplomatico si tramutasse in una guerra in piena regola. Per quel che riguardava il resto delle indagini, nessuno di loro era davvero sicuro di cosa stesse accadendo. Erano stati tutti esclusi dal caso. Da una parte, l'ammonimento per non aver seguito i protocolli e dall'altra, le lodi per aver risolto il caso. Frazer aveva detto loro che si trattava di burocrazia contro politica e per una volta la politica lavorava a loro favore.

Scarlett era tornata al lavoro da due settimane, mentre suo padre aveva continuato a ristabilirsi e a ricevere le migliori cure in uno degli ospedali più qualificati del paese. Quel giorno sarebbe tornato a casa.

«Ho qualcosa per te.» Matt le mostrò una scatolina da gioielleria. Era troppo grande per essere un anello, però il suo cuore s'impennò al pensiero. Si rimproverò tra sé e sé.

Matt aveva passato tre interi giorni sotto interrogatorio dell'FBI. Nemmeno l'influenza di Frazer era riuscita ad accelerare il processo. Si erano persi il loro primo Natale insieme.

«Che cos'è?» chiese lei con un sorrisetto, prendendoglielo dalle mani. Anche lei aveva un regalo per lui, ma non ci stava in una scatola.

Lui aveva conosciuto suo padre e sembrava si fossero piaciuti molto. Facile, adesso che a suo padre era stata concessa pubblicamente la grazia presidenziale e la sua reclusione era stata revocata, cosa a cui Matt aveva contribuito.

Aprì la scatola e dentro c'era una chiave appesa a una catena. Lei si accigliò. «Che chiave è? Mi hai comprato una Ferrari?»

«È di casa mia.»

«Ma tu non hai una casa.»

«Adesso sì, o meglio, noi ce l'abbiamo. Ad Arlington, sempre che tu voglia… ehm, vivere insieme a me?»

Tutta la sua sicurezza svanì quando vide l'espressione di lei. «Oh merda. Sono andato troppo in fretta, o forse troppo piano. Io…»

Lei gli prese la mano. «No. No! È solo che…» Si morse il

labbro. «Mi sono fatta aiutare da Alex per trovarti una barca. L'abbiamo fatta arrivare al porto ieri.»

Lui sorrise compiaciuto. «Saresti venuta a vivere con me su una barca?»

Lei annuì con esitazione. «Sempre che tu l'avessi voluto.»

«Certo che ti avrei voluta, ma credimi, in una casa sarà molto più semplice.» Scarlett stampò le labbra sulle sue e, quando ripresero fiato, lei si ricordò che c'erano migliaia di persone fuori dalla porta. «Potrei insegnarti a navigare.» Il sorrisetto di Matt si fece malizioso. «Ti insegnerò un sacco di cose.»

Le vennero i brividi al solo pensiero. Poi udì il rumore di un'auto parcheggiare nel vialetto. Anche Matt lo sentì e fece un passo indietro.

Scarlett gli afferrò la mano e aprì la porta. Un corteo di automobili degno di un presidente era in fila lungo il viale d'accesso e sulla strada. Agenti dell'FBI tenevano a freno la stampa e la folla, mentre tutti cercavano di vedere l'uomo che era stato vittima di un terribile errore giudiziario. Lo stesso Ridley Branson aprì la portiera a suo padre per farlo uscire dalla limousine. Suo padre era pallido, ma stava molto meglio dell'ultima volta che l'aveva visto in ospedale, la settimana prima. Aveva messo su un po' di peso e riusciva a muoversi senza contorcersi dal dolore. Scarlett non riusciva quasi a credere ai suoi occhi. Sua madre fece il giro dell'auto e prese il marito sotto braccio. Scarlett notò il mento leggermente sollevato di entrambi, alto e orgoglioso. Ignorando i flash accecanti, corse giù per le scale e abbracciò il padre così forte che temette di buttarlo a terra con il suo entusiasmo. Anche Matt uscì ed entrambi guardarono Richard Stone rientrare nella casa che aveva lasciato quattrodici anni prima, pensando fosse un normalissimo giorno di lavoro.

«Benvenuto a casa, Agente Stone» disse Ridley Branson forte e chiaro perché la folla sentisse.

Suo padre annuì, in modo clemente secondo Scarlett, e cominciò a salire gli scalini senza l'aiuto di nessuno. L'emozione le strinse la gola, finché non riuscì più a parlare. Matt le accarezzò su e giù la schiena. «Respira. Ce l'hai fatta, Scarlett. Hai riscattato il suo nome.»

Lei sorrise e lo baciò, di fronte al mondo intero. «Noi lo abbiamo fatto. Noi abbiamo riscattato il suo nome. Insieme.»

———

Grazie per aver letto *La Luce Fredda del Giorno*. Spero che la storia di Matt e Scarlett vi sia piaciuta. Avete già letto i primi due libri della serie? Non perdetevi *Un Luogo Freddo e Oscuro*, disponibile subito.

Quando una serie di brutali omicidi si collega a un caso irrisolto di intenso valore personale per un'agente dell'FBI, quest'ultima si rivolge a un esperto di criminalità informatica, dall'identità segreta, per farsi aiutare nella caccia al feroce assassino – Pluripremiato thriller romantico della scrittrice bestseller del *New York Times* Toni Anderson.

Alex Parker, ex eroe di guerra decorato e assassino professionista della CIA, lavora per il Progetto Portale, un'organizzazione governativa clandestina determinata a eliminare serial killer e pedofili prima ancora che entri in gioco il sistema giudiziario. Ad Alex non piace uccidere, eppure è un sicario eccellente e anche molto abile ad aggirare la legge, finché l'incontro con una bellissima recluta dell'FBI non lo porta a chiedersi come sarebbe farsi catturare da lei.

Mallory Rooney, Agente Speciale dell'FBI, ha trascorso gli ultimi diciotto anni alla ricerca del rapitore della sua gemella identica. Ora, con un serial killer in circolazione che incide le iniziali di sua sorella sui corpi delle vittime, Mallory pensa di averlo finalmente trovato. Durante l'indagine, però comincia a sospettare che ci sia un giustiziere che agisce al di fuori della legge, e non ha altra scelta che catturarlo, perché uccidere non è fare giustizia. O forse, sì.

Quando Mallory comincia a fare domande, i capi del Progetto Portale ordinano ad Alex di sorvegliarla. Tra i due nasce subito un'attrazione speciale. Tuttavia, le bugie e i tradimenti su cui si basa la vita di Alex minacciano di distruggere entrambi; soprattutto quando l'uomo che ha rapito la sorella di Mallory, tanti anni prima, fa di lei la sua prossima preda. Alex è costretto a uscire dall'ombra per salvare la donna che ama, e insieme dovranno correre contro il tempo per trovare l'assassino.

RINGRAZIAMENTI

Voglio ringraziare il marito di Angela Knight, il luogotenente Michael G. Woodcock, per le accurate informazioni riguardo alla conservazione dei risultati del poligrafo e altri dettagli vari. Probabilmente l'ho scioccato quando gli ho gridato dall'ascensore a San Antonio, chiedendogli se potevo mandargli via email i miei quesiti. Un enorme ringraziamento, dunque, per capire le menti pazze degli scrittori. Un grazie anche ad Angela Bell dell'ufficio degli affari pubblici dell'fbi, per aver risposto i miei svariati interrogativi sull'archiviazione delle prove e le varie procedure. Grazie di cuore per la tua pazienza, e grazie anche all'autrice Saranna DeWylde che, con molta generosità, mi ha fornito preziosi dettagli sulla vita carceraria. La comunità degli scrittori non smette mai di meravigliarmi per la varietà delle esperienze e l'estrema voglia di condividerle. Non occorre specificare che ho trattato le informazioni ricevute con licenza poetica e qualsiasi errore è imputabile solo a me.

Come sempre, il ringraziamento più grande va alla mia critique partner Kathy Altman. È una bomba! Grazie ai miei editor Alicia Dean e Joan della JRT Editing, che mi hanno aiutata a tirare a lucido questo manoscritto.

Grazie alla mia meravigliosa famiglia, vicina e lontana. E grazie anche ai miei lettori e amici, sia nella vita reale che online.

Grazie anche ai miei traduttori italiani.

L'AUTORE

Toni Anderson scrive thriller romantici grintosi e sexy ambientati nel mondo dell'FBI, ed è un'autrice bestseller del *New York Times* e di *USA Today*. I suoi libri hanno ricevuto molti premi, tra cui: Daphne du Maurier Award for Excellence in Mystery and Suspense, Readers' Choice, Aspen Gold, Book Buyers' Best, Golden Quill, National Excellence in Story Telling Contest e National Excellence in Romance Fiction. È stata finalista al Vivian Contest e al RITA Award della Romance Writers of America. I libri di Toni, spesso in vetta alle classifiche, sono stati tradotti in cinque lingue diverse e sono state scaricate oltre tre milioni di copie.

Nota soprattutto per i libri della serie Cold Justice® (Giustizia Fredda n.d.t), forse non sorprende scoprire che Toni vive in uno dei climi più estremi del pianeta: Manitoba, in Canada. Ex biologa marina, Toni sente ancora la mancanza dell'oceano, ma ha la fortuna di viaggiare per motivi di ricerca. Alla fine del 2015 ha visitato il quartier generale dell'FBI a Washington DC, con tanto di visita al centro informazioni e operazioni strategiche. Spera di non venire arrestata per le sue ricerche su Google.

Vieni a scoprire tutti i libri di Toni sul suo sito (www.toniandersonauthor.com/books-2)

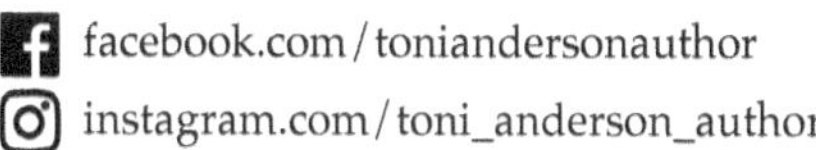

facebook.com/toniandersonauthor

instagram.com/toni_anderson_author

www.ingramcontent.com/pod-product-compliance
Lightning Source LLC
Chambersburg PA
CBHW030803210726
48290CB00002B/408